U0869162

名家精注精评本

# 韩愈集

卞孝萱　张清华　编选

凤凰出版社

图书在版编目（CIP）数据

韩愈集 / 卞孝萱，张清华编选. -- 南京 : 凤凰出版社，2014.10（2024.12重印）
（名家精注精评本）
ISBN 978-7-5506-2011-7

Ⅰ. ①韩… Ⅱ. ①卞… ②张… Ⅲ. ①韩愈（768～824）一文学欣赏 Ⅳ. ①I206.2

中国版本图书馆CIP数据核字(2014)第208400号

| | |
|---|---|
| 书　　名 | 韩愈集 |
| 编　　选 | 卞孝萱　张清华 |
| 责任编辑 | 卞　岐 |
| 封面设计 | 徐　慧 |
| 责任监制 | 程明娇 |
| 出版发行 | 凤凰出版社(原江苏古籍出版社)<br>发行部电话025-83223462 |
| 出版社地址 | 江苏省南京市中央路165号，邮编:210009 |
| 照　　排 | 南京凯建文化发展有限公司 |
| 印　　刷 | 唐山楠萍印务有限公司<br>河北省唐山市芦台经济开发区场部 |
| 开　　本 | 787毫米×1092毫米　1/32 |
| 印　　张 | 10.375 |
| 字　　数 | 216千字 |
| 版　　次 | 2014年10月第1版 |
| 印　　次 | 2024年12月第3次印刷 |
| 标准书号 | ISBN 978-7-5506-2011-7 |
| 定　　价 | 89.00元 |

(本书凡印装错误可向承印厂调换，电话:022-69381996)

# 目　录

前　言 ……………………………………………… 1

近体诗选

湘中 ……………………………………………… 1
答张十一功曹 ………………………………… 2
闻梨花发赠刘师命 …………………………… 4
李员外寄纸笔 ………………………………… 5
宿龙宫滩 ……………………………………… 7
湘中酬张十一功曹 …………………………… 8
题木居士二首(选一) ………………………… 9
和归工部送僧约 ……………………………… 11
题张十一署旅舍三首(选二) ………………… 12
池上絮 ………………………………………… 13
峡石西泉 ……………………………………… 14
入关咏马 ……………………………………… 15
答道士寄树鸡 ………………………………… 16
广宣上人频见过 ……………………………… 18
游太平公主山庄 ……………………………… 19

奉和虢州刘给事使君三堂新题二十一咏(选四)
…………………………………………………… 20
酬王二十舍人雪中见寄 ………………………… 24
奉酬振武胡十二丈大夫 ………………………… 25
春雪 ………………………………………………… 26
题百叶桃花 ……………………………………… 27
戏题牡丹 ………………………………………… 28
芍药 ………………………………………………… 30
闲游二首 ………………………………………… 31
赠刑部马侍郎 …………………………………… 32
过鸿沟 …………………………………………… 33
和李司勋过连昌宫 ……………………………… 34
次潼关先寄张十二阁老使君 …………………… 35
独钓四首(选二) ………………………………… 37
左迁至蓝关示侄孙湘 …………………………… 38
次邓州界 ………………………………………… 40
题楚昭王庙 ……………………………………… 41
量移袁州张韶州端公以诗相贺因酬之 ………… 42
题秀禅师房 ……………………………………… 44
韶州留别张端公使君 …………………………… 45
游西林寺题萧二兄郎中旧堂 …………………… 46
题广昌馆 ………………………………………… 48
去岁自刑部侍郎以罪贬潮州刺史乘驿赴任其后

家亦谴逐小女道死殡之层峰驿山下蒙恩还朝
过其墓留题驿梁 …… 49
贺张十八秘书得裴司空马 …… 51
夕次寿阳驿题吴郎中诗后 …… 52
奉使镇州行次承天行营奉酬裴司空 …… 53
镇州路上酬裴司空重见寄 …… 55
同水部张员外曲江春游寄白二十二舍人 …… 56
送桂州严大夫 …… 57
早春呈水部张十八员外二首 …… 58
枯树 …… 60

## 古体诗选

条山苍 …… 62
青青水中蒲三首 …… 63
杂诗 …… 64
马厌谷 …… 66
醉留东野 …… 67
汴州乱二首 …… 70
龊龊 …… 71
汴泗交流赠张仆射 …… 74
忽忽 …… 76
鸣雁 …… 77
雉带箭 …… 79

归彭城 …………………………………………………… 80
海水 ……………………………………………………… 84
河之水二首寄子侄老成 ………………………………… 86
山石 ……………………………………………………… 88
苦寒 ……………………………………………………… 90
落齿 ……………………………………………………… 95
利剑 ……………………………………………………… 98
贞女峡 …………………………………………………… 99
县斋有怀 ………………………………………………… 100
杂诗四首(其一) ………………………………………… 108
八月十五夜赠张功曹 …………………………………… 109
谒衡岳庙遂宿岳寺题门楼 ……………………………… 112
洞庭湖阻风赠张十一署 ………………………………… 115
杏花 ……………………………………………………… 117
李花赠张十一署 ………………………………………… 119
感春四首(选二) ………………………………………… 121
郑群赠簟 ………………………………………………… 125
醉赠张秘书 ……………………………………………… 128
短灯檠歌 ………………………………………………… 132
荐士 ……………………………………………………… 134
莎栅联句 ………………………………………………… 143
陆浑山火一首和皇甫湜用其韵 ………………………… 144
辛卯年雪 ………………………………………………… 151

李花二首(选一) …………………………………… 153
石鼓歌 …………………………………………… 155
卢郎中云夫寄示《送盘谷子》诗两章歌以和之 …… 162
送无本师归范阳 …………………………………… 165
桃源图 …………………………………………… 169
调张籍 …………………………………………… 173
奉酬卢给事云夫四兄《曲江荷花行》见寄并呈上
钱七兄阁老张十八助教 ………………………… 177
听颖师弹琴 ……………………………………… 180
赠别元十八协律六首(选二) …………………… 182
宿曾江口示侄孙湘二首(选一) ………………… 184
琴操十首(选三) ………………………………… 186
南溪始泛三首 …………………………………… 189

## 文　选

画记 ……………………………………………… 194
与孟东野书 ……………………………………… 199
送李愿归盘谷序 ………………………………… 202
师说 ……………………………………………… 207
圬者王承福传 …………………………………… 211
答李翊书 ………………………………………… 217
祭十二郎文 ……………………………………… 224
杂说四首(选二) ………………………………… 232

送孟东野序 …………………………………………… 237
燕喜亭记 ……………………………………………… 248
送区册序 ……………………………………………… 253
张中丞传后叙 ………………………………………… 256
送董邵南序 …………………………………………… 270
送穷文 ………………………………………………… 273
答刘正夫书 …………………………………………… 279
进学解 ………………………………………………… 282
贞曜先生墓志铭 ……………………………………… 290
论佛骨表 ……………………………………………… 293
柳子厚墓志铭 ………………………………………… 303
南阳樊绍述墓志铭 …………………………………… 310

# 前 言

韩愈(768—824)，中唐著名的思想家、教育家和伟大的文学家，语言大师，世界文化名人。字退之，河阳(今河南孟州)人。郡望昌黎(今辽宁义县)，称韩昌黎，宋封昌黎伯。官终吏部侍郎，称韩吏部。卒谥文，称韩文公。先祖封韩原，有国韩，遂以韩为姓。韩王信后裔耆入北魏为常山太守、武安成侯，由颍川舞阳徙武安九门(在河北石家庄东北)。八世祖茂为尚书令、征南大将军。七世祖均为定州刺史，安定康公。孝文帝拓拔弘迁都洛阳，遂居河阳。入唐，祖父辈皆小官，有政声文名。韩愈一生可分四期:(一)二十四岁前。生而失母，三岁丧父，养于兄嫂。七岁随兄嫂居长安，始读书。十岁，兄贬韶州刺史，随迁。十二岁，兄卒任所，随嫂扶柩归河阳。十三能文。十五避中原兵乱，徙宣城。以窦牟兄弟为师，《国子司业窦公墓志铭》云:“愈少公十九岁，以童子得见，于今四十年。始以师事公，而终以兄事焉。”后学于萧存、独孤及、梁肃，志复古道，关心政事。自谓“前古之兴亡未尝不经于心，当世之得失未尝不留于意也”(《与凤翔邢尚书书》)，“欲自振一代”(《旧唐书·韩愈传》)。十九岁，赴长安应进士试，三试不第。(二)二十五至三十五岁。二十五岁与欧阳詹、李观、崔群、李绛同登进士第，世称“龙虎榜”。三试博学宏辞，一得又被人顶去。贞元十一年(795)，二十八岁，三上《宰相书》不报，回河阳。贞元十二年七月，从董晋入汴州幕为观察推官。在汴与孟郊会，结识李翱、张籍，初步形成了韩愈文学集团。有《送孟东野序》、《此日足可惜一首赠张籍》诗。十五年二月，汴州兵乱，愈逃至徐州符离。秋，故交张建封奏为徐州节度推官，校书郎。子昶生于符离，乳名符。十六年夏，离徐居洛。五月十四日，与王涯、李翱、侯喜路经梁苑，遇故友李生，同游清泠池、文雅台、修竹园。入微子庙，求邹阳、枚叔、司马相如之文。在洛与侯喜、李景兴、李愿游，有《赠侯喜》、《山石》诗、《送李愿归盘谷序》。苏轼谓：唐无文章，惟退之《归盘谷》一篇而已。十七年秋冬，赴长安调选，授四门博士，授业李翊、李蟠，有《答李翊》二书、《师说》。发表了精彩的文论、师论。（三）三十六至四十九岁。贞元十九年(803)，三十六岁，秋罢四门博士。冬授监察御史，因上《论天旱人饥状》，与张署、李方叔同贬，为阳山县令。遇赦，任江陵法曹参军。元和元年(806)六月，回京任国子博士，避诽谤求分司东都。四年，任都官员外郎兼判祠部。制阉党，清藩邸，整治社会治安，得罪当权者，下迁河南县令。与樊宗师、皇甫湜、卢仝、李贺、贾岛、刘叉、马异等众多文士交往，扩大了文学集团，壮大了“古文运动”的队伍，为中唐文学革新的成功奠定了基础。支持李贺考进士，作《讳辩》。六年(811)夏，回长安，任职方员外郎。为柳涧辩说，再贬国子博士。块垒积胸，作《进学解》，执政奇其才，改比部郎中、史馆修撰。九年十月，转考功郎中，知制诰。十一年正月迁中书舍人，因主战，上《论淮西事宜状》，与当权意不合，降太子右庶子。此期是他在政治上确立一生地位、思想与文学上取得突出成就、树立文学独特风格时期。代表作有《五原》、《张中丞传后叙》、《毛颖传》、《送穷文》、《八月十五夜赠张功曹》、《谒衡岳庙》、《南山》、《石鼓歌》及咏雪诸篇。(四)五十岁至卒。元和十二年(817)七月，从裴度平淮西为行军司马，支持柏耆说河北藩镇，实施其反对割据，主张统一的主张，凯旋归京，迁刑部侍郎。十四年正月，因上《论佛骨表》，贬潮州刺史，传播中原文化，为民办好事，至今为潮人崇敬。移袁州，释放奴隶。穆宗即位，归京为国子祭酒，转兵部侍郎。长庆二年(822)二月，宣慰镇州，功成，迁吏部侍郎，转京兆尹。终吏部侍郎。四年十二月卒，年五十七。赠礼部尚书。此期是他政治上有作为，诗文风格趋于平淡古朴，生活既动荡亦称心的时期。代表作有《平淮西碑》、《柳子厚墓志铭》、《左迁蓝关示侄孙湘》、《早春呈水部张十八员外》、《南溪始泛》等。

韩愈在文学、教育、哲学、政治、经济上都有建树，文学尤著。

“古文运动”与文学成就。韩愈障百川，挽狂澜，自振一代，是通过反对骈文，提倡三代两汉古文来实现的，所以它又是一场文学革新运动。他在孟子“养气”说的基础上提出“文学的养气说”，要求通过文学修养达到“有德有言”，人文一致。他说：“气，水也；言，浮物也。水大而物之浮者大小毕浮，气之与言犹是也。气盛则言之短长与声之高下者皆宜。”(《答李翊书》)气是人格修养决定的。要服务于振兴社会，必须置身现实斗争，参与社会改革，这就是“不平则鸣”产生的社会基础。“不平则鸣”使韩愈诗文具有鲜明的时代精神。“古文”作为文体概念是韩愈提出来的，“古文运动”是近人对中唐文学改革的概括。古文有灵活体式无文学自觉意识，骈文有自觉的文学意识无灵活体式，韩愈吸取了古文家正反两方面的经验，把古文的自由体式与骈文的文学自觉意识结合起来，创造了文学散文的结构范型，为散文的写作树立了楷模。现存韩文都是散体，说明他开始就有“起八代之衰”，“集八代之成”的意识。二十五岁作《争臣论》，提出“修辞明道”的口号，成为文学改革的纲领，树起了改革的旗帜。辞修得愈好，道理愈明，愈有感染力。这已不是一般意义上的文章了。比“文以明道”的提法确切鲜明。他“约六经之旨而成文，抑邪与正，辨时俗之所惑”。以文诱人为道，赞教化，歌颂尧舜之道。要求文达到“辞事相称，善并美具”(《进平淮西碑文表》)的最高境界。为此在《答李翊》二书里全面阐述了他的创作论，即欲立言先立人，学圣人之道，做仁义之人。“气盛言宜”，气决定人格，故云：“仁义之人，其言蔼如也。”养根俟实，根茂才能实遂；向古人与群众学习语言，提高语言修养，胡适说韩文是唐代的白话文，不无道理；去陈言，创新语；无望其速成，无诱于势利。这样就能从初学“识古书之正伪”，最后达到“浩乎沛然”的自由境界。由于他的指导，培养了骨干，造就了人才。在他的倡导下，一个有纲领、有理论、有创作方法、有范文的文学改革运动在中唐蓬蓬勃勃地展开了。韩文众体皆备，无体不精。其文大都是随事应用而生的杂文。碑志最多，也是应用杂文。这些杂文与世俗应用文不同，是集秦汉散体与八代辞赋骈词俪语，连类取譬优长的美文，正如皇甫湜所说，吏部之文“如长江大注，千里一道，冲飙击浪，污流不滞”(《皇甫持正集·谕业》)。韩愈古文前无古人，后法来者，为后世千百年作文者遵循。韩愈所喜传奇文，是与古文同时兴起的传奇小说。《毛颖传》、《送穷文》和《进学解》等，或寓言，或谐谑，情节曲折，构想奇异，譬喻新鲜，也称杂文。裴度、张籍讥为“驳杂无实之说”；而柳宗元赞曰

"若捕龙蛇，搏虎豹，急与之角而力不敢暇"的好文章(《柳宗元集·读韩愈所作〈毛颖传〉后题》)，是大胆创造，是文坛的进步。韩愈被称为语言大师，其古文语言随自然音节曲折舒展，起落自由，若绒线在手，缡意编织，得心应手，运用纯熟，入典成语和词汇之多，古今文学家罕有其匹。韩诗重抒情，尚奇警，创造了"奇崛"体，成为影响后世最著的流派。早期"少小尚奇伟"，表现出雄奇清丽之风，开中期瑰怪奇崛。贬阳山至潮州为中期，多长篇古体和逞才使气的联句，形成了韩诗奇崛瑰怪的主体风格。也是他舒忧娱悲、不平则鸣诗学观的体现。他的"欢愉之词难工，而穷苦之言易好"(《荆潭唱和诗序》)之论，开欧阳修"穷而后工"之先。长庆的四年间，为晚期，古体长篇减少而律绝增多，诗风平淡妥帖，清雅闲远。韩诗最重主体意识的超前思维，以议论入诗，以散文为诗，使诗散文化而肇近世自由诗之先；他的诗不避俗事俗语，使诗趣味化，通俗化。他不上薄"风"、"骚"，而近尊李杜，亦是绝大见识。对韩诗评价，历来不一：赞之者如司空图云："韩吏部歌诗数百首，其趋驾气势，若掀雷挟电，撑抉于天地之间。"(《司空表圣文集·题柳柳州集后》)苏轼云："诗之美者，莫如韩退之。"(《苕溪渔隐丛话》前集卷一七)毁之者如陈师道云："退之以文为诗，要非本色。"(《后山诗话》)开宋一代诗风，宋人学韩者多，后山虽诋之，亦学之。钱仲联《浣花诗坛点将录》以杜甫为坛主，比之宋江，韩愈次席，比之卢俊义。评之曰："韩、杜并称，自唐已然。……杜、韩相比，前者神化不测，如金翅擘海；后者力大无朋，如香象渡河，不免步步挨走，故当屈韩为第二。"(《梦苕庵论集》)

抗颜为师，重教育才。《师说》里提出："师者，所以传道、授业、解惑也。"为师下了最确切的定义。指出："道之所存，师之所存也"；"无贵无贱，无长无少"；"弟子不必不如师，师不必贤于弟子，闻道有先后，术业有专攻"的教育民主思想。在儒家师道关系上大胆创新，削弱了封建社会的师道尊严。继孔子后成为中国教育史上一代宗师。这一点柳宗元等同时代人则莫能望其项背，宗元云："今之世，不闻有师，有者哗笑之，以为狂人。独韩愈奋不顾流俗，犯笑侮，收召后学，作《师说》因抗颜为师。世果群怪怒骂，指目牵引，而增与为言辞。"(《柳宗元集·答韦中立论师道书》)又云："仆才能勇敢不如韩退之，故不为人师。"(同上《答严厚舆秀才论为师道书》)正因为韩愈师名大，在教育史上地位高，晚唐皮日休上《请韩文公配飨太学书》，"伏请命于有司，定其配享之位"(《皮子文薮》卷三)。

韩愈的哲学思想及其在哲学史上的贡献。韩愈的自然观偏重于唯心，分析自然变化时多表现形而上学；其社会观，认识社会问题时又多从实际出发，有唯物辨证观点。故范文澜先生说他是半截子唯心，半截子唯物。然他的贡献在于摆脱两汉今古文家和唐初注疏之学，直承孔孟，提倡"尧以是传之舜，舜以是传之禹，禹以是传之汤，汤以是传之文武周公，文武周公传之孔子，孔子传之孟轲，轲之死，不得其传焉"(《原道》)的道统说。在继承的基础上吸取别家之说，创立新儒学。韩愈儒学创新的贡献：一、在孔孟、董仲舒学说的基础上创立了"圣人一视同仁"(《原人》)的天人一体同仁理论，完善了中国本体人性学说，抨击了佛老绝人欲、灭人性的挑战。二、继承民贵君轻思想，提出"君不出令，则失其所以为君”(《原道》),“主而暴之,不得其为主之道”(《原人》)的道高于君的理论。三、提出君出令,臣行令,士、农、工、商各司其职的社会分工说。君不出令就不是君,臣不行令,四民不尽职就得惩罚的民主思想。四、从民本思想出发,提出具有历史意义的货币理论(《钱重物轻状》),利国便民的变盐法(《论变盐法事宜状》)。他这种思想,“实际是解放了包括诸子在内的百家之学,这在中国思想史上也是大胆创新的”(季镇淮《来之文集续集·论韩愈》)。在政治上他令阳山、刺潮州、判祠部、宰河南、平淮西、使镇州,都做出了世人注目的政绩。故被后世赞之为忠敢犯人主之怒,勇能夺三军之帅,智能训鳄鱼之暴,诚能作蛮荒之民。

范文澜先生说:“在唐朝文苑里,诗的成就是巨大的,但不可忽视古文运动更巨大的成就。……古文更大的作用,是在建立新儒学,使士人摆脱佛教思想的束缚。宋明两朝理学的广阔境界,由唐古文运动的主要推动者韩愈率先启行,这在诗人中是无与为比的。”(《中国通史简编》第四册第六节《近体文与古文》)在人类发展史上承前者伟大,启后者伟大,能承前启后者更伟大,故陈寅恪先生说:“退之者,唐代文化学术史上承前启后转旧为新关捩点之人物也。”(《金明馆丛稿初编·论韩愈》)

# 近体诗选

## 湘　中[①]

猿愁鱼踊水翻波，[②] 自古流传是汨罗。[③]
苹藻满盘无处奠，[④] 空闻渔父扣舷歌。[⑤]

【注释】

①湘中：指湘江流域一带，即今湖南中部。　②猿愁：猿叫之声凄楚，引人哀愁。《水经注》卷三四“江水”：“每至晴初霜旦，林寒涧肃，常有高猿长啸，属引凄异，空谷传响，哀转久绝。故渔者曰：巴东三峡巫峡长，猿鸣三声泪沾裳。”鱼踊：鱼在水里游荡跳跃。　③汨(mì)罗：江水名，湘江支流，发源于江西，经湖南入湘江。屈原被谗流此，投江而死。　④苹藻：浮萍和水藻。生长水中，古人用作祭品。　⑤楚辞中有屈原《渔父》，写屈原流放在沧浪江边，遇一渔父劝他随流扬波；屈原表示：我宁肯沉江鱼腹，也不能与混浊的世俗同流合污。于是渔父敲着船帮，一面唱着歌：“沧浪之水清兮，可以濯我缨。沧浪之水浊兮，可以濯我足。”走开了。

【品评】

作于贞元二十年(804)春，韩愈南谪阳山(今广东阳山)途经湘中作。作为文学家的韩愈，言事遭贬，与屈原经历相同。途经屈原殉难的汨罗，感慨往事，情聚笔端，写下了这首掷地有声的诗句。倾诉了对现实的愤慨，抒发了对屈原的悼念之情。正如他在《祭河南张员外文》所说："南上湘水，屈氏所沉；二妃行迷，泪踪染林。山哀浦思，鸟兽叫音；余唱君和，百篇在吟。"正说出他写这首诗的根由。虽是脱口流出，却是气劲有是，至诚情深的佳制。

## 答张十一功曹①

山净江空水见沙，② 哀猿啼处两三家。③
筼筜竞长纤纤笋，④ 踯躅闲开艳艳花。⑤
未报恩波知死所，⑥ 莫令炎瘴送生涯。⑦
吟君诗罢看双鬓，⑧ 斗觉霜毛一半加。⑨

**【注释】**

①张十一：即张署。十一：张氏一族同辈大排行序次。张署，河间（今河北河间）人，贞元二年进士，举博学宏辞，拜校书郎，迁京兆武功尉，拜监察御史，贬临武令，徙江陵功曹参军，累为虔州、澧洲刺史，终河南令。元和十二年卒，年六十。功曹：各州司长官。　②山净：春山明媚秀丽。江空：江水清澈见底，好似无水的空江，则江底的沙依稀可见。　③哀猿啼：喻环境凄凉。　④筼筜（yún dāng）：生长在水边的大竹子。竞长：比着长，指竹笋生得多、长得快。纤纤：修长。　⑤踯躅（zhí zhú）：植物名，俗名羊踯躅，也叫闹羊花。色红而鲜，可供观赏。多生长

于岭南山中。闲开对上句竞长，皆形容词与动词构成的词组，二词之用，使二句意趣全出。 ⑥恩波：皇帝厚恩绵绵，即皇恩浩荡。死所：死地，指贬所阳山。 ⑦莫令：不要使。炎瘴：南方深山天热潮湿，腐朽之物产生的一种气体，能危害人身。生涯：本指人的生活，此指生命。 ⑧君诗：指张署的诗。 ⑨斗觉：忽然发现。

**【品评】**

韩愈《河南令张君墓志铭》云：张署“为幸臣所谗，与同辈韩愈、李方叔三人具为县令南方。逢恩俱徙掾江陵”。从此诗所表现的内容和思想情绪，及张署《赠韩退之》诗“九疑峰畔二江前，恋阙思归日抵年。白简趋朝曾并命，苍梧左宦亦联翩。鲛人远泛渔舟火，鹏鸟闲飞雾里天。涣汗几时流率土，扁舟直下共归田”看，这首诗当写于贞元二十年春，贬阳山过九疑山分手各赴贬所时。清人方成珪《年谱》等据诗题“功曹”二字定为元和元年江陵时作，与诗内容不合。“功曹”二字疑为后人所加。从韩愈《杏花》诗“山榴踯躅少意思，照耀黄紫徒为丛”，《游青龙寺赠崔大补阙》“前年岭隅乡思发，踯躅成山开不算”看，这首诗前四句写五岭一带山水荒僻净美的景色，如展山水画图。后四句抒情言志，托以岭南恶劣瘴气，突出韩、张遭贬于蛮荒的难堪心情。以比兴寄悲愤，有老杜律诗沉郁雄肆之风。程学恂《韩诗臆说》卷一云：“退之七律只十首，吾独取此篇。为能真得杜意。”

## 闻梨花发赠刘师命[①] 贞元二十一年

桃蹊惆怅不能过，[②] 红艳纷纷落地多。[③]
闻道郭西千树雪，[④] 欲将君去醉如何？[⑤]

### 【注释】

①师命：未详。据《刘生》诗，知他少年磊落不羁，长期漫游梁宋、江淮、吴越等地，投韩愈，为韩门子弟，二十一年春来阳山。②桃蹊(xī)：桃树下踩成的路。《史记·李将军列传》："桃李不言，下自成蹊。"惆怅：忧郁不前，花落遍地，不忍践踏，所以惆怅。③红艳：以花色代花瓣，构想奇妙。 ④闻道：听说。郭：城垣。千树雪：梨花色洁白似雪。此指梨花盛开貌。 ⑤将：偕也。

### 【品评】

从韩愈《刘生》诗"阳山穷异惟猿猴，手吒钓竿远相投"和《梨花下赠刘师命》诗"今日相逢江海头，共惊烂漫开正月"句推断：师命与韩愈于贞元二十一年春相会阳山，这首诗当写于此时。诗先写惜花，后叙友情，以惜花托友情。闻知城西梨花盛开，欲相偕前往花下同醉。桃落梨开，以第三句梨花盛开，转出结句，笃情全出。桃红梨白，争奇斗艳；朋友远来，千载难逢，怎能不一醉方休呢？小诗景美情真，飘逸洒脱，是韩诗短章中佳制。

## 李员外寄纸笔①

题是临池后，② 分从起草余。③
兔尖针莫并，④ 茧净雪难如。⑤
莫怪殷勤谢， 虞卿正著书。⑥

**【注释】**

①权德舆《使持节郴州诸军事权知郴州刺史赐绯鱼袋李公墓志铭并序》：君讳伯康，字士丰，陇西成纪人。入官为知己所荐，从幕州县。历监察御史，转殿中丞，赐以章绂，寻迁侍御史、加检校工部员外郎。贞元十九年(803)七月，拜郴州刺史。永贞元年(805)十月卒，终年六十三。韩醇《全解》："公贬阳山，过郴州，谒李使君。明年以黄柑遗李，李寄以纸笔，公作此诗以谢。其后《祭郴州李使君文》云：'苞黄柑而至贻，获纸笔之双贸。'谓此也。" ②此句用东汉末张芝临池而书事。《后汉书·张奂传》："长之芝，字伯英，最知名。芝及弟昶，字文舒，并善草书。"注引王愔《文志》曰："芝少持高操，以名臣子勤学，文为儒宗，武为将表。太尉辟，公车有道征，皆不至，号张有道。尤好草书，学崔、杜之法，家有衣帛，必书而后练。临池学书，水为之黑。下笔则为楷则，号匆匆不暇草书，为世所宝，寸纸不遗，韦仲将谓之'草圣'也。"又见《晋书·卫恒传》。韩愈《祭郴州李使君文》："接雄词于章句，窥逸迹于篆籀。"则伯康亦善书。 ③上句说伯康善书，下句喻伯康能

文。 ④谓兔毫的尖比金针的锋还锐利。兔尖指以免毫制成的笔。据《西京杂记》卷一记载:“天子笔以错宝为跗,毛皆以秋兔为毫。” ⑤与上句说笔对。谓蚕茧制成的纸洁白柔净,难与伯康所寄纸相比。相传王羲之作《兰亭序》,用蚕茧纸、鼠须笔书,凡二十八行,三百二十四字,有重文者,字体悉异,世称《兰亭帖》。⑥《史记》卷七十六《平原君虞卿列传》:虞卿者,游说之士也。为赵上卿,故号虞卿。不重万户侯卿相之印,卒去赵,困于梁,不得意,及著书,上采《春秋》,下观近世,曰《节义》、《称号》、《揣摩》、《政谋》,凡八篇。以刺讥国家得失,世传之曰《虞氏春秋》。太史公曰:虞卿非穷愁亦不能著书以自见于后世也。

**【品评】**

按律诗之制,以四句一绝八句一律为常式,此诗句句合平仄,句句援用典事。第一二联典事、语词,含意照应,属对工稳,只是无破题首联,突兀而奇峭,律中创格。查慎行所说“五言半律,唐人集中仅见”。查唐人诗,《杜牧之集》有七言半律,《许丁卯集》有五言小律,皆止六句。均后韩公而出。诗虽为一时应酬之作,却是困难中遇知己雪中送炭,是满怀感激之情写成的。如朱彝尊所说:“语不多,道来却好,自觉亲切有味。”(引自钱仲联《韩昌黎诗系年集释》)更足珍贵的是此诗还提供了研究韩愈一生思想历程转折的第一手材料,即他以虞卿困而著书,成一代《春秋》,与他以确立“道统”思想的《原道》、《原性》、《原毁》、《原人》、《原鬼》的经典著述自比。可谓诗艺、文献价值双佳了。

## 宿龙宫滩[①]

浩浩复汤汤，[②] 滩声抑更扬。[③]
奔流疑激电，[④] 惊浪似浮霜。[⑤]
梦觉灯生晕，[⑥] 宵残雨送凉。[⑦]
如何连晓语，[⑧] 一半是思乡。[⑨]

**【注释】**

①龙宫滩：在连州龙滩镇西旁江上，江水弥漫，而礁石为多。西岸山崖壁立，后人刻公诗于壁上。韩愈离阳山经连州龙宫滩，在四月初。 ②浩浩复汤(shāng)汤：大水激流的声音。 ③抑，压抑。更，更加。扬，声高。首二句写龙宫滩流水之声时低时高。④激电：滩水如电闪雷鸣之流急声宏。着一疑字，乃夜里想象之词。 ⑤惊浪：惊涛骇浪缩语。此句意谓狂浪击起的水花洁白如霜。夜不观色而白色可见，即"炫昼缟夜"。如公《李花赠张十一署》"白花倒烛天夜明，群鸡惊鸣官吏起"。 ⑥晕(yùn)：日月周围形成的光环，引申为光影模糊的部分。 ⑦宵残：夜幕消失，天色发亮。此写黎明前的一阵小雨。 ⑧连晓语：彻夜交谈，直到天亮。 ⑨或作"只是说家乡"。作"一半是思乡"既合律，亦合公意，内含亦好。朱彝尊《批韩诗》云："幽意好。"杨万里《诚斋诗话》："吕居仁云：'如何今夜雨，只是滴芭蕉。'用古人句律而不用其句意，以故为新，夺胎换骨。"

【品评】

贞元二十一年正月癸巳(23日),德宗崩。丙申(26日),顺宗即位。二月甲子(24日),顺宗御丹凤楼,大赦天下。三月下旬,或稍晚,韩愈接到遇赦消息离阳山北归,途经龙宫滩作。前半首写龙宫滩涛声,后半首写归途思乡。遇赦兴奋,涛声欢快;归去情切,彻夜难寐。愈说话愈多,愈睡不着,愈睡不着,愈觉得涛声清晰。如蔡絛《西清诗话·听水诗》云:"所谓浩浩荡荡抑更扬者,非谙客里夜卧,饱闻此声,安能周旋妙处如此邪?"

## 湘中酬张十一功曹

休垂绝徼千行泪,① 共泛清湘一叶舟。②

今日岭猿兼越鸟,③ 可怜同听不知愁。④

【注释】

①绝徼(jiào):边塞。 ②清湘:一说指湘江的清流;一说为湘江的上游耒水。一叶舟:舟船轻小如一树叶。 ③岭:指五岭,即大庾、骑田、都庞、萌渚、越城为五岭。越:湘中古称越地。岭猿越鸟:是南方具有代表性的事物,古诗中常用猿啼鸟叫比托人的凄愁。 ④可怜:可爱。

【品评】

韩愈和张署同为监察御史,同被贬官,遇赦后又同待命滞留郴州。这首诗当写于贞元二十一年秋，同居郴州时。二人志趣相投，友谊笃厚，遇赦同授官后同舟泛游，心情是愉快的，诗正反映了这种情感。公反用岭猿越鸟意，结得好。不仅可振起首联，也使结联含不尽之意。今日乐以忘愁，不为无愁，“可怜”二字，既否定了今日之乐，又暗示了前日之愁与日后之愁。正如朱彝尊《批韩诗》云：“退之胸襟阔，自别有一种兴趣。此反用猿鸟意，亦唐人所未有。”

## 题木居士二首(选一)

火透波穿不计春，[①] 根如头面干如身。[②]
偶然题作木居士，[③] 便有无穷求福人。[④]
为神讵比沟中断，[⑤] 遇赏还同爨下余。[⑥]
朽蠹不胜刀锯力，[⑦] 匠人虽巧欲何如？[⑧]

**【注释】**

①火透波穿：火烧水浸。不计春：不计年，即以朽木为神已无年代可考。　②根如头面：树根长得像人的头脸。干如身：树干像人身。关于木居士的传说很多。《汉书·五行志》：“建平三年，遂阳乡柱仆地，生支如人形，身青黄色，面白，头有髭须。”《南方草木状》卷中：“五岭之间多枫木，岁久则生瘤瘿，一夕遇暴雷骤雨，其树赘暗长三五尺，谓之枫人。越巫取之作术，有通神之验。”③居士：指未作官的士人(读书人)。后来文人士大夫多用于别

号，如白居易称香山居士，欧阳修称六一居士。梵语“迦罗越”的义译。隋惠远《维摩义记》：“居士有二：一、广积资产，居财之士，名为居士；二、在家修道，居家道士，名为居士。”后专称在家奉佛的人。韩诗此语当有寓意，或谓专指王伾、王叔文，则缩小了诗直斥时弊的内涵。从居士二说看，韩诗取不干世事，与世无用的人。这与世无用之物，偶然之机，却成了神。 ④无穷：无数。此承上，说偶然经人一题，便有无数人趋从信奉。 ⑤讵(jù)：岂，怎能。沟中断：烂坏在水中。 ⑥赏：赏识。爨(cuàn)：烧火。爨下余：相传东汉蔡邕精通音乐，一天在吴地闻人烧桐木，有烈火之声，知为良木，取出制琴，果有好音，因桐木一端烧焦，称焦尾琴。此为借喻，是说，原为朽木，却被人敬为神。 ⑦朽：腐朽。蠹(dù)：蛀虫。朽蠹，即腐朽虫蛀之物，经不起刀砍锯解。 ⑧欲何如：想怎么样，即没办法。

【品评】

木居士庙在衡州的耒阳县，韩愈自郴州北上衡州，过此留题二首。故诗当写于永贞元年(805)秋末。这两首诗是韩愈有感而发。本为一株不胜刀锯的朽木，却被人当作神礼拜求福。韩愈通过这一事实，深刻揭露了宗教迷信的愚蠢害人，讽刺了那些窃居高位的酒囊饭袋和趋炎附势之人。诗具体生动，形神肖然；语言平实，顺口流走。在看似不经意的诗句里，有耐人咀嚼意趣。可谓遣破世情，造意玄妙的醒世痛快之作。

## 和归工部送僧约[①]

早知皆是自拘囚,[②] 不学因循到白头。[③]
汝即出家还扰扰,[④] 何人更在死前休。[⑤]

【注释】

①归工部:归登,字冲之,曾任工部侍郎、工部尚书等。深懂佛学,与孟简同受诏翻译《大乘本生心底观经》。僧约:名文约,荆州人,和尚。广交游,与归登、刘禹锡、柳子厚都有交往。 ②"早知"句:归登、文约二人虽信佛倡佛,但内心里却另有所想。自拘囚:自己束缚自己。 ③不学:不学习。因循:因循守旧,沿守老一套。 ④汝:代词,你,指文约。出家:弃家削发为僧尼。扰扰:纷乱貌,即为追名逐利奔波不休,扰乱别人。 ⑤《荀子·大略篇》:"子贡曰:大哉死乎!君子息焉,小人休焉。"宋袁文《瓮牖闲评》卷五:"黄太史又尝谓人云:杜荀鹤诗'举世尽从愁里老',可对韩退之诗'何人肯向死前休'。此一联尤奇绝。虽未成全篇,知太史真能集句,第恨所见者不多耳。然譬集句为百家衣者,亦其所优为故也。"

【品评】

元和元年(806)春,作于江陵。时韩愈三十八岁,为江陵法曹参军。韩愈辟佛,至死不更其志。诗借和归登送僧约诗,揶揄和尚，说他们信佛是假，为名与利是真。对归工部也不无嘲讥。诗仅四句，却痛快淋漓地表现了韩愈落落大方的风度。所以，朱彝尊《批韩诗》说："这首诗以豪气驱遣，磊落痛快。"《唐宋诗醇》称其"振威一喝，三日耳聋"。韩诗往往多非正言，此亦如此。这也是这首诗的手法特点。

## 题张十一署旅舍三首[①]（选二）

### 榴　花[②]

五月榴花照眼明，　枝间时见子初成。[③]
可怜此地无车马，[④]　颠倒青苔落绛英。[⑤]

### 井

贾谊宅中今始见，[⑥]　葛洪山下昔曾窥。[⑦]
寒泉百尺空看影，[⑧]　正是行人暍死时。[⑨]

**【注释】**

①旅舍：即旅馆，指张署住处。　②榴花：石榴花，五月开放。生西域，张骞出使西域带回中原。　③时见：时时可见，非只一日也。初：表花落后始果。子：指整个石榴果，非单指籽粒。　④可怜：不作可惜而作可爱解。末二句正是爱其无游人来赏，爱其满地青苔、绛英；倘有人来赏，则车辙马蹄踏得不堪了。此正是意调新而笔锋偏出处。　⑤颠倒：乱貌。绛英：绛，红色；英，花也。此

句是说青苔上落满了红艳艳的石榴花。 ⑥贾谊：河南洛阳人，西汉杰出的政治家、辞赋家，曾出任长沙太傅，世谓贾长沙。⑦葛洪：晋道教学者、医药学家，句容人，字稚川，自号抱朴子。从祖传炼丹术于郑隐，洪就隐学，炼丹于罗浮山，称葛洪山，山有丹井。 ⑧寒泉：极言水深，只宜看影，不宜汲饮。 ⑨暍(yē)：古读入声。一种因天热中暑而患的热症。一作渴，非是。

**【品评】**

以第一首"五月榴花照眼明"看，诗当写于他与张署同掾江陵时的五月作。这两首诗借咏物以寄托的小诗，诗虽短却包含着一种深刻的哲理。《榴花》咏石榴不喜繁华，不图温养，在僻地冷落处，自开自落，自结子实，表现了他洁身自好的品格：既颂人又寓己。《井》言井水虽在，不能济人，比喻在位者，尸位素餐，不能荐才济政。骨子里表现了韩愈虽遭贬遇赦，仍不得还朝复官的怨愤。

## 池上絮①

池上无风有落晖，② 杨花晴后自飞飞。③
为将纤质凌清镜，④ 湿却无穷不得归。⑤

**【注释】**

①絮：柳絮，柳树的花。成熟的柳树种子，上有白色绒毛，随

风飞落如飘絮，故称柳絮。也叫柳绵。②落晖：落日的余光。③杨花：柳絮。柳树世称杨柳，故花称杨花。④纤质：指柳絮质地纤细柔软。凌：凌驾，此指飘浮。清镜：指池水水面。⑤无穷：无穷无尽，形容柳絮多。

【品评】

此诗见遗诗，不详年月，视内容情调，似作于元和六年，任河南令，在洛阳时。小诗描写了眼前的实景，以景引情而发感慨。写杨花飘飖无际与湿却不归，似有寓意。诗写眼前景物不饰自切，喻社会世俗不琢自深。

## 峡石西泉[①]

居然鳞介不能容，[②] 石眼环环水一钟。[③]
闻说旱时求得雨，只疑科斗是蛟龙。[④]

【注释】

①元和六年(811)夏，韩愈由河南令，迁朝议郎、职方员外郎、上骑都尉，奉诏赴京师长安，过陕州峡石县而作。②居然：副词，出人意料。鳞介，泛指有鳞与介甲的水生动物。③《列子·汤问》："滨北海之北，其国名曰终北。当国之中有山，山名壶领，状若甔甀，顶有口，状若员环，名曰滋穴，有水涌出，名曰神瀵。"俗谓之石眼。环环：形容石眼为圆形。钟为古代容量单位。可容六

斛四斗，十釜为一钟。“釜十则钟。” ④《尔雅·释鱼》：“科斗，活东。”注：“虾蟆子。”蛙或蟾蜍的幼体。

【品评】

诗看似不经心，实则以锐思寓深意。峡州西泉是眼前实景，公居然在连鳞介都不能容的一钟石眼，以所听传说折转，推出小石眼居然能应百姓所祈，得雨旱解。再由此而拟想出科斗化蛟龙的奇想。这由水与水中之物，引发连想，虽奇辟，也自然。科斗化龙之想，可谓奇中尤奇；若联系韩愈《应科目时与人书》一文里，他自比于怪物龙，就会豁然开朗。原来韩公此次迁官回京，遇水，过关，会不会有跳龙门而化龙之想呢？请细思之。看来他是想回京后在慎行中干一番事业的。

## 入关咏马①

岁老岂能充上驷，② 力微当自慎前程。③
不知何故翻骧首，④ 牵过关门妄一鸣。⑤

【注释】

①元和六年(811)夏，韩愈由河南令，迁朝议郎、职方员外郎、上骑都尉，奉诏赴京师长安，过潼关而作。关，指陕西潼关。唐人诗文里凡单称一关字者，均指潼关；若称别关者，必冠名字，如蓝田武关，太行娘子关。 ②上驷：最好的马。③此乃见自然之关

而感叹自己的人生之关。因为民言事而遭贬，不可不慎对前程也。前程：未来的道路或境况。 ④骧首：马仰头也。 ⑤《新唐书》卷二二三《奸臣传上·李林甫传》："补阙杜琎再上书言政事，斥为下邽令。因以语动其余曰：'明主在上，群臣将顺不暇，亦何所论？君独不见立仗马乎，终日无声，而饫三品刍豆；一鸣，则黜之矣。后虽欲不鸣，得乎？"

【品评】

由河南县令，迁职方员外郎，召回京师，对韩愈来说无疑是人生仕途的新起点。故见险关而有感于往事：因为百姓旱饥请命而遭贬，后累受挫，故有慎前程的思考：此人之情也，也是他此时的心态。诗以慎为眼，以马为喻，以前程为线贯穿，浑然一体。字显意邃，语畅气杰，见马意态尤知韩公的气度神情。慎于行是他的愿望，为国计民生不惜牺牲前程，乃韩公本性。孰大孰小，他心中有杆秤。

## 答道士寄树鸡①

软湿青黄状可猜，② 欲烹还唤木盘回。③
烦君自入华阳洞，④ 直割乖龙左耳来。⑤

【注释】

①树鸡：乃松、枫、枥、椹等老树生长的大菌类之物，即今说的

木耳。 ②《齐民要术》:“木耳,菹取枣桑榆柳树边生犹软湿者,煮五沸,去腥汁。”《本草纲目》二八《菜》有《木耳》条。 ③此句表诗人欲烹还止、猜度中的心态。 ④宋叶梦得《蒙斋笔谈》:“镇江茅山,世以比桃源。余顷罢建康,时往游三日,按图记问其故事。山中一一指数,皆可名,然亦无甚奇胜处。而自汉以来传之,宜不谬。华阳洞最知名,才为裂石,阔不满三四尺,其高三尺,不可入。金坛福地在其下,道流云:‘近岁刘浑康尝得入百余步。’其言甚夸,无可考,不知何缘能进?韩退之未尝过江,而诗有‘烦君直入华阳洞,割取乖龙左耳来’。意当有为,不止为洞言也。” ⑤宋曾季狸《艇斋诗话》:“韩退之《树鸡》诗云:‘烦君自如华阳洞,割取乖龙左耳来。’予按割龙耳时两出。柳子厚《龙城录》载:茅山处士吴绰因探药于华阳洞,见小儿手把大珠三颗,戏于松下。绰见之,因询谁氏子,儿奔忙入洞中。绰恐为虎所害,遂连呼相从入,得不二十步,见儿化龙形,一手握三珠,填左耳中。绰以药斧劚之,落左耳,而珠失所在。又冯贽《云仙散录》载:崔奉国家一种李,肉厚而无核。识者曰:‘天罚乖龙,必割其耳,血堕地,生此李。’未知退之所用果何事。然《龙城录》载华阳洞龙左耳事,而《云仙散录》乃有乖龙割耳之说,二书各有所取也。”

## 【品评】

此诗既咏物又寄慨。首二句重在咏物,不但把树鸡的形态颜色和托在人们眼前,那软湿柔和的内涵也使人触得到,可谓体物具体入微,活灵活现。寄慨者,一是慨叹不怕危险,自入华阳仙洞,割取如龙耳那样的珍贵之物馈送,友情可鉴。二是是否如叶梦得所说“意当有为”，若道士真是张道士，或与元和十年前后的政治形势联系起来看，会有寓意。但此见所寄之物，有感把笔，以奇物想象作比，而成此豪迈之笔，不一定求之过分，若是，则过凿矣。朱彝尊《批韩诗》谓此诗“豪气骇人”，诚然。

## 广宣上人频见过[1]

三百六旬长扰扰， 不冲风雨即尘埃。
久惭朝士无裨补， 空愧高僧数往来。[2]
学道前年何所得？ 吟诗竟日未能回。
天寒古寺游人少， 红叶窗前有几堆。[3]

**【注释】**

①广宣：蜀僧，有诗名。元和中住长安安国寺。 ②数往来：言来往频繁。 ③结二句，讥广宣终日不归，古寺寥落。正可闭门学道也。

**【品评】**

元和六年夏，韩公迁朝官职方员外郎；七年二月，下迁为国子博士；八年三月，迁比部郎中史馆修撰；九年十月，转考功郎中，史馆修撰如故；十二月，以考功知制诰。可谓朝士已久，虽惭与朝政无补，心里是自豪的。无补者，说己喻人，指无所事事的浮屠与世无补，正与一年到头常来打扰的广宣作比。“扰扰”叠用已作了强调，一年三百六十日旬旬长来，真够麻烦人的。长不作常，亦有意趣。在扰扰心烦中，又见广宣来扰，才于心烦中字斟句酌地想出这句突兀而起的破题诗句。题着一“频”字，乃诗之眼。二句看似与上无涉，实是以不是冒着风雨，就是踏着尘埃，即风雨无阻的长来扰。三四句对，以无对数，仍是强调广宣来扰之频。五六句意转，说广宣穷年学道无成，吟诗竟日不回，惜无好诗。此中含一潜台词：与人无补，只会扰人。结联落在广宣住处的冷清孤凄上。言外之意：广宣长扰别人，别人却很少到他的古寺红楼。对整日无所事事，到处乱跑的浮屠数落到家了。元方回《瀛奎律髓》卷四十七云：“昌黎大手笔也，此诗中四句，却只如此枯槁平易，不用事，不状景，不泥物，是可以非诗訾之乎？此体惟后山有之，惟赵昌父有之，学者不可不知也。”

## 游太平公主山庄①

公主当年欲占春，② 故将台榭压城闉。③
欲知前面花多少， 直到南山不属人。④

**【注释】**

①太平公主：唐高祖李治第三女，武则天所生，是武后时期专权跋扈的风云人物。先嫁薛绍，绍死，再嫁武承嗣，三嫁武攸暨。协助玄宗李隆基诛韦后有功，权势益重，时宰相七人，五出其门。睿宗先天元年(712)，因参与谋废立太子事失败，赐死。太平公主

山庄，在长安城南之乐游原。 ②当年，或作“年当”、“年常”，皆非是。占春：强占春光，指公主建造花园争称己盛。史称其家珍宝如山，山庄占地数十里，公主死后赐宁、申、岐、薛四王。 ③台榭：概指其中亭台楼阁等建筑。城闉（yīn）：曲城上的城门楼，或谓城内重门，此以门代皇城，说公主山庄比皇城还高大。 ④南山：指终南山。此句以花多少寓占地多少。多少，偏义词，即多。

## 【品评】

诗写于元和八年春，韩愈三为博士时。虽是写景，却在慨叹昔日公主山庄极广极盛，为盛唐显赫无与匹比中，揭露了唐代统治集团的腐化享乐。韩愈尊儒，崇尚礼制，从首联“欲占春”、“压城闉”，可见韩愈对这位公主擅权欺世，超越礼制的不满。钱仲联《集释》云：“不属人指当年言，感慨已在言外。”首句“占”字，乃诗眼，结句回应，透出“占”字。欲是因，而占是果。二句抱前，以点总束，突出其贵重权势：连京城都压住了；三四句铺张，以苑广花盛展开写这位公主的权势贵重。全诗一气流走，痛快。

## 奉和虢州刘给事使君三堂新题二十一咏[①]（选四）

### 渚　亭[②]

自有人知处，那无步往踪？[③]
莫教安四壁，[④] 面面看芙蓉。[⑤]

**【注释】**

①奉和：用别人的题材、诗韵写诗叫“和”。“奉”是尊称。使君：汉称太守为使君，唐刺史的官阶相当于太守，常作借称。刘给事：名伯刍，字素芝，洺州广平（今河北广平）人，中进士，迁考功郎中，集贤院学士，给事中。新、旧《唐书》有传。出为虢州刺史。②渚(zhǔ)亭：小岛上的亭子。 ③“自有”二句：向来为人们知道的好地方，那能没有人来往呢？暗知渚亭好。 ④安四壁：安装亭子四周的墙壁。 ⑤面面：每一个方面，如“方方面面”。

**【品评】**

诗序云：“虢州刺史宅连水池竹林，往往为亭台楼渚，目其处为三堂。刘兄自给事中出刺此州，在任逾岁，职修人治，州中称无事。颇复增饰，从子弟而游其间；又作二十一诗以咏其事，流行京师，文士争和之。余与刘善，故亦同作。”刘伯刍因与宰相李吉甫不和，元和七年以给事中为虢州刺史，次年修三堂，作诗二十一首，传入京师，公有是作。后世论者认为这二十一首是效法王维《辋川集》，首首清新，以小见大。正如朱彝尊《批韩诗》所说：“首首出新意，与王、裴《辋川》诸诗颇相似，音调却不如彼之高雅。”诗虽不逮王、裴，却代表了韩诗清新平淡之风格，读来清新可餐。

《渚亭》一首，小诗天然成趣，与王维《临湖亭》“轻舸迎上客，悠悠湖上来。当轩对樽酒，四面芙蓉开”，颇相类。如与“消受白莲花世界，风来四面卧中央”同读，更知其趣。

## 竹　溪

蔼蔼溪流慢，[①] 梢梢岸篠长。[②]
穿沙碧竿净，　落水紫苞香。[③]

【注释】

①蔼蔼：原指草木茂盛的样子，此指水缓缓而流的样子。②梢梢：竹条长长下垂的样子。篠（xiǎo）：细竹。晋戴凯之《竹谱》："海中之山曰岛山，有此篠。大者如箸，内实外坚，拔之不曲。生既危埇，海又多风，枝叶稀少，状若枯箸。" ③"穿沙"二句：嫩绿的竹笋刚从沙地上钻出来，还没有长出叶子，亭亭翠绿；落在水中的紫竹苞，散发出阵阵清香。苞：竹笋的壳。

【品评】

小诗写新竹亭亭玉立的姿态，表现出勃勃生机；紫苞剥落飘来阵阵香气，透出竹的韵味。看得见，嗅得着，形态逼真，活泼生动。

## 花　岛

蜂蝶去纷纷，　香风隔岸闻。
欲知花岛处，　水上觅红云。[①]

【注释】

①红云：指花岛，以物比物，妙。

【品评】

小诗写看到蜂蝶飞舞，闻岛上的花香，寻找水上花岛，远远望去，岛上花开嫣红，蜂飞蝶舞，像水上漂着一片红云一样。此乃远望之景。这样的诗境真前所未有，妙于彩绘也。

## 柳　巷

柳巷还飞絮，　春余几许时？
吏人休报事，① 公作送春诗。②

【注释】

①吏人：衙门里的公人。报事：报告公事。意思是不要以烦琐的俗事相烦。作者在《蓝田县丞厅壁记》里云："日哦其间，有回者，辄对曰：'余方有公事，子姑去。'"是曲说，比这诗的直说更有味。　②送春诗：春将尽而写惜春、恋春的诗。

【品评】

小诗写伯刍惜春与恋春的心情，情韵高雅。如黄叔灿云："伤春心事，黯然入妙。下二句并觉风韵入俗。"(引自钱仲联《韩昌黎诗系年集释》)元方回《桐江集》卷二："昌黎为刘给事赋《二十一咏》，然专道林泉间兴趣，于外务不毛发沾。'洞门无锁钥，俗客不曾来。'(《竹洞》)此以见自无俗客，则自不必有锁钥。风致甚高，与夫用意以拒俗客者异矣。既曰'朝游孤屿南，暮戏孤屿北。所以孤屿鸟，与公尽相识'(《孤屿》)。又曰'郡楼乘晓上，尽日不能回'(《北楼》)。又曰'吏人休报事，公作送春诗'。苟如此，则郡事全废，簿书期会，一切不问可也。然必其道眼识诗法者，始知昌黎为善立言，譬之曾点舍瑟，异乎三子者之撰也。”

## 酬王二十舍人雪中见寄①

三日柴门拥不开，　阶平庭满白皑皑。
今朝踏作琼瑶迹，②　为有诗从凤沼来。③

**【注释】**

①王二十舍人：指王涯。王涯，字广津，太原人。为作者同年友，此时官为中书舍人，以诗来寄。或云王仲舒，非也。　②琼瑶：美玉或美石。　③从，或作仙，非是。凤沼：即凤凰池，凤池。禁苑中池沼。魏晋南北朝设中书省于禁苑，掌管机要，接近皇帝，故称中书省为凤凰池。王涯时为中书舍人，自中书省寄诗来，故云诗来凤沼。

**【品评】**

诗遂是酬答之作，首二句却把冬日雪景突现出来，阶平庭满一片洁白，具体描绘出长安城为雪覆盖的雪世界；首句说明时间，这场大雪已非一日也，是时间，也是感觉。三句作比，美化了如玉装点的雪世界，自是诗境界的升华。接句落在王涯寄诗来。与题照应。为盛唐遗响。故程学恂《韩诗臆说》卷二云：“此却是唐格。”

## 奉酬振武胡十二丈大夫[1]

倾朝共羡宠光频，[2] 半岁迁腾作虎臣。[3]
戎旆暂停辞社树，[4] 里门先下敬乡人。[5]
横飞玉盏家山晓，[6] 远蹀金珂塞草春。[7]
自笑平生夸胆气， 不离文字鬓毛新。[8]

【注释】

①胡十二：胡证（755—825），字启中，河东人，贞元五年刘太真榜进士。累迁谏议大夫。元和九年，选拜振武军节度使。曾任御史中丞、工部侍郎、京兆尹、左散骑常侍。宝历初，以户部尚书判度支，固辞，拜岭南节度使。十二：为胡证族中同辈大排行。丈：对长者尊称，时胡六十，韩四十七。 ②倾朝：整个朝廷上的臣僚。宠光：皇帝的恩泽荣耀。频：频繁，盛多。 ③迁腾：升迁之快。谓胡证由左谏议大夫迁振武军节度使，中间相隔仅半年时间。虎臣：掌握兵权的大臣，此指节度使 ④戎旆（pèi）：军旗。辞社树：辞别乡里，这里以社树代乡里。 ⑤里门：故乡之门。敬乡人：敬重乡里长者，指胡证过家门对乡里人很讲礼貌。 ⑥横飞玉盏：指宴席上传盏交杯的欢乐气氛。家山晓：家乡的山已经亮了，即天将明，指与乡人欢饮通宵达旦。 ⑦蹀（diē）：行走。金珂：马饰。塞草春：振武在塞北，胡十一月受命，到塞北大约已是第二年的春天了。以上二句人称“工丽”。 ⑧文字：文章诗

篇。鬓毛新：鬓上又添白发。

【品评】

元和八年，振武军（在今内蒙古自治区和林格尔盟西北）守将杨尊宪反，赶走节度使李进贤。九年，党项又侵扰该地，朝廷派胡证为单于大都护、振武麟胜等军节度使。韩愈酬诗送行，诗当写于九年，在长安，为考功郎中兼史馆修撰，年四十七。诗虽是平常应酬之作，却一气流转，以磅礴的气势塑造了胡证文武兼备、体恤百姓的礼仪之士形象，预示他一定能为国立功，静安边塞。且自嘲虽有胆气，不过是舞文弄墨而已，以此烘托；同时，也寄托了诗人的无限感慨。清马位《秋窗随笔》说得好："昌黎古诗胜近体，而近体中惟《湘中酬张十一功曹》、《奉酬振武胡十二丈大夫》及《西林寺题萧二兄郎中旧堂》、《次潼关先寄张十二阁老使君》诸作，矫矫不群，可以颉颃老杜。他如'春风红树惊眠处，似妒歌童作艳声'，'暖风抽宿麦，清雨卷归旗'，'鸣箧急吹争落日，清歌缓送款行人'，唐诸人莫及也。近体中得此，所谓已探骊龙珠，余皆常物矣。"

## 春　雪

新年都未有芳华，[①] 二月初惊见草芽。[②]
白雪却嫌春色晚，　故穿庭树作飞花。[③]

【注释】

①都未:都没有。芳华:芳草、香花。 ②二月初惊:指时令已到二月初的"惊蛰"。时到惊蛰,草木发芽,春意渐浓。 ③故穿:故意穿过,把雪写成有意识的活物,拟人也。庭树:庭院里的树。

【品评】

元和十年二月作,与《题百叶桃花》同时。时至初春,草木发芽,春意渐浓,天却下了一场春雪。诗人因心里畅快,虽见寒雪袭春,也不觉得冷,反将春雪作春花,寒冷变阳春。写得白雪似芳花怡人,情调轻快,构思新巧,使旧题翻新。三句的"却嫌",四句的"故穿",对举成文,把景写活了。

## 题百叶桃花①

百叶双桃晚更红,② 窥窗映竹见玲珑。③
应知侍史归天上,④ 故伴仙郎宿禁中。⑤

【注释】

①百叶桃:碧桃,花重瓣,又称千叶桃。 ②双桃:两棵桃树。③本句指诗人凭窗向窗外偷偷看去,在翠竹间那鲜灵活现的桃好像仙女一样可意。见(xiàn),同现。玲珑:本指玉声。此指空明貌。 ④侍史:古制:尚书进内庭值班时由侍史护从,此代指尚书。天上:指内庭。韩公以考功郎中知制诰寓直禁掖,故云。 ⑤仙

郎：古称尚书省诸曹郎官为仙郎。韩愈官吏部考功郎中知制诰，属尚书省，故自称“仙郎”。此指内庭空静，只有这碧桃陪伴仙郎了。

**【品评】**

诗写于元和十年，公在长安任考功郎中知制诰时。韩愈独自值宿禁中，窗外桃花鲜艳怡人，心情格外惬意，写下这首小诗，抒发他迁吏部考功郎中知制诰，职近枢要，得与朝事的愉快心情。巧妙的是，他用拟人化手法，以碧桃自述，更觉百叶桃花鲜红明媚，体态玲珑，活灵活现，犹如桃仙美女玉立窗前。写景抒情，不弱右丞小诗。清何焯《义门读书记》卷三十：“首句‘晚’字即呼起下连，第二愈淡愈艳，透出‘晚更红’。”程学恂《韩诗臆说》卷二云：“公于此等，亦自风情不减，故如‘朱颜皓发讶莫亲’、‘金钗半醉座添春’，皆不足为公回护。”

## 戏题牡丹

幸自同开俱隐约，① 何须相倚斗轻盈。
陵晨并作新妆面， 对客偏含不语情。②
双燕无机还拂掠， 游蜂多思正经营。③
长年是事皆抛尽，④ 今日栏边暂眼明。⑤

**【注释】**

①隐约：依稀不明貌。 ②朱彝尊《批韩诗》：“中唐佳调。罗

隐诗似由此描出。此不语盖用桃李不言意,大胜罗。” ③经营:规划营造,周旋往来。 ④是事:犹云事事或凡是。 ⑤暂,且也。何焯《义门读书记》卷三十:“结句非牡丹不称。飞卿(《夜看牡丹》)‘希逸近来成懒病,不能容易向春风’,巧于偷意者也。”

## 【品评】

诗与《题百叶桃花》、《春雪》同时,按花开季节,当写于十年初夏。诗咏物,不在牡丹仪态的工笔描摹,而是从写人中让读者看到她“陵晨并作新妆面,对客偏含不语情”的仪态靓丽的含蓄美,极妙;感受到她“长年是事皆抛尽,今日栏边暂眼明”的品格的高雅绝特,使人愿抛尽长年所有事情,依偎在栏边观看体味。可谓“观之不足由她牵”。若此诗人还嫌对牡丹美的描摹不足,又以物拟人,写双燕无机也来、游蜂经营不去,作更深一层写。这一切正是对首联诗人依然看到牡丹“何须相倚斗轻盈”的铺写。物也,人也!物我合一,正是以物喻,首联的比意在此。咏牡丹者,无一字言及牡丹,亦不工于对牡丹富丽华贵刻绘,却极见韩诗锤炼功力。这也是韩诗不著色体格的独到处。如文《详注》:“王子思《诗话》云:‘议者谓此是画美人图子也。罗隐《牡丹》云:若教解语应倾国,任是无情也动人,时复以比韩句。’说谓唐人李白、刘禹锡、元稹、白居易辈皆赋牡丹,不过咏其香色富艳而已,至退之则不体之以物,而体之以人,有比兴之义,使读之者如入深闺观处女,其‘窈窕淑女,君子好逑’者乎!与‘金钗半醉坐添春’、‘明目刺剑戟’、‘艳姬踏筵舞’者异。”亦如汪师韩《山泾草堂诗话》云:“唐人咏牡丹夥矣,即如《才调集》中薛能、温飞卿、李山甫、唐彦谦、罗隐、罗郏，均有此诗。尽态极妍，总不如昌黎一首。前六句清轻流丽，无意求工。结联云：‘长年是事皆抛尽，今日栏边暂眼明。’不泥煞牡丹，非此不足以当之，此诗家上乘也。”七言长句，难得有此风情。

## 芍　药[①]

浩态狂香昔未逢，[②] 红灯烁烁绿盘龙。[③]
觉来独对情惊恐，[④] 身在仙宫第几重。

**【注释】**

①芍药，一名勺药。植物名，花大而美，名色繁多，供观赏，根入药。晚于牡丹，在初夏开。　②程学恂《韩诗臆说》：“《芍药》，首句浩态狂香四字，生造得妙。”　③红灯烁烁：喻其花。绿盘龙：喻其叶。　④情，或作忽，作情善。

**【品评】**

诗写于元和十年，韩公任考功郎中、知制诰，寓值禁中作。也是他处于顺境，心情畅适的时候。故用“浩态”形容芍药的英姿，用“狂香”形容花的芬芳，虽生造，却活灵活现，使人看得见，闻得着。若将首句与结句“身在仙宫”联系起来看，诗不但有寓意，亦传情，故第三句的情字是通贯全诗的关键词。二句以红灯比花，以绿盘龙比叶，亦有形有色，十分鲜明。若读诗闭目，韩愈身处顺境、心满意得的情态，就会浮现在眼前。

## 闲游二首

雨后来更好，　绕池遍青青。
柳花闲度竹，　菱叶故穿萍。①
独坐殊未厌，　孤斟讵能醒？②
持竿至日暮，　幽咏欲谁听？

兹游苦不数，③　再到遂经旬。
萍盖污池净，　藤笼老树新。④
林乌鸣讶客，⑤　岸竹长遮邻。
子云只自守，⑥　奚事九衢尘。⑦

【注释】

①故，一作乱，非是。故字恰对闲字，乱字无味。《瀛奎律髓》纪批："三四本即景好句，宋人以理语诠之，遂生出诗家障碍。"②厌：厌烦。讵：副词。表示反问，即难道、哪里。　③不数：谓没有多少次也。　④《瀛奎律髓》纪批："污净、老树四字创意，反对转纤。"　⑤讶：惊讶。　⑥本句韩愈以扬子云喻之，以清闲自守。⑦喻指长安官场。

【品评】

从独坐未厌，孤斟不醒和"子云只自守，奚事九衢尘"的三问表现出的心态看，当是下迁太子右庶子的闲官时，作于元和十二年春夏。韩愈因支持平淮西，遭主和权臣打击，自去年五月十八日降为右庶子，至今年七月二十九日兼御史中丞，充彰义军行军司马，只此春夏为然。诗突出因闲官而产生远尘嚣的孤独幽情，也是他对九衢尘的否定。纪昀谓："二诗体近'江西'，故虚谷取之，实无佳处。"方回说："此二诗一唱三叹，有余味。以工论之，只前诗第一句已极佳。后诗第六句着题，诗亦体贴不尽。"(《瀛奎律髓》卷二三)查慎行《诗评》云："老树有藤笼之，则老而能新。污池有萍盖之，则污而能净。下字有血脉。"

## 赠刑部马侍郎[1]

红旗照海压南荒，[2] 征入中台作侍郎。
暂从相公平小寇，　便归天阙致时康。

**【注释】**

①马侍郎：马总，元和四年为安南都护，八年徙桂管观察使，入为刑部侍郎。十二年，裴晋公平蔡，奏总为副使。　②压南荒：指马总的仕宦经历。

**【品评】**

这首七绝气势之雄，鲸吞淮西之寇，扫平割据战乱，以致时康，表现了韩愈扫灭叛乱的决心，一统天下的期望。涵盖之广，从马总旌节安南、桂管、岭南，势压南荒的照海红旗，到从裴平蔡的淮西大战，尽皆包容。诗虽是应时之作，却于平常语里造出不平常的诗境。脱口而出，一气流走，十分得体。当写于元和十二年(817)七月，受命平淮西出发前。诗人的心情是欢快的！

## 过鸿沟①

龙疲虎困割川原，② 亿万苍生性命存。③
谁劝君王回马首，④ 真成一掷赌乾坤。⑤

**【注释】**

①鸿沟：古渠名。在今郑州荥阳东北广武镇。秦末项羽、刘邦争战于此，后以鸿沟为界，中分天下，西为汉，东为楚。 ②龙疲虎困：比喻刘邦、项羽双方争斗困苦不堪。割川原：分割天下。③苍生：百姓。 ④《史记》卷八《高祖本纪》载：刘、项中分天下，刘应西归。途中从张良、陈平计，趁项不备，与韩信、彭越合军击之，大败楚而建汉。劝者乃张、陈，此以比裴度，宪宗比刘邦。⑤乾坤：本指天地，此指江山社稷。此句谓：刘邦用张、陈计，关系到国家命运。

**【品评】**

元和九年淮西吴元济叛乱，宪宗排兵进讨，久攻不下。或主战或主和，朝中大臣争论不休。宰相裴度力排众议，主张进讨，宪宗从其计，于元和十二年七月，命裴度亲自督战进讨。韩愈作为主战者以太子右庶子被命为行军司马同往。八月初，军出长安后，韩愈单骑前往汴州（今开封），说服韩弘积极参战。韩愈经鸿沟，睹古喻今，写下了这首有名的七绝，歌颂宪宗与裴度平蔡。这在藩镇割据、苍生涂炭的情况下，颇有积极意义。小诗能在二十八个字里，将力主讨蔡的隐衷曲曲说出，真乃绝妙文字。

## 和李司勋过连昌宫①

夹道疏槐出老根，② 高甍巨桷压山原。③
宫前遗老来相问，④ “今是开元几叶孙”。⑤

【注释】

①李司勋，名正封，从裴度平淮西为彰义军节度判官书记。原任京官吏部司勋员外郎，故称李司勋。连昌宫，高宗显庆三年(658)建，玄宗曾加修葺，是唐代皇帝由长安去洛阳的行宫，在今河南宜阳县。唐人多有以此为题材，借连昌宫的兴废，揭示唐由盛到衰的历史，追念昔日之盛，期望唐朝在兴。 ②夹道：道路两侧。槐：树名，此指国槐。出：露出。此句乃眼前所见实景，不写树形，只写老根，突出年代之久，以应下之“遗老”。绝句虽忌重字，此未觉重，乃韩公炼意炼字处。 ③甍(méng)：屋脊。桷(jué)：构架屋顶的方形椽子。句意为：连昌宫高大雄伟像巨人一样，俯瞰着山原。一“压”字之用，顿增诗的气势。 ④遗老：前朝

旧臣。此指久经风霜、饱尝事故的老人。借遗老之问,发人深思。⑤今:即当今皇上,指宪宗李纯。开元:玄宗李隆基年号,公元713至741年,此为史家称为“开元之治”的盛世。史谓“是时海内富实,米斗之价钱十三”,“道路列肆具酒食以待行人,店有驿驴,行千里不持尺兵”。叶:代,犹世,即时期。孙:子孙。

**【品评】**

这首诗写于平淮西凯旋回师途经连昌宫所作,时在元和十二年冬。诗人借玄宗曾多次住过连昌宫为题,追昔论今,希望当今圣上能吸取前朝的教训,中兴唐朝。诗以写连昌宫盛大雄伟起笔,以遗老相问作结,前后照应。思精语洁,质直如话,含味自深,在磅礴的气势笼罩下,使人黯然,耐人寻味。故朱彝尊《批韩诗》云:“‘白头宫女在,闲坐说玄宗’,昔人已谓妙矣,此乃因今帝致问,尤有婉致。”

## 次潼关先寄张十二阁老使君[①]

荆山已去华山来,[②] 日出潼关四扇开。[③]
刺史莫辞应候远,[④] 相公亲破蔡州回。[⑤]

**【注释】**

①次:到达驻宿。潼关:秦豫交界的一道险关,长安的门户,在今陕西华阴市东。张十二:张贾,大排行第十二。阁老:唐人对

中书、门下两省官里中书舍人、给事中里年长资深者的尊称。张贾曾任门下省给事中。使君：张贾时任华州刺史，唐刺史与汉太守官阶同，汉呼太守为使君，此借称。 ②荆山：在今河南省灵宝市，唐置虢州湖城县，县南三十里有覆釜山，又名荆山。华山：又名太华山，在今华阴市南，中国五岳之西岳也。 ③四扇开：潼关东西二门，门各二扇，故云四扇。过了潼关就是八百里秦川的关中平原，故云开。 ④刺史：指张贾。 ⑤相公：指裴度，唐称宰相为相公。亲：既实际又亲切，用得极妙。蔡州：在今河南汝南，吴元济巢穴所在。胡仔《苕溪渔隐丛话》前集卷十八《韩吏部下》引《漫叟诗话》云："诗中有一字，人以私意窜易，遂失古人一篇之意。若'相公亲破蔡州回'，今亲字改作'新'字是也。"

【品评】

此诗乃平淮西回师过潼关所写，比《和李司勋过连昌宫》诗稍后数日。言为心声，在满朝主和一派声势汹汹的情况下，随裴度平淮西，活捉吴元济，取得了空前胜利，使中原得以安定，公心情自豪而喜悦。这首七绝正表现了诗人希望统一的思想和胜利的心情。诗打破七绝忌用刚笔的禁戒，刚而能韵，创为新体，是以刚笔写七绝的最佳者。故清施补华《岘庸说诗》谓："然退之亦不能为第二首，他人也不能效退之再作一首。"小诗而能卷波叠浪，大开大合，从容自若，笔畅意随，使其既有波浪壮阔的雄伟气势，又有风骨韵味，是历代传颂的佳制。

## 独钓四首（选二）

一径向池斜，　池塘野花草。①
雨多添柳耳，②　水长减蒲芽。③
坐厌亲刑柄，④　偷来傍钓车。⑤
太平公事少，　吏隐讵相赊。⑥

独往南塘上，　秋晨景气醒。
露排四岸草，　风约半池萍。⑦
鸟下见人寂，　鱼来闻饵馨。⑧
所嗟无可召，　不得倒吾瓶。⑨

**【注释】**

①二句虽直叙，然有兴象，一、斜二字逼真，是个性语言。野字双关，即野草、野花。　②柳耳：寄生在老柳树上的菌类，色黄黑，形如耳，可食用。韩公诗所谓木鸡者。喜温热潮湿，故诗云雨多添之也。　③长（zhǎng）：水位升高，意同涨；水涨而蒲芽未增高，故云减，即少。此写水涨蒲没景象。首二联体物入微，妙出新境也。　④坐：受此之职位，意同坐罪之坐。刑柄：刑法之权柄，时公为刑部侍郎。　⑤钓车：钓鱼之具，有轮以缠绕钓丝者。⑥讵，岂也。赊，方也。　⑦约，偃也。蒋之翘《韩昌黎集辑注》：

"下约字极新。"宋无名氏《道山清话》云:"馆中一日会茶,有一新进曰:'退之诗太孟浪。'时贡父偶在座,厉声问曰:'风约半池萍,谁诗也?'其人无语。" ⑧何焯《义门读书记》卷三十:"鱼鸟一联,极似老杜,入微。" ⑨应题与首句"独"字,当有寓意。

【品评】

元和十二年十二月二十一日至十四年正月十四日,韩愈任刑部侍郎。此四诗其二有"坐厌亲刑柄"句,知四诗写于他任刑部时。其三有"秋晨景气醒",其四有"秋半百物变"句,知诗写于元和十三年八月。时社会暂时太平,《平淮西碑》风波也已过去,韩公之心得以稍稍平静,刑部主要管刑法,相对具体事少,又无友应召,故有独钓之闲心。诗正反应了他此时的平静生活与幽兴心态。诗虽有小家子气,却也反映出韩诗诗艺的多样性。故朱彝尊《批韩诗》云:"四诗多新致。"

## 左迁至蓝关示侄孙湘①

一封朝奏九重天,② 夕贬潮州路八千。③
欲为圣明除弊事,④ 肯将衰朽惜残年。⑤
云横秦岭家何在?⑥ 雪拥蓝关马不前。⑦
知汝远来应有意,⑧ 好收吾骨瘴江边。

## 【注释】

①《旧唐书·宪宗纪下》:"元和十四年春正月,迎凤翔法门寺佛骨至京师,留禁中三日,乃送诣寺,王公士庶奔走舍施如不及。刑部侍郎韩愈上疏极陈其弊。癸巳,贬愈为潮州刺史。" ②一封:一封奏章,即《论佛骨表》。朝(zhāo)奏:早朝上的奏章。与下句"夕贬"对。言朝夕之间被贬远地潮州。九重天:迷信说法,谓天九层,此指朝廷。 ③潮州:一作潮阳,治所潮安,在今广东潮州市。八千:极言路途遥远。 ④圣明:指皇帝,此谓宪宗。弊事:指朝廷上的弊政,此指迷信佛教。 ⑤衰朽:指衰弱多病的身体。惜残年:怜惜余生。时韩愈五十二岁。 ⑥秦岭:秦岭山脉,引指长安南的终南山,横亘蓝田。此与下句,一写回首,一写瞻前。 ⑦马不前:宋曾季狸《艇斋诗话》:"韩退之'雪拥蓝关马不前'三字,出古乐府《饮马长城窟行》(见《乐府诗集》卷三八"相和歌辞")'驱马涉阴山,山高马不前'。"疑用屈原《离骚》"仆夫悲余马怀兮,卷局顾而不行"句意。 ⑧汝:你,指韩湘。韩湘赶至蓝田关与韩愈相会,并随至广东。

## 【品评】

元和十四年(819)正月,凤翔法门寺塔内发现有释迦文佛指骨一节,宪宗派宦官持香花迎入宫廷供奉。韩愈上了《论佛骨表》,请制止京师狂热的宗教活动,触怒了宪宗,几被处死。由于裴度、崔群等解救,由刑部侍郎贬潮州刺史。这首诗是他路过蓝田县蓝关,写给来送行的侄孙韩湘的,约在正月十六七日。说明他被贬之因,抒发了他内心的悲愤。诗语极凄切,却不衰煞,以悲壮雄肆感人。一二句以揭诸贬谪叫起，以勃勃气势振起。三四句是全诗之骨，五六句造艺术高峰，结二句归缴三四句之意。故何焯评其诗格为“沉郁顿挫”。细读此诗，真觉有少陵之风。

## 次邓州界①

潮阳南去倍长沙，② 恋阙那堪又忆家。
心讶愁来惟贮火，③ 眼知别后又添花。④
商颜暮雪行人少，⑤ 邓鄙春泥见驿赊。⑥
早晚王师收海岳， 普将春雨发萌芽。

**【注释】**

①《元和郡县图志》卷三十二：“山南道：邓州，《禹贡》豫州之域。周为申国。战国时属韩，秦昭王取韩地，置南阳郡，以在中国之南，而有阳地，故曰南阳，三十六郡，南阳居其一焉。汉因之，邻县三十六，理宛城。大业三年，改为南阳郡。武德二年，复为邓州。” ②长沙：樊《谱注》：“汉贾谊为长沙王太傅。长沙，潭州，在唐隶江南西道，而潮阳在岭南，距长安八千里，故曰倍云。”《元和郡县图志》卷二十九：“江南道湖南：潭州管县六：长沙县，郭下，本汉临湘县，属长沙国。隋改为长沙县，属潭州。” ③讶(yà)：同呀，惊讶。 ④此乃“别后知眼自添花”，即眼花的程度增加了。⑤商颜：商山之貌。 ⑥邓，邓州。鄙，边也。赊，远也。

【品评】

诗于南贬潮州途中,后于“蓝关”诗,约在已露早春气象的正月下旬。诗人虽遭贬而有感于物候,不忘恋阙和王师收复河南河北,一统全国,使天下百姓过上太平日子,即“普将春雨发萌芽”。中二联属对工稳,第三句心惊愁来怒火内生,暗指遭贬;第四句写别家之情,眼知二字因合律语序倒置,径指自己,因遭贬别家而顿觉衰老。三联,因过凄冷的风雪山路,天和气暖,心情一变。如元无名氏所说:“韩公贬潮,由蓝田走商州。出武关。七八言师平李师道,收青齐。”朱彝尊《批韩诗》云:“比《示湘》作运思入细,态较浓,然不若彼之浑然。”诚是。惟在写二诗时公心思不同:前者块垒塞胸,悲愤慷慨,不吐不快;此则块垒稍解,而心情舒缓,故能运思入细也。

## 题楚昭王庙①

丘坟满目衣冠尽,② 城阙连云草树荒。③
犹有国人怀旧德,④ 一间茅屋祭昭王。⑤

【注释】

①楚昭王:姓熊氏,名珍,平王子。公元前515至488年在位,通大道,有惠政。昭王十二年吴伐楚,楚由郢迁都鄀(ruò),即宜城(今湖北宜城)。宜城县东北楚昭王庙。 ②丘坟:墓冢。衣冠:以衣帽穿戴代指历代世家、历史人家。此句谓:楚世家早已灭亡,楚人已身死骨朽,只留下一片荒冢。 ③城阙连云:想象楚国

盛世，城楼宫殿高耸入云。草树荒：楚国城阙早已荡然无存，只剩下一片荒草。④国人：指楚国旧人。《易·讼》卦："六三，食旧德。贞厉终吉，或从王事，无成。象曰：食旧德，从上吉也。"⑤承上句，谓当地百姓每年十月还来祭祀昭王。公《记宜城驿》："旧庙屋极宏盛，今惟草屋一区；然问左侧人，尚云：'每岁十月，民相率聚祭其前。'"

【品评】

韩公《外集》中《记宜城驿》云："此驿置在宜城内，驿东北有井，传是昭王井，有灵异，至今人莫汲。……井东北数十步有楚昭王庙，有旧时高木万株，多不得其名，历代莫敢剪伐，尤多古松大竹。"记后书为"元和十四年二月二日题"。知诗亦写于南迁途经宜城时。诗意苍莽，风骨凛然，是韩诗七绝中之佳制。刘辰翁云："人评公《曲江寄乐天》绝句胜白全集，此独为唱酬可尔。若公绝句，正在《昭王庙》一首，尽压晚唐。"一二句，均以眼前景忆昔日盛，句中相对比衬，起雄阔。三句陡转而自然，真大手笔，叫得起，撑得住。妙处全在"一间茅屋祭昭王"之结句，观似草草，却有风致，意味深长，非此而压不住。韩公远谪，不伤己而忧国，借古叹今，念国民之生息。作为封建社会的士大夫，这种思想是可贵的。

## 量移袁州张韶州端公以诗相贺因酬之①

明时远逐事何如？② 遇赦移官罪未除。③

北望讵令随塞雁，　南迁才免葬江鱼。[④]
将经贵郡烦留客，[⑤] 先惠高文谢启予。[⑥]
暂欲系船韶石下，[⑦] 上宾虞舜整官裾。[⑧]

**【注释】**

①袁州:《元和郡县图志》卷二十八:“江南道四:袁州本秦九江郡地,在汉为宜春县,属豫章郡。晋平吴后属荆州,东晋以来属江州。隋开皇十一年置袁州,因袁山为名。大业三年,罢袁州为宜春郡。武德五年讨平萧铣,复置袁州。”即今江西袁州市。②明时:指政治清明的时代。③《新唐书·韩愈传》:“贬潮州刺史。既至潮,以表哀谢。帝得表,颇感悔,欲复用之,持示宰相曰:‘愈前所论是大爱朕,然不当言天子事佛乃年促耳。’皇甫镈素忌愈直,即奏言,‘愈终狂疏,可且内移’。乃改袁州刺史。”是罪未全除也。④本句用屈原投江事。屈原既放,游于江潭。渔父问之,原曰:宁赴江流,葬于江鱼腹中。⑤此用《前汉书》陈遵好客而诚挚强留事。《汉书·陈遵传》:“遵居长安,列侯近臣贵戚皆贵重之。牧守当之官,及郡国豪杰至京师者,莫不相因到遵门。遵嗜酒,每大饮,宾客满堂,辄关门,取客辖投井中,虽有急,终不得去。”⑥高文:超出世俗之文。⑦韶石:《元和郡县图志》卷三十四:“岭南道一:韶州曲江县,韶石,在县东北八十五里。两石相对,相去一里。石高七十五丈,周回五里,有似双阙,名曰韶石。”⑧上宾:以贵客接待。

【品评】

本诗为韩愈接到量移袁州的诏书并张韶州贺诗后所作。诏书传递，自京师达潮州，必先经韶州，张得先见。因是好友，故托使者带去贺诗，韩公因以诗酬谢。诗虽喜犹怨：首句发问，意在“明时”不该逐而逐，可见明时之君不明，一怨也；二句说虽量移，而罪行并未全雪，二怨也。因有怨气，故用“塞雁”以寓其心情的悲凉。喜的是量移岭北，才免南迁成为葬江之鱼。他也才有心情“暂欲系船韶石下”，客游韶州景观。“烦留客”者，除了这次回程为客外，亦含南来之留及其家属的留居，所以，他对张端公有一种特别感激之情。中二联虽平平叙来，却对仗工整，情感真挚。首句发问，令人味之不尽。结用典事，揭主客友情，抱题，构建缜密。

## 题秀禅师房

桥夹水松行百步，[①] 竹床莞席到僧家。[②]
暂拳一手支头卧，[③] 还把鱼竿下钓沙。[④]

【注释】

①水松：说有二：一曰海藻类植物，可入药。一曰树名，即棕，多生于水旁。 ②竹床：一作“竹林”，非；当作竹床，南方常有。莞席：用莞草织成的席。莞，蒲草，可织席。 ③头，或作颐。支头、支颐均可，作支头更合禅师情景。即以手托颊。 ④四句全无主语，然主人自见。一二句着行、到二动词，则主语显见是诗自

己；三四当指秀禅师，可第四句双关亦可。当作把鱼竿拿来，自钓鱼沙岸。钓鱼，不作钓鱼或钓竿，而作钓沙，意境全出，有味。

【品评】

韩愈元和十四年末从潮州到韶州，与家人相聚，十五年春节在韶州度过，如《将至韶州先寄张端公使君借图经》诗云："曲江山水闻来久，恐不知名访倍难。愿借图经将入界，每逢佳处便开看。"有机会访韶州之佳处，秀禅师所在禅寺当在所访之内，《题秀禅师房》则写于此时。诗正通过写禅寺特有的"桥夹水松"的百步之路，秀禅师的悠闲潇洒，支颐而卧，垂钓沙岸的情景，脱出他量移北归，与家人团聚的心情。真乃别是一番趣味。故朱彝尊《批韩诗》云："四句四事，清迥绝俗。"

## 韶州留别张端公使君

来往再度梅柳新，① 别离一醉绮罗春。②
久钦江总文才妙，③ 自叹虞翻骨相屯。④
鸣笛急吹争落日，⑤ 清歌缓送欸行人。⑥
已知奏课当征拜，⑦ 那复淹留咏白蘋。⑧

【注释】

①梅柳新，指季节，非特指某月。贬潮南来时过韶乃三月中旬，由潮移袁过韶为正月，皆可谓梅柳的新春季节。 ②绮罗春，

指宴席间景象；或为酒名。 ③江总：字总持，幼聪敏，及长，笃学有文辞。南阳刘之遴等，并高才硕学。总时年少有名，之遴尝酬总诗，深相钦挹。梁元帝征为始兴内史，不行，流寓岭南积岁。陈天嘉中征还，累迁太子詹事。尤工五言七言，多为艳诗，好事者相传讽玩。此句是以江总文才比张。 ④虞翻：字仲翔，吴人，孙权放之于交州，卒死于放地。虞翻以论神仙徙交州，韩愈以论佛骨贬潮州，皆黜外教，皆放南方，故以自比。 ⑤谓天色已晚，该当行矣，内含一“急”字。与下句对。 ⑥“清歌缓送”，着一“缓”字，与上句意对。 ⑦征拜：征召拜官。此句谓他已经知道受命袁州也。 ⑧承上句，那里还能在这儿清歌缓送的滞留呢？

【品评】

此乃元和十五年春节后，赴袁离韶别张之作，时稍后于上诗。由于张的款待，滞留韶州的这个春节过得还好。送别时又依依难舍，饯行之酒，日昔未散。韩公诗里感激之情，溢于文字之间：两情相得益彰，和谐温馨。此诗用典对仗平稳，格调自然，写景活脱清新，抒情真挚感人。故朱彝尊《批韩诗》云：“格平调整，写情点景皆合拍，读之有味。”

## 游西林寺题萧二兄郎中旧堂①

中郎有女能传业，② 伯道无儿可保家。③
偶到匡山曾住处，④ 几行衰泪落烟霞。⑤

【注释】

①西林寺：在江西庐山，晋代高僧慧永建。《莲社高贤传》："西林法师慧永，初至浔阳，刺史陶范留筑庐山舍宅为西林。"萧二兄：萧存，颖士子，字伯诚，能文辞，与韩会、沈既济、梁肃、徐岱交友。做过常熟主簿、殿中侍御史、比部郎中。恶裴延龄为人，弃官归庐山，以山水自娱，风痹卒。郎中：从五品上。 ②中郎：以蔡邕父女作比。蔡邕(132—192)，东汉著名文学家和书法家。官至中郎将，世称蔡中郎。无儿，有女蔡琰(文姬)。韩诗以蔡比萧，文姬比萧女。《新唐书·萧颖士传附存传》："韩愈少为存所知，自袁州还，过存庐山故居，而诸子前死，惟一女在，为经赡其家。"③此亦以伯道比伯诚也。伯道：邓攸字。西晋末年人，在石勒之乱中携妻子、儿子、弟之子逃难，因不能使二子两全，舍己子而存弟子，后攸死，卒无子嗣，时人哀怜邓攸说："天道无知，使邓伯道无儿。" ④匡山：庐山。殷周时匡俗游此山，时人因其到之处为神仙之庐，因名匡山。曾住处：庐山西林寺乃萧存住过的旧址。⑤时韩愈五十三岁，神衰体弱。烟霞：本指日照下的云气，此指山水胜景。

【品评】

元和十五年(820)九月，韩愈在袁州受命迁任国子监祭酒(从三品，总管国子六学，掌儒学训导)，赴长安经庐山，看望老友萧存。时存与三子俱去世，只有一女出家为尼。韩公有感而发，诗当写于北上途中，时约在十一月初。诗用典贴切，虽四句三典，仍觉流利畅达。结句"几行衰泪落烟霞"，有景有情，清丽新颖。虽仅四句，却把他与萧存的友情淋漓尽致表现出来了。

## 题广昌馆[①]

白水龙飞已几春，[②] 偶逢遗迹问耕人。[③]
丘坟发掘当官路，[④] 何处南阳有近亲。[⑤]

**【注释】**

①广昌馆：汉广武旧宅，在旧枣阳县城南二里。后称为馆，用古县名也。 ②《文选》卷三张衡《东京赋》："我世祖忿之，乃龙飞白水，凤翔三墟。"李善注："白水，谓南阳白水县也，世祖所出之处也。……龙飞凤翔，以喻圣人之兴也。" ③耕人：耕田的人。④当官路，言无所畏忌也。 ⑤《后汉书·刘隆传》："光武帝刘秀建武十五年(39)，诏下州郡检校其事(指垦田)，而刺史太守多不平均，或优饶豪右，侵刻羸弱，百姓嗟怨，遮道号呼。时诸郡各遣使奏事，帝见陈留吏牍上有书，视之，云'颍川、弘农可问，河南、南阳不可问'。帝诘吏有趣……帝曰：'即如此，何故言河南、南阳不可问?'(显宗)对曰：'河南帝城，多近臣，南阳帝乡，多近亲，田宅逾制，不可为准。'"

**【品评】**

韩愈受命国子祭酒由袁州归京过广昌，有感于当官路旁的丘坟被掘而作，时在稍后于《游西林寺》的十一月。因抒一时之感慨，情调凄婉感人。如蒋之翘《辑注》云：“此与《题楚昭王庙》情事俱感慨无极。”其挥腕有力，以四句诗说尽张孟阳《七哀诗》所含，何等爽朗痛快！

## 去岁自刑部侍郎以罪贬潮州刺史乘驿赴任其后家亦谴逐小女道死殡之层峰驿山下蒙恩还朝过其墓留题驿梁①

数条藤束木皮棺，② 草殡荒山白骨寒。③
惊恐入心身已病，④ 扶舁沿路众知难。⑤
绕坟不暇号三匝，⑥ 设祭惟闻饭一盘。⑦
致汝无辜由我罪，⑧ 百年惭痛泪阑干。⑨

**【注释】**

①小女，名女挐，韩愈第四女。 ②极言瘗葬草草简陋。③草殡：草草殓葬。首联木皮棺草殡，即《祭女挐女文》：“草葬路隅，棺非其棺。” ④“惊恐”句：指韩愈坐罪小女病中受到很大刺激和惊吓。 ⑤“扶舁”句：想象病女途中艰难行走的情况。舁(yǔ)：抬着走。即《祭女挐女文》“扶汝上舆，撼顿险阻”意。二联不用平直之笔，回想未死前现状，宛然在目前，即“昔汝疾革，值吾南逐，苍黄分散，使汝惊忧”，及“家亦随谴，扶汝上舆，撼顿险阻”意。悲痛自在言外。 ⑥“绕坟”句：意思是说他被谪先行，女儿死时也没有绕坟哭三匝。 ⑦“设祭”句：只听说埋葬女儿时仅用

了一盘饭作祭礼。⑧无辜，女挐本不该死而死，乃对时之苛政的控诉；由我罪，我何罪之有？本是“欲为圣明除弊事”，却遭贬谪。⑨泪阑干：涕泪横流。

【品评】

元和十五年（820），韩愈北归长安，过陕西商南县南层峰驿作，时在冬天。元和十四年正月，韩愈被贬潮州，全家被累，逐出京城，四女女挐病死途中。据韩公《女挐圹铭》：“愈既行，有司以罪人家不可留京师，迫遣之。女挐年十二，病在席，既惊痛与其父诀，又舆之走道，撼顿失食饮节，死于商南层峰驿，即瘗道南山下。”又《祭女挐女文》：“昔汝疾极，值吾南逐。苍黄分散，使女惊忧。我视汝颜，心知死隔。汝视我面，悲不能啼。我既南行，家亦随遣。扶汝上舆，走朝之暮。天雪冰寒，伤汝羸肌。撼顿险阻。死于穷山，实非其命。”“草葬路隅，棺非其棺。”可见女死之凄惨，韩愈之悲痛。诗以沉痛、愤激的心情回忆了小女死葬，抒发了父女之间的真挚感情。可与杜甫《奉先咏怀》“入门闻号咷，幼子饥已卒！吾宁舍一哀，里巷亦呜咽”及《北征》有关描写比美。单就一诗全写这一题材，又如此感人者，为唐诗创举。故清汪佑南《山泾草堂诗话》云：“读古人诗，须知古人当日情事，而后识其用意之所在。”

## 贺张十八秘书得裴司空马[①]

司空远寄养初成，毛色桃花眼镜明。[②]
落日已曾交辔语，[③]春风还拟并鞍行。
长令奴仆知饥渴，须著贤良待性情。
旦夕公归伸拜谢，[④]免劳骑去逐双旌。[⑤]

### 【注释】

①张籍有谢裴寄马诗，裴亦有诗答籍。李绛、元稹、白居易、刘禹锡、张贾皆有诗贺之，公亦有此作。 ②桃花：马也。白毛红点之马，又称月毛马、桃花毛。 ③本句谓友得好马，二人并辔至日夕尚不欲归也。 ④公归：指裴度将自河东归赴朝廷。⑤《新唐书·百官志》："符宝郎掌国之符节，凡命将遣使皆请旌节。旌以颛赏，节以颛杀。"

### 【品评】

元和十五年十一月末，韩愈回京后就职国子祭酒。时正值张籍得司空裴度所赠良马，诸公和诗之盛举，因有此诗，以贺文坛盛举。诗写于十二月初。时张籍不过是官鄙职微的穷诗人，而裴度则是朝野鼎名的显贵高官，从太原寄马相赠，可见"丞相寄来应有意，遣君骑去上云衢"（《白居易集》卷一九《和张十八秘书谢裴相公寄马》）、"不与王侯与词客，知轻富贵重清才"（《刘禹锡集》外集卷六《裴相公大学士见示答张秘书谢马诗并群公属和因命追作》）的赏马高情。韩公与文昌为终生师友，交情特好，见马并辔，格外高兴，故诗落笔即写司空远寄之良驹。“养初成”，说明是司空精心调养而未曾试骑的少壮马；下句则写马的毛色与精神。二联不仅写今日交辔，还望来日并鞍，以见二人之亲。因是良驹，便有三联的谆谆嘱语，而其中何尝不含惜才讥时之深意。结联借免劳远谢，表示了韩愈的期望。裴度快一些回京，实则表明了他对当权者排挤裴度等贤臣良将的不满。故何焯《义门读书记》云：“贤者不得志而至于从戎，则时可知矣。元勋大老，亦不可以久弃于外也。因一马之微，而惓惓于否之还泰，公之意于是远矣。”此意非诸公诗所不能到者。程学恂《韩诗臆说》卷二云：“此题秘书自有诗，白香山亦有和作，然如此五六二句，故非二子所能到也。”是不温不火，平平道来，却含深意，此乃韩公后期诗于平中见奇的特点。

## 夕次寿阳驿题吴郎中诗后①

风光欲动别长安，② 春半边城特地寒。③
不见园花兼巷柳，④ 马头惟有月团团。⑤

**【注释】**

①诗题一作《寿阳驿题绝句》。寿阳：《新唐书·地理志三》：“河东太原府太原郡：寿阳，畿。本受阳，武德六年徙受州来治，又以辽州之石艾、乐平隶之。贞观八年(634)，州废，县皆来属。十

一年，更名。” ②立春后阳气上升，春象始见。风光：风景、景象。③春半，正说明诗写于二月中。特地：特别。 ④边地天寒，未见春色也。 ⑤团团：一作“团圆”。团团，形象鲜明，语亦不俗。

【品评】

自长庆元年(821)八九月，河北朱克融、王廷凑兵乱，以裴度充镇州四面行营都招讨使，进讨朱、王。二年(822)正月，王廷凑围牛元翼于深州甚急，裴度、李光颜、陈楚三面救之，“竟无成功，财竭力尽”，朝廷不得已，以廷凑为成德军节度使，二月二日，兵部侍郎韩愈领命，由长安出发宣慰镇州至寿阳，二月十五日作。诗以初春别长安领起，下三句写北方边地景象：突出一个寒字。天寒是因，“不见”是果。虽然天寒人冷，可给人以花发柳长的意象；这意象与结句配合，却给人以清新幽雅的感受。内中颇含韩愈明知山有虎，偏向虎山行的豪气。程学恂《韩诗臆说》卷二谓“后二句，拙稚不成语。”则只见字面，未究内涵。

## 奉使镇州行次承天行营奉酬裴司空①

窜逐三年海上归，② 逢公复此著征衣。③
旋吟佳句还边马，④ 恨不身先去鸟飞。⑤

【注释】

①镇州：在今河北正定。行次：走到。承天行营：《资治通鉴》

卷二四二:“穆宗长庆元年:裴度自将兵出承天故关以讨王廷凑”,注云:承天军当在辽州界。故关,即娘子关也。宋朝废辽州,以平城、和顺二县为镇;以并州之乐平、平定二县为平定军,二镇属焉;以承天军为寨,属平定县。平定,唐之广阳县也。考《新唐书·地理志三》:并州太原郡广阳县故关,有井陉、盘石,苇泽三所,无娘子关。广阳本名石艾,属并州。武德三年(620)析置辽州。天宝三年(744)更名广顺,仍属并州。承天军在太原东鄙,自河东至河北必经之地。广阳县东北四十公里有井陉故关,三十五公里有盘石故关,三十公里有苇泽故关。均在今石太路山西、河北交界处的太行山麓,是由河东到河北镇定必经的险关。 ②窜逐三年:元和十四年(819)韩愈贬潮州,后度罢相为河东节度使,十五年冬回长安,时与裴相遇在长庆二年(822),三年未见面,故云。海上:潮州地近南海,故谓海上。 ③公,指裴度。复此著征衣:裴度于元和十二年任彰义军节度、淮西宣慰招讨处置使讨伐吴元济,今又受任镇州行营都招讨使讨伐王廷凑,均属军职征人,故云。④佳句:指裴度诗。 ⑤“恨不”句:表达韩愈冒死宣慰王廷凑军的紧急心情,完成任务的决心。

## 【品评】

穆宗长庆元年(821),七月二十六日,韩愈自国子祭酒转兵部侍郎,二十八日,成德都知兵马使王廷凑杀节度使田弘正,自称留后。长庆二年正月,王廷凑围牛元翼于深州,官军三面援救,皆以朝中权臣掣肘,官军乏粮不能奏效。长庆二年二月二日任命王为成德军节度使,命韩愈为宣慰使。韩愈为了国家安危,百姓不遭兵乱之苦，冒死往镇州说服王与诸将。这首诗是他路遇老上司裴度时所写。当在二月中，稍后于前诗。诗既写了二人离合的情绪，又表示了他完成这一任务的决心，特别是第四句，“恨不身先去鸟飞”，虽冒死前往，却期盼速度比鸟飞还快。把形势紧迫和心情急切和盘托了出来。熟知战乱的人必知早一日结束战乱，少死多少人！一二句发感慨，含不尽之意；三四句写心理，表现了韩愈爱国忧民的无限深情。

## 镇州路上酬裴司空重见寄①

衔命山东抚乱师，② 日驰三百自嫌迟。③
风霜满面无人识，④ 何处如今更有诗。

**【注释】**

①此乃韩愈对裴度来诗的酬答，在他与裴度承天行营别后。②樊《谱注》：“张籍祭公诗云：‘再使平山东，不言谋所臧。’（《张司业集》卷一《祭退之》）再使盖谓从伐蔡与此使镇州也。自太行山而东，皆曰山东，犹浙江以南皆曰江南也。”《礼记·檀弓》：“衔君命而使，虽遇只不斗。”此指镇州王廷凑。 ③驰：言速度之快。④风霜：言凄苦。

**【品评】**

韩愈在承天行营与裴度分别，赴镇州途中作，时间稍后于《奉使镇州行次承天行营奉酬裴司空相公》诗。此承上诗之意，更显示其承命抚乱的急切心情，表现出韩愈大义凛然的品格。如皇甫湜《韩文公墓铭》云："王廷凑反，围牛元翼于深，救兵十万，望不敢前。诏择廷臣往谕，众栗缩，先生勇行。元稹言于上曰：'韩愈可惜。'穆宗悔，驰诏无径入。先生曰：'止，君之仁；死，臣之义。'遂至贼营，麾其众责之，贼惶汗伏地，乃出元翼。"正因为有"日驰三百自嫌迟"，才有第三句的"风霜满面无人识"，二三两句又相辅相成，途次虽苦，可年老体衰的韩愈仍嫌迟慢。此时他不顾个人安危，只知为衔命抚乱而勇往直前。结句抱题。诗以品格感人，气势夺人，在唐诗里实不多见。

## 同水部张员外曲江春游寄白二十二舍人①

漠漠轻阴晚自开，② 青天白日映楼台。③
曲江水暖花千树，④ 有底忙时不肯来？⑤

**【注释】**

①水部员外郎：张籍时已由国子博士改水部员外郎。韩愈出使镇州前写的《早春与张十八博士籍游杨尚书林亭寄第三阁老兼呈白冯二阁老》诗仍称张籍为博士，故知张籍改官在二月韩赴镇州时，而此诗写于镇州回朝后。白二十二舍人：白居易，时为中书舍人，二十二是白在族中的大排行。 ②漠漠：弥漫貌。 ③青，一作"春"。映：照耀。 ④曲江：曲江池。 ⑤有底：有什么。

【品评】

长庆二年(822)春,韩愈由镇州回长安后作。这虽是一首一般的春游赠答诗,然写得清新别致,平实自然,煞有风味,是一首惹人喜爱的七绝小诗。白居易答诗:“小园新种红樱树,闲绕花行便当游。何必更随鞍马队,冲泥踏水曲江头。”亦轻松有趣。尤其“曲江水暖花千树,有底忙时不肯来?”为后人称道。

## 送桂州严大夫[①]

苍苍森八桂,[②] 此地在湘南。[③]
江作青罗带,[④] 山如碧玉簪。[⑤]
户多输翠羽,[⑥] 家自种黄甘。[⑦]
远胜登仙去, 飞鸾不暇骖。[⑧]

【注释】

①张籍、白居易、戎昱、王建均有送诗,同用南字韵。桂州:南齐置桂林郡,唐于治所置临桂县,地在今广西桂林。严大夫:严谟。《旧唐书·穆宗纪》:“穆宗长庆二年夏四月庚辰(二十日),桂管观察使杜式方卒。丁亥(二十七日)以秘书监严谟为桂管观察使。” ②苍苍:形容桂树郁郁葱葱的样子。森:茂盛矗立。八桂:指桂州盛植桂树。 ③湘南:湘水之南。八桂就成为世人对桂林的代称。 ④形容桂州的水清澈柔软,像轻纱织成的碧绿色丝带。 ⑤碧玉簪:桂州之山拔地而起,像插在贵妇头上碧绿的宝

石簪子。三四句属对精妙，写出了桂州山水的个性。 ⑥此句谓此地家家户户交纳的贡赋多是翠鸟美丽的羽毛。翠羽是古代名贵的装饰品。 ⑦黄甘：即黄柑。指柑桔、橙子一类的水果。⑧飞鸾：凤鸟，仙人乘升天的神鸟。不暇骖（cān）：谓桂州比仙境还好，不需要再乘坐神鸟升天了。暇，一作假。

**【品评】**

长庆二年（822）四月，原桂管观察使杜式方逝世，穆宗任命秘书监严谟为桂观察使。此诗是韩愈为其送行而作。诗写得很别致，虽为送行，却一字未提送行，全以写景及比赋出，当从王维送行诗来；其送行之情处处可见，让人悦目赏心。全诗以工整对句，精巧比喻和神话传说作衬，极写桂州山水绝佳，为人们幻想中的仙境所不如，成为写桂州山水的绝唱。“江作青罗带，山如碧玉簪”一联，被誉为“不到粤西，不知对句之妙”（查慎行语）。袁宏道亦说：“韩昌黎桂林诗云：‘水作青罗带，山为碧玉簪。’每读此诗，未尝不神驰龙洞仙崖之间。”

## 早春呈水部张十八员外二首[1]

天街小雨润如酥，[2] 草色遥看近却无。[3]
最是一年春好处， 绝胜烟柳满皇都。[4]

莫道官忙身老大，[5] 即无年少逐客心。

凭君先到江头看，柳色如今深不深。⑥

【注释】

①水部张十八员外：张籍，行十八，时任水部员外郎。 ②天街：唐时长安城朱雀门大街也称天门街，简称天街，盖与宫城南门名承天门有关。此诗天街乃泛指长安街道。酥：奶制品的酥酪，香软滑柔。一酥字把长安早春的润贴写足了。 ③此句意谓：经雨滋润后的小草，远望一片嫩绿，近看时却有迷离不清了。④绝胜：远远超过。皇都：皇帝所居之都城。清黄叔灿《唐诗笺注》："'草色遥看近却无'，写照工甚。正如画家设色。在有意无意之间。'最是'二句，言春之好处正在此时，绝胜于烟柳全盛时也。" ⑤前人认为"官忙身老大"指韩愈，从第三句"凭君"看，多是指张籍。韩愈已来游春，未说其忙；招张籍而未来，是否因为官事忙。老大：公是年五十六，籍约五十八，均可言老。此语当是韩公对张籍所说：你不要说官忙年老，而没有年少追逐春光的心，就不来赏游这美好的春光。你到曲江看看，那里的春色如何？此二绝实不可分，上首写景，下首述事，以期与好友同餐这明皇春色也。 ⑥深，作美解。后诗似平直粗卤，诗境却从杜诗中得来真唐人品格，有兴致逸情。

【品评】

长庆三年(823)春作。写给张籍的。名曰赠人，实则以写景胜；以大好的春景逗引好友张籍来游。诗写京城长安早春的美好景色，认为早春比晚春的风光好。内含哲理，表现了诗人细致的观察力。小诗写物赋形体神，惟妙惟肖，形意新颖，发人寻味。早春之景绝妙，诗写得更妙。写草色有无，妙在似有似无之间。苕溪渔隐曰："'天街……'此退之《早春诗》也。'荷尽已无擎雨盖，菊残犹有傲霜枝。一年好景君须记，最是橙黄桔绿时。'此子瞻《初冬诗》也。二诗意思颇同而词殊，皆曲尽其妙。"（《丛话》后集卷一〇）刘埙曰："'天街小雨'云云。此韩诗也。荆公早年悟其机轴，平生绝句实得于此。虽殊欠骨力，而流丽闲婉，自成一家，宜乎足以名世。其后学荆公而不至者为四灵：赵灵芝、翁灵舒、徐灵晖、徐灵渊。又其后卑浅者落江湖，风斯下矣。"（《隐居通议》卷一一《半山绝句悟机》）

## 枯　树

老树无枝叶，　风霜不复侵。①
复穿人可过，②　皮剥蚁还寻。③
寄托惟朝菌，④　依投绝暮禽。⑤
犹堪持改火，⑥　未肯但空心。⑦

**【注释】**

①侵：侵害，凌辱。　②谓树干老朽，形成树洞，人可穿过。③寻：相当于中原方言寻趁，即寻趁人，意谓故意找人的事。这里作侵扰解。　④寄托：寄生。菌：指生长在枯树上的菌类，即公《答道士寄树鸡》里的"树鸡"。　⑤枯树皮剥叶落，连鸟都不栖

息。与上句对。程学恂《韩诗臆说》云:“此诗三四与张水部‘蠹节莓苔老,烧痕霹雳新。危根堪系马,空腹恐藏人’句意略同,而输其工矣。” ⑥“犹堪”句:还可作取火的材料。犹堪:还能。改火:不同季节用不同的木材钻木取火。 ⑦本句谓还有用场也。

**【品评】**

此诗写老有寄托,不以老弭志,当是公晚年之作。诗似寓言,以一棵老树作喻,虽枯到人可钻而鸟不栖程度,仍可作改火之用。说明人虽老而志不衰,颇有自寓之意;也能启发人余热发光,为世多作一点贡献。所谓“改火意犹新”(朱彝尊《批韩诗》),诗工切而不板俗。

# 古体诗选

## 条山苍[①]

条山苍，河水黄。[②]波浪沄沄去，[③]松柏在高冈。[④]

**【注释】**

①《元和郡县图志》卷十二河东道河中府："河东县，雷首山，一名中条山，在县南十五里。"其山在今山西西南，黄河北岸，西起永济，东北延伸数百里。　②河：黄河。古籍上谓河者，指黄河。③沄(yún)沄：旋流滔滔。　④高冈：山冈，指中条山。首句已见山字，不应复出，故用高。

**【品评】**

德宗李适贞元二年(786)，十九岁的韩愈离宣城赴长安应试，绕道父亲做过县尉的潞州铜鞮(dī)，假道河中中条山。站在条山脚下，黄河之滨，远望苍茫巍峨的中条山，近看奔腾东流的黄河。想起高士阳城，禁不住发出由衷的感慨。借山河壮美，阳城贞操，抒发了青年诗人对人生的憧憬和未来的抱负。景中寓情，把言不尽的情全用眼前的景托出，简淡高古，汉魏遗响，是这首小诗的特点。字不多，耐人寻味。程学恂《韩诗臆说》卷二："寻常写景，十六字中，见一生气概。"

## 青青水中蒲三首

青青水中蒲，下有一双鱼。①
君今上陇去，② 我在与谁和。③

青青水中蒲，长在水中居。
寄语浮萍草，相随我不如。④

青青水中蒲，叶短不出水。⑤
妇人不下堂，行子在万里。⑥

**【注释】**

①二句“反兴”，即诗人见水中青蒲起兴，借双鱼反衬夫妻分离孤独。蒲，水中之草，茎叶扁长，可以编织。双鱼：古以双鱼比书信，故以此作比。 ②上陇：谓戍边也。陇，即陇山，亦称陇阪，上有陇头。上了陇头，水东西分流。陇阪在陇州，今陕西陇县。《秦州记》：“陇山东西八十里。登山颠东望，秦川四五百里，极目泯然，山东人行役，升此而顾瞻者，莫不悲思。山下有陇关，即大震关，为秦雍喉嗌。” ③此二句云：你今天去陇上，我在家，谁跟我在一起呢？ ④此是比。告诉水中的浮萍草，你们能相伴相依，而我却不如浮萍。寄语：托付别人的话。浮萍：水中漂浮的绿藻。 ⑤用青蒲叶短不能长出水面，比喻自己不能和丈夫相随出门。 ⑥妇人：妇女。不下堂，不能出门。行子，在外行役的男

人。谢榛《四溟诗话》谓：此二句“托兴高远，有风人之旨”。

**【品评】**

这三首小诗当是他贞元九年(793)游凤翔之作，寄给夫人卢氏的。诗言“上陇”，盖其游凤翔也。“青青水中蒲”乃盛夏，和《与凤翔邢尚书书》“六月于迈，来观其师”正合。诗颇受《诗经》与古乐府的影响，用比兴手法。旅役在外，深觉孤独，想起年轻的妻子，眷恋相思之情尤甚，韩愈未直写，而是以物起兴，用反衬法，写妻子怀念他。处处以妻子语出，代内人抒情，句句清真动人。尤其第三章，含意更深。正如朱彝尊《批韩诗》云：“语浅意深，可谓炼藻绘入平淡。篇法祖《毛诗》，语调则汉魏歌行耳。”

## 杂　诗

古史散左右，　诗书置后前；[1]
岂殊蠹书虫，[2] 生死文字间。
古道自愚蠢，[3] 古言自包缠；[4]
当今固殊古，　谁与为欣欢？[5]
独携无言子，[6] 共升昆仑巅。[7]
长风飘襟裾，[8] 遂起飞高圆。[9]
下视禹九州，[10] 一尘集毫端。[11]
遨嬉未云几，[12] 下界亿万年。[13]

向者夸夺子，[14] 万坟压其颠。[15]
惜哉抱所见，白黑未及分。[16]
慷慨为悲咤，泪如九河翻。[17]
指摘相告语，虽还今谁亲？
翩然下大荒，[18] 被发骑麒骥。[19]

【注释】

①古史、诗书：指古代典籍。后前：前后倒置，与左右义同。②岂殊：难道有别于。蠹(dù)书虫：咬书的小虫。意思是：这些俗子难道有别于书蠹虫吗？ ③愚蠢：拙笨无知。 ④此承上“生死文字间”，指一些俗子为古人言论所束缚。包缠：封闭起来难以打开，比喻古人言论深奥。 ⑤欣欢：即欢欣。此种构词法韩诗多用之。 ⑥无言子：假托的人名。无言：指不“生死文字间”，不著书立说。 ⑦昆仑：在新疆于阗境内，是神话里的圣地，传说西王母的瑶池在昆仑山。巅：山顶。 ⑧襟裾：衣襟。襟指衣服的前胸部分，裾指衣服的搭襟。 ⑨高圆：天空。 ⑩禹九州：我国古代分冀、兖、青、徐、扬、荆、豫、梁、雍九州。 ⑪一尘集毫端：承上句谓：在天上向下看九州就像毫尖上的一点尘土那样小。⑫遨嬉：游戏。未云几：未几，即没有好久。 ⑬下界：人间。此句以人间亿万年之久，衬托上界游戏之短暂。 ⑭夸夺子：假托的人名。夸：贪多。夺：强求。指贪多强求的读书人。 ⑮坟：坟典，古籍。 ⑯抱所见：固执己见。因有下句的黑白不分。指古道、古言里的是非。 ⑰九河：九条河，言其泪多也。《书·禹贡》：禹疏导九河。九河为：徒骇、太史、马颊、覆釜、胡苏、简、絜、

钩盘、鬲津。 ⑱大荒：大荒之野。《山海经·大荒西经》："大荒之中，有山名曰大荒之山，日月所入，有人焉三面，是颛顼之子，三面一臂，三面之人不死，是为大荒之野。" ⑲被发：披散着头发。麒驎(qí lín)：同麒麟。传说中的神兽。

【品评】

这首诗与公《答崔立之书》有同指，均写于贞元十一年(795)。对诗的主题夙有争论，原因是作者采用了浪漫手法，以飞驰的想象，以寓言为假托表现他对世俗的看法，以寓他站在时代知识的前沿，思想的峰巅，继承和发扬圣人之道的真髓，如《原道》之旨。读起来很像一篇小《离骚》。从艺术上看，它的突出特点是继承屈《骚》的浪漫主义文学传统，又直接学习李白利用腾飞的想象，泼辣的语言，写博大胸怀，表深刻意义。如世无知音者，假托无言子与之遨嬉太空；愤激世俗，假托夸夺子予以痛斥。二十六句诗押六韵的写法直接影响了东坡；东坡《岐亭》诗亦二十六句押六韵。这种做法古诗中不多见，韩愈运用自如，使诗于畅达中起无数波澜。

## 马厌谷

马厌谷兮士不厌糠籺；[①]士被文绣兮士无裋褐。[②]彼其得志兮不我虞，[③]一朝失志兮其何如！已焉哉！嗟嗟乎鄙夫！[④]

【注释】

①厌：同“餍”，饱食。谷：粮食。不厌：吃不饱。糠籺(hé)：谷物的皮壳或不易食的粗粮。 ②士：墙壁。被：同披，覆盖。文绣：彩绘。与裋褐对比。裋褐：粗麻布制的短衣。裋同短。 ③虞：忧虑。不我虞：即不虞我，宾语提动词前。 ④鄙夫：浅薄鄙陋之人。

【品评】

此诗作年，众说不一。陈沆谓作于贞元十九年，韩由四门博士拜监察御史时。韩醇谓此诗与《出门》皆未得志之辞，写于贞元十一年，长安东归前。刘向《新序》：“燕相得罪将出，召门下诸大夫曰：有能从我出者乎？大夫有进者曰：凶年饥岁，士糟粕不厌，而君之犬马有余谷粟；隆冬烈寒，士短褐不全，而君之台观，帏帘锦绣，飘飘而弊。财者君之所轻，死者士之所重。君不能施君之所轻，而求得士之所重，不亦难乎？燕相惭。”诗借刘向讥刺燕相以讥刺时宰，有点直斥詈骂的味道，寓三上宰相书之旨，当同为贞元十一年(795)作。故蒋之翘说这首诗“意似古而语亦太激”。与《苦寒行》、《利剑》、《忽忽》等诗，皆用乐府之奇倔，发《离骚》之幽怨。

## 醉留东野①

昔年因读李白杜甫诗，②长恨二人不相从。③吾与东野生并世，④如何复蹑二子踪？⑤东野不得官，⑥白首夸龙钟。⑦

**韩子稍奸黠，[8]自惭青蒿依长松。[9]低头拜东野，愿得始终如駏蛩。[10]东野不回头，有如寸莛撞巨钟。[11]我愿身为云，东野变为龙。[12]四方上下逐东野，虽有离别何由逢。[13]**

**【注释】**

①东野：孟郊（751—814），字东野，湖州武康（今浙江德青）人。少隐嵩山，贞元十二年中进士，十七年任溧阳尉。县有投金濑平陵城，林薄蒙翳，下有积水。郊间往坐水旁，徘徊赋诗，公务多废。县令呈请府君，以假尉代之，分其半俸。后应郑余庆之聘，为河南水陆转运从事、试协律郎。元和九年卒。一生穷困潦倒，是唐代著名的苦吟诗人。 ②李白（701—762），字太白，盛唐著名诗人。杜甫（712—770），字子美，盛唐著名诗人。两人为诗坛好友。 ③李杜二人虽是好友，一生仅相遇三次，时间也不长，不能终生相从。 ④生并世：孟郊生于玄宗天宝元年，卒于宪宗元和九年；韩愈生于代宗大历三年，卒于穆宗长庆四年。孟长韩十七岁，俱中唐诗人，共创韩孟诗派。 ⑤蹑（niè）踪：重走李杜走过的路。宋王十朋《梅溪王先生文集》后集卷二十七《送喻叔奇尉广德序》："韩退之之留孟东野也，其诗有曰云云。某初疑退之言为夸，又观城南诸联句，豪健险怪，其笔力略相当。使李杜复生，未必不引避路鞭也。然后知'复蹑'之语为非过。又读其末章又曰'吾愿身为云'云云，于是又知二公心相如，气味相得，至欲相与为云龙而不忍有离别，真可谓古之善交者。" ⑥不得官：韩公《贞曜先生墓志铭》："年几五十，始以尊夫人之命来集京师，从进士试，既得，即去。间四年，又命来选，为溧阳尉。"时东野五十一岁。

⑦白首：白头。龙钟：衰老疲惫貌。夸龙钟：倚老卖老也。　⑧韩子：韩愈自称。奸黠(xiá)：聪明而狡猾。　⑨青蒿：韩愈自称，指野地常生的蒿草。长松：比喻孟郊。意谓茑草、葛藤依附松柏。⑩駏蛩(jù qióng)：传说中的动物。指駏驴和蛩蛩，駏驴，似嬴而小，它与一种蟨(jué)的动物相互依存，生活的很好。蛩蛩，状如马。　⑪莛：草茎，韩愈以寸莛自比。以巨钟比孟郊。说东野决心离开汴州，他挽留不住犹如寸草撞大钟不见反响。　⑫二句意谓：我愿化为云，让东野化为龙，与他永远相随在一起。　⑬何由逢：什么机缘才能相逢呢？与张籍《赠别孟郊》诗“安得在一方，终老无送迎。”意同。

【品评】

据诗“东野不得官”句推断，当写于孟选为溧阳尉前。贞元十二年，孟中进士，十七年选为溧阳尉，十三年来汴州寄居，十四年(798)春离汴，时韩为汴州观察推官，赋诗留别。韩在长安应试时结识孟，因身世遭遇相似，艺术志趣相同，结成了深厚友情。诗正表现了他对东野的倾慕，朋友间的真挚情感。该诗几乎全用比喻，以李杜比二人的友谊和命运；以青蒿自比，青松比东野；以云自比，龙比东野。愿永世相挈，云游四方。恰切而奇特的比喻，形成了这首诗新颖奇崛的风格，形象具体，生动感人。故朱彝尊说这首诗：“粗粗莽莽，矢口道出一种真意，亦可喜。”

## 汴州乱二首[①]

汴州城门朝不开，天狗堕地声如雷。[②]
健儿争哗杀留后，[③]连屋累栋烧成灰。[④]
诸侯咫尺不能救，[⑤]孤士何者自兴哀？[⑥]

母从子走者为谁？[⑦]大夫夫人留后儿。
昨日乘车骑大马，坐者起趋乘者下。[⑧]
庙堂不肯用干戈，呜呼奈汝母子何！[⑨]

【注释】

①《旧唐书·德宗纪下》："贞元十五年二月丁丑，宣武军节度使、检校左仆射、平章事、汴州刺史董晋卒。乙酉，以行军司马陆长源检校礼部尚书、汴州刺史、御史大夫、宣武军节度度支营田、汴宋亳颍观察等使。是日，汴州军乱，杀陆长源及节度判官孟叔度、丘颖，军人脔而食之。" ②古人把流星称为天狗星。《史记·天官书》："天狗，状如大奔星，有声。其下止地，类狗。所堕及，望之如火光炎炎冲天。其下圜如数顷田处，上兑者则有黄色，千里破军杀将。" ③健儿：指哗变的军人。留后：指陆长源。唐中业以后，节度使子弟或亲信将官代行政长官职务者，称节度留后，或观察留后。 ④即所有的房屋栋宇都放火烧了。 ⑤诸侯：邻镇藩镇节度使。咫尺：相距切近。 ⑥孤士，作者自称。兴哀：发哀

怜之心。首章末二句神气黯然欲绝。 ⑦母从子：母亲和儿子。母指下句的大夫夫人，即长源之妻，子指下句留后子。 ⑧“昨日”二句：指兵变前陆及妻、子的煊赫声势。见到他们的人，坐着的人要站起来迎接，乘车的要下来致敬。⑨庙堂：指朝廷。此谓德宗求己安乐，姑息养乱；怯懦昏庸，不肯讨伐藩镇。二章结语俱无其奈何也！

【品评】

《董晋行状》云：“贞元十五年(799)二月三日，丞相薨。公之将薨也，命其子三日敛。即敛而行，于行之四日，汴州乱。”则诗写于二月十一日乱后在离汴途经偃师时。当时陆长源为御史大夫知留后事，长源欲峻法绳骄兵，为晋所持，不克行。晋卒后，陆欲峻法，汴州大乱，杀长源、孟叔度、丘颖。首章讥刺四邻坐视不救，伤“下无方伯”；二章指斥君姑息养乱，伤“上无天子”。韩愈主张中央集权，全国统一，这两首诗正反映了他这种政治主张。诗语言平实，畅达流走，很像民间歌谣。乍看作者无意求工，实则颇见工力。

## 龊　龊[1]

龊龊当世士，[2]　所忧在饥寒，[3]
但见贱者悲，　不闻贵者叹。
大贤事业异，　远抱非俗观，[4]

报国心皎洁，[5] 念时涕汍澜。[6]
妖姬坐左右，[7] 柔指发哀弹。[8]
酒肴虽日陈，感激宁为欢？[9]
秋阴欺白日，泥潦不少干。[10]
河堤决东郡，老弱随惊湍。[11]
天意固有属，谁能诘其端？[12]
愿辱太守荐，[13] 得充谏诤官。[14]
排云叫阊阖，[15] 披腹呈琅玕。[16]
致君岂无术，自进诚独难！[17]

【注释】

①龊(chuò)龊：谨小慎微貌。 ②当世士：当代的文士。③此句意谓：所忧虑的是个人的温饱。韩愈推崇《论语·卫灵公》孔子所说“君子忧道不忧贫”，而“所忧在饥寒”的“当世士”，不是“龊龊”的庸人吗？ ④大贤：高尚的人。事业异：与“当世士”不同，他们要干的是为国为民的另一番事业。故引出他们抱负远大，不是世俗庸人的观点。或谓以下八句美太守，非也；乃作者自谓语。如汪琬所说：“‘大贤’以下，盖公自谓；若谓太守，即是谀词。” ⑤报国：报效国家。皎洁：明亮而洁白。 ⑥念时：感念世事。汍澜：涕泣之貌。 ⑦妖姬：美丽的女子。 ⑧此句谓：在纤细的柔指下，发出清越哀怜的琴声。柔指：手指纤嫩。 ⑨二句意谓：虽然每天陈列着美味佳肴，难道因感激而欢娱吗？ ⑩秋天的阴云遮蔽了太阳；淫雨连绵，水涝地浸。欺：蔽也。 ⑪《旧唐书·德宗纪下》：“贞元十五年秋七月，郑、滑大水。”东郡：滑州，

隋时名东郡，今河南滑县一带。州城为古滑台城。惊湍：急流。贞元十六年，韩愈从京师回徐州所写《归彭城》诗云：“去岁东郡水，生民为流尸。”指此。 ⑫属：隶属、本性。诘其端：追究它的根源。诘：追问、探寻。 ⑬太守：指张建封，张为州刺史，亦代行郡守职务，唐代刺史与郡守互名，故云。顾炎武《日知录》：“有时改郡为州，则为之刺史；有时改州为郡，则谓之太守：一也。” ⑭谏诤官：掌纠察弹劾百官朝廷得失的官，属御史台。 ⑮排云：上天。阊阖：天门。 ⑯披腹：披露心腹，即剖心推腹。琅玕：美玉，借比忠言。 ⑰二句谓：辅佐国君难道是我没有办法吗？然而要想自荐于朝廷非常困难。与杜甫《奉赠韦左丞丈二十二韵》“致君尧舜上，再使风俗淳”意同。

**【品评】**

这首诗写于贞元十五年(799)秋天，韩愈时为张建封幕府节度推官。《史记·货殖列传》：“邹鲁滨洙泗，犹有周公遗风：俗好儒，备于礼，故其民龊龊。颇有桑麻之业，无林泽之饶，地小人众，俭啬，畏罪远邪。及衰，好贾趋利，甚于周人。”诗题《龊龊》本此，乃讽刺“当世士”为小利而不顾国家大事。韩愈客幕洙泗，建封又曾居兖州，正与《史记》所说吻合，显然有讽谕之意。是年秋，东郡黄河决口，郑、滑大水，正如诗中所说：“河堤决东郡，老弱随惊湍。”反映了诗人对百姓疾苦的关心。因此他才希望能被建封引荐，施展他的才华，为国家做一番事业。这些思想构成了韩愈早期思想的核心。然而，由于处境困难，不能不使韩愈有“自进诚独难”、“愿辱太守荐”的慨叹。

## 汴泗交流赠张仆射[①]

汴泗交流郡城角，[②] 筑场千步平如削。[③]
短垣三面缭逶迤，[④] 击球腾腾树赤旗。[⑤]
新雨朝凉未见日，[⑥] 公早结束来何为？[⑦]
分曹决胜约前定，[⑧] 百马攒蹄近相映。[⑨]
球惊杖奋合且离，[⑩] 红牛缨绂黄金羁。[⑪]
侧身转臂着马腹，[⑫] 霹雳应手神珠驰。
超遥散漫两闲暇，[⑬] 挥霍纷纭争变化。[⑭]
发难得巧意气粗，[⑮] 欢声四合壮士呼。[⑯]
此诚习战非为剧，[⑰] 岂若安坐行良图。[⑱]
当今忠臣不可得，[⑲] 公马莫走须杀贼！[⑳]

**【注释】**

①汴：指汴水，由发源于密县、荥阳交界的索河、须水、京水至郑州东之中牟汇合而成。泗：指泗水。泗水发源于兖州泗水县东陪尾山，其源有四，四泉俱导，因以为名。经曲阜、兖州、沛县、徐州入淮河。后汴直入淮河，不入于泗。 ②《苏东坡全集·续集》卷十一《徐州上皇帝书》："及移守徐州，览观山川之形势……其地三面被山，独其西平川数百里，西走梁宋。……其城三面阻水，楼堞之下，以汴泗为池，独其西南可通车马，而系马台在焉。"又《前

集》卷二十五《表状·徐州谢奖谕表》:“乃者河决澶渊,独流淮泗。”又《徐州贺河平表》:“汉筑宣防之宫,二十余年而定,未有收狂澜于既溃,复故道之将堙。”知徐州形势,汴泗历来多灾。③筑场:修筑马场。千步:形容球场广大。平如削:平坦如夷。④短垣:矮墙。缭:围绕。逶迤:连绵不断。⑤腾腾:擂鼓助威的声音。树赤旗:竖立红色旗帜作标志。⑥朝(zhāo):早晨。写早晨太阳还未出来就赛马球。⑦公:建封。结束:结札装束。⑧分曹:分队。⑨攒蹄:聚拢马蹄,形容马跳跃腾飞貌。近相映:形容跳跃飞奔的马在观者面前一映而过的情景。⑩球惊:球的速度之快就像受惊的马一样疾驰。杖:球棒。杖奋,挥舞球棒。⑪此句极言马装饰珍贵华丽。红牛缨绂:染红的长牛毛做的马缨。牛,一作氂。金羁:黄金制成的马笼头。⑫此句写骑马击球的特技。着:贴附。着马腹,把身子贴在马腹上击球。⑬超遥:球速快而跑得远。散漫:聚在一起抢球的人马散开了。两:比赛双方。此句谓:击球活动中,有时人马散开,好像安静下来停止了争斗。此宕开一笔,为下一回合蓄势。⑭挥霍:前人都把它解释为“迅疾、急速”,实则是一挥一霍的击球技法、动作。挥:远击。霍:轻挑。此句写击球动作变化多端。⑮发难(nán)得巧:在困难中出高招,制服对方。难读阳平,与易相对,作困难解。⑯欢:欢呼喧嚣。⑰习战:练习战斗。剧:游戏。⑱行良图:筹划良策。⑲忠臣,谓忠谋之臣也。⑳此句谓:你不要使马太疲累了,还是留着气力杀敌吧。结二句是韩公劝建封的话。此从杜甫《冬狩行》“为我回辔擒西戎”句脱胎。

【品评】

韩愈《上张仆射第二书》，是专门以击球规谏建封的。当同写于贞元十五年秋后，当时韩愈三十二岁，为观察推官。马球，由波斯传入，俗名波罗球，风行于唐代上层社会。韩愈亲见其伤人损马，不利备战，故上书劝谏，云："此诚习战非为剧，岂若安坐行良图。当今忠臣不可得，公马莫走须杀贼。"表现出壮年韩愈直言敢谏，忧国爱民的思想。此诗艺术上的成功在于对击球场面与特技的具体摹写。"侧身转臂着马腹，霹雳应手神珠驰。"写高超球艺极工尽致；"发难得巧意气粗，欢声四合壮士呼。"写人的气势神采飞动。博大气势，豪迈风采，都是警句。这是古诗中最早描写体育运动的诗，值得后人效法。诗用韵有变化而整饬，似杜甫《冬狩行》。

## 忽忽①

忽忽乎余未知生之为乐也，愿脱去而无因。②安得长翮大翼如云生我身，③乘风振奋出六合，绝浮尘。④死生哀乐两相弃，是非得失付闲人。⑤

【注释】

①忽忽，愁乱之貌。　②此句表现了诗人寄人篱下，心神恍惚，欲摆脱困境的心情。《与孟东野书》云："去年春，脱汴州之乱，幸不死，无所于归，遂来于此。……及秋将辞去，因被留以职事。默默在此，行一年矣。到今年秋，聊复辞去。江湖，余乐也，与足

下终幸矣!” ③安得:那里能够。此主谓语结构,“安”为代词。翮(hé):羽毛中间的硬管,支持羽毛的关键。 ④振奋:振翅奋飞。 ⑤此句意谓:死与生,哀与乐是人生皆有的,诗人把二者抛开不管。是与非,得与失是人生处世离不开的,韩愈却都要让给那些闲人。其积怨之深可见。

**【品评】**

诗写于贞元十五年冬,两谏未获采纳后。韩愈在徐州。诗如刘邦的《大风歌》,脱口而出,因此真能反映了韩愈这时的思想情绪。自贞元初进京应试,四试礼部才中进士,三试吏部一得又被顶替,三上宰相书不报。事董晋而晋卒,事建封而政见不合。至今历时十三年,年三十二而无所得。看看国家命运,个人前途,世俗风气,他不由自主倾泻出满腹怨气。这是对现实的痛诉,个人遭遇的呐喊。诗在写法上化用了《逍遥游》的蕴含手法,然并非庄子消极无为思想的翻版,骨子里是想冲破社会现实的束缚,世俗恶习与昏聩政治的闸门,争取一个理想的朝政,统一的中央集权,振兴唐朝。诗笔法自由,具有浪漫主义特色,是以文为诗的典型。

## 鸣 雁

嗷嗷鸣雁鸣且飞,① 穷秋南去春北归。②
去寒就暖识所依,③ 天长地阔栖息稀。④
风霜酸苦稻粱微,⑤ 毛羽摧落身不肥。⑥

徘徊反顾群侣违，[⑦] 哀鸣欲下洲渚非。[⑧]
江南水阔朔云多，[⑨] 草长沙软无网罗。[⑩]
闲飞静集鸣相和， 违忧怀息性非他。[⑪]
凌风一飞君谓何？[⑫]

【注释】

①嗷（áo）嗷：亦作嗸嗸。象声词，雁凄凉的叫声。 ②雁是候鸟，秋去春来。 ③鸿雁因识寒暖，能驱南就北。④谓安身之地少。 ⑤古诗里多以稻粱指鸿雁的食物，说明鸿雁食物少。⑥此句谓鸿雁羽毛脱落，身体消瘦。 ⑦比喻同伴不能在一起相伴。《与孟东野书》云："吾言之而听者谁欤？吾唱之而和者谁欤？言无听也，唱无和也，独行而无徒也，是非无所与同也，足下知吾心乐否也！"意同。 ⑧洲渚非：比喻环境不好。洲渚：水中小岛。⑨谓江南水多，江北云多。互文见义。 ⑩江南环境适意，生活无虞，没有危险。故违忧怀息，以病暂栖后，欲离徐州也。 ⑪诗人为求"贤飞静集鸣相和"的适意环境，所以才"违忧怀息"。"性非他"，即指上句。意谓：我本意追求的不是别的，而是适合自己生活与发展的环境。鸣相和即上引《与孟东野书》之意。暂栖于徐，实因病不得已也。 ⑫结句揭出谜底：欲凌空远飞也。

【品评】

诗写于贞元十五年秋，与《忽忽》、《雉带箭》为同时作，思想内容也一致。诗以比兴寓激情，比较概括，虽以鸣雁起兴作比，所言事实具体，表示他不愿再过这种碌碌无为的生活，想如鸿雁一样凌空高远，搏击奋飞，云游太空。

## 雉带箭[1]

原头火烧静兀兀，[2] 野雉畏鹰出复没。[3]
将军欲以巧伏人，[4] 盘马弯弓惜不发。[5]
地形渐窄观者多， 雉惊弓满劲箭加。[6]
冲人决起百余尺， 红翎白镞随风斜。[7]
将军仰笑军吏贺， 五色离披马前堕。[8]

**【注释】**

①雉：野鸡。 ②原头：原野之上。火烧：烧起猎火。写原野一片静寂，唯见猎火。首句著一“静”字，妙绝。只起一句，造境已佳。 ③鹰：猎鹰。出复没：写雉时而惊起，时而躲藏。 ④将军：张建封。巧：巧妙的绝技。伏人：令人折服。 ⑤盘马：勒马不进，盘旋凝视。弯弓：拽(yè)满弓。惜不发：不肯轻发。以上二句，笔底传神，绘形妙手。程学恂《韩诗臆说》卷一：“二句写射之妙处，全在未射时。是能于空处得神，即古今作诗文之妙，亦只在空处著笔，此可作口诀读。” ⑥猎者与雉藏的距离愈来愈近，雉的藏处愈来愈窄，弓拉得愈来愈加劲，最后箭射雉身。加：此处作射解。 ⑦红翎：雉伤流血把箭羽都染红了。白镞：明晃晃的箭头。随风斜：雉带着箭上冲下沉身自倾斜。以上二句写雉中箭后之情景，真切绝妙。 ⑧五色：雉的羽毛色彩斑斓。离披：掉落。

结如铎锤一响，戛然而止。恰到好处，多一句不得。

【品评】

韩愈《县斋有怀》云："大梁从相公，彭城赴仆射。弓箭围狐兔，丝竹罗酒炙。"可见《雉带箭》诗写于徐州建封幕。时在十五年秋至十六年春。苏轼曾将这首诗大字书之，以为绝妙。诗确实以高超的诗艺，为评论家誉为范例。诗具体生动地描写了猎者的绝技，观者的情态，伤雉的惨状，用笔"以留取势，以快取胜"。其状历历在目，真写物之妙笔。诗未作任何想象夸张，"句句实境，写来绝妙，是昌黎极得意诗，亦正是昌黎本色"（朱彝尊语）。

## 归彭城①

天下兵又动，② 太平竟何时？
讦谟者谁子？③ 无乃失所宜。④
前年关中旱， 闾井多死饥。⑤
去岁东郡水， 生民为流尸。⑥
上天不虚应， 祸福各有随。⑦
我欲进短策， 无由至彤墀。⑧
刳肝以为纸， 沥血以书辞。⑨
上言陈尧舜， 下言引龙夔。⑩
言词多感激， 文字少葳蕤。⑪

一读已自怪，　再寻良自疑。[12]
食芹虽云美，　献御固已痴。[13]
缄封在骨髓，[14]　耿耿空自奇。[15]
昨者到京城，　屡陪高车驰。[16]
周行多俊异，[17]　议论无瑕疵。[18]
见待颇异礼，　未能去毛皮。[19]
到口不敢吐，　徐徐俟其巇。[20]
归来戎马间，　惊顾似羁雌。[21]
连日或不语，　终朝见相欺。[22]
乘间辄骑马，[23]　茫茫诣空陂。[24]
遇酒即酩酊，[25]　君知我为谁？

【注释】

①彭城：唐时徐州治所在地，即今江苏徐州。　②兵又动：指方镇叛乱。据《新唐书·德宗纪下》载：贞元十五年二月十一日，宣武军乱，杀节度行军司马陆长源，宋州刺史刘逸准自称留后。三月十日彰义军节度使吴少诚反，陷唐州，守将张嘉瑜被杀害。九月四日，陈许节度留后上官涚及吴少诚战于临颍，败绩。九月十五日，宣武军等十五节度（宣武、河阳、郑滑、东都汝、成德、幽州、淄青、魏博、易定、泽潞、河东、淮南、徐泗、山南东西、鄂岳）讨吴少诚，十二月，诸道兵溃于小溵河。　③讦谟（xū mò）：本指谋划大事，此指辅佐德宗主管朝政的权臣。时德宗信任韦渠牟、李实等，群小用事，宰相崔损、郑余庆、齐抗等充位而已。　④无乃：莫不是。　⑤据新、旧《唐书·德宗纪》载：贞元十四年冬，无雪，

京师饥。十五年二月二十九日，诏罢三月群臣宴赏，出太仓粟十五万石，粜于京畿诸县。闾井：乡里百姓。死饥：死于饥饿。⑥贞元十五年郑州、滑州一带黄河决口，造成河南北至彭城水灾，百姓溺水淹死，河上漂尸。《龊龊》诗“河堤决东郡，老弱随惊湍”，是也。 ⑦二句谓：上天是不会无有报应的，降祸赐福随各人情况不同，各有各的原因。这是韩愈“天人感应”思想的表现。⑧进短策：向皇帝进献治理国家的计策。策：书简。短：自谦之词。无由：没有条件。彤墀：彤一作丹。本指官殿台阶，此代指朝廷。⑨刳(kū)：剖开。此句谓：剖开肝作纸。古人以为肝呈叶状，可以作纸。沥：淋出。用流出的血当墨写书上奏。 ⑩二句谓：先说尧舜圣君的治国之道；再说龙夔那样的贤臣。此为比赋。《孟子·公孙丑下》：“我非尧舜之道，不敢陈于王前。”诗含此意。龙、夔：舜的贤臣，龙掌政令得失，夔管礼乐教化。 ⑪葳蕤(wēi ruí)：草木茂盛的样子。此比文章的华美。 ⑫此二句谓：初读已自觉奇怪，再仔细寻味就更有疑虑了。一读：初读。寻：寻思、思考。良：本作好解，此作真的、确实解。 ⑬事出《列子·杨朱篇》：有一个人认为芹菜味道很美，献给乡绅，乡绅吃后，口麻腹痛，人们嘲笑这个人不通世故。此二句意谓：自己吃了芹菜觉得味道鲜美，然而要把它献给皇上，虽志诚，行为就显得愚蠢了。⑭缄封：封闭、深藏。骨髓：内心深处。 ⑮耿耿：久久难于忘怀。⑯屡：多次。高车：达官显贵之车。 ⑰周行(háng)：指长安的大街。俊异：英俊杰出的人物。 ⑱议论：此指讲话。瑕疵：白玉上有异色的斑点叫瑕，皮肤上有斑叫疵。无瑕疵，没有毛病，谓议论精当。 ⑲此二句谓：长安的达官显贵见面客客气气，实际上是表面应付。讽刺他们世故圆滑，虚情假意。见待：接待。异礼：特殊的礼节。毛皮：表面东西。 ⑳此二句谓：话到口边不敢说，只好慢慢等待机会。徐徐：慢慢地。俟：等待。巇（xì）：空隙，此处作机会解。 ㉑羁雌：装在笼子里的雌鸟。 ㉒终朝（zhāo）：每天。相见欺：被人猜忌欺弄。 ㉓乘间：趁着空闲。辄：就。㉔茫茫：原指大水浩瀚无涯，此指心里茫然无着。诣（yì）：去、到。空陂（bēi）：空旷的山野。陂：山坡、斜坡。 ㉕酩酊（mǐng dǐng）：大醉的样子。《晋书·山简传》："山简，字季伦，山涛之子也。永嘉三年（309），出为征南将军，都督荆湘交广四州诸军事，镇襄阳。于时四方寇乱，天下分崩，王威不振，朝野危惧，简优游卒岁，惟酒是耽。诸习（席）氏荆士豪族有佳园池，简每出游嬉，多之池上置酒，辄醉，名之曰高阳池。时有儿童歌曰：山公出何许？往至高阳池。日夕倒载归，酩酊无所知。时时能骑马，到著白接篱。举鞭向葛疆，何如并州儿？疆家在并州，简爱将也。"结用典，出语奇。连上语知韩愈亦不满于建封。

【品评】

贞元十四、五年，韩愈亲历兵乱，关中、郑滑旱水灾害。十六年正月朝正，又眼见朝廷政治混乱，权臣尸位素餐。使这位素有报国大志，致君尧舜之策的韩愈感慨良多；在彭城与建封意见不合，郁郁不乐，内心苦闷，因而归彭城后便写下这首忧国恤民、不满朝政与个人抱负难于施展的诗。指出造成百姓灾难、政治危机四伏的原因是执政无能，朝廷腐败。表现出他敏锐的政治眼光，忧国忧民思想。虽怀治国之策，却"无由至彤墀"。虽有"刳肝为纸，沥血书词"之心，却无尧舜之君像了解龙夔一样了解自己。不得不借"遇酒即酩酊"，排郁解闷；发出"君知我为谁"的慨叹。诗铺陈直书，中借典作比，跌宕变化，表现出韩诗峻拔奇崛的特点。

## 海　水

海水非不广，　邓林岂无枝？①
风波一荡薄，②　鱼鸟不可依。③
海水饶大波，　邓林多惊风。④
岂无鱼与鸟，　巨细各不同。⑤
海有吞舟鲸，⑥　邓有垂天鹏，⑦
苟非鳞羽大，　荡薄不可能。
我鳞不盈寸，　我羽不盈尺，
一木有余阴，　一泉有余泽。⑧
我将辞海水，　濯鳞清泠池；⑨
我将辞邓林，　刷羽蒙笼枝。⑩
海水非爱广，　邓林非爱枝，
风波亦常事，　鳞羽自不宜。⑪
我鳞日已大，　我羽日已修，
风波无所苦，　还作鲸鹏游。⑫

【注释】

①邓林:古代传说中的大森林 ②荡薄:与旁薄、旁魄、磅礴同,激荡也。意渭:摩荡回翔,上可薄天。激荡:鼓动。 ③此承上句,谓风波一鼓动,鱼鸟就无法依靠了。 ④饶大波:很多大波浪。饶:富足、多。惊风:暴风。 ⑤巨细:大小。此句谓鱼鸟大小各不相同,大的可以经受大风浪;小的则经受不住。意含苦衷也。⑥吞舟鲸:可以吞食舟船的大鲸鱼。 ⑦垂天鹏:传说中两翼可以遮蔽天日的大鹏鸟。诗中鱼与鸟,鲲与鹏对举。 ⑧“我鳞”四句:我的鳞不足一寸长,我的羽毛不足一尺长,一棵树我栖息还有余,一汪泉水就够我畅游了。暗用《逍遥游》:小鸟斥笑大鹏说:“彼且奚适(何往)也? 我腾跃而上,不过数仞而下,翱翔蓬蒿之间,此亦飞之至也,而彼且奚适也?” ⑨濯鳞:洗刷鳞甲。清泠(líng):清澈、凉爽。清泠池:在睢阳。韩公将自徐赴洛,清泠池为途经之地,故借以为兴。 ⑩刷羽:洗刷羽毛。 ⑪“海水”四句:我并不是不爱海水的广大,不爱邓林茂盛的树枝,风波也是平常的事;只是因为鳞甲、羽毛还未长成,不适于大海邓林。 ⑫“我鳞”四句:我的鳞甲一天比一天大,羽毛一天比一天长,再也不怕风波袭击之苦,到那时再像长鲸、大鹏一样到大海里遨游。

【品评】

海水、邓林比喻张建封:鱼、鸟韩愈自比。以此推断诗当于离徐州张建封幕归洛阳后所写。时在贞元十六年(800)秋后。韩诗多用比体,这首诗就很典型。以大海与清泠池对比,以邓林与蒙笼枝对比,以大鹏与雀对比。且自比于鱼鸟,希望作鹏鲸;把建封比之于大海、邓林，实指当时的宦海与政途。多年的生活经历使他对当时的社会政治有了体验和认识：一个人虽有为国为民干一番事业的抱负和才智，却很难找到一个施展的位置和机会。诗比喻巧妙自然，有蕴含，有气势。读后不仅能使人憎恶那个社会环境：政治不平，贤愚不分；更能激励人冲流击浪、顶风向前的上进心。

## 河之水二首寄子侄老成[①]

河之水，去悠悠。[②]我不如，水东流。[③]我有孤侄在海陬，[④]三年不见兮，使我心忧。[⑤]日复日，夜复夜，三年不见汝，使我鬓发未老而先化。[⑥]

河之水，悠悠去。我不如，水东注。[⑦]我有孤侄在海浦，[⑧]三年不见兮，使我心苦。采蕨于山，[⑨]缗鱼于渊；[⑩]我徂京师，不远其还。[⑪]

**【注释】**

①老成：即十二郎。韩愈上有三兄：一早卒；长兄会，官起居舍人，无子；季兄介，一命率府参军卒，有二子：百川、老成。老成过继会为嗣，无仕而卒，有二子：湘、滂。湘，中进士，官大理评事；滂，早卒，回继伯父百川。　②悠悠：长流不断的样子。　③我向西，水向东，不能像黄河水一样向东流去。④孤侄：老成父母早

丧，孤身一人，过继韩会，无兄弟姊妹。海陬：海角，时老成在宣城上元。言其远也。⑤“三年”句：贞元十三年老成由汴回宣城，欲取家小来汴，因愈去汴未成。“是年，吾佐戎徐州，使取汝者始行，吾又罢去，汝又不果来。”则是贞元十六年事。算来相距三年。⑥此句谓：未老而鬓发先白。《祭十二郎文》云：“吾年未四十，而视茫茫，而发苍苍。”《说文·老部》：“七十曰老。老，从人毛匕。言须发变白也。”须发变白叫化。是年愈才三十三岁。⑦注：流入。⑧浦：水边、岸边。⑨在山上采蕨。蕨(jué)：多年生草本植物，嫩叶可食，茎根可作淀粉，全株可入药。⑩在水潭里钓鱼。缗(mín)：钓鱼用的丝线。⑪此句意谓：我去京师长安，不久就回来了。

**【品评】**

由诗次章卒句“我徂京师，不远其还”可证，此诗写于贞元十六年，韩愈由徐归洛，由洛准备赴京时作。愈与老成虽是叔侄，然年相若。愈少孤，养于伯兄嫂，老成愈二兄介之子，过继与会，两人自小相依为命，情同手足：“零丁孤苦，未尝一日相离”。这两首诗正表现了韩愈思念老成的真情实感。写法学《诗经》，语句长短变化，似古且新，既保留了《诗经》、乐府古朴的传统，又在诗歌革新道路上有所创造。诗句用韵不拘，挥洒自由，容易抒发感情。如程学恂《韩诗臆说》卷一云：“看来只淡淡写相思之意，绝不著深切语，而骨肉系属之深，已觉痛入心脾，二诗剀切深厚真得三百篇遗意，在唐诗中自是绝作。”

## 山　石

山石荦确行径微，[1]　黄昏到寺蝙蝠飞。
升堂坐阶新雨足，[2]　芭蕉叶大支子肥。[3]
僧言古壁佛画好，　以火来照所见稀。[4]
铺床拂席置羹饭，　疏粝亦足饱我饥。[5]
夜深静卧百虫绝，[6]　清月出岭光入扉。[7]
天明独去无道路，　出入高下穷烟霏。[8]
山红涧碧纷烂漫，[9]　时见松枥皆十围。[10]
当流赤足踏涧石，[11]　水声激激风吹衣。[12]
人生如此自可乐，　岂必局束为人鞿。[13]
嗟哉吾党二三子，　安得至老不更归！[14]

**【注释】**

①荦(luò)确：形容山石奇险嵯峨，凸凹不平。行径微：山路狭窄崎岖。　②新雨：刚刚下过的雨。　③芭蕉叶大：芭蕉为多年生草本植物。又名甘蕉、巴苴。大者高可及丈。果实可食，根茎花蕾入药。原产我国。支子：又作栀子，常绿灌木，仲春开白花，甚芳香，夏秋结实如诃子，生青熟黄，可入药，可作染料。肥：硕大繁盛。　④古壁：旧墙壁。火：灯火。稀：少有，罕见；作依稀，模糊解也通。　⑤疏粝(lì)：粗糙的米。　⑥百虫绝：所有的

虫都停止了鸣叫，即静无声息。衬托夜深寂静。 ⑦扉：门扇。⑧无道路：山间非无道路，乃为晨雾笼罩，看不清也。高下：高高下下，谓山路高低不平。穷烟霏：在云雾里穿来穿去，有日出雾敛之感。何焯《义门读书记》卷三十："《山石》直书即目，无意求工而文自至。一变谢家模范之迹，如画家之有荆、关也。'清月出岭光入扉'，从晦中转到明。'出入高下穷烟霏'，'穷烟霏'三字是山中平明真景，从明中仍带晦，都是雨后兴象。又即发端'荦确'、'黄昏'二句中所包蕴也。" ⑨山红：朝霞映照山冈呈现的景象，北方山间早晚多见。或云山间红花。涧碧：涧水碧绿。与山红对应。纷：盛多貌。烂漫：光彩照人。一句七字三折，把雨后山景之美写足了。 ⑩枥（lì）：同栎，落叶乔木，树干粗大。十围：俗谓两手合抱叫一围，十围形容栎树之大。或称手大指头相合一搦为一围。⑪赤足：光脚。诗写光着脚在水里走。 ⑫激激：水声。 ⑬局束：同拘束。鞿（jī）：马缰绳。这里当为人控制解。 ⑭二三子：似指同游诸友。安得：怎能够。不更归：即更不归，更不想回去了。

【品评】

该诗写作时间，一云在徐州时作，一云贬岭南作，一云离徐居洛时作。从诗所写内容看，当写于贞元十七年（801）秋。诗所绘之境，所抒之情，无不别致新颖，刚健清峻。这是一首纪游诗，虽非专咏山石，开头一句"山石荦确行径微"，就把怪石壁立险峭，蛇径崎岖难行的山景展现在读者面前。意不在写山，山形毕肖。接着便一步一绘地向前行进，于是一幅幅生动鲜明的画图如展画卷：黄昏时分蝙蝠乱飞的山寺晚景，新雨后的堂前芭蕉支子图，以次展现出来。五六句是一幅客驿古寺照壁观画图，七八句是一幅客驿生活的风俗画。九十句又一画，画面鲜明，意境幽远，乃山寺戴月的清净夜境。"天明"六句，共绘一幅山间早行长卷。最后四句是因景抒怀发出对人事际遇的感慨。方东树《昭昧詹言》云："凡结句都要不从人间来，乃为匪夷所思，奇险不测，他人百思不解，我却如此结，乃为我之诗。如韩《山石》是也。不然，人人胸中所可有，手笔所可到，是为凡近。《山石》不事雕琢，自见精采，真大家手笔，许多情事，只起四句了之。"查晚晴《十二种诗评附载》亦说："写景无意不刻，无语不辟；取景无处不断，无意不转。屡经荒山古寺来，读此始觉未曾道着只字，已被东坡翁攫之而趋矣。"

## 苦寒

四时各平分，　一气不可兼。[1]
隆寒夺春序，[2] 颛顼固不廉。[3]
太昊邓维纲，　畏避但守谦。[4]
遂令黄泉下，　萌芽夭勾尖。[5]
草木不复抽，　百味失苦甜。
凶飙搅宇宙，[6] 芒刃甚割砭。[7]
日月虽去尊，　不能活乌蟾。[8]
羲和送日出，　恇怯频窥觇。[9]
炎帝持祝融，　呵嘘不相炎。[10]

而我当此时，恩光何由沾。[11]
肌肤生鳞甲，[12]衣被如刀镰。[13]
气寒鼻莫齅，[14]血冻指不拈。[15]
浊醪沸入喉，口角如衔钳。[16]
将持匕箸食，触指如排签。[17]
侵炉不觉暖，炽炭屡已添。[18]
探汤无所益，[19]何况纩无缣。[20]
虎豹僵穴中，蛟螭死犹潜。[21]
荧惑丧躔次，[22]六龙冰脱髯。[23]
芒砀大包内，生类恐尽歼。[24]
啾啾窗间雀，不知已微纤。
举头仰天鸣，所愿晷刻淹。[25]
不如弹射死，却得亲炰焊。[26]
鸾皇苟不存，尔固不再占。[27]
其余蠢动俦，俱死谁恩嫌。[28]
伊我称最灵，[29]不能女覆苫。[30]
悲哀激愤叹，五藏难安恬。[31]
中宵倚墙立，淫泪何渐渐？[32]
天乎哀无辜，[33]惠我下顾瞻。[34]
褰旒去耳纩，[35]调和进梅盐。[36]
贤能日登御，[37]黜彼傲与憸。[38]
生风吹死气，豁达如褰帘。[39]
悬乳零落堕，晨光入前檐。[40]

雪霜顿消释，　土脉膏且黏。[41]
岂徒兰蕙荣，[42]　施及艾与蒹。[43]
日萼行铄铄，[44]　风条坐襜襜。[45]
天乎苟其能，　吾死意亦厌。[46]

**【注释】**

①一年平均划分四季，构成天地万物的基本素质，各不相兼也。　②隆寒：酷寒。春序：春天。　③“颛顼（zhuān xū）”句：谓颛顼性本贪婪，侵犯春夏。传说春、夏、秋、冬四季，皆有一帝专管，颛顼管冬季。　④太昊（hào）：春帝名。《礼记·月令》：“孟春仲春季春之月，其帝太昊。”维纲：纪纲。谦：谦逊、退让。《后汉书·李通传》：“然性谦恭，常欲避权执。”与此诗意同。　⑤阴气盛极侵于地下，伤及草木萌发，使初生的草木芽尖冻死。　⑥凶飙（biāo）：暴风。《礼记·月令》：“孟春行秋令，则飙风暴雨总至。”⑦此句谓凶暴的风甚于芒刺刀割。砭（biān）：用针刺皮肉。⑧乌蟾：乌鸦和虾蟆。　⑨此句谓：羲和把太阳送了出来，却胆怯地偷看，迟疑不前。羲和：神话里太阳神的车夫。恇（kuāng）怯：惧怕畏缩。窥觇（chān）：观望，迟迟不敢向前。　⑩二句谓：炎帝拿着火，却不去呵护照耀。炎帝：火神，名祝融，因主夏，世称夏帝。持祝融：举着火。呵嘘：天冷手冻，需呵气取暖。　⑪恩光：圣恩。沾（zhān）：浸润、沾溉。　⑫意谓：身上的皮肤都被冻裂了。鳞甲：鱼鳞、龟甲。　⑬衣服和被褥冻得冰凉。贴着身就如刀割一样痛。刀、镰，都是切割物什的工具，刃锋利。　⑭意谓：天寒气凉鼻吸刺痛，莫敢呼吸。齅同嗅，用鼻子辨别气味。　⑮天冷的

使血液凝固，指头冻僵，无法合拢。拈(niān)：本意用手指取物。⑯二句意谓：天冷嘴冻得合不拢，连煮沸的酒都喝不进去。醪(láo)：汁滓混合的酒。《说文·酉部》："醪，汁滓酒也。从酉，翏声。" ⑰匕：汤匙。箸：筷子。签：竹签。如排签：像往手指里扎竹签一样痛。古有此酷刑。 ⑱侵炉：贴近火炉。炽炭：炽烈燃烧的炭。 ⑲手脚放在沸水里也无济于事。 ⑳纩(kuàng)：棉絮。缣(jiān)：绢帛。纩缣合称被褥。 ㉑二句谓：虎豹冻僵在洞穴里，蛟螭被冻死在深水中。蛟：有鳞的龙为蛟。螭：无角的龙为螭。 ㉒太阳运行也失去了规律。荧惑：本指火星，此指太阳。躔(chán)：足迹，也指日月及金木水火土五星运行时经过天空某一区域的轨迹。 ㉓六龙：指太阳。传说日神乘车，驾以六龙。皇帝之车六马，也称皇帝的车驾为六龙。 ㉔此二句谓：天下所有的生物都被冻死。芒砀：同茫荡，辽阔无边。大包：整个天下。生类：一切生物。尽歼：全部死亡。 ㉕此句承上，雀说天这么冷像把日晷都淹灭了，还不如快点死。晷(guǐ)：日影。刻：时间。㉖此二句谓：与其冻得难以忍受，还不如弹射死火烧汤煮，得点暖气。炰焊(páo xún)：火烤汤煮。炰：同炮，合毛炙烤。焊：汤里煮肉。 ㉗二句意谓：鸾和皇是二鸟名，鸾指俊鸟，皇指雌凤。苟：尚且。尔：指雀。占：占卜。不再占：犹如说了不算。 ㉘蠢动俦：指虫介类。嫌：疑惑。 ㉙伊我：指人类，伊是发语词。这句说：人是万物之灵。 ㉚即不能安汝于枕席。女：同汝。覆：覆盖。苫(shān)：草苫子。 ㉛即心里难以安宁。五藏：即五脏，指脾、肺、肾、肝、心。 ㉜淫：多也。澌澌(cán cán)：同潺潺，形容水流的样子，此指泪。 ㉝向天疾痛大呼貌。 ㉞惠我：给予我的恩惠。顾瞻：照顾。 ㉟褰（qiān）：拉起。旒（liú）：冕旒，王冠上饰玉的垂帘。纩：棉帛做成的耳暖。此句意谓：拉起冠前的帘，去掉耳暖，寓天气暖和之意。 ㊱梅：味酸。盐：味咸。都是调味必须的原料。此比喻进用贤臣。 ㊲登御：被皇帝任用。封建社会与皇帝有关的事物加御，如御驾、御旨。 ㊳意谓：除掉那些殆堕政事和奸邪坏事之人。黜（cū）：罢除。傲：骄傲自恃，傲慢无礼。憸（xiān）：奸邪。 ㊴豁达：性开通，气量大。 ㊵悬乳：房檐悬垂的冰条。 ㊶消释：消融化解。土脉膏黏：土地松软肥沃。㊷兰蕙：香草。荣：茂盛。 ㊸艾与蒹：艾蒿和芦苇。 ㊹日萼：阳光照耀下的花朵。铄（shuò）：同烁烁，光亮的样子。 ㊺风条：风吹起的衣带。襜（chān）襜：摆动貌。 ㊻此为诗人设想、期望。谓天假如做到这些，即“天乎哀无辜”以下十六句所言，我虽然死也满意了。程学恂《韩诗臆说》卷一：“此当与东野《寒地百姓吟》并读。然其才力尤加奇肆。结云‘天乎苟其能，吾死意亦厌。’少陵自比稷契处，亦正同此怀抱。”

【品评】

写于贞元十九年（803）春，韩愈在长安为四门博士时。公做京官后对朝政的积弊看得更清楚，因此，便借是年春三月大雪侵害万物生长，破坏人们生活，比赋隐刺权臣误国，朝廷失政。用狠重奇险之笔，抒发了他鲜明的爱憎感情。他对自己不能尽力佐政抚民感到内疚；期望和煦的阳光施惠于万物；自谓为政于民死而无憾。从艺术上看，这首诗是韩愈着力镵刻的代表，表现了韩诗锐思镵刻，字带刀锋，怪怪奇奇，狠重奇险的诗境，是韩诗从思想上笔涉朝政，艺术上走向奇崛风格，从杜诗中奇险处推扩奥衍，辟山开道，自树一家新风的标志。

## 落　齿[1]

去年落一牙，　今年落一齿。[2]
俄然落六七，　落势殊未已。[3]
余存皆动摇，　尽落应始止。[4]
忆初落一时，　但念豁可耻。[5]
及至落二三，　始幽衰即死。
每一将落时，　懔懔恒在己。[6]
叉牙妨食物，[7]颠倒怯漱水。[8]
终焉舍我落，　意与崩山比。[9]
今来落既熟，　见落空相似。[10]
余存二十余，　次第知落矣。[11]
傥常岁落一，　自足支两纪。[12]
如其落并空，　与渐亦同指。[13]
人言齿之落，　寿命理难恃。[14]
我言生有涯，　长短俱死尔！[15]
人言齿之豁，　左右惊谛视。[16]
我言庄周云，　木雁各有喜。[17]
语讹默更好，[18]嚼废软还美。[19]

因歌遂成诗，持用诧妻子。[20]

【注释】

①齿:《六书故》:“齿当唇,牙当车。”口中两颊生的齿叫牙,俗称大牙。前近唇者称齿。车,牙床。诗中牙齿互文,无别。②《墨子·非攻中》:“古者有语,唇亡则齿寒。” ③俄然:突然,形容时间短。落势:牙齿脱落的势头。殊未已:还未停止。 ④余存:剩余的牙齿。尽落:落尽。始止:才停止。 ⑤落一时:掉第一颗牙时。但念豁可耻:只觉得豁牙难看。 ⑥懔(lǐn)懔:畏惧的样子。恒在己:自己经常处于这种畏惧状态。 ⑦叉牙:同杈桠,即参差不齐。 ⑧颠倒:与横竖意同。上下前后跟原有的位置相反,即错乱。此句意谓:横竖都不舒服。怯漱水:怕用水漱口。 ⑨二句意谓:最后牙齿脱落时,像山崩一样迅速剧烈,形容牙齿掉得突然。 ⑩二句意谓:近来牙齿脱落已成习惯,每掉一颗都和往常一样。熟:习以为常。 ⑪次第:一个接一个。⑫二句意谓:假如每年掉一颗牙,还可以支持二十余年。傥:假如。两纪:一纪十二年,两纪二十四年。 ⑬二句意为:如果一下子掉完,和慢慢掉差不多。指:同旨,当意向或意思差不多讲。⑭二句意谓:人们都说牙齿掉落,按常理讲人的寿命难以再维持下去。恃:维持、凭借。 ⑮二句意谓:我说人的寿命总有一定年限,或长或短总是要死的。生有涯:《庄子·养生主》:“吾生也有涯,而知也无涯。”长短俱死:王羲之《兰亭集序》:“况修(长也)短随化,终期于尽。”《列子·杨朱》:“万物齐生齐死,十年亦死,百年亦死。” ⑯左右:左右的人。谛(dì):仔细、详细。 ⑰庄周:名

周，人称庄子，战国时蒙（今河南商丘）人，曾为漆园吏。所传《庄子》三十三篇，《内篇》七篇，历来认为是庄周自己作的。《外篇》十五篇，《杂篇》十一篇，历来认为出于后世道家假托。木雁：《庄子·山木》："庄子行于山中，见大木，枝叶盛茂。伐木者止其旁而不取也。"问其故，曰："无所可用。"庄子曰："此木以不材得终其天年。"夫子出于山，舍于古人之家。故人喜，命竖子杀雁而烹之。竖子请曰："其一能鸣，其一不能鸣，请奚杀？"主人曰："杀不能鸣者。"明日，弟子问于庄子曰："昨日山中之木，以不材而得终其天年；今主人之雁，以不材死。先生将何处？"庄子笑曰："周将处乎材与不材之间。材与不材之间，似之而非也，故未免乎累。"各有喜：指主人对木与雁的态度。大木、鸣雁各得其所，比喻有牙无牙各有好处。 ⑱没有牙齿说话容易讹误，默默不语本来就是好事。语讹：语音不清楚。 ⑲牙齿没有了，舌头还好。嚼：能嚼食物的牙齿。软：柔软的舌头。 ⑳二句意谓：一边唱歌一边写成诗，拿来在妻子面前夸耀。诧：夸耀。

【品评】

贞元十八年，韩愈所作《与崔群书》云："近者尤衰惫，左侧第二牙无故动摇脱去。"今据此诗"去年落一牙，今年落一齿"推断，诗当写于贞元十九年，韩愈三十六岁。韩愈时正壮年，齿落体衰，心有所感，见于诗文者多处，然多带有一种衰老颓唐之感，《落齿》写得却比较乐观，表现了他与世俗的不同观点。最后与妻子玩笑，颇为风趣。从表象看诗写的是生活琐事，与社会政治无关，其实，他所说的"语讹默更好，嚼废软还美"。不正是借老庄的话自嘲，暗含不平之气吗？韩愈学陶潜、杜甫，写了一些描写身边琐事的小诗，既风趣有致，也明白如话，物情俱真，自得其妙，形成了自己的风格。正如朱彝尊批语云："真率意，道得痛快，正是昌黎本色。"

## 利剑

利剑光耿耿，[①]佩之使我无邪心。[②]故人念我寡徒侣，[③]持用赠我比知音。我心如冰剑如雪，[④]不能刺谗夫，[⑤]使我心腐剑锋折，[⑥]噫！剑与我俱变化归黄泉！[⑦]

【注释】

①耿耿：指寒光闪闪的剑锋。 ②佩：佩带。无邪心：一云不怕邪恶，故古人常以"胜邪"、"辟邪"为宝剑名；一云洁身自好，不生邪念。 ③故人：老朋友。寡徒侣：同伴少，知音稀。故下句云把利剑赠给我结为知心朋友。韩愈有《知音者诚希》诗，叹知音者少。 ④此句意谓：我的心像冰一样纯洁，我的剑像雪一样明亮。鲍照《白头吟》："清如玉壶冰。"曹丕《大墙上蒿行》："白如积雪，利若秋霜。"刘歆《西京杂记》卷一："高祖斩白蛇剑，刃上常若霜雪。"王昌龄《芙蓉楼送辛渐》："洛阳亲友如相问，一片冰心在玉壶。" ⑤谗夫：专以谗言害人者。 ⑥心腐：心烂。形容心里愤恨到极点。剑锋折：剑刃折断。 ⑦此句意谓：剑和我一同化归地府。

【品评】

韩愈《祭张员外文》云："贞元十九，君为御史。余以无能，同诏并跱。彼婉娈者，实惮吾曹。侧肩帖耳，有舌如刀。"此诗借赋利剑喻己高洁与刚直，发泄对宠臣谗夫陷害直臣，盘剥百姓的憎恨。当写于他为御史的贞元十九年。诗本于《诗经》的《巷伯》、《青蝇》，为刺谗佞误国的诗。可谓千古同慨。如清陈沆《诗比兴笺》评此诗云："《利剑》、《马厌谷》、《忽忽》旧各以章首之字为题，实则一时所作，当是德宗贞元十九年四门博士拜监察御史时，盖公怀史鰌进贤退不肖之志。而郁郁无所遂，故首章恨不欲去谗而无其权也。……用乐府之奇倔，摅《离骚》之幽怨，而皆遗其形貌，所谓情激而调变者也。"

## 贞女峡①

江盘峡束春湍豪，② 雷风战斗鱼龙逃。③
悬流轰轰射水府，④ 一泻百里翻云涛。⑤
漂船摆石万瓦裂，⑥ 咫尺性命轻鸿毛。⑦

【注释】

①贞女峡：《太平寰宇记》卷一一七《江南西道》十五《连州桂阳县》："贞女峡，在县南一十五里。"桂阳县在今广东连州市，南临县为阳山。《元和郡县图志》卷二十九《江南道》五："连州治桂阳县。贞女峡，在县东南一十里。阳山县西北至洲水路一百七十四

里。”则贞女峡在阳山县西北约一百六十里，地属桂阳县，在今连州市境内。 ②江盘：江水弯弯曲曲。峡束：峡窄。两岸峭壁紧紧夹住江水。春湍豪：春天的江水大流急，气势汹涌。 ③雷风战斗：以风骤雷疾形容贞女峡江水奔腾咆哮汹涌激荡。 ④悬流：瀑布。轰轰：水泻之声。水府：神话中的龙宫。 ⑤一泻百里：快也。云涛：浪高入云。 ⑥此句意谓：漂流的船在激浪中碰着岩石就会像万瓦俱碎一样。摆：本作手击，此引申为碰撞。或谓拨，也通。 ⑦此句意谓：顷刻之间性命就没了，故谓如鸿毛一样轻生。《汉书·司马迁传·报任安书》：“人固有一死，死有重于泰山，或轻于鸿毛，用之所趣异也。”

**【品评】**

诗写于贞元二十年(804)春，韩公被谪阳山途经贞女峡所作。虽仅六句小诗，却写出了贞女峡惊心动魄的奇景和一派雄豪气势。虽被贬，却气不馁，表现了一位政治家的博大胸怀。如蒋抱玄评之曰：“起语恢奇，收语雄而直率。”

## 县斋有怀[①]

少小尚奇伟， 平生足悲吒。[②]
犹嫌子夏儒，[③] 肯学樊迟稼？[④]
事业窥皋稷，[⑤] 文章蔑曹谢。[⑥]
濯缨起江湖，[⑦] 缀珮杂兰麝。[⑧]

悠悠指长道，去去策高驾。[9]
谁为倾国媒？[10]自许连城价。[11]
初随计吏贡，[12]屡入泽宫射。[13]
虽免十上劳，[14]何能一战霸？[15]
人情忌殊异，[16]世路多权诈。[17]
蹉跎颜遂低，[18]摧折气愈下。[19]
冶长信非罪，[20]侯生或遭骂。[21]
怀书出皇都，衔泪渡清灞。[22]
身将老寂寞，志欲死闲暇。[23]
朝食不盈肠，冬衣才掩髂。[24]
军书既频召，戎马乃连跨。[25]
大梁从相公，彭城赴仆射。[26]
弓箭围狐兔，丝竹罗酒炙。[27]
两府变荒凉，三年就休假。[28]
求官去东洛，犯雪过西华。[29]
尘埃紫陌春，风雨灵台夜。[30]
名声荷朋友，[31]援引乏姻娅。[32]
虽陪彤庭臣，[33]讵纵青冥靶？[34]
寒空耸危阙，晓色曜修架。[35]
捐躯辰在丁，铩翮时方禧。[36]
投荒诚职分，领邑幸宽赦。[37]
湖波翻日车，岭石坼天罅。[38]
毒雾恒熏昼，[39]炎风每烧夏。[40]

雷威固已加，飓势仍相借。[41]
气象杳难测，声音吁可怕。[42]
夷言听未惯，[43]越俗循犹乍。[44]
指摘两憎嫌，睢盱互猜讶。[45]
只缘恩未报，岂为生足藉。[46]
嗣皇新继明，[47]率土日流化。[48]
惟思涤瑕垢，长去事丧柘。[49]
斸嵩开云扃，压颍抗风榭。[50]
禾麦种满地，梨枣栽绕舍。[51]
儿童稍长成，雀鼠得驱吓。[52]
官租日输纳，[53]村酒时邀迓。
闲爱老农愚，[54]归弄小女姹。[55]
如今便可尔，何用毕婚嫁。[56]

【注释】

①有怀：有所感愤而作。 ②尚：注重、崇尚。奇伟：胸怀博大，志气高尚。悲吒（zhà）：悲愤。起势突兀排奡，以尚奇伟与足悲吒的矛盾，为全篇之骨，表现了韩愈的思想性格。 ③子夏：孔子的学生。姓卜，名商，字子夏，春秋末年晋国温（今河南温县）人。擅长语言文学，比孔子小四十岁。居西河教授，为魏文侯之师。相传他著《易传》、《诗序》、《礼记·丧服》等。子夏儒，语出《论语·雍也》："子谓子夏曰：'女为君子儒，为小人儒！'"公之意说：我还看不起以文（章句）著称的子夏这样的儒生呢？ ④樊

迟：名须，字子迟，春秋末年齐（今山东北部）人，孔子的学生。《论语·子路》：“樊迟请学稼。子曰：‘吾不如老农。’请学为圃。曰：‘吾不如老圃。’”谓：更不肯像樊迟那样热衷种田。 ⑤窥皋（gāo）稷（jì）：事业上向皋稷学习。窥：探视、效法。皋，即皋陶，或作“咎繇”，传为舜臣，治刑法，掌刑狱。稷，后稷，舜臣，掌管农业，教人学稼，周人之祖。二人皆世称贤臣。一本作“稷卨（xuè）” ⑥蔑：蔑视、小看。曹：曹植，三国时著名文学家，才称八斗。字子建，安徽亳（今亳州）人，魏武帝曹操第三子。谢，指谢灵运，南朝宋诸谢以文著称，谢灵运为第一，河南太康人。《南史·文学传》：“（吴）迈远好自夸而蚩鄙他人，每作诗得称意语，辄掷地呼曰：‘曹子建何足数哉！’”以上二句谓：政治上要做皋稷那样的贤人，文学上要超过曹植、谢灵运。 ⑦濯（zhuó）缨：洗涤帽子上的缨穗。《孟子·离娄上》：“有孺子歌曰：‘沧浪之水清兮，可以濯我缨；沧浪之水浊兮，可以濯我足。’孔子曰：‘小子听之，清斯濯缨，浊斯濯足矣。自取之也。’”江湖：隐居之处。隐逸之人择时而出，表其志向高洁。 ⑧缀珮：佩戴美玉制成的饰物。杂：搀合。兰麝：兰草和麝香，皆为馨香之饰物。此如屈原《离骚》以美玉香草自比高洁。 ⑨悠悠：远也。策：驾御，鞭策。高驾：高车人马。仕途漫长，我驾着大马高车努力奔跑，志达远大目标。 ⑩倾国：指美人，韩愈自比。媒：媒人。借李延年荐美人比喻宦途的引荐人。《汉书·外戚传》：“李延年侍上歌曰：‘北方有佳人，绝世而独立，一顾倾人城，再顾倾人国。’上叹息曰：‘世岂有此人乎？’平阳公主因言延年有女弟，上召见之。” ⑪连城价：以价值连城的和氏璧玉相比。《史记·廉颇蔺相如传》：“赵惠文王时，得楚和氏璧。秦昭王闻之，使人遗赵王书，愿以十五城请易璧。赵使蔺相如奉璧西入秦，相如视秦王无意偿赵城，乃使其从者从径道归璧于赵。”⑫指他被乡贡举荐到京城应试。时在贞元二年(786)。计吏：掌管计簿的官吏。贡：推荐考生。唐制：每年秋冬地方官(或派官吏)至京师上计籍，称上计。 ⑬指他多次参加考试。泽宫射：原指天子择士前在射宫举行祭礼，此借指考试。泽是宫名，史称泽宫。 ⑭十上劳：多次上书而不报。 ⑮怎能一战成功呢？承上句，说苏秦十上书都未成功，我怎能参加一次考试就得中呢？实则他参加四次进士考试才中，参加三次博学宏辞考试都未中。此指参加进士考试，非谓博学宏辞选试也。 ⑯世俗人情忌妒有特殊才干的人。殊异：特别突出。 ⑰权诈：玩弄权术，尔虞我诈。⑱蹉跎：道路坎坷，宦途失意。时光白白地流逝。颜：本指颜面，此指因失意常低着头。 ⑲摧折：摧残挫折。气愈下：势气愈来愈低。 ⑳冶长：公冶长。孔子学生，字子长，春秋末齐国人。此以公冶长自比，说仕途坎坷不是自己的罪过。《论语·公冶长》：“子谓公冶长，‘可妻也。虽在缧绁之中，非其罪也。’以其子妻之。” ㉑侯生：侯嬴，战国时魏国的城门守，实则隐士，后与信陵君无忌结好，帮助无忌完成“西却秦北救赵”的事业。《史记·信陵君传》：“魏有隐士侯嬴，为夷门临者。公子无忌从车骑，虚左自迎侯生，侯谓：‘臣有客在市屠中，愿过之。’公子引车入市，侯下见其客朱亥，俾倪故久立，从骑皆骂侯生。”以上二句乃韩愈自比公冶长、侯嬴，虽遭挫折，或被笑骂，却是才德出众的人。 ㉒怀书：怀里揣着圣贤之书，谓有学识。皇都：京城，因皇帝所居故名。灞：水名，在长安东，东出长安必经灞桥。此指三上宰相书不报，而愤离京城东归。 ㉓此二句表韩愈失意的心态。谓我的身体将在寂寞中老去,意志将在闲居生活里消磨。 ㉔朝:每天。不盈肠:吃不饱。掩:盖。髂(qià):胯骨。二句谓他过的是食不饱肚,衣不蔽体的生活。 ㉕军书:指董晋、张建封的聘书。唐节度使掌兵权,文书称军书,其幕曰戎幕。戎马:军马。连跨:相继在汴、徐军幕中任从事。 ㉖大梁:今河南开封市,战国、秦、汉时称大梁,唐汴州治所。彭城,徐州治所在地,古为彭郡,今江苏徐州市。 ㉗此二句总叙他在汴、徐幕的围猎、宴乐生活。丝竹:本指弦管乐器,此泛指音乐。炙:烤熟的肉,此指酒菜。 ㉘此二句叙贞元十五年董晋卒,汴州兵乱;十六年,建封卒,徐州兵乱,则汴徐二府率荒凉也。自贞元十六年五月去徐幕,至十七八年间任四门博士,则闲居三年。休假:休闲也。 ㉙犯雪:冒雪,指他下雪的冬天经过华山。西华:西岳华山。此指他十六年回洛阳后,是年冬和十七年冬曾两次东去洛,西到长安求官,均可言冒雪也。 ㉚紫陌:指京城的街道。灵台:指国子学。西汉有三雍官,为对策讲学之地。东汉光武帝刘秀设立明堂、辟雍、灵台为三雍官。 ㉛荷:仰赖、感戴。此句说他迁监察御史是由朋友荐引。 ㉜援引:推举、荐拔。姻娅(yà):姻亲。亲家之间,女方之父为婚,男方之父为姻。娅,或作亚,两婿相称曰娅。此句意谓:他迁为监察御史不是由于亲戚的关系。 ㉝陪:排列。彤庭臣:朝廷之臣。此句意谓:他身为监察御史已列朝臣行列。 ㉞讵:岂,哪里,表反诘。纵:纵情、驰骋。青冥靶:青冥指天空,此从王良驾车遨游而来,谓靶在天上,极言志向高远。 ㉟寒空:高空。耸:高高矗立。危阙:形容官殿极高。晓色:晨光。修架:长桥。 ㊱捐躯:舍身报国。指冒死上《论天旱人饥状》。辰在丁:当是韩愈上《状》的日子。铩翮(shā hé):折断羽翼。褚(zhà):同腊、蜡,十二月。遭贬则在蜡月。唐以大寒后第一个辰日为蜡祭日,是年大寒为十二月戊申(1日),而蜡日在丙辰(9日),而丁日为十日,韩愈上《状》不可能在蜡之后。如此,他十一月三十日上《状》,十二月被贬,正合诗所写的时间顺序。 ㊲投荒:放到荒凉的地方。诚职分:很合适。诚:确实、的确。职分:所任之职应进的本分。宽赦:宽大赦宥。二句说:把我放到蛮荒地方是很合适的,作县令是对我的宽大。 ㊳日车:太阳神乘的车子,喻日。此句写湖面波浪翻滚,日影跳动的景象。坼(chè):裂开。罅(xià):裂缝。天罅:天之缝也,言其高。此句写人行两山陡壁间仰望天空的景象。二句极言他赴阳山经江湖、山岭的风险与艰辛。 ㊴毒雾:瘴气。恒熏昼:一天到晚不散。 ㊵炎风:热风。烧夏,夏天热得象火烧一样。由此二句以下十二句写阳山的环境和天气。 ㊶飓(jù):台风、暴风。 ㊷杳:渺茫,谓变化难测。吁:叹息。 ㊸夷言:地方土语。即《送区册序》所谓"鸟言夷面"也。 ㊹越俗:指岭南一带人的风俗习惯。循犹乍:虽然已慢慢习惯,却仍有疑惑。乍,同诈。㊺指摘:指责。睢盱(suī xū):瞪眼睛。猜讶:猜疑。此二句谓:因语言不通,风俗不同,官府与百姓相互指责、猜疑。 ㊻只缘:只因。岂谓:那里是说。藉:依靠、凭借。此二句谓:只因圣上恩德未报,那里是说我一生不可以有什么作为呢? ㊼德宗子李诵于贞元二十一年正月二十六日继帝位,二月二十四日大赦。八月改元永贞,庙号顺宗。 ㊽率土:全国。流化:感受皇帝的恩德和教化。 ㊾涤:洗掉、除去。瑕垢(xiá gòu):疵点、错误。 ㊿斸

(zhú):开凿。嵩:嵩山,中岳,在河南登封。扃(jiōng):原指门闩,此指门户。开云扃:为拨开云雾,登上嵩山。颍:颍水,发源于嵩山,入淮河。压颍:在颍水之上。以下结出所怀。 ㉛朱彝尊《批韩诗》:"预描写光景好,此是寂寞闲暇受用处。" ㊷此二句谓:孩子一天一天长大,已经能够驱赶、吓唬鸟雀了。 ㊸按时缴纳官家租税。 ㊹愚:淳朴,不作愚笨解。 ㊺弄:戏耍、逗着玩。姹(chà):娇艳、好看。 ㊻尔:代词,指归田务农生活。毕婚嫁:办完女儿出嫁事。

【品评】

贞元二十一年二月后,为阳山令所作。写他半生坎坷曲折的经历,若要了解他的思想和生活是必读者。他虽有"事业窥皋稷"的抱负,"文章蔑曹谢"的才华,因朝廷群小当道不能发挥,产生了"斸嵩开云扃,压颍抗风榭。禾麦种满地,梨枣栽绕舍"的归隐思想。表示对仕途、官场的厌倦,反映了当时有识之士的内心苦闷,有一定的典型意义。对这首诗的艺术评价历来针锋相对:一云无什佳处,一曰熔裁甚工。此诗的写法有几个特点:所用典事句句有来历,却能务去陈言,化腐朽为神奇。如用向长嫁女后隐去,常用则云:"早欲寻名山,期待婚嫁毕。"(沈约诗)"无惑毕婚嫁,竟为俗务牵。"(元结诗)韩诗却说:"如今便可尔,何用毕婚嫁。"全诗用对偶的仄声韵排律,比较难写,用的不好会弄巧成拙,韩愈运用娴熟精巧,有一唱三叹之录。熔裁有致,构制精工;语言淳朴,生动感人。令人读之不厌其长,不觉其繁。

## 杂诗四首（其一）

朝蝇不须驱，① 暮蚊不可拍。②
蝇蚊满八区，③ 可尽与相格？④
得时能几时，⑤ 与汝恣啖咋。⑥
凉风九月初， 扫不见踪迹。⑦

**【注释】**

①朝蝇：早晨的蝇子。不须驱：不必赶打。 ②暮蚊：晚上的蚊子。不可拍：不必拍打。 ③八区：四面八方，即处处。 ④相格：互相斗争。 ⑤得时：依时得势。 ⑥恣：肆意、放纵。啖（dàn）：叮咬、吮吸。《玉篇·口部》："啖，食也。"咋（zà）：《玉篇·口部》："咋，声大也。"这里作咬、啮解，亦可。 ⑦凉风：北风。扫：扫除，俗谓一扫而光。

**【品评】**

《杂诗四首》皆含讽意。此为第一首，以当时政治形势看，在二王失势时，拟写于永贞元年(805)秋。诗里写蚊蝇处处皆是，无法尽驱，可憎可恶，只好寄予秋凉自扫。诗中寓小人只能得势于一时之意，深思可知。如宋王楙《野客丛书》卷九云："子美《萤》诗：'幸因腐草出，敢近太阳飞。未足临书卷，时能点客衣。随风隔幔小，带雨傍林危。十月清霜重，飘零何处归。'退之诗曰：'朝蝇不须驱，暮蚊不可拍。蝇蚊满八区，可尽与相格？得时能几时，与汝恣啖咋。凉风九月初，扫不见踪迹。'二诗皆一意，所以讽当世小人妄作威福者尔。"

## 八月十五夜赠张功曹[1]

纤云四卷天无河，[2] 清风吹空月舒波。[3]
沙平水息声影绝，[4] 一杯相属君当歌。[5]
君歌声酸词且苦，[6] 不能听终泪如雨。[7]
"洞庭连天九疑高，[8] 蛟龙出没猩鼯号。[9]
十生九死到官所，[10] 幽居默默如藏逃。[11]
下床畏蛇食畏药，[12] 海气湿蛰熏腥臊。[13]
昨者州前捶大鼓，嗣皇继圣登夔皋。[14]
赦书一日行万里，罪从大辟皆除死。[15]
迁者追回流者还，[16] 涤瑕荡垢朝清班。[17]
州家申名使家抑，[18] 坎坷只得移荆蛮。[19]
判司卑官不堪说，未免捶楚尘埃间。[20]
同时辈流多上道，天路幽险难追攀。"[21]
君歌且休听我歌，[22] 我歌今与君殊科。[23]
一年明月今宵多，[24] 人生由命非有他，[25]
有酒不饮奈明何？[26]

【注释】

①张功曹：张署，与韩愈同因上《状》被贬岭南，同待命郴州，同为江陵曹掾，又同携行赴任。 ②纤云：一丝丝的云。四卷(juǎn)：向四处卷去。天无河：月光极明亮，使银河的光也显示不出来了。 ③月舒波：月亮放出金色的光辉。古人常以金波形容月光。 ④沙平水息：江边沙地平坦江水平静。此句写深夜之境，突出一个"静"字。 ⑤一杯：举起一杯酒。相属：相邀。君：指张署。当歌：应当吟诗。以上写中秋之夜。 ⑥指张署歌辞酸楚苦涩，此句道出张署内心蕴积。 ⑦听终：听完。 ⑧洞庭：洞庭湖。在湖南省东北部。《元和郡县图志》卷二十七，江南道三："岳州治马陵县，洞庭湖在县西一里五十步。周回二百六十里。湖口有一洲，名曹公洲。"连天：水天相接极言洞庭湖文阔无边。九疑：九疑山，在湖南省宁远县。《元和郡县图志》卷二十九，江南道五："道州延唐县，九疑山，在县南一百里。舜所葬也。九山相似，行者疑惑，故为名。舜庙在山下。" ⑨蛟龙：即蛟。以其形似传说中的龙，故称蛟龙。猩：猩猩，猿猴类。鼯(wú)：大飞鼠，生活在南方山林。号：大声号叫。 ⑩十生九死：即九死一生。官所：任官的地方，指张署贬所临武。 ⑪幽居：潜居之地。 ⑫下床畏蛇：南方多蛇，下床怕咬。食畏药：吃东西怕中毒。 ⑬湿蛰：在潮湿泥土里孵育出的虫蚁。此谓南方潮湿。 ⑭昨者：八月十四日。嗣皇：继承皇位的皇帝，此指宪宗李纯；作顺宗李诵者误。继圣：继承先皇圣德。登夔皋：选用贤臣。夔、皋：舜时贤臣。⑮大辟：死刑。 ⑯迁者：被贬谪的。流者：被判刑流放的。⑰涤瑕荡垢：清洗污秽。朝清班：即清朝班。此句意谓：把朝廷上

的坏人清理干净。 ⑱州家:郴州刺史李伯康。申名:上报应赦名册。使家:湖南观察使杨凭,职管州县。抑:压制。此一句句中顿挫。 ⑲坎坷:道路崎岖不平貌。 ⑳判司:州府佐史自司功以下,皆称判司。卑官:地位低下的小官。不堪说:不值得一说。捶楚:鞭笞杖打。《隋书·高祖纪》:"(开皇十七年)三月景辰诏曰:……诸司论属官,若有愆犯,听于律外斟酌决杖。"唐沿隋制:参军一类小官稍有不慎即受鞭杖。尘埃间:伏地受刑。 ㉑同时辈流:同时被贬谪流放的人。上道:踏上回京城的路。天路:比喻上朝廷。幽险:昏暗险恶。二句言回朝无路的苦闷,此转尤胜。以上代张署歌辞:贬谪之苦,判司之移,均由张署歌辞中表出,此乃避实就虚之法。 ㉒翟翚《声调谱拾遗》:"即用起处原韵,歌字韵复。复韵古人多有之。" ㉓殊科:不同类。 ㉔多,谓月光之多也。指今天,即八月十五日,月亮最圆最亮。 ㉕人生由命:人一生中的显达与遭遇都是由天命决定。谓不必归怨使家。㉖奈明何:意谓月亮这么明,不痛饮几杯怎么对得起这美好的明月呢? 以上韩公歌辞。收应起,笔力转换,高明雄秀,情韵兼美。

**【品评】**

永贞元年(805)八月十五日,二人第二次遇赦同赴江陵,尚待命郴州时作。这首诗运用"虚者实之,实者虚之"、反客为主的手法,写出了摧人泪如雨下、如泣如诉的苦辞。不仅诉谴谪,也诉了大赦之日"同时辈流多上道,天路幽险难追攀"的坎坷遭遇。二人命运相同,苦情一样,怎能不在这羁旅客舍借酒解闷,以抒其慨呢? 诗虽大笔直书,读起来却娓娓动人。写月夜景色高朗清新,写遭遇之苦悲凉料峭，写情寄慨一唱三叹，三者又能有机融合，是一首停蓄顿折，错落有致的优秀古诗。

## 谒衡岳庙遂宿岳寺题门楼[1]

五岳祭秩皆三公，[2] 四方环镇嵩当中。[3]
火维地荒足妖怪， 天假神柄专其雄。[4]
喷云泄雾藏半腹，[5] 虽有绝顶谁能穷？[6]
我来正逢秋雨节， 阴气晦昧无清风。[7]
潜心默祷若有应，[8] 岂非正直能感通。[9]
须臾静扫众峰出， 仰见突兀撑青空。[10]
紫盖连延接天柱， 石廪腾掷堆祝融。[11]
森然魄动下马拜， 松柏一径趋灵宫。[12]
粉墙丹柱动光彩， 鬼物图画填青红。[13]
升阶伛偻荐脯酒，[14] 欲以菲薄明其衷。[15]
庙令老人识神意，[16] 睢盱侦伺能鞠躬。[17]
手持杯珓导我掷，[18] 云此最吉余难同。[19]
窜逐蛮荒幸不死， 衣食才足甘长终。[20]
侯王将相望久绝，[21] 神纵欲福难为功。[22]
夜投佛寺上高阁，[23] 星月掩映云曈昽。[24]
猿鸣钟动不知曙，[25] 杲杲寒日升于东。[26]

【注释】

①谒(yè):作拜见解。衡岳:南岳衡山,位于湖南衡阳市境,海拔1290公尺。衡岳庙:南岳衡山山神庙,也即岳寺,在原衡山县城西三十里。题门楼:把诗写在庙的门楼上。《元和郡县图志》卷二十九江南道五:"衡州衡山县:衡山,南岳也,一句佝偻山,在县西三十里。" ②五岳:东岳泰山,在今山东泰安市。西岳华山,在今陕西省华阴市。北岳恒山,在今山西省浑源县。南岳衡山。中岳嵩山,在河南省登封市。祭秩:祭礼的等级。三公:古时封建政权中最高的官位。周以太师、太傅、太保为三公。也有以司马、司徒、司空为三公者。《礼记·王记》:"天子祭天下名山大川。五岳视三公秩次也。因其次第而祭之尔。"唐代五岳皆封王,礼秩比三公还高一等。 ③四方环镇:东西南北四岳环绕雄镇四方。嵩当中:嵩山位居中央。镇:镇守,四岳均一方之主。 ④火维地荒:火乡、荒域,指南岳衡山在炎热荒僻的南方。足妖怪:妖魔鬼怪很多。 ⑤写山间云雾涌出弥漫山峦的态势:字字欲活。⑥绝顶:山峰极高处。穷:尽也。 ⑦阴气晦昧:指淫雨连绵,天色昏暗。衡山间多潮湿阴森之气。 ⑧潜心默祷:暗自祷告,祈求天晴。若有应:好像有应验。 ⑨正直:本指神明,此为韩公自谓:不偏不曲,端正刚直。感通:心诚则感,感能通神。指韩公正直虔诚感动了神灵。 ⑩须臾:不一会。静扫:轻轻地就把云雾扫尽,山峰显现出来了。不用力而尽,词彩锤炼,韵味出也。突兀:巍峨特出的样子。撑青空:众山峰支撑着清朗的天空。⑪紫盖、天柱、石廪、祝融,都是衡山七十二峰中的峰名。衡山之峰最高者为此四峰。腾掷:用腾飞、抛掷物体形容山势起伏,各呈

异姿。 ⑫森然魄动：山峰高峻使人敬畏而惊心动魄。灵宫：庙堂，指衡岳庙。 ⑬粉墙丹柱：白墙红柱。动光彩：色彩鲜明，相互照映。鬼物图画：指墙上的图画。填：涂抹、填充。青红：壁画的颜色。此二句写庙堂的建筑与壁画。 ⑭升阶：登上庙堂的台阶。伛偻（yū lǚ）：弯着腰，恭敬貌。 ⑮菲薄：薄礼，即简单的祭品。明其衷：表示内心虔诚。 ⑯庙令：寺庙里的主持僧人。识神意：了解神的意思。《新唐书·百官志四下》："五岳、四渎，令各一人，正九品上，掌祭祀。" ⑰睢盱（suī xū）：睁大眼睛仰视岳神。此写诗人眼里岳神的威严。侦伺：观察。鞠躬：见岳神而恭敬之。 ⑱杯珓（jiào）：古代的占卜工具，形似瓢，两片，占卜时把两片合起来掷在地上，看反正，定吉凶。 ⑲意谓：韩公掷的最吉利，其余的都比不上。作灵验虽通，然合下语义，作吉利解更合诗义，或两兼之。 ⑳蛮荒：指阳山。衣食才足：衣食生活仅能维持住。甘长终：甘心情愿一生过这样的生活。 ㉑此为韩愈已经没有侯王将相的期望。 ㉒此谓：即使神灵保佑赐福也难有效验。以韩愈之意，以上为拜祭，非如庙令之意实赐福。可见其倔犟之性犹昔也。 ㉓投：投宿。佛寺：南岳寺。此句点题中岳寺。 ㉔掩映：月时隐时现。曈昽（tóng lóng）：隐隐约约。 ㉕此句反用南朝谢灵运《从斤竹涧越岭西行》诗"猿鸣诚知曙，谷幽光未显"句意。钟动：寺里早课的钟声已经敲响了。不知曙：不知不觉已经天亮了。 ㉖杲杲：日光明亮，指日已升起貌。寒日：因是深秋，日刚升起，天带寒气。

【品评】

永贞元年九月韩愈离郴州，到衡州。《题合江亭寄刺史邹君》诗云："穷秋感平分，新月怜半坡。"是九月上中旬。此诗云："夜投佛寺上高阁，星月掩映云曈昽。"当是九月二十日光景。诗当写于此时。韩公登衡山谒岳庙，将衡岳的奇峰壮观，岳庙的古朴别致尽收笔底，构制了南岳峻峭险怪的山景古寺图。他虽遇赦北归，然被贬受压，心情郁愤，借景抒情，因事言志。在信笔挥洒中，表现了他那倔强豪迈，高心劲气的性格；戛戛独创，不落凡俗的进取精神。诗亦庄亦谐，看似戏语，实含深意，趣味横生，耐人寻味。其写法也很有特色，押韵句末三字全用平声，即三平调，这是七言古诗一韵到底的正调。这种写法，使声调铿锵，音律和谐。是七言古诗的极至。"七言格律太繁，不易作好。"（《顾羡季先生诗词讲记·总论之部》）韩愈此诗却作得好。

## 洞庭湖阻风赠张十一署①

十月阴风盛，　北风无时休。②
茫茫洞庭岸，　与子维双舟。③
雾雨晦争泄，④ 波涛怒相投。⑤
犬鸡断四听，⑥ 粮绝谁与谋？⑦
相去不容步，⑧ 险如碍山丘。⑨
清谈可以饱，⑩ 梦想接无由。⑪
男女喧左右，⑫ 饥啼但啾啾。⑬

非怀北归兴，何用胜羁愁？⑭
云外有白日，寒光自悠悠。⑮
能令暂开霁，⑯过是吾无求。⑰

**【注释】**

①洞庭湖：在湖南省北部，长江南岸。湘、资、沅、澧四水均汇于此，在岳阳市北入长江。湖中小山甚多，以君山最著名。阻风：为风阻隔。 ②无时休：没有休止的时候。 ③子：张署。维双舟：系着两只小船。 ④谓茫茫大雨在昏暗的天地间倾泻而下。⑤波涛像发了怒似的争奔而来。⑥谓雨、涛之声盛大，四周的犬吠、鸡啼声都听不见了。此句反用《庄子·胠箧》："鸡犬之音相闻。" ⑦此句用《论语·卫灵公》"在陈绝粮，从者病，莫能兴"意。⑧即相隔不到一步的距离。 ⑨二句写风涛之险阻如画，寓时人之心理跃出。 ⑩清谈：清雅的言谈、议论。 ⑪接无由：无缘接近。 ⑫男女：指儿女等人。喧左右：在身旁叫嚷。 ⑬啾啾：儿女凄凉的叫声。 ⑭二句谓：如果不是心怀北归的兴致，那里用得着这么多羁旅苦愁呢？ ⑮悠悠：遥远貌，亦作悠闲自得讲。⑯开霁：雨止云开，日出天晴。 ⑰除此之外无别的要求，即只希望天晴。过是：超出这个。

**【品评】**

韩愈《祭河南张员外文》云："避风太湖，七日鹿角"，这首诗乃北归江陵过洞庭湖，遇风鹿角所作。时为永贞元年十月。韩愈由衡山北上，正怀北归兴致，不料遇暴风所阻，路隘粮绝，一时无法可想，企盼天晴，偏天又淫雨。是诗具体、形象地描写了险恶的天气、环境；生动地表现了诗人的凄苦心情。情景交融，如历真境，不是亲历其境，亲尝其苦，又有升华的妙笔，是不会写得这样好的。可谓使寻常之境，刻画诡奇，寄托悱恻，造意可爱的神妙佳构。

## 杏　花

居邻北郭古寺空，[1]　杏花两株能白红。[2]
曲江满园不可到，　看此宁避雨与风。[3]
二年流窜出岭外，[4]　所见草木多异同。[5]
冬寒不严地恒泄，[6]　阳气发乱无全功。[7]
浮华浪蕊镇长有，[8]　才开还落瘴雾中。
山榴踯躅少意思，[9]　照耀黄紫徒为丛。
鹧鸪钩辀猿叫歇，[10]　杳杳深谷攒青枫。[11]
岂如此树一来玩，　若在京国情何穷？[12]
今旦胡为忽惆怅？[13]　万片飘泊随西东。
明年更发应更好，[14]　道人莫忘邻家翁。[15]

**【注释】**

①居邻：住所附近。北郭：城北郊。空则形容古寺荒僻。②能白红：能白能红。或云杏花初开色红，渐而变白。　③此二

句是想象中的内心独白：曲江的春天虽然繁华似锦却无法去赏玩，宁可在这里看花以避(政治上的)风雨。曲江：长安城东南的游览胜地。《太平寰宇记》卷二五《雍州·长安县·曲江池》："曲江池，汉武帝所造，其水曲折，有似广陵之江，故名。" ④二年流窜：贞元十九年(803)冬，韩愈被贬阳山，二十一年(805)冬，北归江陵。时为二年。 ⑤异同：偏义词，即不同。 ⑥地恒泄：南方天暖，阳气早泄，宜于植物生长。 ⑦阳气发乱：天也无法控制。无全功：此用《列子·天瑞篇》"天地无全功"意，是说天地也没有全能的。以上二句写南方气候特点。正如查慎行《十二种诗评》所说："不到岭南，不知此二句之妙。" ⑧镇：常也，与长字连用，当常常讲。 ⑨山榴：山石榴。植物名，又名红踯躅、映山红、杜鹃花。踯躅(zhí zhú)：羊踯躅，落叶小灌木，花有毒，羊食则死，俗名闹羊花，羊不食草。树高三四尺，花似山石榴。 ⑩钩辀(zhōu)：象声词，鹧鸪鸟的叫声。 ⑪杳(yǎo)杳：遥远、幽深貌。攒(cuán)：聚集在一起。 ⑫此二句谓：怎比这两株杏花，当我一来赏玩，就像在京城一样，引发出无穷的情思。京国：指长安。⑬今旦：今日早晨。或云今日。胡为：何为，为什么。惆怅：伤感、失意。 ⑭更发：再发。魏本作"花发"，误。虽去更字之重复，却少意味、情趣。句中连用两"更"字，奇俏。 ⑮道人：有道之人，此指寺里僧人。

## 【品评】

元和元年(806)春在江陵作。韩愈虽然遇赦，然不得归京，只在江陵当了一名法曹参军的小官，其志难酬，其情难舒。正值春日，比邻北郭古寺两株杏花盛开，触觉生情，借咏物以寄其慨。虽题为“杏花”，却只有“杏花两株能白红”一句写到杏花，余则十九句全在寄情。笔锋恣肆，情思驰骋，突出诗旨，真是奇作。诗之写法起句得势，中间转折自然，收笔落到明年，意味无穷。诗人满肚子的怨气在二十句诗里和盘托出。写咏物诗，初学者必得物肖，而大手笔则不必描头画脚，追求“迫肖物形”，全在突出精神，这样的诗才能感人，才是好诗。

## 李花赠张十一署①

江陵城西二月尾，② 花不见桃惟见李。③
风揉雨练雪羞比，④ 波涛翻空杳无涘。⑤
君知此处花何似？ 白花倒烛天夜明，⑥
群鸡惊鸣官吏起。⑦ 金乌海底初飞来，⑧
朱辉散射青霞开。⑨ 迷魂乱眼看不得，⑩
照耀万树繁如堆。⑪ 念昔少年著游燕，⑫
对花岂省曾辞杯？⑬ 自从流落忧感集，⑭
欲去未到先思回。⑮ 只今四十已如此，
后日更老谁论哉！ 力携一樽独就醉，⑯
不忍虚掷委黄埃。⑰

**【注释】**

①李：李子树，落叶小乔木，春二月开花色白，夏果实成熟，圆球形，色青黄紫红，味甘美。 ②江陵：在今湖北省西部的荆州市江陵区。二月尾：农历二月末。 ③看不见红色的桃花，只见白色的李花。此为夜景。 ④风揉雨练：李花洁白像是春天的和风抚揉细雨练洗的一样。雪羞比：雪虽白若与李花相比也自惭不如。 ⑤波涛翻空：一望无际的李花如大海里的波浪排空滔天。杳无涘(sì)：无边无际。此远望李花盛开之景。 ⑥倒烛：蜡烛本是从上向下照，倒烛是从下向上照。天夜明：黑夜变成像白天一样亮。意谓：日光本自从上向下照亮大地，黑夜里的李花却从下向上照，使黑夜明亮如白天。此句写李花白而明，造意甚奇，他诗无比。 ⑦用夸张手法极写李花的白光照彻黑夜，使雄鸡误认为天亮而啼叫；官吏听见鸡叫，误以为天亮而起床。前起六句状李花之白，工为形似之言。 ⑧金乌：太阳。此句写日出形似活脱。 ⑨朱辉：红光太阳刚升起时天上的红霞。青霞：青云。⑩迷魂乱眼：朝阳的光照射到李花上，万株李花光彩照人，照得人眼花缭乱，神情恍惚。如冬日阳光下看雪，使人睁不开眼。⑪繁如堆：形容李花繁盛如堆白雪。以上四句写日出朝景，字字警绝。 ⑫著游燕：贪恋游赏饮宴。著：贪恋。 ⑬此句谓：面对繁华似锦的李花，那里还想辞杯不饮呢？ ⑭流落：指贬官阳山后的流徙生活。 ⑮此句承上“流落忧感集”转折，谓他数年流落饱受忧患，此花虽好也无心赏玩，欲去思回。 ⑯樽：酒器。独就醉：时张署病，故独自饮酒致醉。 ⑰虚掷：虚度光阴。掷：抛弃。委黄埃：寄身于黄土，即死。

【品评】

元和二年末写于江陵。韩愈这首赋李花诗，前半写李花神形毕肖，字字欲活；然意在托后半之情。而他又不是以文造情，而是以情造文。江陵西郊的李花，赢得了不少游人的叹赏。韩愈这位“念昔少年著游燕，对花岂省曾辞杯”的诗人，遇此佳期好景，怎能不畅游，对花一醉呢？可是，因为他“自从流落忧感集”，便不得不“欲去未到先思回”了。可见他是借花写人，以李华托出自他“弥感身事之易衰”的感情。众多诗人颂赞桃花，桃花虽美，经日色退，不如李花洁白如玉。“昌黎半山总爱李，爱其缟色天下晡”。韩愈虽也有不如归田十亩园的想法，然他关心国事，体恤百姓，终“不忍虚掷委黄埃”的自暴自弃。诗不仅以李花表现了韩愈的性格贞操，也反映出他此时此地的思想：韩愈毕竟是一生力图进取的人。诗妙在借花写人，却始终不明提及，极匣剑帷灯之致。

## 感春四首（选二）

### 其　二

皇天平分成四时，[①]　春气漫诞最可悲！[②]
杂花妆林草盖地，[③]　白日座上倾天维。[④]
蜂喧鸟咽留不得，[⑤]　红萼万片从风吹。[⑥]
岂如秋霜虽惨冽，[⑦]　摧落老物谁惜之？[⑧]
为此径须沽酒饮，　自外天地弃不疑。[⑨]
近怜李杜无检束，　烂漫长醉多文辞。[⑩]

屈原《离骚》二十五，不肯哺啜糟与醨。[11]
惜哉此子巧言语，　不到圣处宁非痴！[12]
幸逢尧舜明四目，[13]　条理品汇皆得宜。[14]
平明出门暮归舍，　酩酊马上知为谁？[15]

**【注释】**

①皇天：自然的天。平分四时：即把一年平均分为春、夏、秋、冬四个时令，每季平分均为三个月，称一季。平：均也。　②漫诞：无拘无束，形容春意到处都是。最可悲：春色恼人，即春光最易引发人的伤感情绪。　③杂花妆林：林树花开，谓各种不同的花把树都妆扮起来了。　④此句意谓：太阳在天座上从西方坠落下去。倾天维：动摇了天的常道。倾：倒塌。天维：天之常规。朱彝尊《批韩诗》："意新语奇，则故为生硬。"　⑤蜂喧鸟咽：蜜蜂喧闹，鸟儿悲鸣。留不得：留不住春光。　⑥红萼：红花。萼，本指花萼，即包在花瓣外的一圈叶壮薄片。此代指花。此用杜甫《曲江》诗"一片花飞减却春，风飘万点正愁人"意。王琬《批韩诗》："杂花生树，群莺乱飞，未几有花落之感，可悲在此鸟啼。"　⑦岂如：那里比得上。惨冽：同惨烈。气候严寒或景象凄厉。　⑧老物：本意为万物，为古代蜡祭偶象。二句表达了诗人因春伤时的内心苦闷，寓意深刻。古人悲秋，他却惜秋，则是用老物本意，而反世俗意之不足惜而惜之，衬托出春天美好事物被摧残，更令人悲伤。　⑨径：直。沽酒：买酒。自外天地：置身于天地之外，悲叹无人问津。弃不疑：一切都可置之度外，不必再疑虑了。⑩怜：爱。李杜：李白、杜甫。无检束：无拘无束，纵情放意。烂

漫：放浪。此指醉后无拘无束，恣情放纵的样子。多文辞：多诗篇。 ⑪屈原：楚大夫。王逸叙《楚辞》曰："原履忠被谮，忧悲愁思，独依诗人之义而作《离骚》。"此二句惜屈原之不饮，正与上二句李杜狂饮长醉对。哺啜：吃喝。糟：糟糠。醨：薄酒。 ⑫此子：指屈原。不到圣处：不饮美酒。古人以白酒比贤人，以清酒比圣人。宁：岂，难道。 ⑬明四目：广开门路，招揽贤士。 ⑭条理品汇：处理政事，有条有理；评断人才，公允恰当。条理：层次、秩序。品汇：事物之品种类别。 ⑮平明：早晨天亮。酩酊：醉态。知为谁：知是谁，韩愈自指。

## 其　四

我恨不如江头人，① 长网横江遮紫鳞。②
独宿荒陂射凫雁，③ 卖纳租赋官不嗔。④
归来欢笑对妻子， 衣食自给宁羞贫？⑤
今者无端读书史， 智慧只足劳精神。⑥
画蛇著足无处用，⑦ 两鬓雪白趋埃尘。⑧
乾愁漫解坐自累，⑨ 与众异趣谁相亲？⑩
数杯浇肠虽暂醉，⑪ 皎皎万虑醒还新。⑫
百年未满不得死，⑬ 且可勤买抛青春。⑭

**【注释】**

①江头人：江上渔人。渔人生活在江水之上，故以江头人称之。 ②遮：拦截江流，撑网捕鱼。紫鳞：指鱼。 ③荒陂(bēi)：荒僻的江边。陂，水边或山坡。凫(fú)：野鸭。 ④卖纳租赋：承

上江头人打鱼射雁，卖了鱼雁交纳田租赋税。嗔(chēn)：发怒、责怪。⑤上句似杜甫《闻官军收河南河北》诗“却看妻子愁何在”意。宁：反诘副词，岂、难道、怎么会。意思是渔人自给自足，不怕穷困。⑥无端：无缘无故，正话反说的悔恨之词。此二句说：而今无缘无故读那么多经典史书，有了才智，只不过是白白耗费精神罢了。怨(不被重用)而不怒(自己有学问才智)。⑦画蛇著足：即画蛇添足。喻出力不讨好。著：著笔，即画上。指上文“无端读书史”。⑧趋尘埃：谓奔走于尘埃之中，指他沉于下僚，被人冷落。尘埃：随风飘扬的尘土。⑨乾愁：白愁无济，徒愁无益，或无端忧愁。漫解：散乱无法解脱。坐自累：自招辛苦。意谓：让无端的愁绪白白困扰自己，不能解脱。⑩异趣：志趣与众不同。谁相亲：没有志趣相投的知己亲近自己。意谓志趣与众不同，有谁来亲近自己呢？⑪浇肠：下肚，此乃借酒浇愁。⑫皎皎：清楚明亮。万种愁绪，在酒醒后依然清晰地摆在那里。⑬百年：一生。⑭且可：且也。抛青春：酒名。《国史补》(卷下)云：“酒有郢之富水(春)，乌程之若下(春)，荥阳之土窟春，富平之实(当作石)冻春，剑南之烧(社)春。”乃知唐人酒名多用“春”字。

## 【品评】

元和元年春写于江陵。韩愈所感者何？第三首云：“诗书渐欲抛，节行久已惰”，“孤负平生心，已矣知奈何？”知四诗所感即《五箴》中说的“聪明不及于前时，闻道日负其初心”，和屈原《离骚》里“汩余若将不及兮，恐年岁之不吾与”，“日月忽其不淹兮，春与秋其代序”，“老冉冉其将至兮，恐修名之不立”的思想，一脉相承。韩愈与屈原一样，是既有雄才大略，又有政治抱负的大诗人。他时居楚地，正值盛春佳景，自己仍困居于此，生活困窘，前途无望，知音无应，心感情伤。由郁闷而伤春，由伤春而激情，由激情而发为言辞，写下了既有张衡《四愁诗》的比兴寄托，也有蔡琰《胡笳十八拍》的郁勃愤激情调，笔力雄健的著意之作。虽然如此，他仍然期望“幸逢尧舜明四目，条理品汇皆得宜”的际遇。可得到的却是“与众异趣谁相亲”？便产生时不我遇的感叹：“一生长恨奈何许”。因此，便奋力喊出：“百年未满不得死，且可勤买抛青春。”不是他甘愿，而是万不得已，不是现实逼得他无法去为国为民施展自己的才智，他是不会轻易喊出这样声音的，更不会忍心这样做。诗读起来感人肺腑，就是调子低一点。这是此时韩愈思想的真实写照。正如程学恂《韩诗臆说》：“第二首用《楚辞》语，明其所感同也。此公自写心事，借屈原以寄慨耳，非论屈原也。”“末首郁愤极矣，吐为此吟，其音悲而远。至‘皎皎万虑醒还新’，可以泣鬼神矣。”

## 郑群赠簟①

蕲州簟竹天下知，② 郑君所宝尤瑰奇。③
携来当昼不得卧， 一府传看黄琉璃。④
体坚色净又藏节， 尽眼凝滑无瑕疵。⑤
法曹贫贱众所易，⑥ 腰腹空大何能为？⑦
自从五月困暑湿， 如坐深甑遭蒸炊。⑧

手磨袖拂心语口，“曼肤多汗真相宜。”⑨
日暮归来独惆怅，有卖直欲倾家资。⑩
谁谓故人知我意，⑪卷送八尺含风漪。⑫
呼奴扫地铺未了，光彩照耀惊童儿。⑬
青蝇侧翅蚤虱避，⑭肃肃疑有清飙吹。⑮
倒身甘寝百疾愈，却愿天日恒炎曦。⑯
明珠青玉不足报，赠子相好无时衰。⑰

【注释】

①元和元年五月江陵作。郑群，字弘之，郑州荥阳人，中进士，历任监察御史，虞部员外郎，复州刺史，祠部郎中，出为衢州刺史，召为库部郎中，途中卒于扬州。时长庆元年八月二十四日，终年六十岁。韩在江陵为同僚好友。簟(diàn)：条簟竹所织之席。《诗·小雅·斯干》：“下莞上簟，乃安斯寝。”公诗当借此意。②蕲(qí)州：唐属淮南蕲春郡，在今湖北蕲春市北。簟竹：一作笛竹，蕲州特产，节长色美，可作席、笛、杖。天下知：天下知名。《唐六典》云：“蕲州土贡：白纻、簟。”则簟为知名贡品。 ③宝：当成贵重宝物珍藏、喜爱。尤：特别。瑰奇：珍贵、奇异。 ④一府：指江陵府的官吏。黄琉璃：天然的各种有光泽的宝石，或涂有各种彩釉的陶瓷制品。指簟席像黄琉璃一样色泽美丽而光滑。⑤坚：坚固紧密。色净：颜色纯净，与下句“无瑕疵”对。藏节：不见竹节的痕迹。或谓簟竹节长。尽眼凝滑：尽或作满字，即满眼像凝脂一样光泽滑润。 ⑥法曹：《新唐书·百官志下》：“江陵等府，功曹、仓曹、户曹、田曹、兵曹、法曹、士曹参军事各二人，皆正

七品下。法曹掌鞫狱丽法、督盗贼、知赃贿没入。”时韩愈为法曹。易：轻视，看不起。 ⑦唐孔戣《私记》云：“退之丰肥善睡，每来吾家，必命枕簟。”此诗有‘腰腹空大’之语。 ⑧韩愈六月八日离江陵，五月仍在江陵。甑(zèng)：古代蒸食物的陶器，犹如今天的蒸笼。 ⑨手磨袖拂：用手拭汗，挥袖扇风。磨通摩，假借。心语口：心对口语，即自言自语。曼肤多汗：体胖多汗，韩愈自谓其体胖怕热。相宜：这样好的席子对我这个体胖怕热的人再适宜不过了。四句开启下文十句，摹写生动形象。 ⑩独惆怅：因自己怕热。倾家资：家里所有资产。此二句谓，黄昏回到家里热得人心烦躁，如果有卖簟席的，我真想倾其所有买一张簟席乘凉。直欲：真想，大腕挥洒，以劲横之笔，再行拓展，皆题前布局作势手法，可谓得势，是诗人惯用之法。以上为一段，极写簟席珍贵，和韩愈得席的喜爱心情。 ⑪谁谓：谁知，料想不到。故人：老朋友，指郑群。 ⑫此句用阴铿《经丰城剑池》诗“夹条澄深绿，含风作细漪”意。 ⑬奴：仆人。童儿：孩子们。 ⑭青蝇：苍蝇。侧翅：苍蝇见簟席不敢落，旋转了一下就侧身飞走了。蚤：跳蚤。虱：虱子。谓席之凉爽生风，连这些烦人的小生物也畏避逃走。 ⑮肃肃：凉风的响声。清飙：清凉的风。 ⑯甘寝：睡得香甜。有这样凉爽的竹席，再热的天气也不怕；却反说愿天长炎热。恒：永远。炎：炎热。曦：羲的俗字，羲和，日御也，此指日。赋物之妙，直从细琐处体贴而出，真奇思妙喻也。 ⑰此二句谓：明月珠、青玉案那样的瑰宝者不足以酬谢郑群赠簟，只好献给你永不匮竭的真挚友情。明珠：明月珠。青玉：青玉案，都是无价的宝珠。

【品评】

元和元年夏在江陵作。诗借生活中的小事，表现千古可鉴的友情。诗的写法颇具特色。其一，写物形态毕肖，如写簟席用“体坚色净又藏节，尽眼凝滑无瑕疵。”“呼奴扫地铺未了，光彩照耀惊童儿。”把席比作黄琉璃。写体胖怕热，只用了“腰腹空大”，“曼肤多汗”，就达到惟妙惟肖了。其二，诙谐处意趣入妙。如，“青蝇侧翅蚤虱避，肃肃疑有清飙吹。”清风凛凛，青蝇都不敢接近而疾速飞去，跳蚤、虱子也畏怯而回避。其三，语言夸张而得体。如，“倒身甘侵百疾愈，却怨天日恒炎曦。”因竹簟凉爽可爱，转愿天不去暑而长卧。可谓思力所至，矢在弦上，不得不发。其四，在结构上，层层叠叠，转换曲折，虽写生活小事，却翻波鼓浪，引人入胜。总之，诗笔力遒劲，句格老重，做到了意深、情笃、趣谐三者结合。

## 醉赠张秘书[①]

人皆劝我酒，　我若耳不闻，
今日到君家，[②] 呼酒持劝君。
为此座上客，[③] 及余各能文。[④]
君诗多态度，　蔼蔼春空云。[⑤]
东野动惊俗，　天葩吐奇芬。[⑥]
张籍学古淡，　轩鹤避鸡群。[⑦]
阿买不识字，[⑧] 颇知书八分。[⑨]
诗成使之写，　亦足张吾军，[⑩]

所以欲得酒，　为文俟其醺。[11]
酒味既泠冽，[12]　酒气又氛氲。[13]
性情渐浩浩，[14]　谐笑方云云。[15]
此诚得酒意，　余外徒缤纷。[16]
长安众富儿，　盘馔罗膻荤，[17]
不解文字饮，[18]　惟能醉红裙。[19]
虽得一饷乐，[20]　有如聚飞蚊。[21]
今我及数子，　固无莸与薰。[22]
险语破鬼胆，　高词媲皇坟。[23]
至宝不雕琢，[24]　神功谢锄耘。[25]
方今向泰平，[26]　元凯承华勋。[27]
吾徒幸无事，　庶以穷朝曛。[28]

**【注释】**

①张秘书：张署。署与愈同贬、同赦、同官江陵曹掾。张署被邕管经略使奏辟为判官，未行拜京兆府司录，回京稍早于韩愈。因署谪灵武前曾任秘书省校书郎，唐人重京官内省职，故称张秘书。　②君：指张署。下文同。　③为：作介词，当因为解。此：指张署家设的宴席。座上客：指诗里所说孟、张等。　④及：和、同。余：韩愈自称。各能文：都能诗会文。　⑤态度：风姿，此指张署诗风姿多变。蔼蔼：盛多貌。二句说张署诗如春云布空，舒卷自如。叶梦得《石林诗话》卷上："署诗亦是形似之微妙者，但学者不能味其言耳。"　⑥东野：中唐著名诗人孟郊的字，韩愈好友，

韩孟诗派的创始者，与韩愈并称“韩孟”。惊俗：超凡脱俗，与众不同。天葩：天上之花。吐奇芬：散发出奇异的香味。 ⑦张籍：中唐著名诗人，与韩愈终生为师友。长于乐府诗，元和、长庆间与元白共倡新乐府。古淡：古朴恬淡。轩鹤避鸡群：轩鹤一至，鸡群回避。轩：带华盖的车。轩鹤：乘轩之鹤。 ⑧阿买：人名，未详。前人认为是公侄子或儿子，未确。疑为张彻。张彻先为韩门人，后为侄婿，属晚辈，也能文。不识字：非不认识字，而是不识难字。⑨八分：书体的一种，即八分书。字体似隶而多波磔，相传为秦时上谷人王次仲所造。关于八分，历来多歧解：或谓二分似隶，八分似篆，故称八分；或以为似汉隶的波磔，向左右分开，像八字分背，故称八分。近人以为八分非定名，汉隶为小篆的八分，小篆为大篆的八分，今隶为汉隶的八分。按文献记载：唐时校书郎所掌字体有五：一、古文；二、大篆，皆不用；三、小篆，印玺旗播用之；四、八分，石经碑刻用之；五、隶书，典籍表奏公私文疏用之。 ⑩张：张扬。吾军：我党、我派。意谓张大我们这一党的声誉。 ⑪俟(sì)：等，即等到之意。俟其醺：等待大家醉酒。此二句承上，谓助大家酒兴酣醉的目的是作诗文。 ⑫泠冽(líng liè)：清凉香醇。泠，清凉。 ⑬氛氲(fēn yūn)：盛浓之貌。 ⑭浩浩：以水之盛大形容人胸怀坦荡，意气风发之貌。 ⑮谐，作和谐、融洽解。谐笑：作戏谑之笑，或和乐之态解均可。云云：如此如此，或作“芸芸”，众多貌。 ⑯此二句谓：这样饮酒才是真正领略饮酒的乐趣，我们这些人以外的一般酒徒只不过是借酒戏闹罢了。诚：真正、的确。余外：此外，指“吾党”以外的一般酒徒。徒：空。缤纷：杂乱。此指灯红酒绿闹闹嚷嚷。以上八句总叙一事。 ⑰盘馔：

盘子里盛的食物。罗：陈列。羶荤：指牛羊鸡鸭等各种肉食。羶，指牛羊的腥气。 ⑱解(xiè)：会也；得也；能也；不解饮，不会饮。此谓长安众富儿不能借酒助兴吟诗作文。 ⑲此句谓：只知醉倒在歌伎舞女的石榴裙下。 ⑳一饷：为唐时口语，表时间词，向、晌、饷通用。 ㉑指众富儿饮酒只不过像一群蚊子一样一轰而散罢了。 ㉒莸(yóu)：落叶小灌木，叶子卵形，聚散花序，花兰色，蒴果成熟后列成四个小坚果。供观赏。古书上指为臭草，比喻坏人。薰(xūn)：香草。古书上比喻好人。如薰莸不同器。此二句谓：他和孟郊、张籍、张署气味相投，都是好人。 ㉓险语：谓孟郊诗以奇崛之语惊人。媲(pì)：匹敌、比配。皇坟：三皇之《三坟书》。 ㉔至宝：最好的宝珠。雕琢：镂刻修饰。 ㉕神功：天工造化，天运神筹，非人力所能为。谢：辞也。锄耘：借耘地锄草比喻文字加工锤炼。此联与上联是两境。上言诗之怪变，下说诗之平淡，公自谓兼此二能。 ㉖泰平：即太平。太、泰、大三字，古常通。 ㉗元凯：八元八凯，都是上古贤臣。《左传》文公十八年："昔高阳氏有才子八人，苍舒、聩敳、梼戭、大临、龙降、庭坚、仲容、叔达，齐、圣、广、渊、明、允、笃、诚，天下之民谓之八恺。高辛氏有才子八人，伯奋、仲堪、叔献、季仲、伯虎、仲熊、叔豹、季狸，忠、肃、共、懿、宣、慈、惠、和，天下之民谓之八元。"华：舜之号。勋：尧之号。此句承上谓：当今乃太平盛世，有贤臣辅佐圣君。 ㉘庶：庶几，幸亏，希望之词。穷：尽，都。朝曛：早晚，此谓从早晨到晚上，寓长久之意。结联落到我辈悠游无事，希望天天过太平欢乐的生活。

【品评】

韩愈于元和元年六月，由江陵回长安任国子博士，时张署也在长安，访友醉酒，遂有此章，时间当在回长安后不久。诗里详细写了他们饮酒论文的情趣与回京后的欢乐心情。又以他们的文字之饮与长安富儿们醉红裙对比，表现了两种不同人物的不同生活追求与情趣。借此对张署、孟郊、张籍的诗作了评价，以张扬韩门学派的文学业绩。他赞扬了张署的诗春云蔼蔼，变化多姿；孟郊诗的天葩惊俗；张籍诗的古淡高雅。同时表述了他“至宝不雕琢，神功谢锄耘”的天趣自然，反对雕饰的主张。此诗在语言风格上，实现了他尚自然去雕饰的诗学观，摒去了其诗风中险硬的一面，突出了平易畅适的特点。结尾笔锋一转，发抒感慨，有意在言外之妙。其章法局阵有致，参差迷离；语言寓庄于谐，有情有趣。

## 短灯檠歌[①]

长檠八尺空自长，[②] 短檠二尺便且光。[③]
黄帘绿幕朱户闭， 风露气入秋堂凉。[④]
裁衣寄远泪眼暗，[⑤] 搔头频挑移近床。[⑥]
太学儒生东鲁客，[⑦] 二十辞家来射策。[⑧]
夜书细字缀语言，[⑨] 两目眵昏头雪白。[⑩]
此时提携当案前，[⑪] 看书到晓那能眠？
一朝富贵还自恣，[⑫] 长檠高张照珠翠。[⑬]
吁嗟世事无不然，[⑭] 墙角君看短檠弃。[⑮]

【注释】

①短灯檠：贫家妇女所用之灯，较短小。 ②空自长：白白的那么长，即长而无用。此诗骨节俱灵，字无虚设。首句以宾形主，却是倒插之法。“空自长”反对下文“照珠翠”。《黄帝内传》：“王母授帝洞霄盘云九华灯檠。”注：“此灯有檠之始也。” ③便且光：既方便又明亮。 ④黄帘：黄色的竹帘。绿幕：绿色帷帐。朱户：红色的门窗。三色搭配，极写秋堂色调鲜艳谐和。下句写秋日深夜之景，肤可触及，体察细矣。由此联“帘幕户堂”始，逐层衬入。⑤此句谓：思妇在灯光下剪裁缝做衣服寄给远出的家人，眼含泪水觉得灯光也昏暗了。 ⑥搔头：犹搔首。也是簪的别称。旧题汉刘歆《西京杂记》二：“武帝过李夫人，就取玉簪搔头。自此后宫人搔头皆用玉，玉价倍贵焉。”挑：挑灯。剔去灯花，使其明亮。⑦太学：唐代中央设国子、太学、四门、律、书、算六学，太学列为二。东鲁：春秋鲁国，在今山东西南曲阜等地。客：指儒生，古以鲁为儒学之乡。 ⑧二十：指一般青年应试年龄；韩愈十九离宣城，二十到京城参加进士考试。射策：古代开科考试的一种方法。《汉书·萧望之传》：“望之以射策甲科为郎。”颜师古注：“射策者，谓为问难疑义，书之于策，量其大小，署为甲乙之科。列而置之，不使彰显。”刘勰《文心雕龙·议对》：“射策者，探事而献说也。言中理准，譬射候中的。”又云：“射策者以甲科入仕，斯固选贤要术也。” ⑨夜书：夜间书写。细字：小字。缀语言：联缀文字，写成文章。 ⑩眵（chī）：眼睑分泌出来的黄色液体，俗称眼眵，或眼屎。眵多则目昏，老眼昏花即人老的表现。头雪白：用脑过度头发变白。 ⑪提携：拿过来。当案前：放在书案前边，因眼昏而近

灯。 ⑫自恣：自我放纵。 ⑬高张：高高挑起。珠翠：妇女的首饰。代指妇女。 ⑭吁嗟：慨叹。 ⑮此句谓：把短檠灯扔在墙角不管。何焯《义门读书记》卷三十："'近床'正为结句'墙角'一喟。以'裁衣'衬起读书，其间关照亦甚密。'照珠翠'句与'裁衣'、'看书'两层对射，亦若长短檠之相待然。'吁嗟世事'一语，可慨者深。"

**【品评】**

元和元年，韩愈在国子监博士任上。《丰陵行》以染翰之箭直射最高当权者时政之的；《短灯檠歌》则是以细毫绣针，直刺俗儒为猎取功名富贵忘却贫贱之心。目的歌颂短檠，首句却先写长檠，以宾写主，以长檠无用托短檠有用。"黄帘"四句逐步深入，写短檠可以近床裁衣，寄远怀人；接"太学"六句，写短檠可以提置案前，攻书习文，射策取第。通篇以长短檠取喻对比。用短檠喻裁衣之妇；以长檠喻珠翠之女。最后以长檠高张，短檠被弃为慨，惊叹世态炎凉，讽刺"一朝富贵还自恣"的俗儒。诗全用比兴，构思巧妙，结制缜密。首二句借客定主，含下二段：裁衣、夜读。"一朝"二句回应"裁衣"、"夜读"。结二句与首二句照应，亮出写作目的。以小见大，广昌其言，横扫世间邪事俗夫。活灵活现，跃然纸上。是立意好，兴趣深，写法奇，一脉贯通的好诗。

## 荐　士①

周诗三百篇，② 雅丽理训诰。③

曾经圣人手，[4] 议论安敢到。[5]
五言出汉时，[6] 苏李首更号。[7]
东都渐弥漫，[8] 派别百川导。[9]
建安能者七，[10] 卓荦变风操。[11]
逶迤抵晋宋，[12] 气象日凋耗。[13]
中间数鲍谢，[14] 比近最清奥，[15]
齐梁及陈隋，[16] 众作等蝉噪，[17]
搜春摘花卉，[18] 沿袭伤剽盗。[19]
国朝盛文章，[20] 子昂始高蹈。[21]
勃兴得李杜，[22] 万类困陵暴。[23]
后来相继生，亦各臻阃隩。[24]
有穷者孟郊，[25] 受材实雄骜。[26]
冥观洞古今，[27] 象外逐幽好。[28]
横空盘硬语，[29] 妥帖力排奡。[30]
敷柔肆纡余，[31] 奋猛卷海潦。[32]
荣华肖天秀，[33] 捷疾逾响报。[34]
行身践规矩，[35] 甘辱耻媚灶。[36]
孟轲分邪正，[37] 眸子看瞭眊。[38]
杳然粹而精，可以镇浮躁。[39]
酸寒溧阳尉，[40] 五十几何耄？[41]
孜孜营甘旨，[42] 辛苦久所冒。[43]
俗流知者谁？指注竞嘲慠。[44]
圣皇索遗逸，[45] 髦士日登造。[46]

庙堂有贤相，[47] 爱遇均覆焘。[48]
况承归与张，[49] 二公迭嗟悼。[50]
青冥送吹嘘， 强箭射鲁缟。[51]
胡为久无成？[52] 使以归期告。[53]
霜风破佳菊， 嘉节迫吹帽。[54]
念将决焉去， 感物增恋嫪。[55]
彼微水中荇， 尚烦左右芼。[56]
鲁侯国至小， 庙鼎犹纳郜。[57]
幸当择珉玉，[58] 宁有弃珪瑁？[59]
悠悠我之思， 扰扰风中纛。[60]
上言愧无路，[61] 日夜惟心祷。[62]
鹤翎不天生， 变化在啄菢。[63]
通波非难图， 尺地易可漕。[64]
善善不汲汲， 后时徒悔懊。[65]
救死具八珍，[66] 不如一箪犒。[67]
微诗公勿诮，[68] 恺悌神所劳。[69]

【注释】

①此诗当荐孟郊于郑余庆。时郑为相，韩为国子博士，时元和元年秋，韩、孟与郑俱在长安。 ②周诗三百篇：《诗经》收西周初至春秋中叶的朝庙乐章和民歌三百一十一首，六首有目无文，故举其成数云。这是我国最早的一部诗歌总集，先秦称诗，汉尊为经，称《诗经》。 ③雅丽：内容纯正，形式华美。理：说理通达，

或作并解。训诰：法典。全句说：《诗经》内容纯正，形式华美，为后世取为法则。 ④指孔子删诗事。《史记·孔子世家》："古者诗三千余篇，及至孔子，去其重，取可施于礼仪……三百五篇，孔子皆弦歌之，以求合《韶》、《武》、《雅》、《颂》之音，礼乐自此可得而述，以备王道，成六义。"圣人：指孔子，自汉儒董仲舒独尊儒术，始称孔子为圣人。 ⑤议论：评说。安敢到：即岂敢涉及。意即怎么敢妄加评论。 ⑥此句谓西汉始有五言诗。五言诗成熟于汉，为学界共识。 ⑦谓五言诗为苏武、李陵首创。苏武：字子卿，西汉杜陵人，天汉元年（前100）出使匈奴，被扣在贝加尔湖放牧十九年归汉，官典属国。李陵：字少卿，陇西成纪人。少年英武勇敢有奇策，武帝时率军北征，矢尽粮绝，后不及援，败而被俘，投降匈奴。二人为好友，尝唱和。 ⑧东都：唐以西之长安为首都，东之洛阳为东都；前汉建都长安，后汉建都洛阳，故以东都为后（东）汉。弥漫：水盛大貌，借以形容东汉五言诗的普及而风靡于世， ⑨谓东汉五言诗之盛，形成了很多派别。 ⑩建安：东汉末献帝刘协的年号。刘协在位二十四年（196—219）。能者七：指建安七子。曹丕《典论·论文》："今之文人，鲁国孔融文举，广陵陈琳孔璋、山阳王粲仲宣、北海徐干伟长、陈留阮瑀元瑜、汝南应瑒德琏、东平刘桢公干，斯七子者，于学无所遗，于辞无所假，咸以自骋骥騄于千里，仰齐足而并驰。" ⑪卓荦（luò）出类拔萃。变风操：改变了五言体的风貌、调子。东汉时五言诗多伤感，少社会内容，建安为之一变。 ⑫此句指诗发展到晋与南朝的刘宋。逶迤：也作逶移、逶迆、逶蛇、委移，连绵不断、曲折低回貌。 ⑬此句承上谓建安时期形成具有风骨的气派一天一天衰颓。 ⑭数鲍谢：数得上鲍照、谢灵运。鲍照(约414—466),南朝刘宋时杰出的文学家,字明远,东海(今江苏涟水)人。孝武帝时为中书舍人。后为东海王刘子项前军参军,子项败,为乱军所杀。传有《鲍参军集》。谢灵运(385—433),南朝刘宋著名诗人,陈留阳夏(今河南太康)人。谢玄之孙,袭封康乐公,任永嘉太守、侍中、临川内史。其诗刻画自然景物细致精巧,对山水诗的形成和发展起了奠基作用。⑮比近:比较接近古风。清奥:清俊飘逸,内容深邃。 ⑯齐、梁、陈,南朝宋后的三个朝代。齐,即北齐,起于文宣帝高洋天宝元年庚午(550),终于高恒承光元年(577),共二十八年。梁:起于武帝萧衍天监元年壬午(502),终于敬帝萧方智太平二年(557),共五十六年。陈:起于武帝孙霸先永定元年丁丑(557),终于后主陈叔宝祯明三年己酉(589),共三十三年。隋:文帝杨坚开皇元年辛丑(581),统一南北,建国隋,终于恭帝杨侑义宁二年戊寅(618),共三十八年。 ⑰众作:众人的作品。等:等于、如同。蝉噪:知了的叫声。极言四朝文学成就不高。 ⑱搜春摘花卉:伤春咏花。⑲沿袭:模仿承袭前代。剽盗:抄袭剽窃。二句谓:四朝诗内容贫弱,只会吟风弄月,咏花歌柳,形式上蹈袭前人。 ⑳国朝:唐朝。盛文章:文章盛,即文学创作很繁荣。 ㉑子昂:姓陈,字伯玉,梓州射洪人,官右拾遗。初唐杰出诗人,倡导诗文革新,提倡建安风骨。此句谓:唐代诗文之兴,自陈子昂始风雅高张。高蹈:远行。㉒勃兴:勃然兴盛。李:李白;杜:杜甫。盛唐两位伟大诗人。《新唐书·杜甫传》:"昌黎韩愈于文章慎许可,至歌诗独推李杜。"《韩集》评赞李杜如是者七。 ㉓此句谓:不同风格流派的许多(或谓一切)都被李杜诗歌的光焰压下去了。困:困顿于。陵,同凌,陵暴即侵凌压迫。 ㉔此句谓:后来相继而作者,也都能登堂入室。臻:达到。阃(kǔn):门限以内的厅堂。隩(ào):原意作水边解,读于(yù),此音义同奥,作深邃讲。以上谓诗之源流。 ㉕以一穷字贯后半幅。 ㉖受材:天生之材。雄骜:雄壮的好马。骜(ào):骏马。 ㉗冥观:深入观察社会生活。洞:透彻了解。古今:古往今来的事情。 ㉘象外:事物的表象。逐:追求、寻找。幽好:深刻美好的内函。此赞孟郊诗,能通过事物的表象,表达深奥的思想。 ㉙横空:凌空,不同凡俗。盘:制造、创作。硬语:刚健有力的诗歌语言。此句形容孟郊诗刚健古朴,不同于大历时期的软体诗。此语不仅是对孟郊诗的称赞,也是对前代诗的反思与批评。㉚妥帖:平实通达。奡(ào):古之能陆地行舟的大力士。此句形容孟郊诗笔力雄劲,能推开奡那样的大力士。 ㉛ 敷:铺陈、表述。柔:婉转优美。肆:任意、尽情。纡(yū)余:逶迤曲折。此谓孟郊诗表现委婉曲折的感情时能做到优美多姿,意趣横生。㉜海潦:海中波涛。此句谓:孟郊诗在表达昂扬愤发的感情时,能像大海卷波浪一样雄浑有力。 ㉝荣华:盛开的花,此指孟诗的文采。肖:似、像。天秀:天然秀丽。此谓孟诗词藻优美如天造神运。 ㉞捷疾:敏捷、迅速。逾:超越。响报:回响。此谓孟郊文思敏捷如回声清脆而迅速。 ㉟行身:立身行事。践:实践,身体力行。规矩:做人的准则、操守。 ㊱甘辱:甘心情愿处身贫贱,不以贫贱为耻。耻媚灶:以献媚权臣为耻辱。 ㊲孟轲:邹国(今山东邹县)人,战国时期大思想家。 ㊳眸子:眼球,此指眼睛。瞭:明亮。眊:昏暗 ㊴杳然:遥远貌。粹而精:质纯而精深。镇:压制、克服。浮躁:轻浮急躁。此二句以孟轲比孟郊,说他眸子深邃而明亮，可以遏制浮躁气。以上论孟郊人品文品；以下惜其遭遇。㊵贞元十六年，孟郊五十岁始为溧阳尉，地位低下，生活贫寒。溧阳，今江苏溧阳。县尉：从九品下，九品中正中最低一级的官。㊶几何：多少。耄：有说七十，有说八十，有说九十，盖言人老。此句谓五十离老还有多少。㊷孜孜：勤勉不怠。甘旨：美好的食物。此句说孟郊孜孜不倦地恭养老母。㊸冒：俗谓顶着，此作坚持。谓虽然长年艰苦，他还是坚持不懈。㊹指注：手指目注。嘲慠：嘲笑、慠视。此指流俗之辈争相嘲笑，慠视孟郊。此段论孟郊之诗，叙孟郊之穷。㊺圣皇：圣明的皇帝，此指宪宗李纯。索遗逸：搜求民间的贤人才士。㊻髦士：有才德的人，或称英俊之士。日登造：天天进用。㊼庙堂：朝廷。贤相：时宰相有郑余庆（永贞元年八月二十七日任，元和元年十一月二十一日罢）、杜黄裳（永贞元年七月二十八日任，元和二年一月十七日罢）、郑䌹（永贞元年十二月二十七日任，元和四年二月二十一日罢）。㊽爱遇：喜爱礼遇，乐于提携。均：平等，一视同仁。覆焘（dào）：焘音义同帱，作覆盖解。覆焘，本指太阳覆照万物，此指施爱天下贤人才士。㊾此句谓：况且上承归与张。归，指崇敬。崇敬字正礼，苏州人，天宝中举通坟典科对策第一，迁四门博士。历左散骑常侍、工部尚书、后部尚书，封余姚公。贞元十五年卒，年八十八岁，赠尚书左仆射。张，指张建封，贞元十六年卒于徐州刺史任所，时为右仆射，堪称二公，是当时德行、政绩齐名的人物。一说归是崇敬子登，登贞元初，登贤良方正、能极言直谏科，授右拾遗。元和六年受诏与孟简等同译《大乘本生心地观经》，加右散骑常侍。不可能与建封并，更不可能用“承”字上仰。㊿此句指崇敬、建封对孟郊的才能给予称赞，对他的遭遇给予同情。迭嗟悼：连连称赞与伤叹。 ㉛此二句谓：如果朝廷上有像归、张这样政治地位高的人举荐孟郊，他被重用就如同强弩射穿薄绸布一样容易。青冥：天，指朝廷。吹嘘：原指出气，急曰吹，缓曰嘘。此指宣扬、举荐。鲁缟：鲁(今山东西南)地产的薄绸。射鲁缟：见《史记·韩长孺(安国)列传》："安国曰：'且强弩之极，矢不能穿鲁缟；冲风之末，力不能漂鸿毛。非初不劲，末力衰也。'"韩公反用之，即强弩射鲁缟。 ㉜胡为：何为，为什么。孟郊为什么久不迁呢？因为得不到重用。 ㉝承上句，孟郊因为得不到朝廷的重用，不得不归家而使人向韩愈转告归去的日期。 ㉞此二句以重阳节赏菊饮酒，上句着一破字，借孟嘉之典，赞孟气度不凡，而遭遇风霜之残。《晋书·孟嘉传》：孟嘉为东晋大司马桓温的参军，九月九日桓温在龙山宴请群僚，风把孟嘉的帽子吹落，而嘉仍饮酒不觉，表现了孟嘉的豁达风度。 ㉟决(xuè)焉去：疾去。决，疾也。恋嫪(lào)：恋恋不舍。 ㊱水中荇(xìng)、左右芼(mào)：《诗·周南·关雎》："参差荇菜，左右芼之。"荇菜，水生植物名，又单字名荇，又名接余。嫩时可食。多生长于湖塘中。芼：择也。一作水草名，可食。此处荇作野菜解，芼作动词用，当采荇解。公诗谓那微不足道的野菜尚靠人的采摘，才能食用，何况贤才呢？㊲《春秋左传》桓公二年载：鲁桓会二年(前 710)，宋华父督杀宋殇公，桓公会齐、陈、郑三国诸侯平宋乱，宋将所藏郜国大鼎置于太庙祭祖先，以为重宝。意思是，鲁国虽小尚重宝器，言外之意是希望当政像鲁桓公重视郜鼎那样重视人才。 ㊳幸当：本当。珉：一种类玉的石。 ㊴宁，读去声，副词，作岂、难道解。宁有：岂有。珪瑁:同圭冒,玉器。古代天子朝会时大臣常持的礼器。天子者珪,诸侯者瑁。其形上或圆或尖,下方。此二句谓:珉玉本当选用,难道有抛弃珪瑁那样珍贵的玉器吗? ⑥⓪悠悠:深思、忧思之貌。扰扰:纷乱搅扰之貌。纛(dào):大旗。此二句谓:鉴于东野的处境,我心里充满忧思,像大纛旗在我胸中翻滚搅扰一样。⑥①上言:向皇帝上疏进谏。 ⑥②惟:只有。心祷:内心祝愿。⑥③二句谓:仙鹤展翅高飞不是天生的,需靠老鸟的孵抱。翎:鹤的羽毛。菢(bào):孵卵。中原人传统俗语谓孵鸡娃为菢鸡娃,母鸡捞窝为菢窝。 ⑥④二句谓:像孟郊这样德才兼备的人才,只要稍加提拔就会做一番大事业。通波:与海沟通,波喻大海。以孟郊比大鱼,得水之助可以至大海。易可漕:漕,本指通过水道可以运输粮食。此引伸作动词,当开渠解。全句说尺地虽小可以开渠,渠可通海。 ⑥⑤善善:前一善字作动词,当爱惜解;后一善字作名词,当善才解。汲汲:急切貌。徒悔懊:白白懊悔。此二句谓如不及时选用人才,以后后悔就白费了 ⑥⑥八珍:八种美味佳肴。 ⑥⑦一箪(dān)犒(kào):一竹盒普通食物。箪:盛饭用的竹器,一般多圆形。犒:以酒食等物慰劳。 ⑥⑧微诗:谦词,即微不足道的小诗。诮:讥笑、责怪。 ⑥⑨恺悌(kǎi tì):同岂弟,和乐简易。神所劳:谓神灵保佑诸事成。

【品评】

诗写于元和元年重阳节前一二日,韩愈与孟郊同在长安。在中唐无论是诗的成就还是品德,孟郊都是佼佼者。然而他困穷潦倒,年逾五十而不遇。韩与孟是好友,且素慕其才德。这是一首有感而发，有为而作的诗。他希望朝廷能得到才德贤达之士，孟有施展才智的机会。为了达到他举荐孟郊的目的，他挥舞大笔，纵横开阖，谈古论今，信笔驰骋，洋洋洒洒，写下了这首不可多得的论诗书体长诗。他评赞孟郊不单刀直入，而是溯源追本，从《诗经》说起，下及汉魏、子昂、李杜，在我国源远流长的诗史上推出一位杰出诗人。历述我国诗之发展传统时，对《诗经》、苏李、建安、子昂、李杜都作了妥帖的评价。“横空盘硬语，妥帖力排奡”，不仅恰当地评价了孟郊的诗，也是卓有见地的诗歌理论，用来概括《荐士》诗的风神也很合适。正如许彦周所说：韩愈此论“盖能杀缚事实与意义合，最难能之。知其难则可与论诗矣。此所以称孟东野也。”（《彦周诗话》）

## 莎栅联句[①]

冰溪时咽绝，[②] 风枥方轩举。[③]（韩）
此处不断肠， 定知无断处。[④]（孟）

**【注释】**

①《河南志》：“沙栅谷水，在永宁县西三十里，出莎岭，东流入昌谷。” ②冰溪：指莎栅谷水，因是初春，水仍有冰，故云。咽绝：水流冰阻，水流欲绝，而声呜咽。以此见二公心情，妙绝。 ③枥（lì）：同“栎”，即栎树，北方多有。轩举：原作高扬解，此作挺拔讲。④“此处”二句：这里如果不使人痛断肝肠，世上就没有使人断肠

的地方了。

【品评】

从东野句中“断肠”语看，联句当写于东野失子时，东野失幼子在元和三年(808)春，韩愈已分司在东都洛阳。联句乃诗体的一种，起于柏梁，中唐最盛，以韩孟为最。联句是两个或两个以上诗人按韵轮流组句，联结成篇的。此为联句里最短者，虽短而意深，虽为联句，却像五绝，此一奇也；写法疏密适当，对举工整，意思完整，东野失子之痛，韩愈被诬之苦，均含于四句二十字中，此又奇也。

## 陆浑山火一首和皇甫湜用其韵[1]

皇甫补官古贲浑，[2] 时当玄冬泽干源。[3]
山狂谷很相吐吞，[4] 风怒不休何轩轩，[5]
摆磨出火以自燔。[6] 有声夜中惊莫原，[7]
天跳地踔颠乾坤，[8] 赫赫上照穷崖垠。[9]
截然高周烧四垣， 神焦鬼烂无逃门，[10]
三光弛隳不复暾。[11] 虎熊麋猪逮猴猿，[12]
水龙鼍龟鱼与鼋。[13] 鸦鸱雕鹰雉鹄鹍，[14]
燖炰煨爊孰飞奔。[15] 祝融告休酌卑尊，[16]
错陈齐玫辟华园，[17] 芙蓉披猖塞鲜繁。[18]

千钟万鼓咽耳喧，[19] 攒杂啾嚄沸篪埙。[20]
彤幢绛旃紫纛旛，[21] 炎官热属朱冠裈，[22]
髹其肉皮通胜臀，[23] 颓胸垤腹车掀辕，[24]
缇颜韎股豹两鞬，[25] 霞车虹靷日毂轓，[26]
丹蕤缥盖绯幡帑。[27] 红帷赤幕罗脤膰，[28]
衁池波风肉陵屯，[29] 谽呀巨壑颇黎盆。[30]
豆登五山瀛四罇。[31] 熙熙釂酬笑语言，[32]
雷公擘山海水翻，[33] 齿牙嚼啮舌腭反，[34]
电光䃶磹赪目暖。[35] 项冥收威避玄根，[36]
斥弃舆马背厥孙，[37] 缩身潜喘拳肩跟，[38]
君臣相怜加爱恩。[39] 命黑螭侦焚其元，[40]
天关悠悠不可援，[41] 梦通上帝血面论，[42]
侧身欲进叱于阍。[43] 帝赐九河湔涕痕，[44]
又诏巫阳反其魂，[45] 徐命之前问何冤。[46]
火行于冬古所存，我如禁之绝其飧，[47]
女丁妇壬传世婚，[48] 一朝结雠奈后昆。[49]
时行当反慎藏蹲，[50] 视桃著花可小骞，[51]
月及申酉利复怨，[52] 助汝五龙从九鲲，[53]
溺厥邑囚之昆仑。[54] 皇甫作诗止睡昏，[55]
辞夸出真遂上焚。[56] 要余和增怪又烦，[57]
虽欲悔舌不可扪。[58]

【注释】

①陆浑：古地名，亦称瓜州，原指甘肃敦煌一带。春秋时秦晋两国使居此地的“允姓之戎”迁居河南伊川，以所居之地为陆浑。汉置陆浑县，县北有陆浑关。五代废县，故城在河南嵩县东北，其他有陆浑山，一名方山。皇甫湜(shí)：字持正，睦州新安人。元和元年(806)，擢进士。三年，举贤良方正能直言极谏科，亢言直谏，忤权臣，出为陆浑尉，累官至工部郎中。辩急使气，数忤同僚，分司东都。约卒于大和九年(835)，年逾六十。工诗文，和李翱、张籍齐名，为韩门子弟。和(hè)，用别人原诗题材再作称和诗。用其韵：用被和的诗韵。与次韵不同。 ②补官：也叫补缺，即授以官职。贲(lù，或读作 fēn)浑：即陆浑。 ③时当：其时正当。玄冬：冬天。古人以木火金水配春夏秋冬，冬为水，水色黑，黑色习称玄色，故称冬天为玄冬。 ④狂、很(狠)：狠重之词，形容人的心态神姿和山峦谷壑态势的险峻嵯峨。相吐吞：犬牙交错。此“很”字当作“凶暴”解，通“狠”。 ⑤轩轩：洋洋自得貌。一说飞举貌。韩愈用拟人手法，作洋洋自得解更合诗意。 ⑥摆磨：风动火势，互相摆动、撞击。燔(fán)：焚烧。此句谓：大风撞击山上的树木，磨擦生火，自然燃烧，故文曰木火之母也。 ⑦惊：惊动，震惊。莫原：暮色中的原野。莫同暮。原：原野。此谓火烧之声震惊了暮夜里的原野。 ⑧踔(chuō)：腾跃。乾坤：宇宙。颠：仆倒。此句谓火势凶猛，烧得天崩地陷。 ⑨赫赫：火势显赫盛大貌。又作干旱、炎热貌，不如前说。穷崖垠：大火烧遍全山。垠：边界。 ⑩截然高周：火焰冲天把周天都烧遍了。四垣：四周墙壁，意指四周之山。此二句谓：火势之大，通天彻地，四面环堵，把

鬼神烧得焦头烂额，都无门可逃了。 ⑪三光：日、月、星。弛隳(chí huī)：毁坏。此句谓：火势凶猛把日、月、星烧得都发不出光了。 ⑫麇：似鹿而小的兽。逮：和，或作到解。虎熊麇猪猴猿：代表山上的一切动物。 ⑬鼍(tuó)：猪婆龙，或称扬子鳄。鼋：绿团鱼，癞头鼋。此句指水里的所有动物。 ⑭鸱(chī)：鹞鹰。雕：猛禽，俗称老雕。雉：野鸡。鹄：天鹅。鹍：鹍鸡。此句指林间空中的一切飞禽。 ⑮焊(xún)：用热水烫脱禽兽类的毛。炰：同炮，烧烤。爊(āo)：煨烤，把食物埋在火中烧熟。此句谓：所有的禽兽鱼族都被大火烧熟了。如果说首段是造势，此段则是具相：生动具体地写出了火神一族骄傲形态。 ⑯祝融：火神。告休：休假。酌：设酒宴按序次会客。卑尊：卑贱与尊贵者，此乃火神一族。句意为他们功成要休息了。 ⑰错陈：纵横交错地摆列。齐玫：火齐珠(赤色宝珠)、玫瑰珠(红色宝珠)的省称。华园：华美的园囿，即花园。此乃想象之词。此下想象祝融告休后在花园大宴僚属，肴馔错陈，繁花盛开，火神施虐情形。 ⑱芙蓉：芙蓉花，红色。披猖：纷乱的样子，鲜繁：鲜艳而繁盛。此二句谓：熊熊的火光像耀眼的红色宝珠错陈在那里，鲜艳美丽如满园芙蓉盛开。以丑为美，以美写丑，表诗人之爱憎，妙绝。 ⑲千钟万鼓：千口钟万面鼓，形容场面广阔，声音洪大。正是“千钟万鼓响惊雷”之意。咽：充斥、填塞。咽字颇见词彩，表诗人对此景的厌恶之情。⑳攒(zǎn)杂：驳杂、纷乱。啾：象声词，指众声嘈杂。嚄(huò)：象声词，大声叫喊。沸：人声鼎沸，热闹非常。篪(chí)：古代单管横吹的乐器。埙(xūn)：古代用陶土烧制而成的球状吹奏乐器。㉑彤幢：插羽饰的红旗。绛旃(zhān)：紫红色的旗子。纛(dào)：

大旗。播：长方形下垂的长条旗子。 ㉒炎官：火神。热属：火神的僚属。朱冠裈(kūn)红帽子红裤。裈：有裆的裤子。 ㉓髹(xiū)：赤黑色的漆，或作上漆。通：直到。髀(bì)：通髀，大腿。㉔颓胸：袒露胸膛。垤(diè)腹：挺著大肚子。车掀辕：驾著车子，把车辕掀得高高的，以此形容火神。 ㉕缇颜：红黄的脸盘。韎(mèi)股：茜红色的大腿。豹两鞬：用豹子皮制成的两个箭囊。㉖此句谓：车如彩霞，绳如彩虹，轮如红日。鞧(yín)：牵车的红绳子。毂(gǔ)：车轮中心的圆木，用来插车辐条，此代车轮子。轓(fān)：车的障蔽，即古代车箱两旁用以遮蔽尘土的屏障。 ㉗丹蕤(ruí)：车盖上垂下的红丝穗。縓(guàn)盖：绛色的车盖子。绯幡帣(yuān)：红色的旗子。绯：红色。此句谓：风把车盖上插的旗子纷乱翻动，此乃火神所乘车盖之盛。 ㉘脤(shèn)：古代祭祀社稷用的生肉。膰(fán)：古代祭祀宗庙用的熟肉。此句谓：红色的帏幕前陈列着祭祀的供品。 ㉙衁(huāng)池：血池。肉陵屯：宴席上的肉堆积如山丘。 ㉚谽(hān)呀：深而大的样子。山谷空旷貌。壑：山谷。谽、呀、巨三字都是形容山谷又深又大。颇黎：玻璃。此句谓：深谷大壑像玻璃盆一样。 ㉛豆、登：古代的食具。瀛：大海。此句谓：火神的宴会以五岳为食品的器具，以大海为酒杯。 ㉜熙熙：高兴貌。釂(jiào)：饮尽杯中酒，即干杯。酬：劝酒。 ㉝此句谓：酒宴喧喧闹闹像雷公劈山、掀翻大海一样。雷公：雷神。 ㉞此句谓：大吃大嚼，齿动舌翻，从不停息。啮：咬，意同嚼。舌腭：舌头、口腔上腭。反，同翻。 ㉟礹(xiàn)磹(diàn)：电光闪动的样子。赪(chēng)目暖(xuān)：睁开红色的大眼睛。赪，红色。暖：大眼睛，此处作动词用，当张开。瞪着大大的红眼睛，目光炯炯像闪电光一样。 ㊱顼(xū)：颛顼。冬之帝，主水德。冥：玄冥，冬之神，也称水神。玄根：玄根是水之本，即冬帝、水神所管之土地。此句谓：冬帝冬神都被山火吓跑了。 ㊲斥弃：抛弃。舆马：车子马匹。厥孙：火神。阴阳家认为水生木，木生火。木于火为父，水于火为祖，火于水则为孙。此句谓：水神为躲避他的孙子火神，抛弃车马，狼狈逃窜。 ㊳潜喘：不敢大声喘气。拳，蜷曲。肩，肩膀。跟，脚踵。此句谓：缩首缩脚，蜷曲着身子。 ㊴君臣：指冬帝颛顼和水神玄冥。此讽刺顼、冥君臣，颇含深意。 ㊵螭(chì)：传说为无角之龙。其君颛顼为黑精之君，故称其为黑螭。侦：侦察。焚其元：烧坏了黑螭的头。 ㊶此句谓：黑螭被烧后欲诉天帝，然天门遥远难能攀登。天关：天门。悠悠：高远貌。援：此处作攀援或求助解。 ㊷梦通上帝：托梦给上帝。血面：因被火烧伤，故满面流血。论：申诉。 ㊸此句谓：侧着身子往天门里挤，却遭到了守门神的叱责。阍(hūn)：守门人。 ㊹此句谓：帝赐九河之水洗泪涕之痕。九河：指地上九条河流。湔(jiān)：洗濯。涕痕：泪涕之痕。 ㊺巫阳：古代的巫官，名阳，能招魂。 ㊻此句谓：帝命黑螭慢慢走到跟前问他有什么冤枉。黑螭回话承上文省略，下文直接写帝的属语。 ㊼飧：熟食，此处作供其食物。 ㊽女丁妇壬：古以丁为火，女丁即火神的女儿。壬为水，妇壬即水神的儿媳。此句谓：火神女儿嫁给水神的儿子做妻子，水火两家世代为亲。 ㊾奈后昆：后代子孙怎么办呢？昆：后裔、子孙。 ㊿此句谓：随着时间的推移，事物的变化，一定会物极必反，希望水神暂时忍耐，等待时机，此乃天帝告慰颛、冥的话。 51此句谓：等到桃树开花的春天，水神就可以活动了。騫(xiān):飞举貌。 ㊷月及申酉:到了七八月是水神得势而火神遭厄运的时间。夏历以干支纪月,正月为建寅,序推申为七月,酉为八月。水生于申,火死于酉。故云七八月有利于水,不利于火。利复怨,有利于水神复仇。 ㊸此句谓:助你五龙与九鲲,或以五龙、九鲲助你。汝,指水神玄冥。五龙:远古传说中的五个部落首领。五龙、九鲲,五、九皆虚指,言其多助而已。㊹此句谓:以水淹没火神住地,把他囚禁到昆仑山。厥,代词,指火神。昆仑:昆仑山。在新疆、西藏之间,西接帕米尔高原,东入青海,层峰叠岭,山高势险,传说里的神山。 ㊺皇甫作诗:即皇甫湜的《陆浑山火诗》。现存《皇甫持正集》仅收其文,未见其诗:皇甫非不能诗,乃无人编辑而流失也。止睡昏:抑制人困睡。指皇甫《陆浑山火诗》写得惊心动魄,提人精神。 ㊻辞夸出真:言辞夸张失真。遂上焚:于是遭到了诽谤。遂,于是、就。焚:烧毁。㊼此句谓:要我和诗,可我觉得皇甫诗写得怪,和起来烦难。余:我,韩愈自称。 ㊽虽然想闭口不说,却又按捺不住:不能不和。悔舌:闭口不言。扪:抑制、按捺。

【品评】

　　此诗写于元和三年冬,韩公以寓言形式喻皇甫湜因亢言直谏得祸而作。时在东都国子博士任上。宪宗元和三年,皇甫湜、牛僧儒、李宗闵参加朝廷举行的贤良方正直言极谏科对策考试,他们直陈时弊,受到考官杨子陵、韦贯之的肯定,负责复试的王涯、裴垍的支持和宪宗的称赏而得中。却触怒了权臣李吉甫。杨、韦、王、裴都遭到贬谪,皇甫湜等也被祸。湜出为陆浑尉。韩公愤愤不平,借和皇甫湜《陆浑山火》诗，为之鸣冤叫屈，以泄其愤。诗先写风大火猛，烧得空中、地上、水府、阴司鬼神潜避，禽兽奔逃。比喻当时政治形势险恶，善类皆遭横祸。再写火神趾高气扬，兴高采烈，大宴僚属，喻权臣中贵气焰之盛。最后写黑螭侦查被焚，上诉天庭，上帝无能奈其何，只得劝水神暂避，等待时机，再给火神以惩罚。结四句紧扣和诗，说出韩公苦衷，以应题旨。诗构思奇特，想象丰富，读之如随诗人巡迹于天庭地府，遨游于四野八荒。语言夸饰，造意奇瑰：形容险恶奇怪之物用奇珍异珠，鲜花丽蕊，钟鼓篪埙这些美好事物，即突出其险恶，又给人光怪陆离的奇瑰之感。表现了韩诗奇崛瑰怪风格。如宋员兴宗所说："变体奇涩之尤其，千古之绝唱也。"(《九华集》卷二《永嘉水引》)清程学恂云："《青龙寺》诗是小奇观，《陆浑山火》诗是大奇观。"(《韩诗臆说》卷一)

## 辛卯年雪

元和六年春，　寒气不肯归。①
河南二月末，　雪花一尺围。②
崩腾相排拶，③ 龙凤交横飞。
波涛何飘扬，　天风吹旛旗。④
白帝盛羽卫，⑤ 鬖髿振裳衣，⑥
白霓先启途，⑦ 从以万玉妃。⑧
翕翕陵厚载，⑨ 哗哗弄阴机。⑩
生平未曾见，　何暇议是非？

或云丰年祥，[11]饱食可庶几。[12]
善祷吾所慕，谁言寸诚微?[13]

【注释】

①归:归去、收藏。“不肯”二字拟人手法,用得极峭峻。②此句谓雪花之大,非写积雪之厚也。以夸饰形容。③崩腾:跳动,纷乱貌。排拶(zá):逼迫、侵凌。④旛旗:旗子的总称。旛,同幡。⑤白帝:五帝之一。⑥鬖髿:头发纷乱的样子。⑦白霓:白虹,或曰云似龙而有色。先启途:先上路。⑧玉妃:比喻雪花或花蕊。⑨翕翕:聚合貌,从天而降,聚积于地也。下也。此翕翕原义。厚载:地也,地厚而能载万物。⑩哗哗:响声。阴机:本为天帝施的机关,韩诗义为机巧、机谋。此承上“不肯归”,谓时已是春来阳生物发节令,却降此大雪,是天阴弄机巧,作威作福。深寓刺世之意。⑪丰年祥:谓大雪是丰年祥瑞。世谓瑞雪兆丰年。此承上“何暇议是非?”已含对这场大雪的怨讥之意,此句冠一“或曰”,下句的“庶几”,更非韩公对这场雪的肯定。⑫庶几:也许可以,表示琢磨不定的推想和希望。⑬善祷:好言相祝。寸诚,即心诚。

【品评】

辛卯即元和六年(811),诗写于是年二月,公为河南令,年四十四岁。是春从洛阳至长安普降暴雪,给万物带来灾难。韩公《辛卯年雪》以夸张比喻,极写雪势之大和侵凌之甚,以讥世俗。诗不长,写得有声有色,别致新颖,绝不像谢惠连《雪赋》等“咏雪者多骋妍词”，而是继承了《诗经》、《楚辞》的传统，以雨深雪雰为小人，此中真意，耐人寻味。发《雪赋》之未发，世称奇特，体现了韩公长于雪诗的尤长。

## 李花二首（选一）

当春天气争奢华，[1] 洛阳园苑尤纷拏。[2]
谁将平地万堆雪，[3] 剪刻作此连天花？[4]
日光赤色照未好， 明月暂入都交加。[5]
夜领张彻投卢仝，[6] 乘云共至玉皇家。[7]
长姬香御四罗列，[8] 缟裙练帨无等差。[9]
静濯明妆有所奉，[10] 顾我未肯置齿牙。[11]
清寒莹骨肝胆醒，[12] 一生思虑无有邪。[13]

**【注释】**

①当春：正值春天，或曰今春。争奢华：争奇斗妍。 ②纷拏（ná）：纷乱错综。 ③将：一作堆，与下堆字重，非；作将是。当“与”解。万堆雪：形容李花盛开多如隆冬连天彻地堆积的白雪。④剪刻：剪裁雕琢。以剪刻出雪花，表冬之酷寒，风之锐利，语妙味足。连天花，表下雪态势，亦形象逼真。 ⑤二句谓：红艳艳的日光映照到李花上看时未见其好，初升的月光照到李花上，花月交辉才更清丽怡人。暂：副词，刚、初。入：进。指月光照到李花

上。 ⑥张彻(? —821):郡望清河(今山东武城西北),行大。元和四年(809)中进士,为潞州从事,后为幽州判官,长庆元年召为监察御史,为幽州节度使张弘靖挽留,七月兵乱,不屈而卒。与韩愈为师友,愈以侄女妻之。卢仝(约769—约813):号玉川子,祖望范阳,实为河南济源人,早年曾居少室,客游扬州等地,后长期居洛阳。与韩愈为友,有《月蚀诗》,中唐著名诗人。 ⑦玉皇家:天官。形容月下花间像玉皇大帝的宫殿一样洁白如玉。 ⑧长姬:本指皇宫里嫔妃宫女之长,此指月宫仙女。香御:宫女侍从。此句乃想象之词,写修美的仙女和馨香的侍御环绕排列。 ⑨缟裙:素白色的裙子。缟,白色。练帨(shuì):白色的佩巾,女子系在腹前,如今之围裙。缟裙与素帨对文,以仙女穿着洁白如玉的衣裙、佩巾比李花。 ⑩静:通净,洁净。净洗明妆,意有所奉。⑪置齿牙:讲话。齿牙:口头。此句谓:可是我却未肯说一句话。⑫清寒:形容"玉皇家"的清洁寒素的意境。莹骨:晶莹彻骨。肝胆醒:使人肝胆清醒。此句谓:清寒的境界使人莹骨透彻,肝胆清醒。 ⑬思虑无有邪:用《论语·为政》:"子曰:'诗三百,一言一蔽之,曰:思无邪'"意。

**【品评】**

元和六年春作,自去冬任河南令至今,仍在洛阳。第一首写他独游,以梨花与李花对比,梨花的"矜夸"与李花的"惨惨含嗟",似有寓意。第二首写他与张彻、卢仝同游。月夜同赏李花。无论是写李花的"芳意"、"碧实",还是写盛开李花的"缟裙练帨"、"静濯明妆"、"清寒莹骨",都表现了韩公对洁白如玉的李花怀有特殊感情。韩愈性格骨骾，不落流俗。世人喜的是红花粉黛，故白居易有“白花冷淡无人爱”之叹。韩公独喜李花的“清寒莹骨”，表现了他“一生思虑无有邪”的高洁情操。在写法上，状李花之妙，形肖神似，突出了李花的性格。语言平淡味厚，极有风致。开韩诗别一境界。

## 石鼓歌[1]

张生手持《石鼓文》，　劝我试作《石鼓歌》。[2]
少陵无人谪仙死，[3]　才薄将奈石鼓何？[4]
周纲陵迟四海沸，[5]　宣王愤起挥天戈。[6]
大开明堂受朝贺，[7]　诸侯剑珮鸣相磨。[8]
蒐于岐阳骋雄俊，[9]　万里禽兽皆遮罗。[10]
镌功勒成告万世，[11]　凿石作鼓隳嵯峨。[12]
从臣才艺咸第一，[13]　拣选撰刻留山阿。[14]
雨淋日炙野火燎，　鬼物守护烦㧑呵。[15]
公从何处得纸本，[16]　毫发尽备无差讹。[17]
辞严义密读难晓，[18]　字体不类隶与科。[19]
年深岂免有缺画，　快剑斫断生蛟鼍。[20]
鸾翱凤翥众仙下，[21]　珊瑚碧树交枝柯。[22]
金绳铁索锁纽壮，　古鼎跃水龙腾梭。[23]
陋儒编《诗》不收入，[24]《二雅》褊迫无委蛇。[25]

孔子西行不到秦，[26] 掎摭星宿遗羲娥。[27]
嗟余好古生苦晚，对此涕泪双滂沱。[28]
忆昔初蒙博士征，[29] 其年始改称元和。[30]
故人从军在右辅，[31] 为我量度掘臼科。[32]
濯冠沐浴告祭酒，[33] 如此至宝存其多？[34]
毡苞席裹可立致，十鼓只载数骆驼。[35]
荐诸太庙比郜鼎，[36] 光价岂止百倍过？[37]
圣恩若许留太学，[38] 诸生讲解得切磋。[39]
观经鸿都尚填咽，[40] 坐见举国来奔波。[41]
剜苔剔藓露节角，[42] 安置妥帖平不颇。[43]
大厦深檐与盖覆，经历久远期无佗。[44]
中朝大官老于事，[45] 讵肯感激徒媕婀。[46]
牧童敲火牛砺角，[47] 谁复著手为摩挲？[48]
日销月铄就埋没，六年西顾空吟哦。[49]
羲之俗书趁姿媚，[50] 数纸尚可博白鹅。[51]
继周八代争战罢，[52] 无人收拾理则那？[53]
方今太平日无事，柄任儒术崇丘轲。[54]
安能以此上论列？[55] 愿借辩口如悬河。[56]
石鼓之歌止于此，呜呼吾意其蹉跎！[57]

【注释】

①石鼓：即石鼓文。唐初（七世纪初）在天兴（今宝鸡市）三畤原发现十块鼓形石刻，每鼓石刻四言诗一首，合成一组。字体籀

文(大篆)。内容记叙秦国国君的游猎,也称“猎碣”。为我国迄今发现最早的石刻文字。历来对其年代众说不一。歌:古代歌行体,音节、格律较自由,字句长短,篇幅大小不定。 ②张生:张彻。时张彻辞潞州幕在东都,且好古,因张彻为韩愈侄婿、门人,故称生。一说指张籍,误。此诗以作歌起,亦祖杜诗。 ③少陵:杜甫。谪仙:李白。 ④才薄:才学浅薄,谦词;于谦退处自占地步。 ⑤周纲:周朝的纲纪。陵迟:凋零、败坏。 ⑥宣王:周厉王姬胡之子,名靖,公元前827至782年在位,共四十六年,废除弊政,北伐南征,平定四境,世称周朝中兴之主。挥天戈:挥舞天子戈矛,指周伐叛。前823伐𤞤狁、荆蛮、淮夷、徐戎,前825伐西戎等。 ⑦明堂:周天子举行朝会、祭祀、宴功、选贤和朝见诸侯的场所。 ⑧剑珮:古人在宝剑柄上系的玉制装饰品,也叫玉珮。鸣相磨:互相摩擦发出的声音。 ⑨蒐(sōu):春猎。岐阳:岐山之南,在今陕西岐山县。 ⑩遮罗:一作遮逻。张网拦截捕捉禽兽。 ⑪镌功勒成:写成文字,刻石纪功。镌:雕刻。勒:亦作雕刻解。镌勒:在金石上雕刻文字,多用于表彰人物的功业、事迹。⑫隳:毁灭。嵯峨:高大的山石。此句谓开山凿石,制作石鼓。⑬从臣:随从的部下僚属。才艺:才能技艺。咸第一:都是第一流的。 ⑭拣选:挑选,此指挑选石材。撰刻:撰写诗文,刻字于石。山阿:山陵。 ⑮烦:麻烦、劳驾。㧑呵:指责呵斥,此指鬼神严加守护。以上为一段,写作鼓源起:周宣王狩猎,刻石纪功。⑯公:张彻。纸本:以纸为底的字画,此指《石鼓文》的拓本。由此始入张生所示《石鼓文》。 ⑰此句谓:一笔一画的细微末节都显得清清楚楚,没有一丝一毫的差错。差讹:错误。此拓本在烁销之前,惜无人作释文。 ⑱辞严义密:文词严整,含义深奥。难晓:难懂。 ⑲隶与科:隶书与科斗文。科,即科斗文,也作蝌蚪文,即蝌蚪书。古文字体的一种。笔画多头大尾小,形如蝌蚪。⑳斫断:凿刻。蛟鼍:蛟龙。此句用杜甫《李潮八分小篆歌》"况潮小篆逼秦相,快剑长戟森相向。八分一字值千金,蛟龙盘拏力屈强"诗意。 ㉑鸾翱凤翥:翱,一作翔。以鸾凤飞举形容石鼓文字体势。 ㉒珊瑚碧树:又名珊瑚树。海底珊瑚虫分泌的石灰质骨骼聚集而成的树状物品,有红、白、绿、黑等色,可供观赏、装饰。交枝柯:枝桠交错。 ㉓"金绳"二句:形容石鼓文字遒劲,好像用金绳铁索结结实实捆住古鼎,俊逸似扯出水面的蛟龙腾跃一样有气势。古鼎跃水:相传禹铸九鼎,三代奉为国宝,周东迁,秦攻周取九鼎,一沉泗水,秦始皇使千人打捞,未出。是因为龙用牙齿咬断了金绳铁索。龙腾梭:除以上传说,还见《晋书·陶侃传》:侃少时在雷泽捕鱼,网得一只织布梭,回家挂在墙上,一会雷雨大作,梭化为龙腾跃而去。据《史记·封禅书》:"其后百二十岁而秦灭周,周之九鼎入于秦。或曰宋太丘社亡,而鼎没于泗水彭城下。"又《秦始皇本纪》云二十八年,始皇东巡,过彭城,"欲出周鼎泗水,使千人没水求之,不得"。 ㉔陋儒:指孔子前才能低下的文人,不能尽搜诗什。 ㉕二雅:即《诗经》中的大雅、小雅。褊(biǎn)迫:指二雅编辑范围狭窄,未收入石鼓文。委蛇(wēi yí):同逶迤,曲曲弯弯貌。 ㉖孔子(前551—前479):姓孔名丘,字仲尼。春秋时鲁国陬邑(今山东曲阜)人。我国伟大的思想家、教育家,世界文化名人。一生周游列国十余年,然没有到过秦国。此为平律句式。 ㉗此句谓:孔子编诗,因未到秦国,所以得小失大,只拾到了星星，丢掉了日月。韩愈把《石鼓文》比作日月。掎摭(jǐ zhí)：拾取。遗羲娥：丢掉羲娥。羲，羲和，代指日；娥，嫦娥，代指月。以上一段写拓本《石鼓文》字之精美，文之古奥。 ㉘滂沱：以大雨倾盆形容涕泪横流。二句结上启下，有神力。 ㉙"忆昔"二句：指元和元年(806)，韩愈由江陵司法参军召为国子博士事。昔，当初。博士：唐国子学设博士五人，正五品上，掌管教授三品以上和国公子孙，从二品以上曾孙的学生。 ㉚其年：那一年。始改称元和：开始由顺宗永贞二年(806)正月改为宪宗元和元年。元和，宪宗李纯年号。 ㉛故人：未详，指当时凤翔府的从事官。右辅：指右扶风，即凤翔府，公故人为凤翔节度府从事，故云从军在右辅。 ㉜此句谓：为我度量石鼓的大小挖掘放置它的洞穴。臼科：洞穴，放置石鼓之处。 ㉝濯冠：洗涤头巾与衣裳，此乃朝见、祭祀的礼仪。澣同浣。祭酒：国子监最高的行政长官，从三品，总领国子、太学、广文、四门、律、书、算七学儒学训导之政。时郑余庆为祭酒。 ㉞至宝：最珍贵的宝物。 ㉟毡苞席裹：用毡子包好，再用席子缠裹。立致：立即送到京城保管。 ㊱此句谓：荐举进奉给太庙，可与郜鼎陈列在一块。荐：荐举、奉献。诸：至于。太庙：皇帝祭祖之处。郜鼎：国之重器。 ㊲光价：名词，声名、身价，光耀祖宗的价值。岂止百倍过：何止超过郜鼎价值的百倍。 ㊳圣恩：指皇帝之恩。 ㊴切磋：本指将玉石骨角凿磨成器物珍宝，此作研究学问解。 ㊵观经事，见《后汉书·蔡邕传》："邕以经籍去圣久远，文字多谬，俗儒穿凿，疑误后学，熹平四年(175)，乃与五官中郎将堂溪典，光禄大夫杨赐，谏议大夫马日磾，议郎张驯、韩说，太史令单飏等，奏求正定《六经》文字。灵帝许之，邕乃自书于碑，使工镌刻，立于太学门外。于是后儒晚学，咸取正焉。及碑始立，其观视及摩写者，车乘日千余两，填塞街陌。”《儒林传》亦有记载，谓碑刻石经有古、篆、隶三种字体，后世称为三体石经。鸿都：鸿都门，在东汉京城洛阳。㊶坐见：将看见。坐，作副词，当遂、将解。举国：全国上下。来奔波：来奔跑，即为研习《石鼓文》来京师。㊷剜：挖去。剔：除去。苔、藓：石鼓石上长的菌类植物。露节角：显示出字的笔画。此句谓：除去石上的苔藓露出字的笔画。㊸平不颇：平正不偏斜，即上云“安置妥帖”。㊹无佗：无别的妨碍。佗，同它。以上一段，提出要求把石鼓放在太学门前，供学者学习研究。㊺中朝大官：朝廷中管事的大臣。老于事：老于世故，办事顾虑重重，拖拖拉拉。㊻讵：岂。媕婀（ān ē）：俯仰随人，无所作为，遇事不敢决断。㊼牧童敲火：指放牛娃敲击石鼓石取火。牛砺角：牛在石头上磨角。㊽摩挲：用手拂摸。㊾日销月铄：日月消失，光阴流逝。六年：自元和元年至今元和六年矣。顾：思念。㊿羲之：王羲之（321—379），字逸少，琅玡临沂（今山东临沂）人。王导从子，为右军将军，会稽内史，晋代大书法家，书备众体，隶、正、行、草，均为后世楷模，世称“书圣”。俗书：当时世间流行的书体。此语本《晋卫夫人帖》：“卫有一弟子王逸少，甚能学卫真书，咄咄逼人，笔势洞精，字体遒媚。”趁：呈现出。姿媚：姿势秀丽潇洒。俗书乃当时（唐）世人称赏习学之书，唐诸大书法家虞、褚、张、欧、颜等，或学其楷，或习其草，或效其行，或融隶与楷而皆有所发明，自成一体者。俗书与“姿媚”语均非贬意，此乃谓时行之书体与石鼓文字古朴相对而言。 (51)王羲之喜欢白鹅，见山阴一道士养一群白鹅，想买回。道士提出让他写一部《道德经》，他写了一部《道德经》换回一群白鹅。即公诗数纸博白鹅事。博：换取。 ㊾继周八代：语出《论语·为政》："其或继周者，虽百世可知也。"周以后石鼓所在地的八个朝代：秦、汉、魏、晋、元魏、齐、北周、隋。而世谓八代者为汉、魏、晋、宋、齐、梁、陈、隋。 ㊿此句谓：无人收拾整理有什么办法呢？理：整理，承"收拾"意。则那（nuò）：没奈何。那，何。 ⑭柄：权柄。任：任用。柄任合用谓：授以权力。崇：崇尚、信奉。丘：孔丘。轲：孟轲。此谓授以孔孟儒学之权。 ⑮安能：怎能。此：石鼓文。上论列：向朝廷提出陈述。 ⑯辩口：口辩，即以口辩说。如悬河：即口如悬河，能言善辩，滔滔不绝。 ⑰蹉跎：本意指失足，颠蹶；借指时光白白流逝，此慨叹事不随心。此语虽指石鼓，亦寓已在河南令任之不遇时也。

【品评】

从诗里"六年西顾空吟哦"句，知此诗写于元和六年，尚未迁职方员外郎，仍在洛阳河南县令任上。诗体势典重肃雅，音节铿锵响亮，气魄雄肆怪伟，字字顿挫筋节，是一篇把枯燥的"金石学"入诗，却写得生动活泼的长篇佳制。为后世把学术内容入诗的人提供了经验，开辟了道路。如苏轼《石鼓》、吴渊颖《观秦丞相斯峄山刻石墨本碑》都效法韩诗。诗虽一韵到底，稍嫌平直，然描写字态活脱生肖，议论书姿凌空排闼，生出许多波浪，于平直中显奇崛，是韩诗的代表作之一。

## 卢郎中云夫寄示《送盘谷子》诗两章歌以和之①

昔寻李愿向盘谷，②正见高崖巨壁争开张。③是时新晴天井溢，④谁把长剑倚太行？⑤冲风吹破落天外，⑥飞雨白日洒洛阳。⑦东蹈燕川食旷野，⑧有馈木蕨芽满筐。⑨马头溪深不可厉，⑩借车载过水入箱。⑪平沙绿浪榜方口，雁鸭飞起穿垂杨。⑫穷探极览颇恣横，⑬物外日月本不忙。⑭

归来辛苦欲谁为？坐令再往之计堕眇芒。⑮闭门长安三尺雪，⑯推书扑笔歌慨慷。⑰旁无壮士遣属和，⑱远忆卢老诗颠狂。⑲开缄忽睹送归作，⑳字向纸上皆轩昂。㉑又知李侯竟不顾，㉒方冬独入崔嵬藏。㉓

我今进退几时决？㉔十年蠢蠢随朝行。㉕家请官供不报答，㉖何异雀鼠偷太仓？㉗行抽手版付丞相，㉘不待弹劾还耕桑。㉙

**【注释】**

①卢郎中：名汀，字云夫。贞元元年(785)中进士，历任虞部、库部郎中，迁中书舍人，给事中。盘谷子：李愿，终生不仕，因隐居河南济源太行山之盘谷，号盘谷子，与贞元名将西平王李晟之子贞元中为太子宾客、元和中为检校刑部、礼部尚书、尚书左仆射、节度使，长庆中为检校司空、宣武军节度之李愿为两人。　②昔

寻：过去曾到盘谷寻访过李愿。 ③高崖、巨壁：均指山崖峭峻。盘谷北东西三面环山，中为峡谷，至此弯曲成盘状。争开张：写高崖、峭壁的气势。此句以下写望中之景，想象之境。 ④天井溢：天井里的水向外流泻，谓天井者非寻常之水也。天井乃溪水名，太行山上有天井关，又名太行关，在山西晋城的晋豫界上。 ⑤长剑：指天井水从太行山泻下的瀑布。语出宋玉《大言赋》："长剑倚天外"。 ⑥冲风：暴风。冲天而起的猛烈之风。吹破，谓吹起此长剑之水，飘散如雨。 ⑦洒洛阳：大风吹散瀑布之水，飘洒似雨，飞向洛阳。此景境界奇伟开张，写景极工。 ⑧东蹈：向东走去，即东行。以今《盘谷序》碑及庙所在，拟当年李愿之居在盘西山脚下，故有东蹈燕川之说。燕川：盘谷东北的小溪。食，读饲(sì)，动词，食旷野，食于旷野。 ⑨有：有人。馈(kuì)：赠送。木蕨(jué)：蕨菜，生长于山野，初生似蒜，茎紫黑色，根块茎，含淀粉，人可食，也可入药。 ⑩马头溪：溪水名。厉：不脱衣服涉水曰厉。视水之深浅，由带以上涉水为厉，膝以上为涉，膝以下为揭。 ⑪箱：车箱。 ⑫榜(bàng)：划船的工具桨。借指船。榜方口：船到方口。方口：地名。雁鸭：雁和野鸭。或作惊雁、燕雁、鹜雁，非。 ⑬穷探：尽情探访。极览：任意游览。恣横：纵情游乐。穷探、极览谓行为的程度，恣横则是畅游的态势。 ⑭物外：世俗之外。日月：光阴，指生活。 ⑮坐令：致使。眇芒：同渺茫。前景辽阔模糊，难以预料。诗意畅游尽意，不再往也。 ⑯闭门长安：韩公是冬在长安，任职方员外郎。 ⑰推书：放下书本。扑笔：搁笔。慨慷：激昂慷慨，情绪高张。 ⑱此句谓：身边没有志同道合的有志之士让他和诗。壮士：抱负远大的才智之士。属和：随人唱和。 ⑲卢老：卢汀。诗颠狂：诗风狂放不羁，然诗今不传。 ⑳开缄：打开书信。送归作：指卢汀《送盘谷子》诗。㉑轩昂：格调高亢，气度不凡。 ㉒李侯：李愿。竟不顾：指李愿竟不顾别人独自归隐盘谷。 ㉓方冬：正在冬天。崔嵬（wéi）：高大貌。此指李愿隐居地盘谷山。以上叙卢汀寄诗，知李已归山矣，引下文之进退也。题面虽了了，咀嚼则觉奇绝有味。 ㉔进退：追求仕进还是退居山林。决：决择。结上两段，收入自己，乃有情味。 ㉕十年蠢蠢随朝行（háng）：韩愈自贞元十七年（801）冬，为四门博士，至元和六年（811）秋冬，在长安，为职方员外郎，整整十年。朝行：《唐会要》卷二十五《文武百官朝谒班序·仪制令》："诸在京文武官职事九品以上朔望日朝。其文武官五品以上，及监察御史、员外郎、太常博士，每日朝参。文武官五品以上，仍每月五日、十一日、二十一日、二十五日参。三品以上，九日、十九日、二十九日又参。……其弘文馆、崇文馆、国子监学生，每季参。若雨霑失容及泥潦，并停。"则韩公自四门博士至职方均在朝行之内。 ㉖家请：月薪年俸及职田收获供其生活之用。官供：官方供给其行役食宿。 ㉗雀鼠：麻雀与耗子（即老鼠）。太仓：古代京师储谷的大仓，即官仓。 ㉘行：将要。手版：俗称朝笏。即朝臣上朝手中拿的记事牌，按官职等级以竹、木、玉、象牙、金属（多用铜）制成。丞相：秦汉置丞相，为百官之首。唐称宰相，以中书令、侍中、尚书令、仆射等为之。若非以上长官为之，称中书门下平章事。 ㉙弹劾：向皇上揭发检举官吏的过失、罪行。结二句谓：即将向宰相提出辞职，不等别人指责，自动回家务农。以上叙己将归家农耕，诗言志，如此收束亦得；虽言志，内情深情亦见矣！

【品评】

从诗里“十年蠢蠢随朝行”和张籍《祭退之》诗“特状为博士，始或生朝行”所写，韩愈始为博士做朝官的贞元十七年后推十年，恰为元和六年。又与“方冬独入崔嵬藏”诗句参之，诗写于是年冬，韩愈在长安尚书省职方员外郎时。反映了这时期“闭门长安三尺雪”的苦闷，借和卢汀诗，回忆起昔日游盘谷时，看到“高崖巨壁争开张”的山景，感受到“穷探极览颇恣横，物外日月本不忙”的山情野趣，便产生了“归来辛苦欲谁为”的疑问，这疑问是对“十年蠢蠢随朝行”的回忆，也是对十年辛苦而历尽坎坷的怨诉，便产生了“行抽手版付丞相，不待弹劾还耕桑”的思想。其实，韩愈一生的主导思想是用世，正如诗里写的“家请官供不报答，何异雀鼠偷太仓”。这种思想正是他内心矛盾与思想苦闷的写照。虽如此，他却能怨而不怒，含而不露，表现了他那奇思壮采，高朗雄阔的性格。诗里“字向纸上皆轩昂”之语，正道出这首诗的风格特点。诗绘景炼意不凡，既以旧出新，又不事雕琢，在平稳畅适中显出淬炼功夫。如写飞流瀑布：“是时新晴天井溢，谁把长剑倚太行？冲风吹破落天外，飞雨白日洒洛阳。”这些写景佳句，不减子美，可追李白。

## 送无本师归范阳①

无本于为文，　身大不及胆。②
吾尝示之难，　勇往无不敢。③

蛟龙弄角牙，造次欲手揽。[4]
众鬼囚大幽，[5]下觑袭玄窞。[6]
天阳熙四海，[7]注视首不颔。[8]
鲸鹏相摩窣，[9]两举快一啖。[10]
夫岂能必然，固已谢黯黮。[11]
狂词肆滂葩，[12]低昂见舒惨。[13]
奸穷怪变得，[14]往往造平淡。[15]
风蝉碎锦缬，[16]绿池披菡萏。[17]
芝英擢荒蓁，[18]孤翮起连菼。[19]
家住幽都远，[20]谓识气先感。[21]
来寻吾何能，无殊嗜昌歜。[22]
始见洛阳春，桃花缀红糁。[23]
遂来长安里，时卦转习坎。
老懒无斗心，[24]久不事铅椠。[25]
欲以金帛酬，举室常颇颔。[26]
念当委我去，[27]雪霜刻以憯。[28]
狞飙搅空衢，[29]天地与顿撼。[30]
勉率吐歌诗，[31]尉女别后览。[32]

【注释】

①无本师：贾岛（779—843），韩门弟子。字浪仙，范阳人，初为浮屠（和尚），名无本。来东都，时洛阳令禁僧午后不得出，岛为诗自伤。愈怜之，因教其为文，遂去浮屠，举进士。当其苦吟。累

举，不中第。文宗时，坐飞谤，贬长江主簿。会昌初，以普州司仓参军迁司户，未受而卒。范阳：范阳郡，天宝元年，更名蓟州渔阳郡。今属北京。 ②上句“为文”，定一篇之轴，下以次展开。为文：作诗，借“有韵为文，无韵为笔”之意。下句妙于翻用，“身大不及胆”，即胆大包身。 ③“吾尝”二句：贾岛《题诗后》：“二句三年得，一吟双泪流”，可见韩愈之意。 ④“蛟龙”二句：蛟龙舞角磨牙虽然厉害，然贾岛为文胆大，不假思索就把它搜敛在手里。弄角牙：摆弄角牙，即成语张牙舞爪。揽：收敛。 ⑤大幽：地下极深极黑的地方，指地狱。 ⑥此句承上谓贾岛诗胆大，敢捕捉大鬼于幽暗之中。觑（qù）：窥伺。此谓向下瞧。袭：入进。玄窞（dàn）：黑暗幽深的洞穴。 ⑦天阳：太阳。熙：照耀、暴晒。⑧颔（hàn）：低头、点头。 ⑨摩：指鹏高飞可摩天。 ⑩啖（dàn）：吞食。以上八句连用比喻，都是形容贾岛为文胆大，敢于揽龙缚蛟，下穴探鬼，仰观太阳不眨眼，鲸鱼鹏鸟一齐吞。 ⑪黯黮（àn dǎn）：暗淡不明貌。此二句承上对贾诗艺术的评价，虽然未必达到那样境界，却也摆脱了暗淡衰煞的状态。在韩公看来，贾岛诗艺已能做到狂放洒脱，怪奇清新。 ⑫狂词：狂放不羁之词。肆：极、尽。滂葩：形容蕴含丰富而文辞华美。 ⑬低昂：指音调的抑扬高低。见，同现（xiàn），表现、显示。舒惨：乐与悲，欢乐与忧伤。 ⑭此句谓贾岛诗得之于奸穷怪变，即以巧思、苦吟、新创获得了成功。奸：巧思。穷：苦吟。怪：创造。得：获得成功。⑮造平淡：达到平淡的境界。何焯《义门读书记》卷三十：“精语。坡公所谓绚烂之极，归于平淡。” ⑯风蝉：或作蜂蝉、蝉翼、绛涕，均有道理，今从诸本作风蝉。此句谓：蝉翼文如锦缬，风吹则碎色彩披离。锦缬(xié):印染花纹的丝织品,即彩绸与彩丝。此句谓贾诗如蝉翼那样绚烂锦绣。 ⑰披:散开。或作垤、坏、低,皆非是。菡萏:荷花,又称水芙蓉。此句谓:贾诗如荷花那样清丽淡雅。⑱芝英:灵芝,瑞草。芝英比贾岛。擢:提拔、选拔。荒蓁(zhēn):蓁通榛,荆棘丛。此句谓:香草从荒草荆棘中长出。 ⑲孤翮(hé):孤鸟,即独自高飞的鸟,比贾岛。翮:本指羽毛中间的硬管,即毛羽之茎,泛指鸟的翅膀,代鸟。菼(tǎn):芦荻。此句谓:孤鸟从芦荻中飞起。 ⑳幽都:指贾岛故里范阳。北为幽,南曰明,朔方在北故称幽。 ㉑此句谓:未曾认识贾岛,就已经为他的精神所感发。气:此指人的精神状态。 ㉒昌歜(chù):植物名,即菖蒲。菖蒲菹,用蒲根切制成的盐菜。此二句谓贾岛看重自己来进谒,无异于嗜菖蒲菹,是背俗的嗜好,乃谦词。 ㉓糁(古音读sǎn,今读shèn):小米粒,泛指散粒状的东西,如玉米糁。此指桃树枝上的花蕾。缀红糁:桃树枝上张满了花蕾。此二句谓我与贾岛始见于洛阳桃始著花的春天。 ㉔斗心:斗胜或进取之心。㉕事:从事。铅椠(qiàn):笔札。古人以铅为刀(笔)为写字工具,椠:书写用的木片。此承上句,谓人老心懒无进取之志,已久不写文章了。 ㉖举室:全家。颇颔(kǎn hàn):因饥饿而面色枯槁貌。 ㉗委我去:别我而去。委:舍弃也。 ㉘此句以雪霜的严寒凛冽形容分别时的凄惨心情。刻以憯:刻而憯。刻:形容寒风如刀刺肤。憯(cǎn),通惨。 ㉙狞飙:狂风。狞:凶猛,如狰狞。空衢:天衢,作天空解。或谓京城街道解亦通,不若作天空解贴切。 ㉚顿撼:承上句谓狂风霎时使天地动摇起来了。 ㉛勉率:勉强为之。指"吐歌诗",即吟诗。 ㉜尉女:即慰汝。

【品评】

从贾岛《携新文途中成诗》推知，其自幽州携所作诗文来京城谒韩愈未见，见张籍后赴洛。元和六年春遂从韩愈游，故有“始见洛阳春，桃花缀红糁”句。是年秋韩愈迁职方，岛随韩愈入京。十一月告归范阳，韩愈作诗送行，在长安。韩、贾交游期间，贾向韩学习诗文，切磋琢磨，韩愈不但对贾岛的诗有深刻了解，也建立了深厚感情。诗中韩愈以他创作的亲身体验和对贾岛诗的深入理解，指出其诗“奸穷怪变得，往往造平淡”的风格，说明由怪奇达到平淡自然的境界，给予很高的评价。贾岛作诗“苦吟”，为人称道，如孟郊云：“瘦僧卧冰凌，嘲咏含金痍；金痍非战痕，峭病方在兹。”所以，苏轼评其为“岛瘦”，可谓贴切。最后一段表现了他们既是师生，又是知己的深厚友情，离情凄惨，甚为动人。

## 桃源图

神仙有无何眇芒，[1] 桃源之说诚荒唐。[2]
流水盘回山百转，[3] 生绡数幅垂中堂。[4]
武陵太守好事者，[5] 题封远寄南宫下。[6]
南宫先生忻得之，[7] 波涛入笔驱文辞。[8]
文工画妙各臻极，[9] 异境恍惚移于斯。[10]
架岩凿谷开宫室，[11] 接屋连墙千万日。[12]
嬴颠刘蹶了不闻，[13] 地坼天分非所恤。[14]
种桃处处惟开花， 川原近远烝红霞。[15]

初来犹自念乡邑，　岁久此地还成家。[16]
渔舟之子来何所？[17]　物色相猜更问语。[18]
大蛇中断丧前王，[19]　群马南渡开新主。[20]
听终辞绝共凄然，　自说经今六百年。[21]
当时万事皆眼见，　不知几许犹流传。[22]
争持酒食来相馈，　礼数不同樽俎异。[23]
月明伴宿玉堂空，　骨冷魂清无梦寐。[24]
夜半金鸡啁哳鸣，[25]　火轮飞出客心惊。[26]
人间有累不可住，[27]　依然离别难为情。[28]
船开棹进一回顾，　万里苍苍烟水暮。[29]
世俗宁知伪与真，　至今传者武陵人。[30]

**【注释】**

①眇芒：本意为细小得使人看不清楚，此指因遥远而模糊不清。　②荒唐：本意谓广大无际貌，引申为错误到使人觉得奇怪的程度。　③盘回：迂回曲折。百转：弯曲处特别多。　④生绡：用细丝织成的极薄的绫帛之类的绸布，可作画画及裱画的底布。生绡数幅：指桃源图。垂中堂：悬挂堂屋正中。　⑤武陵：在今湖南常德市。太守：窦常(756—825)，字中行，叔向子，弟兄五人，为长，京兆金平(今陕西兴平)人。大历十四年(779)，中进士。贞元十四年(798)，任淮南节度参谋，元和六年(811)征为侍御史，转水部员外郎，明年，授郎州刺史。终国子祭酒。常父子均能诗，有《窦氏联珠集》。朗州，唐属武陵郡。好(hǎo)：本作美好解，此引申为善，喜欢讲。好事者，喜欢作画的人。　⑥题封：题字捆札封

贴。南宫:南宫本为南方列宿,汉用以比喻尚书省。后汉郑弘为尚书令,取前后尚书省政事,著为《南宫故事》一百卷。后又称礼部为南宫,礼部属尚书省。又唐代尚书省位置在大明宫南,习称南宫。 ⑦南宫先生:疑指卢汀,时卢为虞部郎中,属尚书省官。之:代词,指《桃源图》。 ⑧波涛入笔:指南宫先生在图上题字,笔势浩荡,波浪起伏。驱文辞:遣词造句,指题辞。 ⑨文工:文章精巧工稳。画妙:图画得妙绝传神。臻:达到极点。 ⑩异境:异地。恍惚:好像、仿佛。斯:代词,此处。 ⑪此句谓:指画面上所画在山谷岩壁上开凿建筑的房屋。 ⑫接屋连墙:房屋接着房屋,墙接着墙,即连绵不断。千万日:年深日久,房屋愈建愈多。⑬嬴:秦朝的国君姓嬴,代指秦朝。颠:颠覆、倒塌,指秦灭亡。刘:汉朝的皇帝姓刘,代指汉朝。蹶:跌倒,亦指灭亡。 ⑭地坼天分:天地分开。指三国及东晋两段中国分裂割据的历史。⑮近远:或作远近。烝:同蒸,焕发。红霞:形容红艳艳的桃花遍地盛开若天上摆布红霞。 ⑯乡邑:家乡、故里。 ⑰渔舟之子:即《桃花源记》中的武陵渔人。 ⑱物色:访求、查寻。相猜:相互怀疑。此句语本《桃花源记》:"见渔人,乃大惊,问所从来。"⑲大蛇中断:指汉高祖刘邦斩蛇起义。丧前王:指汉灭秦。⑳群马南渡:指西晋亡,晋君臣南渡偏安,是为东晋。开新主:指晋元帝司马睿建立东晋新政权。 ㉑"听终"二句:指桃源中人听了渔人说世外六百年的兴亡历史,凄然伤感。秦亡至东晋太元年间渔人入桃花源的时间凡"六百年"。 ㉒几许:多少。 ㉓"争持"二句:语本《桃花源记》"便要还家,设酒,杀鸡作食。……余人各复延至其家,皆出酒食。"相馈:给酒食招待渔人。礼数:风俗礼节。樽俎:盛酒食的器具。樽盛酒,俎盛肉。 ㉔玉堂:本为官殿的美称,也指仙人居所。此谓桃花源人所居之室,招待渔人居处。月明伴宿与无梦寐,是眼前现景,空与骨冷魂清,是感觉,合成清空幽雅之境界,妙在形肖味厚。 ㉕啁哳(zhāo zhā):杂乱的叫声。 ㉖火轮:太阳。客:渔人。惊:惧怕,指渔人怕与桃源中人分别。 ㉗人间有累:指人间有家人牵挂。不可住:不能久在桃源。 ㉘此句谓仍然有情。 ㉙苍苍:空旷迷茫貌。烟水暮:暮色苍茫的水面 ㉚世俗:世上一般人。宁:那能。下句谓武陵人至今传为嘉话。

【品评】

陶渊明《桃花源记》一出,以此题材写诗的不少,最脍炙人口者推王维《桃源行》,却把"避地"写成"出世","人间"换成"仙境"。韩愈诗有"武陵太守好事者,题封远寄南宫下"句,太守即窦常,窦为武陵在元和七年(812)冬。刘禹锡为武陵司马,曾写《游桃源诗一百韵》叙神仙事:"因话近世仙,丛然心神畅。乃言瞿氏子,骨状非凡格。"韩愈首破神仙荒唐之说,疑因此而发,当写于元和八年后。王诗只重本事,层层叙写,句句本色,不露凿痕,被后世誉为千古绝唱。后人再作,必出新意,若无新意,不必重作。王、韩二诗,与宋王介甫之作,成为公认陶后写桃源题材的杰作。韩诗所以能与王诗并肩要在有二:一是否定了前人,包括王维把桃花源写成"仙境",而蛊人"出世"的主题。指出"神仙有无何眇芒,桃源之说诚荒唐。"这种思想在韩愈的时代是进步的,也是韩诗高出的原因。二是诗的写法与语言的运用,起结照应,道出题旨,中先叙画作案，次写本事，间议提顿，语尽铺张，通畅流利，雄浑奇伟。章法结构翻波叠浪，曲折有致。在句法上，其它七言古多用对句，而韩诗多用奇句，句法多变，形成了这首诗流利奇伟的特点。王士祯谓："唐、宋以来作《桃源行》，最传者王摩诘、韩退之、王介甫三篇。观退之、介甫二诗，笔力意思甚可喜。及读摩诘诗，多少自在！二公便如努力挽强，不面红耳热，此盛唐所以高不可及。"（《池北偶谈》卷十四《桃源诗》）

## 调张籍[1]

李杜文章在，[2] 光焰万丈长。[3]
不知群儿愚，[4] 那用故谤伤？[5]
蚍蜉撼大树， 可笑不自量！[6]
伊我生其后，[7] 举颈遥相望。[8]
夜梦多见之， 昼思反微茫。[9]
徒观斧凿痕， 不瞩治水航。[10]
想当施手时， 巨刃磨天扬。[11]
垠崖划崩豁，[12] 乾坤摆雷硠。[13]
惟此两夫子，[14] 家居率荒凉。[15]
帝欲长吟哦，[16] 故遣起且僵。[17]
剪翎送笼中， 使看百鸟翔。[18]
平生千万篇， 金薤垂琳琅。[19]

仙官敕六丁，[20] 雷电下取将。[21]
流落人间者， 太山一豪芒。[22]
我愿生两翅， 捕逐出八荒。[23]
精神忽交通，[24] 百怪入我肠。[25]
刺手拔鲸牙，[26] 举瓢酌天浆。[27]
腾身跨汗漫，[28] 不着织女襄。[29]
顾语地上友，[30] 经营无太忙！[31]
乞君飞霞佩，[32] 与我高颉颃。[33]

**【注释】**

①调(tiáo)：调笑，此为戏赠。张籍：韩愈的学生和朋友，中唐著名诗人。 ②李：李白。杜：杜甫。文章：泛指诗文。 ③光焰：光辉、光芒。光焰万丈：形容极光辉灿烂。 ④不知：无知。群儿：幼稚的小儿辈。此句诗谓：无知小辈。 ⑤那用：那里用得着。谤伤：毁谤中伤。 ⑥此二句谓：像蚂蚁一样的小虫想撼动大树，岂不令人可笑其太不自量了。蚍蜉：大蚂蚁。撼：动摇。⑦伊：发语词，表示敬慕的语气。其：代词，指李杜。 ⑧举颈：引颈。伸长脖子。此句谓：他对李杜仰慕很深。 ⑨微茫：形象模糊不清而又隐约可见。 ⑩"徒观"二句：现在虽能看到李杜的诗歌创作，但无法看到他们的创作过程；犹如现在能看到夏禹开山凿渠的痕迹，却看不到他治水的航道一样。斧凿痕：用斧开山凿渠的痕迹。 ⑪"想当"二句：以大禹施展本领挥舞大斧开山凿渠比喻李杜进行创作。施手：挥舞，动手。巨刃：开山的大斧。磨天：触着天。扬：高高举起。 ⑫垠崖：高大的渠壁石崖。划：辟

开。崩豁：崩裂大豁口。 ⑬乾坤：天地。摆：震荡。雷硠(láng)：山崩的声音 ⑭两夫子：指李杜。 ⑮此句谓：李杜不得志，生活穷困潦倒。家居：指家庭生活。率：大抵。荒凉：荒废孤寂，困窘贫寒。 ⑯帝：天帝。长吟哦：长吟诗，古人讲吟诗，即进行诗歌创作。 ⑰遣：指使，吩咐。起：奋起，振作。僵：跌倒，困顿失意。此二句谓：天帝想使他们长久作诗，就故意使他们过着苦乐不安定的生活。 ⑱翎：翎毛，鸟翅和尾巴上的长羽毛。翔：飞。此写天帝把他们的翎毛剪去，囚在笼里，只能看百鸟自由飞翔，激发他们的创作。实惜李杜运穷困居。语极亲切沉痛。⑲金：金错书。薤(xiè)：倒薤书。皆古代书体名。 ⑳仙官：道家指有爵位的神仙。此为管仙人之官，即天帝。敕：命令。六丁：六丁神甲，道教神名。 ㉑取将：二字同义，即拿去。 ㉒太山：即泰山。豪芒：比喻很少，俗谓"一丝一毫"。二句诗说：李杜留传下来的诗不过像泰山的一根毫毛一样少。 ㉓捕逐：跟踪。八荒：指四海之外很远的地方。 ㉔此句谓自己的精神与李杜的精神相互交流。精神：一作精诚，亦通。通：我努力向李杜学习，精诚所至，忽然沟通了。 ㉕此句谓各种奇异的艺术构想都涌现出来了。以上两句出语奇特。 ㉖剌(là)：违反，反手。 ㉗天浆：甘美的汁液，即琼浆，上帝饮用的玉液。此二句谓：自己与李杜精神交通后，下海可拔鲸牙，上天可舀天浆。指诗歌创作的灵感可纵横驰骋，左右逢源。 ㉘汗漫：无边无际的太空。 ㉙织女襄：织女织成的丝绸，比喻李杜文章之美。 ㉚顾：回顾。语：告诉。地上友：世俗之人，拟指张籍等。 ㉛经营：建筑，营造。此指构思诗文。无太忙：即无乃太忙，指对李杜的评价结论下得太匆率。

㉜乞(qì):给予。君:指张籍。飞霞佩:以飞舞的云霞作佩饰,即神仙的佩饰。 ㉝颉颃:飞上飞下,即飞翔。

## 【品评】

元和八年(813),元稹《唐故工部员外郎杜君墓志并序》云:“时山东人李白,亦以奇文取称:时人谓之李杜。予观其壮浪纵恣,摆去拘束,描写物象,及乐府歌诗,诚亦差肩于子美矣。至若铺陈终始,排比声韵,大或千言,次犹数百,词气奋迈,而风调清深,属对律切,而脱弃凡近,则李尚不能历其藩翰,况堂奥乎?”此尊杜贬李。元和十年(815),白居易贬江州司马,写给通州元稹的信《与元九书》云:“又诗之豪者,世称李杜,李之作,才矣,奇矣,人不逮矣,索其风雅比兴,十无一焉。杜诗最多,可传者千余首,至于贯穿今古,觇缕格律,尽工尽善,又过于李。”李杜优劣之争发生在中唐,元白是代表。张籍虽属韩门,乐府诗则近白,诗学观也近元白,故韩愈对其提出批评,诗当写于元和十一年。把我国浪漫主义诗歌优秀传统推向高峰的李白,把我国现实主义诗歌优秀传统推向高峰的杜甫,都是我国盛唐时代的伟大诗人。然时尚未受到普遍重视,中唐前李名高于杜,元白一出,又扬杜抑李,都失之片面。真正诚心学李杜,得其精髓,集李杜之成,振兴中唐诗坛,开一代诗风的是韩愈。他以自己的亲身体会,对李杜作出正确评价。《调张籍》这首诗就是借戏赠张籍,力排众议,批评了当时诗坛上扬杜抑李的偏见,对李杜作了同样高度的评价:“李杜文章在,光焰万丈长。”诗中间一段,用极为丰富的驰骋想象,瑰奇多变的语言,夸张恰切的比喻,总结了李杜的创作实践,盛赞李杜的诗歌成就。写法本身就是从《离骚》到李白诗歌浪漫主义传统的最好继承。从诗歌内容看,作者以剑锋一样的笔直刺中唐诗坛的现实,触及了众人瞩目的一个重大问题:李杜之争。这种直面现实的精神,又是对杜甫现实主义精神的继承。所以说这首诗本身就是现实主义与浪漫主义结合的产物,是韩愈向李杜学习的最好例子。

## 奉酬卢给事云夫四兄《曲江荷花行》见寄并呈上钱七兄阁老张十八助教①

曲江千顷秋波净,②平铺红云盖明镜。③大明宫里给事归,④走马来看立不正。⑤遗我明珠九十六,⑥寒光映骨睡骊目。⑦我今官闲得婆娑,⑧问言何处芙蓉多?撑舟昆明度云锦,⑨脚敲两舷叫吴歌。⑩太白山高三百里,⑪负雪崔嵬插花里。⑫玉山前却不复来,⑬曲江汀滢水平杯。⑭我时相思不觉一回首,天门九扇相当开。⑮上界真人足官府,⑯岂如散仙鞭笞鸾凤终日相追陪。⑰

**【注释】**

①卢云夫:卢汀,时官给事中。给事:给事中。《新唐书·百官志二》:"门下省,给事中四员,正五品上。掌侍左右,分判省事,察弘文馆仇校之课。"曲江:曲江池,在长安东南升道坊,唐时的游览胜地。《曲江荷花行》乃卢汀赠韩愈的诗题。钱七:名徽,字蔚章,吴都(今江苏苏州)人。贞元元年(785)中进士,历任祠部员外

郎、翰林学士、中书舍人，终吏部尚书。盛唐著名诗人钱起子，排行第七。阁老：唐人对久任中书舍人者的称呼。张十八助教：张籍。张籍自去年眼疾愈后的年末任国子助教。国子监助教二人，从六品上，佐博士，分经教授。 ②千顷：按旧制百亩为顷，千顷为十万亩，极言曲江面积广阔。秋波，指曲江池水。 ③红云，荷花。明镜：水面。红云、明镜，比喻新颖活现。二句谓：曲江池上荡起千顷秋波，鲜艳的荷花像红云一样平铺在明镜似的水面上。④大明宫：宫殿名，在禁苑东南，称东内，本名永安宫，太宗贞观八年(634)建，九年命名大明宫。高宗龙朔三年(663)改名蓬莱宫，咸亨元年(670)改名含元殿，武后长安元年(701)复名大明宫。给事：卢汀。 ⑤走马来看：后省略“花”字，意谓快马赶到曲江来看花。立不正：站立未稳之态。用语甚妙，写出卢汀走马看花的神态。 ⑥遗(wèi)：赠。明珠：对卢汀赠诗的美称。古人称诗文为珠玑美玉。九十六：卢诗九十六字。 ⑦寒光映骨：形容卢诗清丽高雅，光彩照人，富有神骨。睡骊目：盛赞卢诗珍奇如骊龙之珠。 ⑧官闲：指韩愈自中书舍人兼知制诰的中书省要职，改为东宫右春坊的太子右庶子时，闲散无事。婆娑：悠闲之貌。⑨昆明：昆明池。度：同渡，即穿过。云锦：形容池中荷花盛开，花繁似锦。 ⑩舷：船的两边，即船帮。叫：高唱。吴歌：吴地声歌。以上四句写昆明池畅游之乐。 ⑪太白山：秦岭主峰太白峰。⑫崔嵬：高貌。此二句谓：太白山峰高积雪，倒影在昆明池里，好像插入荷花丛里一样。故翁方纲云：“作水景，偏说山。作夏景，偏说雪。此大手笔，古今寡二。” ⑬玉山：蓝田山，在长安东南百里的蓝田县。前却：才欲向前，因畏太白山高而又退却。不复来：

不敢再来。此谓蓝田山矮，不能倒影于昆明池的花丛中。既写现景，又可衬托。 ⑭此句谓：曲江池与昆明池相比，曲江池不过是杯中之水，无与伦比。汀滢：小流，或作清澈解。 ⑮相思回首：思卢汀也。天门九扇：天门九重，比喻君门。相当开：天门开。⑯上界：天上，指君门。真人：仙人。上界真人指朝堂中的显官，卢汀、钱徽当在其中。 ⑰散仙：不入仙班的仙人。指韩愈、张籍等未列朝官的人。鞭笞：鞭策。鸾凤：为仙人驾车的鸟。

【品评】

从诗里"我今官闲得婆娑"句，知此诗写于元和十一年(816)五月，韩愈由中书舍人赐绯鱼袋降为闲散的东宫属官太子右庶子后。写景流于一般便俗，出新意尤难，大手笔均能出新意。如王维《终南山》、李白《梦游天姥吟留别》、杜甫《岱岳》、白居易《钱塘湖春行》，皆以创新为人赞誉。这首韩诗借酬答而写景，风韵尤佳。诗先写曲江之荷，仅二句："曲江千顷秋波净，平铺红云盖明镜。"把艳丽高雅的曲江荷花玉立在澄碧千顷明净若镜之上的神态写了出来。写景离不开情，写情离不开人，不然便会把景写死。卢汀在繁忙的公务中脱身出官即奔曲江观荷，仅以"走马来看立不正"，就说明曲江荷花盛开之景吸引力大——公务再忙也非看不可。以应酬卢寄《曲江荷花行》。后写昆明池风景之奇，仅用"负雪崔嵬插花里"七字便情态毕肖。写昆明池广大，用"玉山前却不复来，曲江汀滢水平杯"的玉山、曲江作衬托。因其景色怡人，才有其情不自禁的"脚敲两舷叫吴歌"的狂歌叫喊，便把情融入景中了。由于诗人笔底情真意笃，更使人感受到昆明池景色之美。这就是诗人把自己美感的体验付之于笔端，给读者以美的享受。因他是由要职下降为闲官，故有“官闲得婆娑”，“岂如散仙鞭笞鸾凤终日相追陪”的抒怀来，曲折地反映出他对权臣压制异己做法的不满，风韵极佳。

## 听颖师弹琴①

昵昵儿女语，②恩怨相尔汝。③划然变轩昂，④勇士赴敌场。⑤浮云柳絮无根蒂，⑥天地阔远随声扬。⑦喧啾百鸟群，⑧忽见孤凤凰。⑨跻攀分寸不可上，⑩失势一落千丈强。⑪嗟余有两耳，⑫未省听丝篁。⑬自闻颖师弹，起坐在一旁。⑭推手遽止之，⑮湿衣泪滂滂。⑯颖乎尔诚能，无以冰炭置我肠。⑰

**【注释】**

①颖师：不详。 ②昵昵：作亲切、亲密解。后世多用之。③尔汝：你我，犹古语中“卿卿我我”。此二句以青年男女谈情说爱时的窃窃私语，形容婉转低回的琴声。 ④划然：猛然间。⑤敌场：战场。此二句写琴声由低回婉转猛然变得激越高昂，像万千勇士杀入敌阵一样。 ⑥根蒂：犹根柢，草木的根，即根儿。根、柢二字义同。 ⑦阔远：宽阔旷远。此二句写琴声悠扬轻盈，像浮云柳絮在广阔无边的蓝天上悠悠荡荡一样。 ⑧喧啾：群鸟杂乱喧噪的叫声。 ⑨孤凤凰：单凤独鸣，叫声和谐动听。此二句写琴声一会儿像百鸟喧噪，一会儿如凤凰和鸣。 ⑩跻攀：指

音阶步步高升，升到琴弦音阶的最高处，再不可升高了。 ⑪失势：失去跻攀到顶的态势。千丈强：一千丈还多。此二句谓琴声升到最高处后陡然下落到最低处。 ⑫嗟：感叹词，表示赞叹。⑬此二句谓：叹惜自己白白长着两只耳朵，一向不懂得欣赏音乐。 ⑭起坐：一词互动，即起来坐下，坐下起来。形容听颖师弹琴激动得不自觉的时站时坐。一旁：即旁边。惜一些学者为求奇意，乱改字。 ⑮推手：琴师结束时的手势。遽：急速、戛然。此句谓：挥手戛然而止。 ⑯滂滂：水流貌，此指泪流如雨之泻，故谓湿衣。 ⑰冰炭：水凝为冰，谓寒；炭可着火，谓热。此为颖师琴声所感，一会冷得像抱冰，一会热得如火烧。置我肠：置于腹中。此句反说：不要把冰炭放在我腹中，我心魂震荡，忽喜忽悲，已经受不了啦！

【品评】

从李贺《听颖师弹琴歌》"凉管闻弦惊病客，药囊暂别龙须席。请歌直请卿相歌，奉礼官卑复何益"分析，是李贺已任奉礼郎且病期间，时在元和七八年之间。韩诗亦当写于同时。中唐以来产生了不少写音乐的名诗，如白居易的《琵琶行》，李贺的《李凭箜篌引》。写琴声最佳者当推这首韩诗。诗以奇特的想象，写出了他对琴音的美好感受，以他素有的音乐修养，通过一系列的比喻，形象真实地把琴音的娓娓动听，声音的高低回转，旋律的缓急变化，指法的拶弹拨挑，将抽象的琴音，用艺术语言形象地再现给读者，使读者和诗人一样有强烈的美感，达到共鸣。以起四句看，写琴声忽而弱骨柔情，销魂欲绝；忽而舞爪张牙，变态百出，可骇可愕。

特别是“跻攀”二句，写琴音升降，为千古诗文写音声的妙语。然所写是琴声，还是琵琶声，因接受者的乐感不同，史有争论。

## 赠别元十八协律六首（选二）[1]

### 其 三

吾友柳子厚，[2] 其人艺且贤。[3]
吾未识子时，[4] 已览赠子篇。[5]
寤寐想风采，[6] 于今已千年。
不意流窜路，[7] 旬日同食眠。[8]
所闻昔已多， 所得今过前。[9]
如何又须别， 使我抱悁悁？[10]

**【注释】**

①元十八：名集虚，字克己，排行十八，河南人，做过协律郎。协律郎，掌校正乐律之事。 ②柳子厚：柳宗元（773—819），字子厚。永贞革新的主要人物，失败后贬永州司马，迁柳州刺史，韩愈的好友。元十八，子厚之友，受裴行立差遣，看望韩愈，柳宗元也捎书问候。 ③艺且贤：既有文才又有节操。如韩文所谓“战艺于词场”之艺。 ④识：认识，相识。子：指元十八集虚。 ⑤赠子篇：指柳子厚赠元十八的文章。 ⑥寤寐：寤指醒时，寐谓梦中，犹言白天黑夜。风采：形容人的举止涵养，如说人潇洒大度。

⑦不意：没料想到。流窜路：贬谪流放途中。⑧此句谓：韩愈与元集虚在途中相处十日的生活。此承上句说他们不期而遇的融洽生活。⑨此二句谓：过去听到赞扬你的话很多，今天见到你，觉得比过去说的还好。⑩悁悁：难舍难分的忧思心情。

## 其六

寄书龙城守，[1] 君骥何时秣？[2]
峡山逢飓风，[3] 雷电助撞捽。[4]
乘潮簸扶胥，[5] 近岸指一发。[6]
两岩虽云牢，[7] 木石互飞发。[8]
屯门虽云高， 亦映波浪没。[9]
余罪不足惜， 子生未宜忽。[10]
胡为不忍别？[11] 感谢情至骨。[12]

**【注释】**

①龙城：指柳州，柳州原为龙城郡，贞观八年(634)，以其地当柳星，更名柳州。②骥：良马。秣：喂。此以秣马喻启程，希望柳子厚早日被召还朝。③峡山：一名中宿峡，在今广东广州清远县，崇山峻立，中贯江流。今称飞来峡。飓风：台风。④撞捽：碰击。⑤乘潮：乘着涨潮的水。簸：颠簸，撼动。扶胥：地名，在今广州东南黄埔区扶胥镇，海神庙在焉。唐代时扶胥临海，珠江入海口水面广阔，波罗庙(即海神庙)建在北岸。“扶胥浴日”乃羊城八景之一。⑥此句谓：由于浪潮汹涌，颠簸剧烈，有时与岸相近只有一发那样短的距离，船仍然无法靠岸。朱彝尊《批韩

诗》:"本是地近不得会,却作图相会意,以作其态。" ⑦两岩:江两岸的岩石。牢:坚固。 ⑧此句谓:岸上的木材、石头被暴风恶浪吹打纷纷飞落。 ⑨没:吞没。此二句谓:屯门山虽然很高,却被巨浪吞没了。 ⑩此承上句,对元嘱语:我是带罪之人死不足惜,你不能疏失,要保重。此乃同遇险境的知心话。 ⑪胡为:为何。相处这么多天为什么还不忍分别呢? ⑫承上句问话,答曰:情深难舍。至骨:真正的骨肉之亲。

**【品评】**

元和十四年(819)三月作。元集虚秉崔行立之命,受柳宗元之托,前来看望韩愈。韩愈坐罪孤贬南荒,在凄苦无告之际,见老友致书来问,且带药来,大为感动,写了这六首诗。其二、四颂裴,其三、六说子厚及抱题,其一、五褒勉裴。语言朴实自如,发于天然,词义和婉,出自肺腑,虽不求工而自工者也,要在以情感人。也是韩诗后期走向平淡的代表,《宿曾江口示侄孙湘》、《南溪始泛》均可证。第三首直叙如话,既表他怀念子厚的深情,也写出他与元生相处之谊。诚见至情。第六首寄子厚,犹如手足及抱题叙别。自处其恶劣环境,倍觉友情珍贵,景如亲躬,情出于心。故诗之好处就在于写真景,表真意,抒真情,全在真字上见之。

## 宿曾江口示侄孙湘二首[①](选一)

云昏水奔流, 天水漭相围。[②]

三江灭无口，[3]　其谁识涯圻？[4]
暮宿投村民，　高处水半扉。[5]
犬鸡皆上屋，　不复走与飞。[6]
篙舟入其家，[7]　瞑闻屋中唏。[8]
问知岁常然，[9]　哀此为生微。
海风吹寒晴，　波扬众星辉。
仰视北斗高，[10]　不知路所归。[11]

【注释】

①曾江：即增江，在今广东增城境内。曾为增的假借字。曾江水流曲折，绕增城而过，当是曾江之名的本意。曾江口：乃曾江入东江的水口，今增城市有增江口镇。湘：韩愈二兄介子老成子，于愈为侄孙。因愈长兄会无子，老成为继。贞元十年生于宣城。老成卒后，随愈读书，然性不羁，不安于学，曾外出游历。元和十四年，韩愈贬潮，湘随行至曾江，有此诗。长庆三年(823)，中进士，崔群辟为宣州刺史府从事，奏授校书朗。官至大理丞。②漭：形容水大浩瀚无际。相围：形容水天相接，四面环绕。③三江口：曾江、九曲水(当地俗称县江)汇合入东江。实地考察，正如三江汇集。因水势大，三江口都被淹没，看不清了。　④涯圻：江岸边沿。　⑤此句谓：投宿到高冈地方的人家，水还淹没了半截门窗。扉：门窗。　⑥处处洪水，鸡犬都上了房。　⑦篙舟：撑船。篙本是撑船的工具，此处用作动词。　⑧瞑闻：夜里听到。唏，同欷。　⑨知，或作之，非。岁常然：年年岁岁都是这样，极言水患之苦。　⑩北斗：北斗星。夜望北斗而想前程也。　⑪不知

路所归：即不知归路。

## 【品评】

元和十四年(819)作，选第一首。这首诗真实形象地描写了广州一带风巨水大，淹没村庄，祸及生灵，百姓生活于水深火热中的现实。诗人还以亲历此患，与民同感的心绪，倾诉了这一苦状，表现了他对百姓的同情。他被困水乡，仰视北斗，皇帝不察民情，自己苦谏被祸，百感交集，苦不堪言。所以说这首诗写难状之景，雄阔细腻，惟妙惟肖，兼太白、少陵之长；写百姓之苦，真实感人，不下《三吏》、《三别》。

# 琴操十首(选三)

## 拘幽操

文王羑里作[1]

目窈窈兮，其凝其盲。[2]耳肃肃兮，听不闻兮。[3]朝不日出兮，夜不见月与星。[4]有知无知兮，为死为生？[5]呜呼！臣罪当诛兮，天王圣明。[6]

【注释】

①周文王，姓姬，名昌，商末周部落的领袖，因崇侯虎与文王并列为诸侯，而德不及文王，因忌妒而谗害于纣，文王被商纣王拘禁于羑里。纣王择日欲杀文王，后被四臣太颠、闳夭、散宜生、南宫适设计救出，建立了周朝。原诗为文王申愤。羑里，在今河南汤阴县北。东汉蔡邕《琴操》:“《拘幽操》者，文王拘于羑里而作也。” ②窈窈：同窅窅。形容环境幽远深密，昏暗不明。极形容环境之苦，不可谓非怒也。 ③肃肃：肃穆寂静。 ④“朝不”二句：早晨看不见日出，夜里看不见月亮和星星。 ⑤“有知”二句：有知觉无知觉，是死是生，都不晓得。 ⑥“呜呼”二句：是说君主永远是圣明的，当臣子的有罪应当诛杀。

【品评】

韩愈借写文王被拘所处的环境和郁闷心情，抒发他被贬官流放的感受。

## 履霜操

尹吉甫子伯奇无罪，为后母谮而见逐，自伤作。①

父兮儿寒，　母兮儿饥。②
儿罪当笞，　逐儿何为？③
儿在中野，　以宿以处。④
四无人声，　谁与儿语？

儿寒何衣？　儿饥何食？[5]
儿行于野，　履霜以足。[6]
母生众儿，　有母怜之。
独无母怜，　儿宁不悲？[7]

【注释】

①尹吉甫：周朝名臣，子伯奇以贤孝闻，为继母所恨，谗于吉甫，怒逐伯奇，伯奇遂作《居幽操》。后吉甫知情，召回伯奇，射死后妻。蔡邕《琴操》："《履霜操》者，尹吉甫之子伯奇所作也。" ②此二句谓：伯奇被赶到荒郊后，又冷又饥，呼父叫母。 ③笞：鞭笞。何为：为什么。 ④中野：荒野之中。 ⑤此二句谓：儿寒穿什么？儿饥吃什么？伯奇被赶到荒郊，编水中荷叶为衣，采楟花而食。楟花：棠梨花。 ⑥此二句用伯奇之歌"履朝霜兮采晨寒"之意。 ⑦独有我无母亲爱怜，用伯奇歌"痛殁（母殁）不痛（异母）兮恩有偏"意。宁（nìng）：岂能，难道。

【品评】

这首诗全用比赋写法，以母比君，以子比己，倾诉其情。"语近古而意含蓄有味，绝无模仿痕迹。"

## 别鹄操[1]

商陵穆子娶妻五年无子，父母欲其改娶。其妻闻之，中夜悲啸。穆子感之而作。[2]

雄鹄衔枝来，　雌鹄啄泥归。[3]
巢成不生子，　大义当乖离。[4]
江汉水之大，　鹄身鸟之微。[5]
更无相逢日，　且可绕树相随飞。

【注释】

①一本作《别鹤操》。鹄、鹤，古通用。崔豹《古今注》卷中《音乐第三》曰："穆子闻之，怆然而悲，乃援琴而歌，为《别鹤操》，亦曰《别鹄操》。"　②蔡邕《琴操》："《别鹤操》者，商陵牧子所作也。牧子取妻，五年无子，父兄欲为改娶。妻闻之，中夜惊起，倚户悲啸。牧子闻之，援琴鼓之云：'痛恩爱之永离，叹白鹤以舒情。'故曰《别鹤操》。反仍为夫妇。"　③鹄：鸿鹄，即天鹅。衔：用嘴取物。啄：鸟用嘴取物。雄鹄衔柴构架，雌鹄啄泥糊封，筑巢养子，和谐融洽。④大义：正道、原则。在嫁之女不生子者谓违反大义，即封建礼教的七出之一。七出：一无子，二淫泆，三不侍姑舅，四口舌，五盗窃，六妒忌，七恶疾。　⑤江汉：长江、汉水。水大鸟微，鹄命可悲。

【品评】

本意是以雌鹄无子，大义当逐，比喻妻无子为父母逼夫妻离弃，韩借题发挥，当有所指。

## 南溪始泛三首[1]

榜舟南山下，[2]　上上不得返。[3]

幽事随去多，[4]　孰能量近远？[5]
阴沈过连树，　藏昂抵横坂。[6]
石粗肆磨砺，[7]　波恶厌牵挽。[8]
或倚偏岸渔，　竟就平洲饭。[9]
点点暮雨飘，　梢梢新月偃。[10]
余年懔无几，　休日怆已晚。[11]
自然病使然，　非由取高蹇。[12]

南溪已清驶，　而无楫与舟。[13]
山农经见之，　随我观不休。
不惟儿童辈，　或有杖白头。[14]
馈我笼中瓜，　劝我此淹留。[15]
我云以病归，　此已颇自由。
幸有用余俸，　置居在西畴”。[16]
囷仓米谷满，　未有旦夕忧。[17]
上去无得得，　下来亦悠悠。[18]
但恐烦里闾，　时有缓急投。[19]
愿为同社人，　鸡豚燕春秋。[20]

足弱不能步，　自宜收朝迹。[21]
羸形不舆致，[22]　佳观安可掷？[23]
即此南坂下，　久闻有水石。[24]
拖舟入其间，[25]　溪流正清激。

随波我未能，峻濑乍可刺。[26]
鹭起若导吾，前飞数十尺。[27]
亭亭柳带沙，团团松冠壁。[28]
归时还尽夜，谁谓非事役？[29]

【注释】

①南溪：长安城南终南山下的一条小河。②榜：原为船桨，此处用作动词。榜舟即撑船。南山：终南山，在京城长安之南。③上上：指船逆水沿南溪不停地驶向上游。前一上字读上声，作动词，登上、向上；后一上字，读去声，作名词，即上方、前方，位置的最高处。④幽事：幽雅美好之事。随去多：随着溪水前进，幽事愈来愈多。⑤量：衡量、忖度。二句述事语朴而意深，妙绝。⑥藏昂，即昂藏，高峻，轩昂。此二句写船沿溪向上行驶，一会低下头，一会直起腰，直到高处的横坡。⑦石粗：石头粗大。此句谓：石头粗大经得住波浪的肆意冲刷磨砺。⑧厌：同压，即堵塞、压制。牵挽：谓拉船。此句谓：水波凶恶，影响了驶船。⑨此二句谓：时而靠岸捕鱼，而后到平坦的洲渚上做饭。⑩梢梢：或作稍稍，小也。⑪此二句谓：剩余的残年不多了，辞官回家叹惜已经晚了。懔(lǐn)：惧怕。怆(chàng)：悲叹。⑫此句承上句，谓因病告休，不是为了退隐傲世。高蹇(jiǎn)：高升或下迁。⑬此二句谓：南溪水清流急，没有行过船。清驶：水清流急。⑭四句承上溪无舟船，故山农见韩愈撑船而来惊奇，小孩老人都跟着看稀罕。写山村实景，生动活脱，如在目前。⑮送瓜挽留，表现了农民的淳朴热情。淹留：滞留、停留。⑯四句谓：我告诉

他们:我是告病假归来的,这已经很自由了。况且还有剩余的俸禄,在西畴买了一座房子居住。西畴:西边那个地方,指城南庄韩公别墅。 ⑰囷:园仓。囷仓:粮仓。 ⑱二句谓:居官时没啥特殊的,去职归来也心安。得得:特地,特特。或作得意解,与下句"悠悠"重复。 ⑲烦:麻烦。里闾:乡里。缓急:偏意,即有危机、急需的时候。投:求助。 ⑳社:中国古代有祭祀社稷之礼。社:土神。稷:谷神。此二句乃祝福之语:愿乡亲们年年春秋以鸡豚宴祭祀土地神,岁岁年丰人乐。 ㉑足弱:两脚软弱无力。步:走路,用作动词。自宜:本应当。收朝迹:结束在朝廷上做官的生活。 ㉒羸:瘦弱。舆致:乘舆而行。舆:车、轿一类的代步工具。㉓佳观:可供观赏的美景。 ㉔坂:山坡。水石:一指流水与水中之石。一作泉石解,多借指清丽胜境。 ㉕拖舟:用绳拉船。其间,即指上句的水石胜境。 ㉖此二句谓:随波逐流我做不到,我宁可迎着险峻的急流撑船而上。诗有寓意,表现了韩公的刚直倔犟。濑:急湍的流水。刺(cì),一作刺。旧读"矶",刺船,即撑船。㉗此二句谓:鹭鸟好像在前面领着我向前走。鹭:古人常以鸥鹭鸟比喻在野。 ㉘亭亭:亭亭玉立,或高竦貌。柳带沙:指沙岸上的柳树。此句谓:亭亭玉立的柳树排列在沙岸上。 ㉙还尽夜:天快亮了。非事役:不是正事。事役作政务或公务解,此引申为正经的事务。

## 【品评】

张籍《哭退之》诗云:"去夏公请告,养疾城南庄。籍时官休罢,两月同游翔。移船入南溪,东西纵篙撑。公为游溪诗,唱咏多慨慷。”韩愈长庆四年(824)十二月卒，五年正月归葬河阳(今河南孟州市)。诗人作此诗是病休南庄期间，休假百日，八月期满，而瓜熟时，则在七月，知诗当写于七月上中旬。张籍还写了一首《同韩侍郎南溪夜赏》诗云：“南溪两月逐君行”，亦可证诗写于二人同休期间。这三首诗是他卒前最后的代表作，几当绝笔。从思想到艺术，都反映了他晚年的特点。就内容讲，反映了他虽身衰力竭，却不甘心随波逐流的倔犟性格；反映了他向往畅适自由，安静恬淡的生活，对朝廷政事已感漠然。就艺术风格讲，不再追求奇崛，而表现出一种近似陶渊明的田园诗那样闲雅恬淡的风格。

# 画记

## 杂古今人物小画共一卷[1]

骑而立者五人,骑而被甲载兵立者十人,[2]一个骑执旗前立,骑而被甲载兵且下牵者十人,骑且负者二人,[3]骑执器者二人,骑拥田犬者一人,[4]骑而牵者二人,骑而驱者三人,[5]执羁靮立者二人,[6]骑而下倚臂隼而立者一人,[7]骑而驱涉者二人,徒而驱牧者二人,[8]坐而指使者一人,[9]甲胄手弓矢𫓧钺植者七人,[10]甲胄执帜植者十人,[11]负者七人,[12],偃寝休者二人,[13],甲胄坐睡者一人,方涉者一人,坐而脱足者一人,[14]寒附火者一人,[15]杂执器物役者八人,[16],奉壶矢者一人,[17]舍而具食者十有一人,[18]挹且注者四人,[19],牛牵者二人,[20]驴驱者四人,一人杖而负者,[21]妇人以孺子载而可见者六人,[22]载而上下者三人,[23]孺子戏者九人。凡人之事三十有二,为人大小百二十有三,[24]而莫有同者焉。[25]

马大者九匹;于马之中又有上者,[26]下者,行者,牵者,涉者,陆者,翘者,[27]顾者,鸣者,寝者,讹者,[28]立者,人立者,龁者,[29]饮者,溲者,陟者,降者,[30]痒磨树者,嘘者,嗅者，[31]喜相戏者，怒相踶啮者，[32]秣者，骑者，骤者，走者，载服物者，载狐兔者[33]：凡马之事二十有七，为马大小八十有三，而莫有同者焉。[34]

牛大小十一头，橐驼三头。[35]驴如橐驼之数，而加其一焉。隼一，犬、羊、狐、兔、麋、[36]鹿共三十。旃车三辆。[37]杂兵器：弓矢、旌旗、[38]刀剑、矛楯、[39]弓服、矢房、甲胄之属，[40]瓶、盂、簦、笠、筐、筥、锜、釜、[41]饮食服用之器，壶矢博弈之具，二百五十有一，皆曲极其妙。[42]

贞元甲戌年，余在京师，甚无事，[43]同居有独孤生申叔者，[44]始得此画而与余弹棋，[45]余幸胜而获焉。意甚惜之，以为非一工人之所能运思，盖藂集众工人之所长耳，[46]虽百金不愿易也。明年，出京师，至河阳，[47]与二三客论画品格，[48]因出而观之。座有赵侍御者，[49]君子人也。见之戚然，若有感然：[50]少而进曰："噫！余之手摹也，[51]，亡之且二十年矣。[52]余少时常有志乎兹事，得国本，[53]，绝人事而摹得之，[54]游闽中而丧焉。居闲处独，时往来余怀也。[55]以其始为之劳而夙好之笃也，[56]今虽遇之，力不能为已。且命工人存其大都焉。"[57]余甚爱之，又感赵君之事，因以赠之，而记其人物之形状与数，而时观之，以自释焉。[58]

【注释】

①杂：混杂，聚集。共一卷：共同绘在一幅画卷上。②被(pī)甲载兵：穿着铠甲佩带着武器。被，同披。甲：铠甲，古

代用皮革或金属片制成的军服。兵:兵器。载兵:谓肩负兵器。③骑且负者:骑在马上背着东西的。④拥田犬:带着猎狗。拥:拥有。田:同畋,打猎。田犬:猎狗。⑤驱:驱驰,策马前进。⑥羁(jī)靮(dí):系马的工具,羁:马笼头。靮:马缰绳。⑦臂隼(sǔn):臂上驾着鹰一类的猛禽,用于狩猎。⑧骑而驱涉者:骑着马鞭策着马涉水的人。徒而驱牧者:步行牧马策马的人。驱牧可直作放牧讲。⑨坐而指使者:坐在那里指挥的人。⑩甲胄(zhòu):即身穿军服的,头戴军帽的。手弓矢:手拿弓箭,手为动词。鈇(fǔ):斧。钺(yuè):大斧。植:直立。此句意谓:身穿铠甲头戴军帽手持弓箭、斧子站立着的人共七个。⑪执帜:举着旗帜。⑫负者:背着东西的人。⑬偃(yǎn)寝休者:仰卧着休息的人。⑭脱足者:脱去鞋袜光着脚的人。⑮寒附火者:冷而烤火的人。⑯杂执器物役者:拿着各种工具干活的差役。⑰奉壶矢者:捧着箭壶的人。奉:同捧。壶矢:古代投壶游戏的工具。以矢向壶内投,多者为胜。⑱舍(shè)而具食者:在屋里备办食物的人。⑲挹:汲取。且:并列连词,作并且讲。注:注入。⑳牛牵者:牵牛的人。古汉语中常用的动宾倒置结构。下句“驴驱”,也是这种结构方法。㉑一人杖而负者:即杖而负者一人。意谓:拄着拐杖背着东西的一人。杖,用作动词,当拄拐杖讲。㉒此句谓:妇女和小孩乘坐车子而可以看见的六个人。以:并列连词,作和字讲。孺子:小孩子。载:乘坐。㉓载而上下者三人:谓正在上下车者三人。㉔凡:总计。人之事:记人事的,即以上所记人事的正好三十二件。㉕莫有同者:没有重样的,即人事物姿态各异。以上一段重点记画中人物。㉖此句以下皆写马的动作情状。上者：指人上马；下者：指人下马。㉗陆者：跳跃的，陆同踛，作跳跃讲。翘者：马后蹄腾起之状。以上诸马的行为：自己走的，人牵着走的，淌水走的，出水登陆的，在陆地翘尾腾蹄的。㉘顾者：扭回头看的。讹者：动弹着的。㉙立者：谓马以平常姿而静立。人立者：谓像人竖起来而立的样子。龁(hé)者：啃草的。龁：咬、啃。㉚溲者：便溺者。陟(zhì)者：登高的。降者：往下坡走的。㉛嘘(xū)者：慢慢吐气的。嗅者：用鼻子辨别气味的。㉜喜相戏者：指马与马相互斗耍。㉝秣(mò)者：马正被喂草料的。骤者：奔跑的。走者：俗谓碎步疾走，与上奔跑疾驰不同。接下谓载物品与猎物的马。㉞此结句同上段。此段记画中之马。㉟橐驼者，言其可负橐囊而驼物，故以名。㊱隼：鸟名，谓鹗，凶猛善飞。麋(mí)：麋鹿，鹿的一种。俗叫驼鹿或犴(hān)，比牛小，全身赤褐色，角大尾小，能游泳。㊲旃车：用毡覆盖而制成的篷车。㊳旌旗：竿顶用五色羽毛作装饰的旗子。或谓旗子的通称。㊴矛楯：楯，盾的假借字。古代兵器名。矛：长枪；楯，盾牌，防身用具。盾加木之楯为盾后出字。㊵弓服：装弓用的袋子。服，通箙。矢房：装箭用的盒子，挎在身旁。甲胄：铠甲与头盔。㊶簦(dēng)：防雨用具，下有长柄，形似雨伞。笠：斗笠，用竹子编成的防雨帽。筐：方形竹器。筥：圆形竹器。锜、釜：锅也。釜无足，锜有足。㊷以上一段记画中牛、驼、驴等牲畜、禽类及应用器物，维妙维肖。㊸贞元甲戌年：即唐德宗贞元十年(794)。韩公在京城应博学宏辞考试。所谓"甚无事"，当在宏辞科放榜前。㊹独孤生申叔者：复姓独孤，名申叔，字子重。生：尊称未仕进者男子叫生。贞元十年与韩愈同游宦京城长安，为朋友。贞元十三年(797)，二十二岁中进士，十五年用博学宏词为校书郎。十八年四月五日卒。 ㊺弹棋：古代的一种棋类游戏。 ㊻工人：指画工。藂集：聚集。藂，同“丛”。 ㊼明年出京师：指贞元十一年(795)，三上宰相书不报，愤离长安回河阳事。河阳：今河南孟州，韩愈故里。 ㊽品格：画艺的质量与风格。此指画艺。 ㊾赵侍御：未详何人，但知其曾任过侍御史之职，管纠察百官及受理冤讼。 ㊿戚然：悲伤的样子。若有感然：像是有所感触的样子。 ⑤①少：稍停，不多一会。余之手摹：我亲手临摹。摹同摸。 ⑤②亡之且二十年：失去将近二十年了。亡失掉。且：将近。 ⑤③国本：指国工所画之本，或国库珍藏之本。⑤④闭门不与人交往，专心摹写这幅画。 ⑤⑤闽中：古郡名，治侯官，今福建闽侯县。丧：失掉。“居闲”句：一个人独坐无事的时候，心中常想起这幅画。 ⑤⑥夙好之笃：一向十分珍爱。 ⑤⑦大都：大概。 ⑤⑧此句谓：时常拿出这篇记画的文章来看看，以宽慰自己对这幅画的思念。

## 【品评】

文中谈到画的来历时云：“贞元甲戌年”，在京师与独孤申叔弹棋，“胜而获焉”。此为唐德宗李适贞元十年。又云“明年，出京师，至河阳”，感赵君之事，“而记其人物之形状与数”，知此《记》写于贞元十一年(795)夏。此文所记之画为稀世之珍，而《画记》又为传神之文。画中人马禽兽，车杖杂器，动作不同，姿态各异，总计五百有余。能够将这许多庞杂之物，悉尽其态，条贯清楚，使人读之不厌，正是文章结构得法，语句变换有术之妙。所记画人之事为一段，马之事为一段，诸畜器物为一段，中间穿插变化不可端倪。如记人一段内有所骑之马，于记马一段内点出。所拥，所牵，所驱，所臂之畜，及所披，所载，所执，所植，所奉，所挹注，妇人和孺子所载之具，都在记诸畜器物内点出，使人一目了然。画中山水草木，庐舍水火，床榻槽枥等件，虽未正面专写，然从记人有上有下，记马有陟有降，人与马有涉有陆，人有驱牧，马有磨树，人舍而具食，有挹注，有附火的动作中都一一写来，维妙维肖，十分传神，历历在目。韩愈此文既有所本，又有创造。述物事态脱化于《尚书・顾命》，中间一段又从《考工记・梓人职》脱出，后总记物事一段则本于《史记・绛侯周勃世家》。可见其学识渊博，兼取众长，又有独创。东坡不喜，谓之甲乙账簿。殊不知，此文要在平中出奇，质之有味。

## 与孟东野书[①]

与足下别久矣，[②]以吾心之思足下，知足下悬悬于吾也。[③]各以事牵，不可合并，[④]其于人人，[⑤]非足下之为见，[⑥]而日与之处，足下知吾心乐否也！吾言之而听者谁欤？吾唱之而和者谁欤？[⑦]言无听也，唱无和也，独行而无徒也，[⑧]是非无所与同也。[⑨]足下知吾心乐否也！足下才高气清，行古道，[⑩]处今世，无田而衣食，[⑪]事亲左右无违，[⑫]足下之用心勤矣，足下之处身劳且苦矣！混混与世相浊，[⑬]独其心追古人而从之，足下之道，其使吾悲也！[⑭]

去年春，脱汴州之乱，[15]幸不死，无所于归，[16]遂来于此。[17]主人与吾有故[18]，哀其穷，居吾于符离睢上。[19]及秋将辞去，因被留职事，默默在此，行一年矣。[20]到今年秋，聊复辞去，[21]江湖余乐也，与足下终，幸矣！[22]

李习之娶吾亡兄之女，[23]期在后月，朝夕当来此。张籍在和州居丧，[24]家甚贫。恐足下不知，故具此白，冀足下一来相视也。[25]自彼至此虽远，[26]要皆舟行可至，速图之，吾之望也。[27]春且尽，时气向热，惟侍奉吉庆。[28]愈眼疾比剧，[29]甚无聊，[30]不复一一。愈再拜。

【注释】

①孟东野(751—814)：名郊，字东野，湖州武康(今浙江武康)人。公元769年举进士，授溧阳尉。由河南尹郑余庆招荐，任河南水陆转运从事，试协律郎。长居洛阳，暴卒于河南阌乡。以诗知名，有《孟东野集》十卷行世。 ②足下：尊称，对长辈或同辈。③悬悬：放心不下，时刻惦念。 ④各以事牵，不可合并：各自为自己的人事牵累，不能常在一块游处。牵，牵扯。合并：相会。⑤人人：众人，自指为平庸之人。 ⑥非足下之为见：意谓非与足下之见为见。连下语，即非与足下相见才为真乐。意思是指对于我这样平庸的人，不能见到你并天天与你在一起，你会知道我心里能否快乐。 ⑦此句意谓言者无人和，唱者无人听。 ⑧独行：进退自任。 ⑨以上数句表面上看是人与人之友谊深挚，实则还深含远人与己之道同，可见韩愈时觉倡儒道，辟佛老之难。这也是张籍二书所未体察到的。 ⑩才高气清：才干特出，神气

清明。上指人之才干，下指人之品格。行古道：奉行古代圣人之道，此指孔孟所倡儒道。 ⑪无田而衣食：没有田地种，还得筹划吃穿。指他靠文字谋生。 ⑫事亲左右无违：侍奉父母没有失礼的地方。指孟郊事亲以孝得名。谓孟郊在父母身旁扶持无差错也。 ⑬混混：浑浊。 ⑭以上以二人友谊而言二人共为己道不能实行而悲，真同道之笃情也。 ⑮汴州之乱：贞元十五年(799)二月三日汴州宣武军节度使董晋卒，六日韩愈护柩离汴去洛，十日汴州军乱，杀留后陆长源及孟叔度等。汴州：今河南开封。⑯幸不死，指公送董灵柩西归得免死也。 ⑰此：代词，指徐州张建封幕府。 ⑱主人：谓徐州节度使张建封。有故：有旧交情。大历末年，张建封曾为河阳三城镇遏使马燧判官，贞元三年至十一年，韩愈在京城又得马燧之助，曾入马府，二人交往，当在此时。⑲符离：古县名，唐属宿州，故城在今安徽宿县符离集。睢：水名，经蒗荡渠，出河南，经宿县，入淮河。睢上：睢水边上。此指张建封念旧交，把韩公一家安顿在徐州附近的睢水岸边的符离集。⑳默默在此：在徐州期间，因无知音，又与建封意见不合，郁郁不乐，默默无语。默默：缄口不语。行，将。 ㉑聊：姑且。 ㉒此抒不得志之情怀，非真心隐于江湖也。算是公此时的遭遇与打算吧！ ㉓李习之：李翱，贞元十四年中进士，从韩愈学古文。亡兄：即韩愈三叔礼部郎中云卿之子弇，时已卒。 ㉔张籍：文字昌，原籍吴郡，少居和州乌江(今安徽和县)，贞元十五年中进士，历任太常寺太祝、水部员外郎、国子司业等，曾跟韩愈学文，是唐代著名诗人，有《张司业集》。居丧：尊亲死亡，居家守孝。㉕冀：希望。足下：对对方的尊称。 ㉖彼：孟郊时居之地。

㉗图：谋划。即安排北上徐州会面。　㉘侍奉吉庆：谓东野奉养老母平安。以此句意推测，疑时东野居湖州。　㉙眼疾比剧：眼病加重。　㉚无聊：精神无所寄托，也即生活得无有意思。此段告诉朋友他生活与思绪之近况。

【品评】

书云："去年春，脱汴州之乱，幸不死，无所于归，遂来于此。……到今年秋，聊复辞去。"汴州之乱发生在贞元十五年(799)二月初。秋为张建封辟为徐州幕府观察推官，十六年(800)五月离开徐州幕府。书当写于贞元十六年三月。时公三十三岁，孟郊五十岁，建封六十六岁。韩愈以平常语，写不平常情，其情之笃，诚可动千载之人。韩愈事徐州张建封，情虽故旧，然张不喜韩之直，故韩"默默在此"，感到徐州之地"言无听也，唱无和也，独行而无徒也"，因此心里郁郁不乐。愈是如此，韩公愈是"悬悬"于东野。韩愈虽小东野十七岁，然志同道合，情为知交。所以韩以为"江湖余乐也，与足下终，幸矣"。望其速来。行文诚恳朴直，无一语形容，无一字修饰，也没有一个难字，是韩愈"文从字顺"一类作品代表。行笔气杰神旺，意笃情深，非一般书札可比。

## 送李愿归盘谷序[①] 贞元十七年

太行之阳有盘谷，[②]盘谷之间，泉甘而土肥，草木丛茂，居民鲜少，或曰："谓其环两山之间，故曰盘。"[③]或曰："是谷也，宅幽而势阻，隐者之所盘旋。”[4]友人李愿居之。[5]

愿之言曰：“人之称大丈夫者。我知之矣：利泽施于人，[6]名声昭于时，[7]坐于庙朝，[8]进退百官，而佐天子出令。[9]其在外，则树旗旄，[10]罗弓矢，武夫前呵，[11]从者塞途，供给之人，[12]各执其物，夹道而疾驰。[13]喜有赏，怒有刑。才畯满前，[14]道古今而誉盛德，[15]入耳而不烦。曲眉丰颊，[16]清声而便体，[17]秀外而惠中，[18]飘轻裾，[19]翳长袖，[20]粉白黛绿者，[21]列屋而闲居，[22]妒宠而负恃，[23]争妍而取怜。[24]大丈夫之遇知于天子，[25]用力于当世者之所为也。吾非恶此而逃之，是有命焉，不可幸而致也。[26]穷居而野处，升高而望远，[27]坐茂树以终日，濯清泉以自洁。采于山，美可茹；[28]钓于水，鲜可食。起居无时，惟适所安。[29]与其有誉于前，孰若无毁于其后；[30]与其有乐于身，孰若无忧于其心。[31]车服不维，[32]刀锯不加，[33]理乱不知，[34]黜陟不闻，[35]大丈夫不遇于时者之所为也，我则行之。[36]伺侯于公卿之间，奔走于形势之途。[37]足将进而趑趄，口将言而嗫嚅，[38]处秽污而不羞，触刑辟而诛戮。[39]侥倖于万一，老死而后止者，[40]其于为人贤不肖何如也？”[41]

昌黎韩愈闻其言而壮之，[42]与之酒而为之歌曰：“盘之中，维子之宫。[43]盘之土，可以稼。[44]盘之泉，可濯可沿。[45]盘之阻，谁争子所！[46]窈而深，廓其有容。[47]缭而曲，如往而复。[48]嗟盘之乐兮，乐且无央。[49]虎豹远迹兮，蛟龙遁藏。鬼神守护兮，呵禁不详。[50]饮且食兮寿而康，[51]无不足兮奚所望。[52]膏吾车兮秣吾马,[53],从子于盘兮,终吾生以徜徉。”[54]

【注释】

①李愿:当为隐居山林的名士。盘谷:在洛阳正北六十公里,今济源城东北。是时李愿游洛阳而归盘谷,韩愈在洛阳闲居,因有此序、歌之作以送之。 ②太行:山西、河北交界,北至长城、南至黄河,为长城、黄河之间南北走向的群山,为太行山脉,在济源境称王屋山,主峰在山西晋城县南。阳:南也,山南为阳。 ③谓盘名之由来。有人说,盘谷地形屈曲,环绕在两山的中间,所以叫盘谷。 ④宅:处也。意谓:有人说这个地方很僻静,自然与外面隔绝,是隐士逗留往来的好处所。 ⑤以上起始段,言盘谷形势,为隐者友人李愿所居。高步瀛《唐宋文举要》甲编卷二引李曰:“起段词笔简宕。”又曰:“凡为文,宜专就篇中紧要之处极力抒写,其余闲文末节,不宜浪费笔墨,如此文紧要处在中三段,故作者精神全注于此。起段则但求简净,不求精采也。” ⑥利泽:恩惠。⑦昭于时:显耀于当时。 ⑧庙朝:犹言朝廷。 ⑨进退百官:升迁与罢黜各级官员,此句谓掌权宰臣在朝廷坐而议政,掌握朝政大权。佐天子出令:辅助天子发布政令,执行政令。 ⑩旄(máo):一种顶端用犛牛尾为饰的旗子。 ⑪呵:唱道呵导,旧时仪仗队呼喝开路。 ⑫供给之人:指使用的左右的人。 ⑬此句谓将军外出手执各种旗帜,拿着弓箭武器的仪仗队,武士在前边喝道,仆从在左右供应所需之物,威风赫赫的气势。 ⑭才畯:才能卓异之人。 ⑮盛德:崇高的道德。 ⑯丰颊:丰满的面颊。

古代以丰颊为美好，吉祥。 ⑰清声而便(pián)体：歌喉清亮，舞姿轻捷灵活。 ⑱秀外而惠中：外貌媚美，内心聪慧 ⑲裾(jū)：衣裳的前襟，音居，通称衣襟。 ⑳翳(yì)：隐蔽，笼罩。翳长袖，用长袖遮蔽身子：舞姿之一种。 ㉑粉白黛绿：此为靓妆刻饰，即面敷粉而白，眉施黛而青，喻美人也。 ㉒列屋而闲居：谓姬妾之多，依次住在排列的屋里。 ㉓妒宠：妒忌别人得到宠爱。负恃：自负才貌，有恃无恐。 ㉔争妍：比美。取怜：求得宠爱。封建社会大官僚占有众多姬妾，迫使她们这样做。 ㉕遇知：即知遇，受到重用。 ㉖"吾非"句逆折取势有力。有命：有天命，即俗谓"人之命，天注定。"不可幸而致：不可以侥倖达到。 ㉗此句以上一节写"大丈夫"为功名利达一流，乃实笔，是为宾。此句以下一节写隐者一流，是为主。 ㉘美可茹：指山上采摘的山果野菜鲜美可食。茹(rú)，吃。 ㉙谓起居没有一定的时间约束(自然随意)，只求身体舒适。 ㉚孰若：何若；此犹言不若，不如。无毁：不受诽谤。毁：诋毁，诽谤，说别人的坏话。 ㉛此段承上"大丈夫"以宾一段，托出愿穷处自娱自乐之称述。 ㉜车服不维：没有车马服饰的约束，指无官位，即无官一身轻，不受官职的羁绊。维：系也。 ㉝刀锯不加：不受刀锯之刑罚。刀锯：古代刑名。刀用于割，锯用于刖。 ㉞理乱不知：不理会国家的或治或乱。理，当作治，因避讳高宗李治之名。 ㉟黜陟不闻：听不到贬谪与升迁的事。黜：降职或罢免。陟：登高、上升。 ㊱此指隐者一流的行为处世，与上节借"大丈夫"作宾对比，此为之主。 ㊲公卿：古有三公九卿，此指当权显贵。形势：权力地位。 ㊳嗫嚅(niè rú)：小语谋私貌。韩公常用此义，谓言有所顾忌，气夺声低貌。

㊴刑辟：刑法。诛戮：被处罚或杀戮。 ㊵侥倖：非分或意外之幸运。此承上说若不被惩罚和诛杀而老死的，乃万一之幸运。㊶意谓：这种人的为人比起前二者好坏如何呢？以上一节写另一种人，并以一句收束，结构甚奇。此节与上二节合成一大段，乃此《序》主轴。此段可谓高其隐，讥其官，而骂杀那些奔走于形势之途的小人。 ㊷以简劲之言振起而歌之。壮之：阂论。 ㊸宫：室，此指寓所。维子之宫：你居住的地方。维或作惟，维同惟，发语词，可不译出。 ㊹可以稼：可以种植。稼，用作动词，播种，指种庄稼。 ㊺可濯：应前"濯清泉"，可洗浴。或谓濯与櫂通，棹舟而行。此为前者。可沿：可顺泉流而下观赏景物。 ㊻阻：屈折。㊼窈而深：幽远而深邃。 ㊽缭：盘绕。此句曲复韵。谓屈曲盘绕，来去往复。 ㊾乐且无央：即乐而且无尽。 ㊿呵禁：呵斥、禁止。此句谓，有鬼神守护，呵退魑魅魍魉之为祸祟者。 51寿而康：长寿且安康。 52奚所望(wāng)：何所望。望，读阴平声。53膏(gào)：润滑车轴的油脂，此指以油脂膏车轴，使其润滑好行。秣马：饲马。 54徜徉：犹徘徊也。以上为歌辞。

## 【品评】

本文作于贞元十七年(801)，时作者三十四岁。由彭城回洛阳。古人当朋友离别，常赋诗以赠，序是叙述赠诗的意旨，"歌曰"以下便是诗，有序有诗，有的只有"序"没有诗，是文章的变体，也是"古文"应用范围的扩大。文中借李愿的口，对比志得意满的大官僚和自得其乐的隐士，对前者的显赫威势和穷奢极欲以及奔走权门的丑态，作了尽情揭露和辛辣讽刺，具有深刻的认识意义。

写法上奇偶相生，自然流畅，形象鲜明，语言生动，表现了韩愈散文的另一风格特征。因事赠人以序，韩愈在日常生活中写得很多，往往借题发挥，别有含意。此文是韩愈古文写作走向成熟的标志，也是他青壮时期散文的代表，故苏轼云："欧阳文忠公尝谓：晋无文章，惟陶渊明《归去来》一篇而已。余亦谓：唐无文章，惟韩退之《送李愿归盘谷》一篇而已。平生愿效此作一篇，每执笔辄罢，因自笑曰：'不若且放，教退之独步。'"唐文第一。亦见韩愈此时未官闲居，睥官僚而崇高隐的心态。

## 师　说

古之学者必有师。师者，所以传道、受业、解惑也。①人非生而知之者，孰能无惑？惑而不从师，其为惑也终不解矣。②

生乎吾前，其闻道也固先乎吾，③吾从而师之；④生乎吾后，其闻道也亦先乎吾，吾从而师之。⑤吾师道也，夫庸知其年之先后生于吾乎？⑥是故无贵无贱，无长无少，道之所存，师之所存也。⑦

嗟乎！师道之不传也久矣！欲人之无惑也难矣！古之圣人，其出人也远矣，犹且从师而问焉；⑧今之众人，其下圣人也亦远矣，⑨而耻学于师。是故圣益圣，愚益愚，圣人之所以为圣，愚人之所以为愚，其皆出于此乎！⑩

爱其子，择师而教之；于其身也，则耻师焉，惑矣！彼童子之师，授之书而习其句读者，[11]非吾所谓传其道解其惑者也。句读之不知，惑之不解，或师焉，或不焉，[12]小学而大遗，吾未见其明也。[13]

巫医乐师百工之人，不耻相师。[14]士大夫之族，曰师、曰弟子云者，则群聚而笑之。[15]问之，则曰："彼与彼年相若也，道相似也。"[16]位卑则足羞，官盛则近谀。[17]呜呼！师道之不复可知矣！[18]巫医乐师百工之人，君子不齿。[19]今其智乃反不能及，其可怪也欤！

圣人无常师，[20]孔子师郯子、苌弘、师襄、老聃。[21]郯子之徒，其贤不及孔子。[22]孔子曰："三人行、则必有我师。"[23]是故弟子不必不如师，师不必贤于弟子；闻道有先后，术业有专攻，如是而已。

李氏子蟠，[24]年十七，好古文，[25]六艺经传，皆通习之，[26]不拘于时，学于余。[27]余嘉其能行古道，作《师说》以贻之。[28]

**【注释】**

①传道：指传授以孔、孟为正宗的儒家思想体系。受业：传授儒家的学说。受：授，给予；业：指儒家的经典。解惑：解答道和业两方面的疑难问题。后世理解则有普遍意义。 ②人非生而知之：《礼记·中庸》："或生而知之，或学而知之，或困而知之，及其知之一也。"《论语·述而》"我非生而知之者，好古敏以求之者也。"《季氏》："生而知之者，上也；学而知之者，次也；困而学之，又

其次也；困而不学，民斯为下矣。”孰：谁，那个，疑问代词。惑而不从师：此乃当时实情：有疑惑也不从师。可见韩公此文是针对当时惑而不从师，人不愿为师的弊俗而发的。 ③闻道：对道有所理解、贯通。固：本来，诚然。 ④从：跟随。师之：以他为师，向他学习。 ⑤此句意在师是以闻道先后为原则，不论年龄大小。 ⑥庸知：岂知，那管。 ⑦“是故”四句：《吕氏春秋·劝学》：“是故古之圣王，未有不尊师者也。尊师则不论其贵贱贫富矣。若此，则名号显矣，德行彰矣。故师之教也，不争轻重尊卑贫富，而争于道。”公语本此。以上一段是为师下的定义。能否为师以闻道先后为原则，先闻道者，无论贵贱、长少都可以成为师。 ⑧出人：超出一般人，与“出类拔萃”义同。犹且：尚且还要。全句是韩公慨叹：今天师道的不传已经很久了，师道不传想让人没有疑惑就很难了。古代的圣人，他们的知识超出一般人已经很远了，尚且还要投师询问。 ⑨下圣人：在圣人之下，赶不上圣人。 ⑩出于此：由于这些。以上一段讲愚益愚，圣益圣的原因在求师不求师。 ⑪句读：指文章中文字读诵的休止、停顿，即断句。元黄公绍《韵会举要》二六《宥》：“凡经书成文语绝处，谓之句；语未绝而点分之，以便诵咏，谓之读。” ⑫不：同否。二三字短句承上二句，简洁有力，气势峭拔。 ⑬小学而大遗：学了小的而丢了大的。小：指“句读之不知”；大：指“惑之不解”。 ⑭巫：古代以舞降神、为人祈祷求福的人。乐师：乐官。 ⑮士大夫：泛指文士官僚。族：类。士大夫们一提到从师、做弟子，就互相嘲笑。 ⑯相若：相近。相似：同类。 ⑰“位卑”二句谓：以地位比自己低的人为师，就感到羞耻；以赫赫有名的大官为师，又有巴结贵人的嫌疑。谀:谄媚奉承。 ⑱呜呼:感叹词。复,恢复。叹世人愚昧,师道之难复也。 ⑲君子不齿:君子:即士大夫之流;不齿:把他们看的不在话下,即看不起他们(指百工)。以上一段责时人耻于从师的陋习。 ⑳圣人无常师:语本《论语·子张》:“夫子焉不学,而亦何常师之有?”意思说:孔子何尝不向别人学习,但是也没有固定的老师。 ㉑“孔子师”句:孔子以郯子、苌弘、师襄、老聃为师。郯子:春秋时郯国的国君;苌弘:周敬王时的大夫;师襄:鲁国乐官,名襄;老聃:老子李耳。 ㉒其:代词,指上句所说郯子等人。贤:指德才。 ㉓“孔子曰”二句:见《论语·述而》。意思是有三个人在一块儿走,其中必有我的老师。《论语·述而》:“子曰:‘三人行,必有我师焉,择其善者而从之,其不善而改之。’” ㉔李蟠:贞元十九年(803)进士。 ㉕古文:韩愈提出的文的概念,指三代两汉的散体文章。 ㉖六艺:即六经,包括诗、书、易、春秋、礼、乐。传:解释经典的著作。 ㉗拘于时:不受时代社会风气的限制,即不以从师为耻。 ㉘嘉:赞美、称许。古道:指儒家圣贤之道。贻:赠送。《庄子·逍遥游》:“魏王贻我大瓠之种。”以上一段为结语,出做《师说》之由。

## 【品评】

文中说“李氏子蟠,年十七,好古文,六艺经传皆通习之,不拘于时,学于余。余嘉其能行古道,作《师说》以贻之”。韩醇《全解》曰:“蟠贞元十九年(803)年进士。”此文当写于李蟠中进士前,韩愈任四门博士时,故谓此文作于唐德宗贞元十八年,时愈三十五岁,在长安。说,为一种文体,是从古代的说辞发展来的。它是要表现作者自己对事物的一种新鲜看法，提出一种理由，使他的看法能够成立。《师说》就是韩愈提出对为人之师的一种新的看法。这篇文章是为向他学古文的青年李蟠而作，实际是借以对那些诽谤者公开的答复和严正的驳斥。是一篇有的放矢的杂文。在这篇文章里，作者首先肯定师对于任何人都是必要的，并对师的概念下了十分明确而简括的定义。这是全篇立论的根据，也就是中心思想。接着就师最重要的(或根本性的)涵义“传道”，提出师的合格条件只有一个，就是“闻道”而排除贵贱、少长等限制。这样就直接打破了自古以来师道授受的传统。而后文章一转(第三段)，深有感慨地针对师道问题，纵论古今社会风气的不同。以下四、五两段，列举现象，论证这种歪风是奇怪而愚蠢的。第六段，复以正面论述，并与首段呼应。末段叙述作文由来，不只是对李蟠的奖励，且有现实性和针对性。《师说》严正地驳斥了那些愚蠢的诽谤者，提出了崭新的师道思想：师是“传道授业解惑”的人；人人都可以为师，只要具有那样的能力；师和弟子的关系是相对的，师比弟子只是有所长，而不必贤于弟子，弟子不必不如师。这些思想把师道的尊严性、权威性、封建性大大地减轻了，把师和弟子的关系社会化了，从而把师法或家法保守的壁垒打破了。本文中心思想明确，选取事例不多而问题尖锐，结构自然紧凑，语言简炼流畅，有逻辑性、战斗性。

## 圬者王承福传[①]

圬之为技，贱且劳者也。[②]有业之其色若自得者。[③]听其言，约而尽。[4]问之：王其姓，承福其名，[5]世为京兆长安农夫。[6]天宝之乱，[7]发人为兵，[8]持弓矢十三年，有官勋，[9]弃之来归，丧其土田，[10]手镘衣食，[11]余十三年，舍于市之主人，[12]而归其屋食之当焉，[13]视时屋食之贵贱，而上下其圬之佣以偿之；[14]有余，则以与道路之废疾饿者焉。[15]

又曰：粟，稼而生者也；[16]若布与帛，必蚕绩而后成者也；其他所以养生之具，皆待人力而后完也，吾皆赖之。[17]然人不可遍为，宜乎各致其能以相生也。[18]故君者，理我所以生者也，[19]而百官者，承君之化者也。[20]任有大小，惟其所能，若器皿焉。[21]食焉而怠其事，必有天殃，故吾不敢一日舍镘以嬉。[22]夫镘，易能可力焉，又诚有功，取其直，虽劳无愧，吾心安焉。[23]夫力，易强而有功焉；心，虽强而有智也，[24]用力者使于人，用心者使人，亦其宜也；[25]吾特择其易为而无愧者取焉。嘻！吾操镘以入贵富之家有年矣，有一至者焉，又往过之，则为墟矣；[26]有再至三至者焉，而往过之，则为墟矣。问之其邻，或曰：噫！刑戮也。[27]或曰：身既死，而其子孙不能有也。[28]或曰：死而归之官也。[29]吾以是观之，非所谓食焉怠其事而得天殃者邪！[30]非强心以智而不足，不择其才之称否而冒之者邪！[31]非多行可愧，知其不可而强为之者邪！[32]将贵富难守，薄功而厚飨之者邪！[33]抑丰悴有时，一去一来而不可常者邪！[34]吾之心悯焉，是故择其力之可能者行焉，乐富贵而悲贫贱，我岂异于人哉？[35]

又曰：功大者，其所以自奉也博。[36]妻与子，皆养于我者也，吾能薄而功小，不有之可也。[37]又吾所谓劳力者，若立吾家而力不足，则心又劳也。一身而二任焉，虽圣者不可能也。[38]

愈始闻而惑之，又从而思之，盖贤者也！[39]盖所谓"独善其身"者也。[40]然吾有讥焉，谓其自为也过多，[41]其为人也过少，[42]其学杨朱之道者邪？[43]杨之道，不肯拔我一毛而利天下。[44]而夫人以有家为劳心，不肯一动其心，以蓄其妻子，其肯劳其心以为人乎哉！[45]虽然，其贤于世之患不得之而患失之者，[46]以济其生之欲、[47]贪邪而亡道以丧其身者，其亦远矣！[48]又其言有可以警余者，[49]故余为之传而自鉴焉。[50]

【注释】

①圬（wū）者：粉刷墙壁的泥瓦匠。 ②技：作技艺解。贱且劳：地位低下，工作劳苦。 ③有业之：有以粉刷墙壁为职业的。其色若自得者：看样子好像他自己以此职业为满足的。 ④听其言，约而尽：听他说话，言语简单而意思完整。约：简略，简单。尽：完毕，用尽力气。 ⑤王其姓、承福其名：王是他的姓，承福是他的名。即姓王名承福，变化跌宕，语之奇也。 ⑥京兆长安：《元和郡县图志》卷一："关内道一：京兆府长安县。本秦旧县，及高帝五年入关。复置长安县。"长安县唐时管辖长安城西部，治所在长寿坊西南隅。农夫：从事农耕的人。 ⑦天宝之乱：即安史之乱，因起自天宝年间，故云。 ⑧发人为兵：诏征民众从军。安史乱起，唐玄宗李隆基曾命六子李琬为帅，在长安招募士兵十一万，讨伐安禄山。人：庶民、百姓。因避太宗李世民名讳，不能用

民，则用人。⑨有官勋：因参军征战十一年，立了战功授有官职和勋阶。唐制：从武散官一品骠骑大将军到从九品下阶陪戎副尉，勋自上柱国至武骑尉，均有等级名称。⑩来归：退伍回乡。丧其土田：失去了原来为农夫时耕种的土地。⑪手镘衣食：以手抹墙维持生活。手：用作动词，当拿、持讲。镘：抹墙的工具，俗称泥抹。衣食：穿衣吃饭，即生活。⑫舍于市之主人：住在长安市里房主那里，即赁房而居。舍：作动词用。唐长安城内设东西二市，是商肆、手工业聚集地区，此当指长安西市。⑬屋食之当(dāng)：住房和饮食的费用。当：指所费之值。⑭"视时"句：看房租与饭钱的贵贱，提高或降低圬墙的工钱，以支付房租饭费。⑮废疾饿者：病残饥饿的人。以上一段叙圬者王承福身世及生活。以陡然立论起，以有业自得展开，点出其劳动者的可贵品格。⑯稼而生者：由于农民的种植后生产出粮食。⑰蚕绩：养蚕制麻。麻以织布，丝以织帛。绩：缉也，指缉麻。养生之具，皆待人力：人们赖以生存的手段，都依靠人的力量。⑱不可遍为：不能都去做。各致其能以相生：各尽其能，以图共同生活。致尽也，极也。相生：即公《原道》所云："有圣人者立，然后教之以相生养之道。"四民分工，社会各阶层相生养是韩愈社会观的重要内容。⑲此句意谓：所以说国君是治理国家，使人民进行劳动生产而生存下去。此为韩愈儒家民本思想的反映。⑳此句意谓：百官是奉行君主教化人民的人。㉑"任有"三句：职位有大小，像器皿的形状不同用场不同一样，只能各尽所能。㉒"食焉"三句：只知道吃饭，而不愿干活，必然遭到应得的灾祸，所以我不敢一天丢掉镘子而懈怠。㉓易能可力：易于学会，便于使用自己的力量。

有功：有实效。取其直：得到劳动应得的报酬。直：同值，即价值。㉔“夫力”二句：体力活可以经过自己的努力取得一定功效；脑力劳动的事，很难靠勉强的力量做得好的。意思是说体力劳动容易，脑力劳动困难。 ㉕“用力者”三句，谓脑力劳动者统治人，体力劳动者被人统治；被人统治者养活别人，统治者靠人养活，这是通行天下的共同原则。此语出《孟子·滕文公上》。 ㉖则为墟矣：已经成为废墟了。 ㉗刑戮：受刑被杀。 ㉘其子孙不能有也：他的子孙后代没有能够守住这份家产。 ㉙死而归之官：本人死后其财产收归国家所有。 ㉚此句谓人祸所造成以上结局。㉛强心以智：勉强以心力来谋画。不择其才之称否而冒之者：不度量自己的才能与之相称不相称而盲目追求富贵。 ㉜多行可愧：尽做对不起自己良心的事。知其不可而强为之：知道不可能做到而勉强去做。 ㉝薄功而厚飨：功劳微薄而享受丰裕。飨同享。 ㉞丰悴：昌盛与衰败。一去一来：谓丰去悴来，或悴去丰来。此承上讲事物的变化关系。 ㉟乐富贵而悲贫贱：喜图富贵而悲弃贫贱。以上一段叙弃官业圬自食其乐。分四节，前节写王承福所自省验得力处，故旨极痛切，亦昌黎所用力阐发处，故议极转换。次节就前所自见处翻案。再又开一步感慨。后以常人之心叙常人之情事。 ㊱自奉也博：自己得到供给自己的财物也丰厚。博：众多，丰富。 ㊲养于我者：靠我养活的人。于，介词，当“在”讲，即养在我这儿。 ㊳一身而二任：承上句，谓一个人兼劳心劳力两个方面的任务。圣者：谓智力高尚的人。茅坤曰：“又转一步留作，韩子折衷处张本。”而为己不养妻子开脱。 ㊴贤者：即善者。 ㊵独善其身：只管自己品行修养好。语出《孟子·尽心上》:“穷则独善其身,达则兼善天下。” ㊶讥:非议。自为也过多:为自己打算的太多。 ㊷为人也过少:为别人打算、帮助别人的事太少。 ㊸杨朱之道:杨朱又称杨子居、杨生,战国初期魏国人,其学说主张“贵生”,“重己”,“全性葆真”,提倡“为我”,属早期道家。战国时期与墨子为显学。 ㊹不肯拔我一毛而利天下:《孟子·尽心上》:“孟子曰:‘杨子取(作主张解)为我,拔一毛而利天下,不为也。墨子兼爱,摩顶放踵利天下,为之。’”杨、墨主张相反。 ㊺“夫人”三句意谓:那个人(王承福)以有个家庭为费脑筋,不肯费一点心来养活他的妻子,他肯为别人费心吗? ㊻患不得之而患失之:即成语“患得患失”,语出《论语·阳货》:“子曰‘鄙夫可与事君也与哉?其未得之也,患得之。既得之,患失之。苟患失之,无所不至矣。’” ㊼以济其生之欲:只知道满足自己生活上的欲望。 ㊽贪邪而亡道:贪婪邪恶而失去道义。亡,与忘通。 ㊾其言有可以警余者:他的话颇有可以警醒我的地方。警余:警醒我。 ㊿自鉴:即把他当成自己的借鉴。

**【品评】**

从天宝之乱,持弓矢十三年,又手镘衣食,余三十年,按四十三年计,为贞元十四年(798),时韩愈在汴州董晋幕府。愈回京师当在贞元十七年赴京调选时。如按三十余年计,定本文写在回京师时较宜。愈年三十四岁。传文从“各致其能以相生”的认识出发,塑造了无愧于凭双手劳动,不牟官勋,自食其力,而又以剩余“与道路之废疾饿者”泥瓦工人的形象。他虽然不是叱咤风云的盖世英杰,也算是一个有血有肉的普通劳动者。韩愈同情他、赞颂他，表现了韩愈政治观点的进步一面。他通过王承福的身世，与那些恃官勋而牟福贵的人的下场对比，与统治者"多行可愧"，"食焉而殆其事"的行为相比，像王承福这样的劳动者还是要高尚得多。这也有力地揭露了达官显贵的种种丑行。韩愈崇尚孔孟，以卫儒道为己任，他所谓的"用力者使于人，用心者使人"的对体力与脑力劳动者的观点是错误的，应当批判。他继承孟子社会分工而发的议论，也符合历史进步，应肯定。文章前略叙一段，后略断数语，中借镘者之语发表对问题的看法，婉转波折，起伏有致，构局绝妙，手法超众。虽极发泄规人之词，也难让你饮恨于作者。这种写法乃继承了《尚书》的纪言之法，而其排宕抑扬的气势又全师法于孟轲。所以，韩愈之文篇篇有所本，篇篇有创造，是继承与发展的典范。

## 答李翊书[①]

六月二十六日，愈白，李生足下：[②]

生之书，辞甚高，[③]而其问何下而恭也！[④]能如是，谁不欲告生以其道？[⑤]道德之归也有日矣，况其外之文乎？[⑥]抑愈所谓望孔子之门墙而不入于其宫者，[⑦]焉足以知是且非邪？[⑧]虽然，不可不为生言之。[⑨]

生所谓立言者是也，[⑩]生所为者与所期者甚似而几矣。[⑪]抑不知生之志蕲胜于人而取于人邪？[⑫]将蕲至于古之立言者邪？蕲胜于人而取于人，则固胜于人而可取于人矣；[13]将蕲至于古之立言者，则无望其速成，无诱于势利，[14]养其根而俟其实，[15]加其膏而希其光，[16]根之茂者其实遂，[17]膏之沃者其光晔；[18]仁义之人，其言蔼如也。[19]

抑又有难者，[20]愈之所为，不自知其至犹未也，[21]虽然，学之二十余年矣！[22]始者非三代、两汉之书不敢观，[23]非圣人之志不敢存，处若忘，行若遗，俨乎其若思，茫乎其若迷。[24]当其取于心而注于手也，[25]惟陈言之务去，[26]戛戛乎其难哉！[27]其观于人，不知其非笑之为非笑也。如是者亦有年，犹不改，[28]然后识古书之正伪，[29]与虽正而不至焉者，昭昭然白黑分矣。[30]而务去之，乃徐有得也。[31]当其取于心而注于手也，汩汩然来矣。[32]其观于人也，笑之则以为喜，誉之则以为忧，以其犹有人之说者存也。[33]如是者亦有年，然后浩乎其沛然矣。[34]吾又惧其杂也，迎而距之，平心而察之，其皆醇也，然后肆焉。[35]虽然，不可以不养也，[36]行之乎仁义之途，[37]游之乎《诗》《书》之源，[38]无迷其途，无绝其源，终吾身而已矣。[39]

气，水也；[40]言，浮物也；[41]水大而物之浮者大小毕浮。[42]气之与言犹是也；气盛则言之短长与声之高下者皆宜。[43]虽如是，其敢自谓几于成乎？[44]虽几于成，其用于人也奚取焉？[45]虽然，待用于人者，其肖于器邪？[46]用与舍属诸人。[47]君子则不然；处心有道，行己有方，[48]用则施诸人，舍则传诸其徒，垂诸文而为后世法；[49]如是者，其亦足乐乎？其无足乐也？[50]

有志乎古者希矣！[51]志乎古必遗乎今，[52]吾诚乐而悲之。[53]亟称其人，所以劝之，非敢褒其可褒而贬其可贬也。[54]问于愈者多矣，愈念生之言不志乎利，聊相为言之。[55]愈白。

【注释】

①李翊：唐德宗时人，居洛阳，勤而好学，喜古文。曾投韩门学文。贞元十八年，由韩公举荐，与尉迟汾、侯云长、韦纾、沈杞同登进士第。事迹不详。 ②李生：指李翊。足下，对别人的尊称。③辞甚高：此指李翊给韩愈的书信立意、文辞俱佳，高于当时一般人。 ④下而恭：谦逊恭敬。下，自谦之词。 ⑤此句谓：谁不想把自己知道的道理告诉你。道，即为文之本仁义之道，指文中说的“仁义之人，其言蔼如也”。与《原道》所说的道的内容同。⑥此句意谓：李翊能以谦逊的态度向别人请教，不久就能写好表现道德内容的文章。此句与上句连用二反问句，问得有力，比直接陈述更好。归，属于。有日，指日可数，即不久。其，代词，指道德。外，言辞。韩愈认为，文章是道德的表现，道德是文章的内涵。 ⑦语出《论语·子张》：“子贡（复姓端木，名赐，孔丘弟子）曰：‘譬之宫墙，赐之墙也及肩，窥见室家之好。夫子之墙数仞，不得其门而入，不见宗庙之美、百官之富。得其门者或寡矣。’”⑧焉，疑问代词，当“哪里”讲。是且非：是：正确；非，与是对，即错。且：当或字解。 ⑨虽然：与现代汉语里作连词当纵使解不同。虽，相当于现代汉语里的“虽然”。然，作指示代词，指“焉足以知是且非邪”。以上为一段，答翊书来问之旨。李刚己曰：“此上虽系闲文，然用笔曲折尽致，无一语平直。”（《唐宋文举要》甲编

卷二） ⑩立言：著书立说，传于后世。 ⑪此句意谓：你所做的和所希望的很相似也很接近。为（wéi）：动词，做。期：希望。似而几（jī）：相似而接近。几：近。 ⑫此句意谓：但不知你的志向是求胜过别人并且得到别人的赞扬呢！此意谓为人效法，取用。此句纯用盘旋顿宕之笔，为下文取势铺垫。 ⑬则固：承上，作既然如此讲。此句再顿一笔，取足逆势。下句转折，转捩遒劲。⑭无诱于势利：不要为势利所诱惑。此指当时社会上一般人为应付科举考试，与达官显贵交往多习时文（骈文），而韩公希望习古文，故以此语告诫李翊。此通篇主旨。 ⑮养其根而俟（sì）其实：用比喻说明道理，即培壅植物的根求得果实的丰硕。养：培养。根：比喻他主张的道。俟：等待。实：果实，比喻文。 ⑯加其膏而希其光：此句与上句句法同。也是用比喻说明道理，意思虽同却使文章添华增彩，加强说服力。意谓：添膏油增光亮。膏：油脂。 ⑰句意谓：根生长繁茂果实就长得硕大。 ⑱句意谓：油脂丰盛灯光就明亮。沃：肥大、丰美。 ⑲蔼如：和顺的样子。蔼，和。如，形容词词尾，同“然”，相当于“……的样子”。以上一段言简意赅，告诉李翊为文之道必先务本。 ⑳抑又有难者：不过这又是有困难的事。抑：连词，表转折，作则、然解。 ㉑犹，还。未，没有达到。发语逆探下文，真凌空倒影之笔。 ㉒意谓：虽然我已经学习作文二十多年啦，可我写文章，自己也不知道达到了还是未达到要求。此承上反转，总束一笔，再追始逐终，层层剥叙，文势遒劲而峭峻。 ㉓始者：从开头说起。三代：指夏、商、周三个朝代。 ㉔此为韩公自己形容他立言作文过程中严肃认真，神志迷惘的样子。处：动词，即静居。忘，遗：义同，遗忘，失掉。俨，同严，端庄，认真。茫：茫茫，迷惘。四句中的若字都作像字讲。两个乎字，同下句戛戛乎的乎的用法同，与然义近似，当"……样子"讲。 ㉕此句意谓：写文章的时候把心里所想的像流水一样从手头流出来。注：河水流入湖海为之注。如"大河东注"云。 ㉖陈言之务去：即务去陈言。俗谓写文章时必须剔除陈辞滥调。想当时骈文盛行，必陈辞滥调盛行，公乃大声疾呼"陈言务去"。黄宗羲《论文管见》谓："昌黎'陈言之务去'，所谓陈言者，每一题必有庸人思路共集之处，缠绕笔端，剥去一层，方有至理可言。" ㉗戛戛：象声词。形容艰难、吃力的样子。 ㉘犹不改：仍然不改其志，即坚持不懈。此语顿挫生姿，真公个性语。㉙正伪：真假。正原文作真，宋本避真宗讳改作正。按：凡正文在韩公卒前避唐人讳者不改，在韩公卒后避帝讳者如正讳作真，则改之，目的是校出韩公原文。 ㉚虽正而不至，指第二阶段虽大体醇正然仍有不足，即未达到醇正的程度。昭昭然：明白的样子，此承上谓：以圣人之志为准则，合者为真，不合者为伪。 ㉛此句谓：务必把陈言去掉，才能使不醇渐渐有所得达到真醇。语曲意折，潆洄尽致。 ㉜汩汩：水流貌。 ㉝此句谓：因为其中还有时人喜欢的陈言存在。说：言辞，即陈言。一谓说作悦，即指时人所喜欢的言辞。此为"不知其为笑之非笑也"一级后的第二级。茅坤曰："第二级。" ㉞浩乎其沛然：借水喻文，形容文章气势之大如浩瀚的长江大河。此茅坤谓第三级。 ㉟迎：迎接。距：同拒，当拒绝讲。平心：细心，仔细。醇：同纯，纯正。肆：放情。此为形容对沛然涌出的文思的态度，因惧其杂，就要停蓄神思，静心明察；到全部醇时，再放手挥写。这是茅坤说的第四级。 ㊱养：培养，巩固。此句意谓：虽然道德文章达到如此高的境界，还不能不继续加强修养、巩固取得的成果。 ㊲仁义之途：此为韩公论文根本。 ㊳《诗》《书》之源：诗书代指儒家经典，此为儒者行事作文的本源。 ㊴此为第五级。其说正与前文根深实遂，膏沃光晔相照应。 ㊵气，水也：借水作喻，犹如说文章的气势和水势一样。 ㊶言，浮物也：语言，像水面上漂浮的东西一样。 ㊷此语谓：气好比水，言好比浮物，水大的时候物小物大都能漂浮起来。㊸"气盛"句：只要气势弘大，写文章时不管语句长短，声调高低，都会恰当适宜，运用自如。此处，韩愈提出了"气盛言宜"的主张。以上说学文功夫，不能望其速成。 ㊹几于成：几乎达到成功，或曰完善。 ㊺此句谓：他所创制的"古文"虽然好也不为当时士大夫所取。奚：何。 ㊻肖于器：像器皿用具一样，此句意谓：虽然如此，文之待他人接受就像器物一样，即以文待用于人，必得如器具，取舍由人。 ㊼此承上句"肖于器"，谓用与不用都得听从时人的取舍。舍：抛弃。 ㊽意谓：心里存着儒家的道德信条，行动按照儒家的规矩要求。处心：安顿自己的心。行己：自己立身行事。有方：有道，方与上文的道同义，指正确的规则。 ㊾垂诸文：借文传世，即写成文章才会流传下去。为后世法：成为后世人的法则，即为其效法。此用《论语·述而》："用之则行，舍之则藏。"以文传世，为后人立法。 ㊿以正反两问启发李翊与世人，进一步强调文章为己之事，非有待于人所谓"无诱于势利"也。即不管世人取与不取，都要树立坚定信心而做下去。 ㉛此句意谓：有志于学古立言者很少呀。回应篇首"将蕲至于古之立言者。"以尾抱首法。希：同稀。鲜、少。志乎古：志于古，即《论语·

述而》所云:“好古敏以求之者矣。” ㊾遗乎今:为今人所遗弃。或承上句“志乎古”,作而遗弃今文解。此意为前者。 ㊿吾诚乐而悲之:我真为有志于学古人立言的人高兴,也为他们被今人遗弃而悲伤。语语真挚,字字搥心,如闻韩公慨叹之声。 54亟:屡次。劝:劝勉。句意谓:我不敢褒奖其可褒奖的,也不敢贬抑其可贬抑的。韩公作此谦词,以见其高标自恃。 55聊:姑且。相为:复义偏指,即为你。末段再明答书之旨。回应首段。

**【品评】**

这是韩愈给李翊来书求教作文之法的回信。李翊贞元十八年中进士。樊汝霖定此书写于贞元十七年,时韩愈三十四岁,先在徐州,后居洛阳。按韩愈上邢君牙书云:十三而能文。此文说他学文二十余年,自十三至三十四岁为二十二年。樊说是。文章的主旨是论述古人立言的根本:养其根。养其根的基本原则是仁义,这也是韩愈的文学主张。虽然他们说的仁义,是儒家封建思想的核心,应当批判,但韩愈指出写好文章的根本在于内容,在于指导思想,在于为人,把形式放在次要的地位,却是很高明的见解。与今日所说文学艺术内容与形式的辩证关系并不矛盾。韩愈以积二十年的实践经验,提出言立文达,是至理明言,成为千百年来写文章的准则。首先,读书立志,有选择地多读书,通过读书学习,提高自己的思想修养,使自己成为思想高尚的人。韩愈说“非三代、两汉之书不敢观,非圣人之志不敢存”,即此意。其次,辩真伪,去陈言。此论影响深远。做到这一点很难,然非不可及,只要不怕别人讥笑,长期实践,就可以“识古书之正伪”,最后达到

"汩汩然来矣"的境界。第三,平心察之,持之以恒,就可以使文思达到"浩乎其沛然"的地步,使技术纯熟,挥笔如注,达到如江河奔泻的境界。第四,学有所成后,还要注意巩固,继续修养提高。即"不可以不养",要行仁义,读《诗》《书》,无迷其途,无绝其源,终身努力不懈。第五,还要"无望其速成,无诱于势利。"不为名动,不为利诱是至关重要的。文中还提出:养气为文的问题,"气盛则言之短长与声之高下者皆宜。"李翱所说:"拔去其华,得其根本。开合怪骇,驱涛拥云。"都指出韩文的这一点。这篇文章在结构上层层深入,有峰有谷,环环相扣,前后应照,构结缜密。语言婉转含蓄,比喻形象生动,富有说服力、感染力,读之醒目,嚼之有味。

## 祭十二郎文①

年月日,季父愈闻汝丧之七日,②乃能衔哀致诚,③使建中远具时羞之奠,告汝十二郎子之灵:④

呜呼!吾少孤,⑤及长不省所怙,⑥惟兄嫂是依。⑦中年兄殁南方,⑧吾与汝俱幼,从嫂归葬河阳。⑨既又与汝就食江南,⑩零丁孤苦,未尝一日相离也。吾上有三兄,皆不幸早世,承先人后者,在孙惟汝,在子惟吾,两世一身,形单影只。⑪嫂常抚汝指吾而言曰:"韩氏两世,惟此而已。"汝时尤小,当不复记忆;吾时虽能记忆,亦未知其之悲也!⑫

吾年十九,始来京城。其后四年,而归视汝。⑬又四年,吾往河阳省坟墓，[14]遇汝从嫂丧来葬。又二年，吾佐董丞相于汴州，[15]汝来省吾，止一岁，请归取其孥。[16]明年，丞相薨，[17]吾去汴州，汝不果来。[18]是年，吾佐戎徐州，[19]使取者始行，吾又罢去，汝又不果来。[20]吾念汝从于东，东亦客也，不可以久；[21]图久远者，莫如西归，[22]将成家而致汝。呜呼！孰谓汝遽去吾而殁乎！[23]吾与汝俱少年，以为虽暂相别，终当久相与处；故舍汝而旅食京师，[24]以求斗斛之禄；[25]诚知其如此，[26]虽万乘之公相，[27]吾不以一日辍汝而就也！[28]

去年，孟东野往，[29]吾书与汝曰："吾年未四十，而视茫茫，而发苍苍，而齿牙动摇。[30]念诸父与诸兄，皆康强而早世，[31]如吾之衰者，其能久存乎！吾不可去，[32]汝不肯来，恐旦暮死，而汝抱无涯之戚也！"[33]孰谓少者殁而长者存，强者夭而病者全乎！呜呼！其信然邪？其梦邪？[34]其传之非其真邪？[35]信也，吾兄之盛德而夭其嗣乎？汝之纯明而不克蒙其泽乎？[36]少者强者而夭殁，长者衰者而存全乎？未可以为信也，梦也，传之非其真也。东野之书，耿兰之报，何为而在吾侧也？[37]呜呼！其信然矣，吾兄之盛德而夭其嗣矣！汝之纯明宜业其家者不克蒙其泽矣！[38]所谓天者诚难测，[39]而神者诚难明矣！[40]所谓理者不可推，[41]而寿者不可知矣！[42]虽然，吾自今年来，苍苍者或化而为白矣，[43]动摇者或脱而落矣。毛血日益衰，[44]志气日益微，[45]几何不从汝而死也！[46]死而有知，其几何离；其无知，悲不几时，而不悲者无穷期矣！汝之子始十岁，吾之子始五岁，[47]少而强者不可保，如此孩提[48]者又可冀其成立邪？[49]呜呼哀哉！呜呼哀哉！[50]

汝去年书云："比得软脚病，[51]往往而剧。"吾曰：是疾也，[52]江南之人常常有之。未始以为忧也。呜呼！其竟以此而殒其生乎？[53]抑别有疾而至斯乎？[54]汝之书，六月十七日也；东野云：汝殁以六月二日，耿兰之报无月日。[55]盖东野之使者不知问家人以月日，如耿兰之报，不知当言月日。东野与吾书乃问使者，使者妄称以应之耳。[56]其然乎？其不然乎？[57]

今吾使建中祭汝，吊汝之孤与汝之乳母，[58]彼有食可守以待终丧，[59]则待终丧而取以来；如不能守以终丧，则遂取以来。其余奴婢，并令守汝丧。吾力能改葬，终葬汝于先人之兆，[60]然后惟其所愿。[61]呜呼！汝病吾不知时，汝殁吾不知日；生不能相养以共居，殁不能抚汝以尽哀，[62]敛不凭其棺，[63]窆不临其穴；[64]吾行负神明而使汝夭，不孝不慈，而不得与汝相养以生，相守以死；一在天之涯，一在地之角；生而影不与吾形相依，死而魂不与吾梦相接：吾实为之，其又何尤？[65]彼苍者天，曷其有极！[66]

自今已往，[67]吾其无意于人世矣。当求数顷之田[68]于伊、颍之上，[69]以待余年，[70]教吾子与汝子幸其成，[71]长吾女与汝女待其嫁，如此而已。呜呼！言有穷而情不可终，[72]汝其知也邪？其不知也邪？[73]呜呼哀哉！尚飨。[74]

【注释】

①十二郎：韩愈的侄子，名老成，是韩愈二哥韩介之子，大哥韩会无子，老成为嗣子。族中老成排行十二，故云十二郎。②季父愈，韩愈是老成父辈中排行最小的。季：当末讲，也指少子。　③衔哀致诚：怀着悲痛的心情向死者表示诚意。　④建中：仆从。远具时羞之奠：在很远的地方备办应时的新鲜美味食物作祭品。郎子是当时语，既亲切又敬重。　⑤少孤：韩愈三岁丧父，故云“少孤”。　⑥不省(xǐng)所怙(hù)：不认识自己的父亲。怙：依赖抚养的人，指父亲。　⑦惟兄嫂是依：只有兄嫂是自己的依靠。兄指韩会，嫂指郑氏。　⑧兄殁南方：愈兄韩会，大历十二年(777)，因元载被累，贬韶州(今广东韶关)刺史，十四年卒于任所，年四十二岁。　⑨河阳：河南孟州，韩氏祖茔在此，也是韩愈的故里。　⑩就食江南：唐德宗建中二年(781)后，因北方藩镇作乱，中原地区动荡不安，愈随嫂寓居宣州(今安徽宣城)。这里原有韩氏的庄园。　⑪“吾上有”数句：韩愈弟兄四人：长兄会，次兄介，韩愈行四(其一兄早夭)。会无子，介二子：百川、老成，百川已死。会、介先后去世，所以韩愈说，继承祖业者：孙辈只有老成，子辈只有韩愈。如今两世只留下他一个，形容凄凉孤独。⑫以上谓幼孤养于兄嫂，于世惟艰。时幼不知悲，更托今日之悲。⑬贞元六年(790)韩愈回到宣城看嫂与老成。贞元二年离宣城，时十九岁；后四年，为贞元六年，二十三岁。他与卢氏结婚也当此时。　⑭省(xǐng)坟墓：祭扫先人坟墓。与下文“汝来省吾”作探望，虽本义同，细则有分别。　⑮十二年七月，韩愈入汴州董晋幕，未正式任职；为试校书郎、汴宋亳颍等州观察推官是二年以后

的事。汴州，今河南开封。 ⑯时当在贞元十三年，请归取其孥(nú)：请求回宣城把家属接到汴州。孥：本指妻子儿女，此指家属。 ⑰明年，指“请归取其孥”的下年，即贞元十五年。丞相薨(hōng)：指董晋卒。诏命晋为“同中书门下平章事”，相当于宰相，故云。薨：古代称诸侯卒为薨，《新唐书·百官一》：“唐制：凡丧三品以上称薨，五品以上称卒，自六品达于平民称死。” ⑱韩愈护董公灵柩西归，因汴兵乱，后从洛阳东归绕道至徐州符离，即此所谓“去汴州”也。因汴州军乱，韩愈离汴，故有下句“汝又不果来”。⑲佐戎：因是军府幕职，故称。 ⑳《题李生壁》写于下邳李生处，时为贞元十六年五月十四日，与李翱、王涯、侯喜同游。时尚未军乱，知韩离徐州幕在春夏之间，后为李翱及侄女办完婚事，即离开符离，经下邳、游梁园，西归洛阳。 ㉑从于东：归于东方，或具体指宣城。此指他移居。东亦客：归奔于东方也是客居，不能久居。㉒西归：指洛阳(包括河阳)、西安。意谓西归安家后接你。㉓此句意谓：谁料想你骤然离开我就死去了呢！遽：骤然。㉔故舍汝而旅食京师：韩愈贞元十五年佐戎徐州，贞元十六年五月张建封卒，贞元十七年到长安选官，调四门博士，十九年迁监察御史。旅食：寄食异乡。京师：京城，指长安。 ㉕斗斛(hú)之禄：微薄的俸禄。斗、斛都是量器，十升为一斗，十斗为一斛。唐朝官员按职位阶级受给禄米。 ㉖诚知其如此：假使知道你突然死去。 ㉗万乘(shèng)之公相：乘：古代兵车，四匹马驾御，周制王畿方千里，可以拥有一万辆兵车，称万乘之君。公相：指公卿宰相。此句极言俸禄之厚。 ㉘“吾不”句：我不会一日离开你到京城求官。辍(chuò)：离开。就：前往，此处省略了宾语，指到长安去。以上一段几次想接老成全家团聚都未成，终成一生憾事。㉙此谓孟东野自长安赴溧阳。㉚苍苍：发灰白色。齿牙：《说文》卷二下："齿，口断骨也，象口齿之形，止声……牙，牡齿也，象上下相错之形。"《字汇》："上曰齿，下曰牙。"㉛诸父：父辈的伯、叔等。康强而早世：身体健康而无祸患却早早就去世了。㉜谓我不可以归去。与下句"汝不肯来"，两不相得也。㉝旦暮：俗谓早晚，指时间短促。无涯之戚：无限悲伤。㉞其信然邪：难道真是这样吗？疑上述实事。㉟其传之非其真邪：他们传的讯不是真的吧？以疑问表痛心。㊱以我兄长那样崇高的品德竟使其嗣子夭折，以你这样纯洁聪明的人竟不能承受父亲留下的恩泽吗？㊲耿兰：宣城派来送讣告的人名。报：报丧。㊳宜业其家：应当继承其家业。㊴此谓所说的天意实在难以预料。以老成之不当死而死，怀疑天道。㊵神者诚难明：乃拆"神明"一语而成。谓神祇圣明所不知。㊶理者不可推：承上天难测、神难明，谓天理真是不可推求。推：推测。㊷寿者不可知：谓人寿命长短不能预先推知。㊸苍苍者：发花白貌。㊹此谓人的体质一天比一天坏。毛血：毛发血脉，指人的身体。㊺志气：此谓心志气力。㊻此谓：用不了多长时间自己（韩愈自指）也将跟从老成死去。几何：多少，指时间短暂。㊼韩湘为老成长子，时年十岁；次滂，时年一岁。滂卒于元和十五年（820）年十九，以此推之，当生于贞元十八年（802）。指老成死而子幼孤的季子滂，也无不可。姑两存之。韩昶，贞元十五年生于符离，故小名符，是年为五岁。㊽孩提：幼儿。因幼儿须依靠父母提抱，故云"孩提"。㊾冀其成立：希望他们长大成人，有所作为。㊿以上哀老成早天，悲韩氏之难继。 ㉛比得软脚病：近来患软脚病。比：近。软脚病：有二说。一云缺乏维生素B的脚气病；一云缺钾而患的脚腿软瘫的瘫痪病，轻者瘫痪，重者危及生命。 ㉜疾：疾病。㉝难道就是因为得了这种病就丧失了生命吗？殒：亡。 ㉞此为推想或以别的病致死。 ㉟无月日：即无老成卒的具体时间。㊱使者：指送讣告报丧的人。妄称以应之：胡乱对答以应付。㊲此对上述诸报月日的疑问：它是这样吗，它不是这样吗？无“其不然乎”语不完整，气不顺。以上写以未得老成逝世的确切日期而痛心 ㊳悼念慰问你留下的孤儿。吊：慰问，悼念。孤：指湘、滂等。 ㊴终丧：守丧服孝期满。此意谓：如果他们有办法生活就让他们按照礼制规定守丧服孝到期满，然后把他们接到长安来；如不能守，就把他们接来。按旧时礼制，以与死者关系亲疏而决定守丧时间长短，穿戴孝服的式样。父母之丧为三年，实则二十五个月，服斩衰之服。即到第三个年头之周月周日，就可服除。㊵先人之兆：指韩氏河阳祖墓，其父会，母郑氏皆归葬河阳。兆：墓地。 ㊶其，指奴婢。 ㊷谓死时不能抚你的尸体而痛哭。抚，通拊，拍击。 ㊸敛：装裹。易衣穿戴为小敛，入棺为大敛。凭：依、靠。 ㊹窆(biǎn)：埋葬。穴：墓穴。 ㊺其又何尤：又能怨恨谁。尤：责备，怨恨。 ㊻彼苍者天：呼天之语，《诗·秦风·黄鸟》：“彼苍者天，歼我良人。”曷(hé)其有极：这悲痛什么时候才能有穷尽啊？曷，疑问词，当何讲。极，极点，即穷尽。上叙改葬，再致哀痛。 ㊼自今已往：从今以后。 ㊽数顷之田：几百亩地。顷，古制百亩为一顷。 ㊾伊、颍：伊水、颍水。均在河南洛阳南。㊿以待余年：以尽人生所剩下的年月。 (71)“教吾子”句：教育我的儿子昶与你的儿子湘，希望他们长大成人，有所作为。湘：穆宗长庆三年进士。昶：长庆四年进士。 ⑫言有穷而情不可终：话有讲穷尽的时候，而悲痛之情无有尽头。此为全篇之主。 ⑬你知道呢？还是不知道呢？ ⑭此乃文章格式。尚飨，为祭文常用例式，韩文依然。

## 【品评】

《文苑英华》题作《祭侄十二郎老成文》，开头云：贞元十九年，所以，本文当写于贞元十九年，公三十六岁贬阳山前。《文苑》所载时间可信。文章结尾云："言有穷而情不可终。"正道所书皆情，言有尺而情难终的"至情"之文。韩愈早孤，兄嫂养其成人，老成是兄继子，两人从小生活在一起，彼此感情深厚。突闻老成之死，哀痛欲绝，引起他对往事的回忆，后事的瞻念。文行笔端，处处插入自己身世与感受，增加了祭文感染力量。韩愈所以哀痛欲绝，是因为：继承韩氏事业者，孙唯老成，子唯韩愈，今老成盛年而猝死，以一身承担世代单传；两人相依日久，远游他乡，病不能抚养，死不能送葬，子女孤幼，无以自立；年轻强壮者之不当死而死，老弱者当死而不死等，处处流泄出韩愈的哀痛之情。如《古文观止》评语云："读此等文，须想其一面哭一面写，字字是血，字字是泪。未尝有意为文，而文无不工，祭文中千年绝调。"故赵与旹《宾退录》卷九云："读韩退之《祭十二郎文》而不堕泪者，其人必不友。"写法上纯用散文笔法，不仅打破了六朝至初盛唐"述哀之文，定以用韵为宜"的固定格套，也与韩愈其他祭文之骈散结合的写法不同。这在我国散文史上是个创制，对我国散文的发展具有重要意义。此文风格，朴实无华，然气势之雄不可遏止，如云驱飙驰，虎啸龙吟，放声长号。

## 杂说四首[①]（选二）

### 其 一

龙之嘘气成云，[②]云固弗灵于龙也；[③]然龙乘是气，[④]茫洋穷乎玄间，[⑤]薄日月，[⑥]伏光景，[⑦]感震电，[⑧]神变化，[⑨]水下土，[⑩]汩陵谷：[⑪]云亦灵怪矣哉！[⑫]

云，龙之所能使为灵也，[⑬]若龙之灵，则非云之所能使为灵也。[⑭]然龙弗得云，无以神其灵矣：失其所凭依，[⑮]信不可欤？异哉！其所凭依，乃其所自为也。[⑯]

《易》曰："云从龙。"既曰龙，云从之矣。[⑰]

【注释】

①说：为议论文的一体。不拘一题，不限某一题材，有感而发，运笔成文，叫"杂说"。此是韩愈《杂说四首》的第一首。②嘘气：吐气，呵气。　③云固弗灵于龙：云本来不比龙灵，固，原本。弗，不。　④是气：这气，指云。是，指代词，作此、这个讲。⑤茫洋穷乎玄间：茫洋，阔大深远，无边无际。穷，终极。玄，幽远，这里指幽远的宇宙太空。　⑥薄日月：近日月。薄，靠近。⑦伏：藏匿。这句是说，日月的光被云遮住了。　⑧感震电：触着雷电。感：触着，《庄子·山木》："感周之颡，而集于栗林。"《淮南

子·原道训》高诱注:“感,动也。”震,雷,《诗·小雅·十月之交》:“烨烨震电,不宁不令。”传:“震,雷也。”《左传》僖公十五年:“震夷伯之庙。”前者作“雷”,后者作“雷击”。 ⑨神变化:变化象神灵一样难测。高步瀛《唐宋文举要》甲编卷二:“《管子·水地》:龙生于水,被五色而游,故神欲小则化如蚕蛹,欲大则藏于天下,欲上则凌于云气,欲下则入于深泉,变化无日,上下无时,谓之神。”⑩水下土:云化为雨,可以滋润土地。 ⑪汩(hú)陵谷:水流过高山大川。以上数句中薄、伏、感、神、水、汩等字都用作动词。⑫云亦灵怪矣哉:云也和灵怪一样呐!《管子·水地》:“龙生于水,被五色而游。故神,欲小则化如蚕蠋,欲大则藏于天下:欲上则凌于云气,欲下则入于深泉。变化无日,上下无时,谓之神龟与龙。”可作为这段文字的参注。以上一段言龙嘘气的灵异神变。⑬云,龙之所能使为灵也:云虽灵怪难测,却是龙吐出的气,是以龙为本原的。 ⑭“若龙之灵”句:说龙之所以灵变难测是以云为凭借的。 ⑮凭依:凭借,依托。此句讲龙所以神灵是由气作凭借,指出龙与气的关系。 ⑯信不可欤:实在不行吧!信,诚,即确实。欤,语气词,相当于“吧”。以上一段言龙与云的凭依关系。⑰《易》曰:“云从龙”:此语源于《易·乾卦·文言传》:“云从龙,风从虎,圣人作而万物睹。”《全唐诗》卷一六二李白《胡无人》:“云龙风虎尽交回,太白入月敌可摧。”也是化用《易·乾卦·文言传》这句话。此段结语落到《易经》之说上。

**【品评】**

此为寓言式小品,因理解不同其寓意说法不一:一说是喻君臣遇合的，“以龙喻圣君，云喻贤臣；言贤臣固不可无圣君，而圣君不可无贤臣。”一说喻英雄造时势，“龙喻英雄，云喻时势。”一说喻友朋间的互助帮助。其实，这篇短论以龙云相辅相成作譬喻，讲明了两者的关系，有朴素的辩证观点。然韩愈所说的“龙嘘气成云”，云是由龙吐气而产生的；龙是云的本原，却仍然是唯心的。云之所以灵怪莫测，变化无穷，却是以云为凭借，二者谁离开谁也不成。龙生云归根结蒂得自己努力，如果龙自己不去作为，云也就产生不了，自己的依托也就没有了。此虽尺幅小文，却气势雄伟，层波叠浪，浑灏流转，如长江大河，表现了韩愈议论文的特点。全文从开头到结尾六次转换，一句一转，一转一意，若无而又有，若绝而又生，斗折蛇行，婉委屈曲，如龙之生云，云之取龙，幻幻奇奇，笔端生神，使人百读不烦。

## 其　四①

世有伯乐，然后有千里马。②千里马常有，而伯乐不常有；③故虽有名马，只辱于奴隶人之手，④骈死于槽枥之间，⑤不以千里称也。⑥

马之千里者，⑦一食或尽粟一石，⑧今之食马者，不知其能千里而食也；⑨是马也，虽有千里之能，食不饱，力不足，才美不外见。⑩且欲与常马等不可得，⑪安求其能千里也！⑫

策之不以其道，⑬食之不能尽其材，⑭鸣之而不能通其意，⑮执策而临之⑯曰：“天下无马！”呜呼！其真无马邪？其真不知马也！⑰

【注释】

①此为韩愈《杂说四首》的第四首。也称《马说》、《说马》。②世有伯乐,然后有千里马:世界上有了伯乐,然后才能发现千里马的存在。伯乐,一说是春秋时代秦国人,与秦穆公同时,姓孙名阳,字伯乐,因善驭马,世称伯乐。一说是天上的星宿,主管天马。后说迷信,前说为是。关于伯乐识马的故事,见《战国策·楚策》、《庄子·马蹄篇》、《列子·说符》。《庄子·马蹄·释文》引石氏《星经》:"伯乐,天星名,主典天马。孙阳善驭,故以为名。"《楚辞》屈原《九章·怀沙》:"伯乐既没,骥焉程兮?"千里马:文《详注》:"《汉武纪》应劭:大宛旧有天马种,蹋石汗血,汗从前肩髆出,如血,号一日千里。马援云:昔有骐骥,一日千里。伯乐见之,昭终不惑。"上说见《汉书·汉武帝纪》颜注引应劭说。下说乃《后汉书·马援传》,作"昭然不惑"。《韩诗外传》卷七:"使骥不得伯乐,安得千里之足?造父亦无千里之手矣。"《战国策·楚策四》:"汗明见春申君曰:君亦闻骥乎?夫骥之齿至矣,服盐车而上太行。蹄申膝折,尾湛胕溃,漉汁洒地,白汗交流,中阪迁延,负辕不能上。伯乐遭之,下车攀而哭云,解纻衣以幂之。骥于是俯而喷,仰而鸣,声达于天,若出金石声者。何也?彼见伯乐之知己也。"或曰此文反用其意,实则谓用才不当也。　③千里马常有,而伯乐不常有:和上句联系起来,好像说因为有伯乐才有千里马,千里马常有,伯乐一定常有(即甲产生乙,乙存在,甲必存在),又说千里马常有,而伯乐不常有(即乙存在,甲不一定存在)。从表面看,前后抵触,但仔细分析,两处"千里马"词含义不同,前者指千里马之名;后者指千里马之实,表现了韩愈文修辞的奇特处。　④只辱

于奴隶人之手：只，副词，仅只是。辱，屈辱，如人弃于野不得其志。奴隶人：马伕，养马的人，与下文“食马者”同指庸夫俗子不识好坏的人。 ⑤骈（pián）死：一个接着一个死掉，指千里马白白被埋没而死者累累，不只一匹。槽枥：马厩。槽，喂马的器具，俗称马槽。枥，马棚。 ⑥不以千里称也：以，介词，当用字讲。千里：即千里马。称，称呼。也：语尾助词，表判断。全句是说：人们不用千里马称呼它。 ⑦马之千里者：即千里马者。之，助词，用作“马”字的定语，“千里”后置，并加以强调，起到修词的作用，助词，表停顿。 ⑧一食或尽粟一石（dàn）：极言马食量之大。一食，一顿。或，也许。尽，吃完。粟，谷子，此指马料。石，量词，十斗为一石。 ⑨“食（sì）马”句：食马者：喂马的人。此食字与“而食”的“食”同，都作动词，同“饲”当喂养讲。 ⑩才美不外见：千里马的才能与美德表现不出来。见，同“现”。 ⑪“且欲”句：即使要求同平常马一样也不可能。且：况且、犹，副词。等：等同，一样。 ⑫安求其能千里也：安，哪能，怎么，疑问代词。千里，用作动词，当“日行千里”讲。 ⑬策之不以其道：即“不以其道策之”，不按照使用千里马的方法使用它（千里马）。策：马鞭，这里用作动词，当鞭打，驱使讲。道：驾驭千里马的方法。 ⑭食之不能尽其材：喂千里马不能按照千里马的才能满足它的食量。 ⑮鸣之而不能通其意：马嘶叫，可是养马的人不懂得他的意思，“鸣”字前省略主语“马”。“不能通”前省略主语“食马者”。 ⑯执策而临之：执策：拿着马鞭。临：面对。 ⑰其真无马邪？其真不知马也：难道真的没有千里马吗？那是因为人们不识千里马。第一个“其”字，同“岂”，当难道讲。第二个“其”字，表指示，当“而是”讲。

第一个“真”字，为副词，当“果真”讲。第二个“真”字是名词，当“实在”讲。

【品评】

韩愈在《庄子·马蹄篇》等记载伯乐驭马故事的启示下，利用寓言故事，写成了这篇哲理性很强的杂文。通篇以相马为喻，以伯乐与佣夫俗子作比，借题挥洒，揭示出人才的遭遇。指出社会长才不少，然必如伯乐识千里马一样，认识其才能，尊之以高位，养之以厚禄，委之以重任，授之以实权，尚能使其展布其才，否则就会埋没人才。从所写内容看，此文疑为韩愈贬阳山之后所写。用他累受压抑的切身感受，尖锐地批判了封建统治者愚暗偏私，昏聩庸碌，不识才，不重才，埋没人才，摧残人才的现象，为当时的士子鸣不平。

说马气盛语壮，全篇主旨，在一“知”字，用伯乐相马的寓言形式说理，理至词严，使人易于接受，如林纾所说此文“篇幅虽短，而伸缩蓄泄实具长篇之势”（《韩文研究法》）。虽尺幅短文，却有千里之势。一篇一百五十余字的短文，用说明、暗指、省字、借代等法，言“千里马”者，十余次，使人不觉其重复，也是韩文修辞造语的高明处。

## 送孟东野序[①]

大凡物不得其平则鸣；[②]草木之无声，风挠之鸣；[③]水之无声，风荡之鸣。其跃也，或激之；[4]其趋也，或梗之；[5]其沸也，或炙之。[6]金石之无声，或击之鸣。[7]人之于言也亦然；[8]有不得已者而后言，[9]其歌也有思，其哭也有怀，凡出乎口为声者，其皆有弗平者乎！[10]乐也者，[11]郁于中而泄于外者也，[12]择其善鸣者而假之鸣。[13]金、石、丝、竹、匏、土、革、木八者，[14]物之善鸣者也。维天之于时也亦然，[15]择其善鸣者而假之鸣；是故以鸟鸣春，[16]以雷鸣夏，以虫鸣秋，以风鸣冬，[17]四时之相推敚，[18]其必有不得其平者乎！[19]

其于人也亦然：人声之精者为言，文辞之于言，又其精也，[20]尤择其善鸣者而假之鸣。其在唐、虞，咎陶、禹，其善鸣者也，而假以鸣；[21]夔弗能以文辞鸣，又自假于《韶》鸣；[22]夏之时，五子以其歌鸣；[23]伊尹鸣殷，[24]周公鸣周：[25]凡载于《诗》《书》六艺，皆鸣之善者也。[26]周之衰，孔子之徒鸣之，[27]其大声以远。《传》曰："天将以夫子为木铎，"[28]其弗信矣乎？其末也，庄周以其荒唐之辞鸣。[29]楚，大国也，其亡也，以屈原鸣。[30]臧孙辰、孟轲、荀卿，以道鸣者也。[31]杨朱、墨翟、管夷吾、晏婴、老聃、申不害、韩非、慎到、田骈、邹衍、尸佼、孙武、张仪、苏秦之属，[32]皆以其术鸣。[33]秦之兴，李斯鸣之。[34]汉之时，司马迁、相如、扬雄最其善鸣者也。[35]其下魏、晋氏，[36]鸣者不及于古，然亦未尝绝也。就其善鸣者，其声清以浮，[37]其节数以急，[38]其辞淫以哀，[39]其志弛以肆，[40]其为言也，乱杂而无章。[41]将天丑其德莫之顾耶？[42]何为乎不鸣其善鸣者也？[43]

唐之有天下，陈子昂、[44]苏源明、[45]元结、[46]李白、[47]杜甫、[48]李观，[49]皆以其所能鸣。其存而在者，[50]孟郊东野始以其诗鸣。其高出魏、晋，不懈而及于古，其他浸淫乎汉氏矣。[51]从吾游者，李翱、张籍其尤也。[52]三子者之鸣信善矣；[53]抑不知天将和其声而使鸣国家之盛耶？[54]抑将穷饿其身，思愁其心肠，而使自鸣其不幸邪？[55]三子者之命，则悬乎天矣。[56]其在上也奚以喜，其在下也奚以悲！[57]

东野之役于江南也，[58]有若不释然者，[59]故吾道其命于天者以解之。[60]

【注释】

①孟东野，见《与孟东野书》一文注。　②《易·谦》："象曰：鸣谦，志未得也。"正义曰："志未得者释鸣谦之义也，所以但有声鸣之，谦不能实。"又曰："鸣谦贞吉。"注："鸣者，声名闻之谓也；得位居中，谦而正焉。"又曰："象曰：初六鸣豫，志穷凶也。"《左传》襄公二十一年：州绰曰："平阴之役，先二子鸣。"杜注："十八年晋伐齐，及平阴，州绰获殖绰、敦最，故自比于鸡斗胜而先鸣。"《太平御览》九一八引《尸子》云："战如斗鸡，胜者先鸣。"《庄子·德充符》："子以坚白鸣。"鸣，乃一篇之主，也是诗文创作抒情的现实主义理论根据。不得其平则鸣，谓人与物处于无序不平状态时则发出声音。《通鉴》卷二〇八中宗神龙二年(706)："御史大夫李承嘉附武三思，诋尹思贞于朝，思贞曰：'公附会奸臣，将图不轨，先除忠臣邪！'承嘉怒，劾奏思贞，出为青州刺史。或谓思贞曰：'公平日讷于言，及廷折承嘉，何其敏邪？'思贞曰：'物不能鸣者，激之则鸣。

承嘉恃威权相陵，仆义不受屈，亦不知言之从何而至也。'”皆可作为公“不平之鸣”的注脚。 ③风挠之鸣：风吹动物体才能发出响声。挠：搅动。 ④其跃也，或激之：水的波涛是由于流水遇到阻碍涌起的。其：代词，指水。下文其趋、其沸的其，用法同。跃：跳起。激：飞溅。或字用法特殊，此处作有字解。《后汉书·应劭传》：“开辟以来，莫或兹酷。”李贤注：“或，有也。” ⑤其趋也，或梗之：水流疾速遇到阻碍便发出响声。趋：疾速行走。梗：阻塞。⑥其沸也，或炙之：水经火煮而翻滚发出响声。沸：沸腾。炙：烧煮。 ⑦“金石”句：金石本身是没有声音的，敲击它便发出响声。金石：指用金属制的钟、石制成的磬等乐器。 ⑧人之于言也亦然：人讲话也是这样。 ⑨有不得已者而后言：由于被周围发生的事情激发，不得已而发表言论，即情动于衷而言于外。不得已，被逼不能自制也。 ⑩其歌也有思：人歌唱是由于有所思慕和悲慨。有怀：心里有激越的事。此意为公用《诗·邶风·终风》：“寤言不寐，愿言有怀。”毛传：“怀，伤也。”一般作思念解，严粲《诗辑》：“愿汝思怀我而悔悟也。”弗平者：不平的事情。由“弗平者”之因而生放歌，此怀字当痛解为善。 ⑪乐也者：此指音乐，名词。 ⑫此谓：将郁结在心中的感情倾泻出来。《礼记·乐记》：“凡音之起，由人心生也。人心之动，物使之然也。感于物而动，故形于声；声相应，故生变；变成方，谓之音；比音而乐之，及干戚羽旄，谓之乐。乐者，音之所由生也，其本在人心之感于物也。”疑公文本此。 ⑬选择声音好的借它来鸣。假：借。 ⑭金、石、丝、竹、匏、土、革、木，古代的八种乐器，也称八音。《周礼·春官·大师》：“大师掌六律六同，以合阴阳之声。阳声：黄钟、大蔟、姑洗、蕤宾、夷则、无射。阴声:大吕、应钟、南吕、函钟、小吕、夹钟,皆文之以五声:宫、商、角、徵、羽,皆播之于八音:金、石、土、革、丝、木、匏、竹。"郑玄注:金指钟镈(bè),以金为之;石指磬,以石为之;丝指琴瑟,以弦为之;竹之箫管,以竹为之;匏指笙,以插竹于匏,匏、笙一也,故郑以笙解匏;土指埙(xūn),以土为之;革指鼗(táo)鼓,以革为之;木指柷(zhù)敔(yǔ),以木为之。 ⑮天对于时令的变化也是这样。维,发语词,无实意。 ⑯是故:因此所以。是,由此。《韩非子·孤愤》:"是明法术而逆主上者,不僇于吏诛,必死于私剑矣。"故,承递连词,因果相承时用。与今语"所以"同。《论语·先进》:"求也退,故进之;由也兼人,故退也。" ⑰以鸟鸣春,以雷鸣夏,以虫鸣秋,以风鸣冬为春、夏、秋、冬,即一年四个季节。故下文谓"四时"。 ⑱推敓:推移、变换。马其昶《补注》:"按:以上'择其善鸣者而假之鸣',此鸣之又一例也。其读曰:岂言四时之运行,岂必不得其平者乎?此正破前段之说,以下遂二义并举,说者往往失之。《事文类聚》有曰:'公云物不得其平则鸣,然其云咎陶、禹、伊尹、周鸣国家之盛,非所谓不得其平者也。'是知其一说而不知其又有一说,故有此疑。"《汉语大词典》以韩公此语为例。 ⑲此段公以奇崛跌宕的语言,推绎物不得其平则鸣的原因。此论既是自然物理,亦讲社会历史,亦有现实意义:深刻地揭示了历史社会的普遍存在。 ⑳此由物推及人,入正题。 ㉑唐:传说中古代帝尧的国号。虞:传说中古代帝舜的国号。咎陶:一作皋陶、咎繇,传说中东夷首领,偃姓,舜时大臣,掌司法,制典章。《今文尚书》中《皋陶谟》,乃后儒增补。禹:姒姓,传说舜时治水有功,为舜所重,让帝位,成为夏朝的第一个帝王。

伪《古文尚书》中《大禹谟》,为后人伪作。 ㉒夔(kuí):相传为舜时乐官。弗能以,即夔不长于文辞。自假于《韶》以鸣:即自己借助《韶》乐而鸣。假,借也。夔名见于《尚书·益稷》(即《今文尚书·皋陶谟》中),但经典文献中未见夔作《韶》乐事;归有光《文章指南·文章体则》举韩文此句为"将无作有"之例。 ㉓五子:相传为夏代国君启(太康)的五个弟弟,太康在位,游乐无度而失国,五子怨,作歌告诫。一说,五子为夏启少子武观。今文《尚书》中《五子之歌》云:"太康失邦,昆弟五人,须于洛汭,作《五子之歌》。"然系人伪作。孙星衍《尚书古今文注疏考》:认为歌为地名。伪《古文尚书》误歌为歌唱义,并伪撰五首歌辞。 ㉔伊尹鸣殷:伊尹,一说名伊,一说名挚,尹是官名。助汤伐桀灭夏,建立殷朝。汤死后,先后辅佐卜丙、仲壬、太甲三王。太甲荒淫无度,被他放逐,三年后太甲悔过,接回复位。他著《咸有一德》、《伊训》、《太甲》诸篇,仅存若干句,载于《尚书》。一云亦伪作。 ㉕周公鸣周:周公姓姬,名旦,文王之子,武王(发)之弟,成王(诵)之叔。助武王伐纣灭商。武王死后,成王立,因成王年幼,辅佐成王,巩固周朝统治,制礼作乐,建立了典章制度。著有《金滕》、《大诰》、《洛诰》、《多士》、《无逸》、《君奭》、《立政》,均载于《尚书》。相传《周礼》、《仪礼》也是他手定的。 ㉖诗书六艺:诗:诗经,六艺之一。书:尚书、或称书经,也是六艺之一。六艺:有二说,一为礼、乐、射、御、书、数。一为易、诗、书、礼、乐、春秋。本文指后说。 ㉗孔子之徒:孔子和他的门徒。相传孔子删《诗》,定《礼乐》、赞《易》、作《春秋》。诸弟子辑其言论为《论语》。门人卜商作《丧服传》,序《诗》,曾参有《曾子》十八篇,现存十篇,相传《孝经》也是他记录的。清人冯云鹓辑有颜回之《颜子》，冉求之《冉子》，仲由之《仲子》，闵损之《闵子》，端木赐之《端木子》，有若之《有子》，言偃之《言子》，卜商之《卜子》，颛孙师之《颛孙子》各若干卷，马国翰还辑有《漆雕子》、《宓子》各一卷。 ㉘天将以夫子为木铎：语出《论语·八佾(yì)》，为仪封人称赞孔子的话。木铎：木与金属制成，与今世的铃差不多，中有舌，摇之发出响声。古代发布政令召集人时摇木铎。此处把孔子著书立说传之久远作木铎，如同帝王发布政令一样。 ㉙"庄周"句：是说庄子以其气势宏大的文辞鸣。荒唐之辞：语出《庄子·天下篇》，是庄子自己的话。荒唐：广大无边的样子，与今之"荒唐"义不同。庄子，字子木，宋国蒙(在今河南商丘城东北)人，早年做过漆园吏，后隐居，继承并发展了老子的思想，并称"老庄"，为道家学派的代表，著有《庄子》三十三篇。㉚"楚大国"句：楚，古国名，芈姓；始祖鬻熊，西周时立国于荆山一带，常与周发生战争。春秋时兼并周围诸小国，曾与晋争雄，为霸主，战国时灭越，并吴越地，在战国时期版图最大，且为七雄之一，然因楚王负刍不听劝谏，被秦所灭。屈原名平，楚国贵族后裔，生当楚怀王、顷襄王时，为楚国左徒、三闾大夫，主张明法度，举贤授能，联齐抗秦，被楚怀王放逐，作《离骚》、《天问》、《九歌》、《九章》等二十五篇，以发泄他对时政的不满，抒发他深厚的爱国热情，后愤投汨罗江死。 ㉛臧孙辰：即臧文仲，仲是字，文是谥号，他的言论散见于《国语·鲁语》、《左传》。孟轲(约前372—前289)，字子舆，战国邹(今山东邹县)人，受业于子思门人，著《孟子》十一篇，今存七篇。荀卿：也称孙卿，名况，赵人，著《荀子》三十二篇。以道鸣：以他们的学说显扬于当时，传于后世。 ㉜杨朱：战国思想家，魏人，字子居，主张“为我”学说。墨翟（约前468—前376），宋大夫，春秋战国时思想家、政治家、主张“兼爱”，墨家学说的创始人，著《墨子》七十一篇，今存五十三篇。管夷吾：字仲，颍上人，齐桓公宰相，著《管子》八十六篇，今存七十六篇，《汉书·艺文志》列入道家。晏婴，字仲，谥平，史称晏平仲，春秋时齐国大夫，以善辞令著称，后人辑其言行为《晏子春秋》。老聃（dān）：楚苦县厉乡曲仁里（今河南鹿邑县东）人，姓李，名耳，字伯阳，谥聃，周守藏室史（管图书馆的官），著《老子》上下篇，道家学说的创始人，孔子曾向他学礼。申不害：战国时京（今河南荥阳东南）人，曾任韩昭侯宰相十五年，主张法制，后也奉为法家之祖，著《申子》六篇，仅存马国翰辑本《大体》一篇。韩非：出身于韩国贵族，学于荀子，吸收了道、儒、墨各家思想，集法家学说大成，出使秦国，为李斯等人陷害，死于狱，著《韩非子》五十五篇。慎到：战国时赵人，法家，著《慎子》四十二篇，失传，有辑本。田骈：战国时齐人，为齐宣王上大夫，道家，著《田子》二十五篇，已佚，有辑本。邹衍：战国时齐人，阴阳家代表，著《邹子》四十九篇，《邹子始终》五十六篇，皆佚。尸佼：战国时鲁人，法家商鞅的老师，参与商鞅变法，鞅死，奔易，著《尸佼子》二十篇，已佚。孙武：称孙武子，春秋时齐人，军事家，著《孙子》十三篇，曾避难吴国，任上将军。张仪：战国时魏人，秦惠王宰相，主张连横。苏秦：字季子，战国时洛阳人，主张合纵，曾任六国宰相。　㉝皆以其术鸣：都是以他们不同的政治主张（法术），发表意见，鸣于当时。　㉞李斯：战国时上蔡人，好帝国之术，入秦，辅助秦始皇统一全国，用为宰相，故云其鸣“秦之兴”。二世时为赵高陷害腰斩咸阳。著《谏逐客书》、《论督责书》。

㉟司马迁(前145—约前90):字子长,汉龙门(今陕西韩城县)人,我国古代伟大的史学家、文学家。汉武帝刘邦时为太史令,因救李陵获罪,受宫刑,著《史记》一百三十卷,为我国第一部通史。相如(前179—前117):姓司马,字长卿,成都人,西汉辞赋家,著《子虚赋》、《上林赋》等。扬雄(前53—18):成都人,西汉辞赋家、哲学家、语言学家,著《太玄》、《法言》、《方言》,还有《扬子云集》辑其辞赋杂著。 ㊱魏,指三国后,曹氏建立的魏。晋,指司马氏继魏建立的晋。 ㊲其声清以浮:文章言辞清丽而浮夸。这也符合魏、晋以下六朝主体文风的实际。 ㊳其节数以急:文章的节奏短而促。节:节拍。数:频繁。急:急促。 ㊴淫以哀:文章的言语淫靡而伤。淫:过度。哀:伤感。 ㊵弛以肆:松弛而放纵。弛:松懈,《商君书·靳令》:"物多末众,农弛奸胜,则国必削。" ㊶乱杂而无章:文辞杂乱而没有章法。 ㊷难道是上天憎恶其德行不加顾惜他们吗?将:副词,难道,岂。丑:用作动词的意动用法,即"以……为丑"。 ㊸不鸣其善鸣者:是说不让那些善鸣者鸣。此段自远古至魏晋,论鸣有善不善之分,亦明公论文的观点及历史评价。此段文词章法奇特典重。故张裕钊曰:奇荡超迈无前,意态横溢,可想其笔力之雄。 ㊹陈子昂(661—702):字伯玉,梓州射洪(今四川射洪县)人,少任侠,举光宅进士,拜麟台正字,转右拾遗,为段简诬陷入狱死。唐初著名文学家,诗文革新者的先驱。提倡汉魏风骨,著有《陈拾遗集》。两《唐书》有传。 ㊺苏源明:字弱夫,京兆武功人,官至考功郎中,盛唐文学家,与杜甫友善。卒于代宗广德二年(764)。《新唐书》有传,《艺文志》载《苏源明集》三十卷,已亡佚。《全唐文》卷三七三收其文五篇。《全唐诗》

卷二五五载其诗二首。然其文名在盛唐颇高。 ㊻元结(719—772):字次山,河南鲁山人,盛唐著名文学家,有《元次山集》,又编选《箧中集》,张扬汉魏风骨。《新唐书》有传。 ㊼李白(701—762):字太白,号青莲居士,祖籍西域城纪(今甘肃天水)人,幼时迁居四川绵州昌明青莲乡。一说生于碎叶。是盛唐时期伟大浪漫主义诗人。有《李太白集》,两《唐书》有传。 ㊽杜甫(712—770):字子美,自号少陵,河南巩县(今名巩义市)人,做过左拾遗,华州胄曹司功参军,安史之乱中入蜀,任剑南节度府参谋,检校工部员外郎,史称杜工部,是盛唐伟大现实主义诗人,有《杜甫集》,两《唐书》有传。 ㊾李观(766—794):字元宾,赵州赞皇人,中唐文学家,有《李元宾文编》。与韩愈为同榜好友,韩愈为其撰《墓志铭》云:"其先陇西人也。始来自江之东,年二十四举进士,三年登上第,又举博学宏辞,得太子校书一年,年二十九,客死于京师。"《新唐书·李华传》:"宗子翰,从子观,皆有名。"后附李观传,亦以韩愈《李元宾墓志》,陆希声《李元宾文编序》为之。《全唐文》卷三二一有李华的《扬州司马李公墓志铭》,李公乃华之兄并,并幼子观。李并卒在广德二年(764),时观已是前左监门卫率府兵曹参军。而韩愈之友元宾观卒于贞元十年(794),年二十九,则元宾当生于大历元年(766),则李并卒后二年元宾才生。则李并幼子观,非元宾也。沈钦韩《补注》:"此四家,陈拾遗(子昂)诗在开元前为卓绝,文甚诞漫无足观;次山意在隽永,可惋在碎;苏所传绝少,《小洞庭序》亦今体楚楚者;李观文肥皮肉厚,去翱、湜尚远。" ㊿其存而在者:即以上诸人尚在世的。 (51)浸淫:此以水的浸渍喻逐渐接近。汉氏,汉代,此指汉代文章。此句谓:今人孟郊的诗高出魏、晋人之作，如坚持不懈地努力则可达到古代（指秦汉以前）的水平，其他人的作品也接近汉代人的水准。 ⑤②从吾游：跟我交游。李翱：字习之，甘肃泰安人，从韩愈学古文。张籍（768—830）：字文昌，原籍吴郡（苏州），少时客居和州乌江（安徽和县乌江镇），谓和州人。曾任水部员外郎，国子司业，有《张司业集》。尤，突出。 ⑤③三子：孟郊、李翱、张籍。信善：确实美好。⑤④“抑不知”句：还不知道天道随和他们的声音而使其颂扬国家的强盛呢？ ⑤⑤“抑将”三句：还是打算让他们终身穷困，心里忧愁，而使他们呼喊自己的不幸呢？ ⑤⑥悬乎天：决定于天意。悬：系、挂。 ⑤⑦“其在”二句：在上：官居高位。在下：身处下位。奚以：何以，何为。 ⑤⑧东野之役于江南：指孟郊就任江南道的溧阳县尉。役：用作动词，即服役，此作“供职”讲。 ⑤⑨有若不释然：心中好像不愉快的样子。 ⑥⓪命于天：上天命定。解：开解，安慰。此句意谓：所以我说孟郊的命运决定于天意，以宽慰他的抑郁心情。此段数至唐，落在孟郊身上，并以命定于天开慰孟郊。扣题明旨。

## 【品评】

据《贞曜先生墓志》：“从进士试，既得，即去。间四年，又命来选，为溧阳尉。”孟郊贞元十二年中进士（详见《登科记考》），间四年，则为十七年。公十九年写的《祭十二郎文》：“去年孟东野往”云云，此文写于贞元十九年，则孟郊是十八年赴溧阳任的。韩愈《与陈给事书》写于贞元十九年贬阳山前，上载“送孟郊序一首，生纸写，不加装饰，皆有楷字注字处”。《序》为送孟赴任而写，知其作于贞元十八年。谓十七、十九年者误。序文以“大凡物不得其平则鸣”始，至“故吾道其命于天者以解之”终。以“其命于天”为文之旨，以鸣为轴线贯穿全篇，以“不得其平”为内涵，多方取喻，反复论述，文笔纵横，大开大合，一气贯注，寓意深远。孟郊也是善鸣者，如能得到当政者的重用，亦会做出一番有助于唐帝国巩固统一大业的事情来的。可他却是屡试不第，四十六岁才考中进士，五十岁才授溧阳尉，一生穷困寒辛，不能施展怀抱，其不平之事，确实应该鸣的。韩愈似是为老朋友的遭遇不公鸣不平，实则是借天意抒发他统一国家巩固中央集权的主张。指出统治者如能用贤才，便可像尧、舜、禹一样以其善用人才而固国，像伊尹、周公、管仲、晏婴、孙武等贤才，辅佐圣君以固国。说明贤才与国家强盛的关系。这篇序文的风格颇似《庄子》，雄奇创辟，横绝古今，夹叙夹议，说理透辟，加上通篇设喻，使人读之饶有兴致。如龙之变化，屈伸于天，更不能逐鳞逐爪观之。

## 燕喜亭记

太原王弘中在连州，[①]与学佛人景常、元慧游，[②]异日从二人者行于其居之后，丘荒之间，上高而望，得异处焉。斩茅而嘉树列，发石而清泉激，辇粪壤，燔椔翳；[③]却立而视之：[④]出者突然成丘，陷者呀然成谷，[⑤]洼者为池而缺者为洞；[⑥]若有鬼神异物阴来相之。[⑦]自是弘中与二人者晨往而夕忘归焉，乃立屋以避风雨寒暑。[⑧]

既成，愈请名之，其丘曰“俟德之丘”，[9]蔽于古而显于今，有俟之道也；其石谷曰“谦受之谷”，瀑曰“振鹭之瀑”，[10]谷言德，瀑言容也；[11]其土谷曰“黄金之谷”，瀑曰“秩秩之瀑”，谷言容，瀑言德也；洞曰“寒居之洞”，志其入时也；池曰“君子之池”，虚以钟其美，盈以出其恶也；泉之源曰“天泽之泉”，出高而施下也；合而名之以屋曰：“燕喜之亭”，取诗所谓“鲁侯燕喜”者颂也。[12]

于是州民之老，闻而相与观焉，[13]曰：吾州之山水名天下，[14]然而无与“燕喜”者比。经营于其侧者相接也，而莫直其地。凡天作而地藏之以遗其人乎？弘中自吏部员外郎贬秩而来，次其道途所经，自蓝田入商洛，[15]涉淅湍，[16]临汉水，[17]升岘首以望方城；[18]出荆门，下岷江，[19]过洞庭，[20]上湘水，行衡山之下；[21]繇郴逾岭，[22]猿狖所家，[23]鱼龙所宫，极幽遐瑰诡之观，[24]宜其于山水饫闻而厌见也。[25]今其意乃若不足，《传》曰：“智者乐水，仁者乐山。”[26]弘中之德，与其所好，可谓协矣。智以谋之，仁以居之，吾知其去是而羽仪于天朝也不远矣。[27]遂刻石以记。

**【注释】**

①太原王弘中：王仲舒(762—823)，字弘中，行十，并州祁(山西祁县)人，因属太原，亦称太原人。德宗贞元十年(794)中贤良方正、能直言极谏科，累迁吏部员外郎。十九年贬连州司户参军。宪宗元和初召为吏部员外郎，五年(810)迁职方郎中知制诰。坐

事贬峡州刺史，转婺州、苏州刺史。十五年召拜中书舍人，六月出为江西观察使、洪州刺史。穆宗长庆三年(823)卒，谥成。生平仕历见韩公《太原王公墓志铭》、《神道碑铭》及两《唐书》本传。有文名，长于制造。连州：《元和郡县图志》卷二九江南道五有连州，治桂阳县，管县三：桂阳、阳山、连山。 ②景常、元慧：住连州桂阳城北惠宗寺僧，行止未详。 ③辇粪壤：以车辇运走杂草树叶沤成的粪土。辇：用作动词，拉车。燔椔翳：焚烧枯死、倒到地下的树木。 ④却立：稍退而立。 ⑤山石裂陷之缺处如人张口。⑥洼(wā)：洼陷的地方，如水之洼。 ⑦异物：奇巧之物，或谓死亡之人。 ⑧以上一段谓得异处而建亭。 ⑨俟，同竢，等待；俟德之丘，含义为等待有德行之人发现而名之也。 ⑩振鹭之瀑：《诗·鲁颂·有駜》："振振鹭，鹭于下。""振振鹭，鹭于飞。"鹭：鹭鸶。古人用其羽为舞衣或扇形、伞形舞具。意谓：手拿鹭羽起舞，好像白鹭飞翔。 ⑪谷言德：谷为山石凹陷之处，不外现，能容物，如人有虚怀若谷之德一样，故山谷言德。瀑言容，容为外貌，而瀑形显于外，故谓瀑言容也。 ⑫《诗·鲁颂·閟宫》："鲁侯燕喜，令妻寿母。"意谓："鲁侯举办喜庆宴，贤妻良母学颂扬。"令：当善解。朱《考考》："颂，疑衍字。"方成珪《笺正》："颂字非衍。若去颂字，转嫌者字赘设。"方说是。以上一段言燕喜亭名之由来。名曰燕喜乃安喜也，可见韩、王二公胸怀与子厚不同。 ⑬意谓：连州的老人听说这事，都来观看。 ⑭名天下：即天下有名。⑮蓝田，即今陕西西安蓝田县。商洛县治在今陕西商县东。此指所经路线地名。 ⑯唐时人南下出蓝田关经商洛，可分为二：一从商洛、经内乡、南阳、穰县、新野、襄阳、乘汉江船至沔、鄂(今武汉)；一发内乡，涉淅水、汉江，经襄阳，由陆路下荆门，到荆州，乘大江(由夷陵至公安一段长江亦称大江)船直抵岳州洞庭湖。从韩公所记弘中涉淅湍，临汉水，升岘首，望方城；出荆门，下岷江，过洞庭的路线看，应是后者。 ⑰汉水：又称汉江，长江一大支流。源出陕西宁强县北嶓冢山。初出名漾水，东南经沔县为沔水，东经褒城合褒水，始称汉水。东南流经陕南、鄂西北，到武汉入长江。《书·禹贡》："嶓冢导漾东流入汉。" ⑱方城：山名。此谓借方城(在襄城岘山之北)北望中原。 ⑲岷江：此指长江。⑳洞庭：在今岳阳市西南。 ㉑衡山：南岳也，一名岣嵝山。㉒繇郴逾岭：王元启《读韩记疑》："岭谓五岭。连州在岭之南，必逾岭始至；郴在岭北，逾岭所必繇，故曰'繇郴逾岭'。" ㉓猿狖(yuán yòu)：泛指猿猴。屈原《九章·涉江》："深林杳以冥冥兮，猨狖之所居。" ㉔幽遐：深远。瑰诡：珍奇怪异，张衡《东京赋》："瑰异谲诡，灿烂炳焕。"形容美石、奇珍时亦作瓌。故各本有作瑰、瓌者。 ㉕宜：应，大概。《左传》成公六年："视流而行速，不安其位，宜不能久。"《孟子·滕文公下》："枉尺而直寻，宜若可为也。"厌，满足。《国语·周语中》："岂敢厌从其耳目心腹，以乱百度。"饫(yù)闻：饱闻，所闻已足。此句总束"次其道途所经"以下一段，云：大概王公弘中于山水奇闻可以满足了吧！ ㉖语见《论语·雍也》："子曰：'知者乐水，仁者乐山。知者动，仁者静。知者乐，仁者寿，'"知，古通智。 ㉗羽仪：同羽翼。鸟类借羽翼而飞。羽翼在身两侧左右，故常用来比喻左右辅佐之人。晋嵇康《嵇中散集·兄秀才公穆入军赠诗》之一："抗首漱朝露，晞阳振羽仪。"《管子·霸形》："寡人之有仲父也，犹飞鸿之有羽翼也。"《吕氏春秋·举难》："然而名号显荣者，三士羽翼之也。"注："羽翼佐之。"天朝：皇朝，天子所居之地。此指德宗。

**【品评】**

贞元十九年(803)冬，韩愈因《上论天旱人饥状》为民请命，十二月，贬阳山县令。是年九月，王仲舒贬连州司户，阳山为连州属县。二十年修亭成，愈与之同游作记，当在是年。仲舒虽遭贬谪，以智仁之本，乐山水，爱自然之性依然。韩愈此文意亦在此，并不先行点出，而是先写王仲舒不经意而得，得而爱之不舍，乃立亭以助常游；韩愈不经意而写，把山水诸胜点画得争奇叠秀，有灵有性，为以下立轴展拓，生发点缀是此记的紧要之笔。次段命名，景物各异其趣，名亦有意而有自来，不仅使首段所写之景，一一具相升华，且归本于王仲舒之德之智。三段借本州老者之语为连州山水胜境点睛，而盖天下之美景。第四段写王仲舒贬谪途中不妄揽山水之胜，故把途中佳山佳水一一点出，看似冗赘，实把王仲舒爱祖国之山水，喜自然之本性写活写足。前呼后应，推出王仲舒乐山水之仁之智的品格。以此观之，王仲舒又何惧权臣之排挤，朝廷之贬谪。故茅坤谓《燕喜亭记》"淋漓指画之态，是得记文之正体，而结局处特高；欧公文，大略有得于此"(《唐宋八大家文钞韩文》卷八)。张裕钊云："退之《燕喜亭记》叙山水多用排比，后借贬秩翻出意义，摩空取势使人不一览而尽，仍与上文神回气保。"(姚鼐《古文辞类纂》卷五一)曾国藩云："柳公山水记以峭削见奇，固非韩公所能比并。"(《求阙斋读书录》卷八《韩昌黎集》)并未点定二人记山水之特点：柳之记奇峭冷涩；韩之记温厚和雅，各有个性。

## 送区册序①

阳山，天下之穷处也。②陆有丘陵之险，虎豹之虞；③江流悍急，④横波之石，廉利侔剑戟。⑤舟上下失势，破碎沦溺者往往有之。⑥县郭无居民，⑦官无丞尉，⑧夹江荒茅篁竹之间，⑨小吏十余家，皆鸟言夷面；⑩始至，言语不通，画地为字，⑪然后可告以出租赋，奉期约。⑫是以宾客游从之士无所为而止。⑬

愈待罪于斯且半岁矣！⑭有区生者，誓言相好，自南海挐舟而来。升自宾阶，仪观甚伟！⑮坐与之语，文义卓然。庄周云："逃空虚者，闻人足音跫然而喜矣。"⑯况如斯人者，岂易得哉！入吾室，闻《诗》、《书》仁义之说，欣然喜，若有志于其间也。与之翳嘉林，⑰坐石矶，投竿而渔，陶然以乐，若能遗外声利而不厌乎贫贱也。⑱

岁之初吉，⑲归拜其亲，酒壶既倾，序以识别。

【注释】

①区册：姓区名册，韩门弟子，广州人。 ②阳山：地名，今属广东省。穷处：穷荒僻远的地方。 ③即虎豹之害。虞：忧患。杜甫《北征》："维时遭艰虞，朝野少暇目。" ④悍急：凶猛疾速。⑤横波之石：横卧水中阻击水波的石头。廉利侔剑戟：石头的棱

角锋利如剑戟一样。　⑥失势：失去控制。势：态势。沦溺：沉没。　⑦县郭：县城。一般的都邑，内有城，外有郭，通称城墙。⑧丞尉：丞，县令的佐贰官，即副职，如公《蓝田县丞厅壁记》："丞之职所以贰令，于一邑无所不当向。其下主薄、尉，主簿、尉乃有分职。"尉：辅佐县令分管缉捕守捉的官吏。唐制：中等县份以下，除县令（从七品上）外，置丞（正九品上）、尉（从九品下）各一人。阳山县不置丞、尉，可见其穷僻。　⑨篁竹：江边从生的竹林。⑩鸟言夷面：形容当地族人言如鸟语，面貌殊异：与中原不同。⑪画地为字：在地上画字。　⑫奉期约：遵守期限与规约。⑬以上谓阳山地僻人穷，从游的人少：实为区册之来铺垫。姚鼐《古文辞类纂》卷三一《送区册序》"诸家集评"张廉卿曰："不独镵辞精莹，要其命意最幽洁，故读之有味。"又曰："遒郁醇宕，风致与柳相近，惜抱文颇似之。"又曰："退之此种，真有雕刻万物之能。"吴至父曰："叙贬所往往舍荒凉而矜佳胜，公此文乃正言其穷陋；然止以反跌区生耳，故文势为之益峻。"　⑭待罪：谦词，指被贬黜任外职。且半岁：已经半年。韩愈被贬在贞元十九年十二月，到阳山为二十年春，时已在阳山半年，为秋天。则册来阳山是秋天。⑮升自宾阶：古时主宾相见，客自西阶升堂，曰宾阶。《仪礼·乡饮酒礼》："主人与宾三揖，至于阶，三让；主人升，宾升。主人阼阶上，当楣北面再拜；宾西阶上，当楣北面答拜。"《孔子家语·儒行解》："公自阼阶，孔子宾阶升堂主侍。"仪观甚伟：指区册仪表相貌甚是壮伟。　⑯庄周：即庄子。此语出《庄子·徐无鬼》："夫逃虚空者，藜藋柱乎鼪鼬之迳，良位其空，闻人足音跫然而喜矣。"意思是逃到荒凉空谷的人，杂草丛生掩盖了鼪鼬（俗为黄鼠狼，色黄，善捕鼠，故称鼠狼）出没的小径，长久生活在无人居住的空谷里，偶然听到人走的脚步声就高兴。跫：脚步声。此指韩愈身居僻地，喜区册之来。 ⑰翳嘉林：隐蔽在茂美的林木下，即在林阴下乘凉。 ⑱以上一段述区册来阳山从韩愈游，韩愈喜其爱《诗》、《书》，仁义之道。 ⑲初吉：古代以农历每月朔（初一）至上弦（初七、八）为初吉。文义指此，即正月初。《诗·小雅·小明》："二月初吉。"郑笺以为专指朔日。区册归非正月初一也。

**【品评】**

韩愈贞元十九年被贬，冬离长安，春至阳山。《寄三学士诗》云："僶俯不回顾，行行诣连州。朝为青云士，暮作白首囚。商山季冬月，冰冻绝行辀。春风洞庭浪，出没惊孤舟。"时隔半岁，遇区生。区生随韩愈就学有时，"岁之初吉，归拜其亲"，"序以识别"，当在贞元二十一年正月。韩愈在阳山"有爱在民，民生子多以其姓字之。"（《新唐书·韩愈传》）文以一"穷"字纽结，仅用八十五字就把阳山地辟人少，生活艰苦的形象生动地勾画出来了，为实写；通过想象，可预见其变，乃虚写。然在这落后的地方，却有仪表伟武，谈吐不俗，喜诗书礼教的人从南海来访，使韩愈为之一喜。韩愈不仅留区册在幕中读书，还恰切地赞许区生"若有志"，"若能遗外声利"，奖掖他，临行还写序文以纪，足见韩愈奖励后学之美德。在艺术上以奇语遗新境，出异趣，而简淡高古。虽送序，尤山水佳制也。

# 张中丞传后叙[1]

元和二年四月十三日夜，愈与吴郡张籍阅家中旧书，[2]得李翰所为《张巡传》。[3]翰以文章自名，[4]为此传颇详密，然尚恨有阙者；[5]不为许远立传，[6]又不载雷万春事首尾。[7]

远虽材若不及巡者，开门纳巡，位本在巡上，授之柄而处其下，无所疑忌，竟与巡俱守死，成功名；[8]城陷而虏，与巡死先后异耳。[9]两家子弟材智下，不能通知二父志，以为巡死而远就虏，疑畏死而辞服于贼。[10]远诚畏死，何苦守尺寸之地，食其所爱之肉，[11]以与贼抗而不降乎？当其围守时，外无蚍蜉蚁子之援，[12]所欲忠者，国与主耳；[13]而贼语以国亡主灭。[14]远见救援不至，而贼来益众，必以其为信。外无待而犹死守，[15]人相食且尽，虽愚人亦能数日而知死处矣，[16]远之不畏死亦明矣！乌有城坏其徒俱死，[17]独蒙愧耻求活！虽至愚者不忍为；[18]呜呼！而谓远之贤而为之邪？[19]

说者又谓远与巡分城而守，[20]城之陷，自远所分始，以此诟远，[21]此又与儿童之见无异。人之将死，其藏腑必有先受其病者；[22]引绳而绝之，其绝必有处：[23]观者见其然，从而尤之，[24]其亦不达于理矣！[25]小人之好议论，不乐成人之美，如是哉！[26]如巡、远之所成就，如此卓卓，[27]犹不得免，其他则又何说。[28]当二公之初守也。宁能知人之卒不救，弃城而逆遁，[29]苟此不能守，虽避之他处何益；[30]及其无救而且穷也，将其创残饿羸之余，[31]虽欲去，必不达。二公之贤，其讲之精矣！守一城，捍天下，[32]以千百就尽之卒，战百万日滋之师，蔽遮江淮，沮遏其势，天下之不亡，其谁之功也！[33]当是时，弃城而图存者，不可一二数；擅强兵而观者，相环也。[34]不追议此，而责二公以死守，亦见其自比于逆乱，设淫辞而助之攻也。[35]

愈尝从事于汴、徐二府，[36]屡道于两府间，[37]亲祭于其所谓双庙者。[38]其老人往往说巡、远时事，云：南霁云之乞救于贺兰也，[39]贺兰嫉巡、远之声威功绩出己上不肯出师救。[40]爱霁云之勇且壮，不听其语，强留之，具食与乐，延霁云坐。[41]霁云慷慨语曰[42]："云来时，睢阳之人不食月余日矣！[43]云虽欲独食，义不忍；虽食，且不下咽！"因拔所佩刀，断一指，血淋漓，以示贺兰。一座大惊，皆感激为云泣下。云知贺兰终无为云出师意，即驰去；将出城，抽矢射佛寺浮图，[44]矢著其上砖半箭，曰："吾归破贼，必灭贺兰，此矢所以志也。"愈贞元中过泗州，[45]船上人犹指以相语。城陷，贼以刃胁降巡，巡不屈，即牵去，将斩之；又降霁云，云未应。巡呼云曰："南八，[46]男儿死耳，不可为不义屈！"云笑曰："欲将以有为也。公有言，云敢不死！[47]"即不屈。

张籍曰：有于嵩者，少依于巡；[48]及巡起事，嵩常在围中。[49]籍大历中于和州乌江县见嵩，[50]嵩时年六十余矣。以巡初尝得临涣县尉，好学，无所不读。籍时尚小，粗问巡、远事，不能细也。云：巡长七尺余，须髯若神。[51]尝见嵩读《汉书》，[52]谓嵩曰："何为久读此？"嵩曰："未熟也。"巡曰："吾于书读不过三篇，终身不忘也。"因诵嵩所读书，尽卷不错一字。嵩惊，以为巡偶熟此卷，因乱抽他帙以试，[53]无不尽然。嵩又取架上诸书试以问巡，巡应口诵无疑。嵩从巡久，亦不见巡常读书也。为文章，操纸笔立书，未尝起草。初守睢阳时，士卒仅万人，城中居人口亦且数万，巡因一见问姓名，其后无不识者。巡怒，须髯辄张。[54]及城陷，贼缚巡等数十人坐，且将戮。[55]巡起旋，[56]其众见巡起，或起或泣。巡曰："汝勿怖！死，命也。"众泣不能仰视。巡就戮时，颜色不乱，阳阳如平常。[57]远宽厚长者，貌如其心；[58]与巡同年生，月日后于巡，呼巡为兄，死时年四十九。嵩贞元初死于亳、宋间，[59]或传嵩有田在亳、宋间，武人夺而有之，嵩将诣州讼理，[60]为所杀，嵩无子。张籍云。

**【注释】**

①叙，或作序。　②元和：唐宪宗(李纯)年号。二年四月十三日：即公元807年，时公在长安。下句家中指长安里第。或曰靖安里，此公晚年居处，时未必在靖安里。张籍：字文昌，行十八，和州乌江(今安徽和县)人，吴郡(今江苏苏州)是其祖籍。历任太常寺太祝、国子助教、国子博士、水部员外郎、主客郎中、国子司业等。世称张水部，以诗名当代，有《张司业集》。　③李翰：《旧唐书·李翰传》："(李)华宗人翰，亦以进士知名。天宝中，寓居阳

瞿。为文精密，用思苦涩，常从阳瞿令皇甫曾求音乐，每思涸则奏乐，神逸则著文。禄山之乱，从友人张巡客宋州。巡率州人守城，贼攻围经年，食尽矢穷方陷。当时，薄巡者言其降贼，翰乃序巡守城事迹，撰张巡、姚訚等传两卷上之，肃宗方明巡之忠义，士友称之。上元中为卫县尉，入朝为侍御史。"张巡(709—757)：邓州南阳(今河南南阳)人，一云蒲州(今山西永济西)人。玄宗开元二十四年(736)进士及第，天宝中，由太子通事舍人出为清河(贝州治所，今河北省清河)令，省治绩，秩满调真源(今河南鹿邑，唐属河南道亳州)令。安禄山反，谯郡(即亳州)太守杨万石降安禄山，逼巡为长史，使巡西迎贼军。巡率吏哭玄元皇帝祠，起兵讨贼，为士卒推为主帅，常以数千人而克敌数万之众。河南节度使嗣虢王李巨屯彭城(今徐州)，巡为先锋。东平(即郓州，治所郓城，即今山东郓城)陷贼，巨引兵东走临淮(河南道泗州治所，今江苏盱眙)，贼将杨朝宗谋趋宁陵(今河南宁陵，时属河南道宋州)，绝巡饷道。巡马裁三百，兵三千保宁陵。至睢阳(宋州治所宋城县，今河南商丘)，与太守许远、城父令姚訚合力守城御敌，诏拜巡主客郎中，副河南节度使。自肃宗至德二载(757)正月坚守睢阳孤城，以万名疲弊老弱城众，敌十万强贼，至十月城破，大小四百余战，损敌斩将，遏止叛敌南下江、浙，保障皇朝抗敌复京。城陷后，许远、南霁云被俘，张巡与残存将士三十六人就义，城中仅遗饥民四百。三日后，张镐始率军来援；后十日东都收复。十二月，朝廷大赦，褒奖功臣，许、张赠官。然议者或罪巡等守城食人，而李澹等谓巡有功。李翰作传上表，此乃《张巡传》所成之大概。世称巡为张中丞，两《唐书》有传。 ④自名：自许、自负文名。《旧唐书·李翰传》：谓翰“为文精密，用思苦涩。” ⑤恨有阙者：抱憾李翰《张巡传》有缺失，此指下文不为许远立传、不叙雷万春等人事迹。恨：通憾，作遗憾讲。《史记·商君传》：“梁惠王曰：‘寡人恨不用公叔痤之言也。’”汉王充《论衡·齐世》：“语称上世之人重义轻身，遭忠义之事，得已所当赴死分明也，则必赴汤趋锋，死不顾恨。”阙：同缺，缺失。 ⑥许远：两《唐书》有传。《旧唐书·史义传》：“许远者，杭州盐官人也。世仕江右。曾祖高阳公敬宗，龙朔中宰相，自有传。远清干，初从军河西，为碛西支度判官。……禄山之乱，不次拔将帅，或荐远素练戎事，玄宗召见，拜睢阳太守，累加侍御史、本州防御史。及贼将尹子奇攻围，远与张巡、姚訚婴城拒守经年。外救不至，兵粮俱尽而城陷。尹子奇执送洛阳，与哥舒翰、程千里俱囚之客省。及安庆绪败，渡河北走，使严庄皆害之。”从时间推算，许未及押至洛阳，安庆绪即败走，而被害于半途偃师。⑦雷万春：《新唐书·忠义传中》：“雷万春者，不详所来，事巡为偏将。令狐潮围雍丘，万春立城上与潮语，伏弩发六矢著面，万春不动。潮疑刻木人，谍得其实，乃大惊。遥谓巡曰：‘向见雷将军，知君之令严矣。’潮壁雍丘北，谋袭襄邑、宁陵。巡使万春引骑四百压潮，先为贼所包。巡突其围，大破贼，潮遁去。万春将兵，方略不及霁云，而强毅用命。每战，巡任之与霁云钧。”也只叙他助巡守雍丘（属河南道汴州，今河南杞县），事在入睢阳前，也未及其始末，对万春事迹颇疑议，然韩文旨在辩张、许之功，霁云与张、许守睢阳事有关，故详叙。首尾：事迹始末。以上一段言撰《后叙》起因。云《张巡传》尚有遗漏，应补其缺。 ⑧若：语中助词，无义。此谓许远才能虽不及张巡，然位高品正而用人不疑，把守城的军事指挥任务交给巡，自己专治军粮战备。《资治通鉴》卷二一九肃宗至德二载："正月甲戌(25日)，子奇以归、檀及同罗、奚兵十三万趣睢阳。许远告急张巡，巡自宁陵引兵入睢阳。巡有兵三千，与远兵合六千八百人。贼悉众逼城，巡督励将士，昼夜苦战，或一日至二十合；凡十六日，擒贼将六十余人，杀士卒二万余，众气自倍。远谓巡曰：'远懦，不习兵，公智勇兼济；远请为公守，公请为远战。'自是之后，远但调军粮，修战具，居中应接而已，战斗筹画一出于巡。贼遂夜遁。"《新唐书·张巡传》："远自以材不及巡，请禀军事而居其下，巡受不辞，远专治军粮战具。"授：给。柄：权柄，此指军队指挥权。成功名：《新唐书·忠义传中》赞曰："张巡、许远，可谓烈丈夫矣。以疲卒数万，婴孤墉，抗方张不制之虏，鲠其喉牙，使不得搏食东南，牵掣首尾，豗溃梁，宋间。大小数百战，虽力尽乃死，而唐全得江、淮财用，以济中兴，引利偿害，以百易万可矣。巡先死不为遽，远后死不为屈。巡死三日而救至，十日而贼亡，天以完节付二人，畀名无穷，不待留生而后显也。惟宋三叶，章圣皇帝东巡，过其庙，留驾裴回，咨巡等雄挺，尽节异代，著金石刻，赞明厥忠。与夷、齐饿踣西山，孔子称仁，何以异云。" ⑨"城陷而虏"二句：至德二载(757)十月，睢阳城陷，张巡、许远等都被俘。尹子奇杀张巡、南霁云、雷万春等三十人，而把许远送到洛阳求功。至安庆绪失败时，许远被害于偃师。 ⑩"两家子弟"二句：唐代宗(李豫)大历中，张巡子去疾曾上书朝廷说睢阳城陷时，张巡等三十人皆被"割心剖肌"，遭到了极惨毒的杀害，而许远独生无伤。又说张巡临死时恨许远心不可测，误了国家大事。并请朝廷追夺许远官爵。于是唐代宗就使去疾、许岘(许远子)和百官共同讨论许远的问题。去疾最明显的一个证据是："城陷而远独生。"许远为太守，是守城主将，敌人破城后总以生得主将为功，留送洛阳请赏。许死张后并不奇怪。实际张巡死时，去疾还幼小，所说皆是后来传闻。"不能通知二父志"，指此。通知：通晓。辞服：请求投降。 ⑪《旧唐书·忠义下·张巡传》："尹子奇攻围既久，城中粮尽，易子而食，析骸而爨，人心危恐，虏将有变。巡乃出其妾，对三军杀之，以飨军士，曰：'诸公为国家戮力守城，一心无二，经年乏食，忠义不衰。巡不能自割肌肤，以啖将士，岂可惜此妇人，坐视危迫。'将士皆泣下，不忍食，巡强令食之。乃括城中妇人，既尽，以男夫老小继之，所食人口二三万，人心终不离变。"《新唐书·忠义中·张巡传》记载略同，而谓"远亦杀奴僮以哺卒。" ⑫此指睢阳被围无一点外援。蚍蜉蚁子：比喻极小的东西。《尔雅·释虫》："蚍蜉，即大螘也，小者即名螘。"俗谓大蚂蚁。时睢阳周围：东有屯兵临淮（今江苏盱眙）的河南节度使贺兰进明；南有屯兵谯郡（今安徽亳县）的许叔冀，东南有屯兵彭城（今江苏铜山）的尚衡。皆拥兵自重。《叙》中也有明示。 ⑬即忠于国家与君主。主，指玄宗李隆基。 ⑭《新唐书·忠义中·张巡传》："潮怒，复率众来。然素善巡，至城下，情语巡曰：'本朝危蹙，兵不能出关，天下事去矣。足下以羸兵守危堞，忠无所立，盍相从以苟富贵乎？'巡曰：'古者父死于君，义不报。子乃衔妻孥怨，假力于贼以相图，吾见君头干通衢，为百世笑，奈何？'潮赧然去。当此时，王命不复通，大将六人白巡以势不敌，且上存亡莫知，不如降。六人者，皆官开府、特进。巡阳许诺，明日堂上设天子画像，率军士朝，人人尽泣。巡引六将至，责以大谊，斩之。士心益劝。"

⑮“外无待”句：无外援可期待。即注所云，亦如《叙》中述南霁云请贺兰救助所云。贺兰乃河南节度使，而睢阳乃直接属辖，因与宰相房琯不睦，虑保自重而不救睢阳。 ⑯“虽愚人”句：即使笨拙的人也能够数着日子而知道自己的死地。数日：《说文》“数：计也。”俗谓掰着指头数日子。 ⑰乌有：何有。城坏：城破。 ⑱意谓许远岂能独自蒙受羞惭耻辱求活命呢！独：独自。蒙：受。⑲此段文字淋漓生动。接以数句回环，曲折担力，如兵家迂回用兵，奋力疾战。语句顿挫，极盘郁跌宕之势。至“远之不畏死亦明矣”杀住，金声玉振，掷地铿锵，真有棱有角，亦坚亦利矣。末语再提再折，激浪劈石，令人可睹可信：辩远必死于忠义也。 ⑳分城：指许远分守城西南方面，巡分守城东北方面。《资治通鉴》卷二一九肃宗至德二载：八月甲申（八日）睢阳士卒死伤之余，才六百人，张巡、许远分城而守之，巡守东北，远守西南，与士卒同食茶纸，不复下城。贼士攻城者，巡以逆顺说之，往往弃贼来降，为巡死战，前后二百余人。 ㉑城之陷，自远所分始：言睢阳城破陷贼，是从许远守地开始的。此乃去疾劾许远最重要的证据。实则如《新唐书·忠义中》：“十月癸丑（九日）贼攻城，士病不能战。巡西向拜曰：‘孤城备竭，弗能全。臣生不能报陛下，死为鬼以疠贼。’城遂陷，与远俱执。”（《通鉴》等记同） ㉒藏腑：藏，同脏。人体内有五脏：心、肝、肺、脾、肾；六腑：胆、胃、大肠、小肠、膀胱、三焦。 ㉓意谓拉绳子而把绳子拉断，一定有先断的地方。言城陷非许远之罪。 ㉔尤：过错。《诗·鄘风·载驰》：“许人尤之，众稚且狂。”毛传：“尤，过也。”此作怨恨解。 ㉕不达于理：不明事理。指张巡子去疾。 ㉖好议论：此指喜欢讥评。成人之美：成

全别人善事。语出《论语·颜渊》。 ㉗卓卓：卓然特立貌。《世说新语·容止》："嵇延祖卓卓如野鹤之在鸡群。"《新唐书·忠义中》："时议者或谓：巡始守睢阳，众六万，既粮尽，不持满按队出再生之路，与夫食人，宁若全人？于是张澹、李纾、董南史、张建封、樊晃、朱巨川、李翰咸谓巡蔽遮江、淮沮贼势，天下不亡，其功也。翰等有名士，由是天下无异言。天子下诏，赠巡扬州大都督，远荆州大都督，霁云开府仪同三司、再赠扬州大都督，并宠其子孙。巡子亚无拜金吾大将军，远子玫婺州司马。皆立庙睢阳，岁时致祭。" ㉘高步瀛《唐宋文举要》甲编卷二引姚鼐曰："此文上两段皆专为远辩当时之诬，下一段申翰等之论，兼为张、许辩谤，而以小人之好议论五句为上下文作纽。"张裕钊曰："此段辩城陷自远始只数语，明直简劲，与前后二段疏密相间，段末遂作感愤，为上下关键枢纽。" ㉙此语意谓：张巡、许远初守睢阳城时，怎么能预料到全城终因得不到救援而事先弃城撤离？宁(nìng)：副词，岂、何、怎能。卒(zú)：毕竟、终于。逆遁：事先逃跑。 ㉚苟：假如。㉛无救而且穷：没有得到救援而又将至绝境。且：将要。穷：困境。将其创残饿羸之余：统帅那些严重伤残而又饥饿衰弱的残余士卒。将：统帅，作动词。创：受创到伤残。《礼记·月令》："命理瞻伤，察创，视析。"注："创之浅者曰伤。"羸：衰弱。《左传》桓公六年："请羸师以张之。"杜注："羸，弱也。" ㉜此指《张巡传》中："贼知外援绝，围益急。众议东奔，巡、远议以睢阳江、淮保障也，若弃之，贼乘胜鼓而南，江、淮必亡。且帅饥众行，必不达。"讲：谋画。《左传》襄公五年："讲事不令。"杜注"讲，谋也。言谋事不善。"捍：保卫。《商君书·赏刑》："千乘之国，若有捍城者，攻将凌其城。"

㉝就尽：消耗将尽。日滋：一天一天增援加强力量。蔽遮：掩蔽，保障。沮遏；阻止，遏制。此谓张、许帅羸卒而且劲敌保障江、淮平安。 ㉞《资治通鉴》卷二一九："至德二载(757)五月，山南东道节度使鲁炅弃南阳，奔襄阳；八月，灵昌太守许叔冀奔彭城。睢阳士卒死伤之余才六百人。是时，许叔冀在谯郡，尚衡在彭城。贺兰进明在临淮，皆用兵不救。"与巡、远相较能不汗颜，真峥嵘生动，句句欲活。 ㉟不追议此：此为代词，指以上弃城图存、坐观者，此语"逆折劲峭"。自比(bì)于逆乱：意谓把自己等同于叛逆者。比，并也。设淫辞而助之攻也：《孟子·公孙丑》："淫辞知其所陷。"意谓制造妄言邪说帮助叛逆攻击自己。淫辞，邪恶无实之词。之，代指叛逆者。攻字后省略谓语许远。 ㊱李翱《韩公行状》："汴州乱，诏以旧相、东都留守董晋为平章事，宣武军节度使，以平汴州。晋辟公以行，遂入汴州，得试秘书省校书郎，为观察推官。晋卒，公从晋丧以出，四日而汴州乱，凡从事之居者皆杀死。武宁军节度使张建封奏为节度使推官，得试太常寺协律郎。"㊲屡道于两府间：多次往来于汴州、徐州两地之间。道，作动词。㊳双庙：唐肃宗追赠张巡为扬州大都督，许远为荆州大都督，并皆立庙睢阳，每年按时祭祀，号双庙。 ㊴南霁云：《新唐书·忠义中》："南霁云者，魏州顿丘人。少微贱，为人操舟。禄山反，巨野尉张沼起睢讨贼，拔以为将。尚衡击汴州贼李廷望，以为先锋。遣至睢阳，与张巡计事。退谓人曰：'张公开心待人，真吾所事也。'遂留巡所。巡固劝归，不去。衡赍金帛迎，霁云谢不受，乃事巡，巡厚加礼。始被围，筑台募万死一生者，数日无敢应。俄有喑呜而来者，乃霁云也。巡对泣下。霁云善骑射，见贼百步内乃发，无不

应弦毙。"《柳宗元集》卷五《唐故特进赠开府仪同三司扬州大都督南府君睢阳庙碑并序》详注云："禄山反，张巡、许远守睢阳，遣霁云乞师于贺兰进明，不果如请。霁云还入城。十月，城陷，与巡等同被害。初赠开府仪同三司，再赠扬州大都督。" ㊵《旧唐书·许远传》："初，贺兰进明与房琯素不相叶。及琯为宰相，进明时为御史大夫。琯奏用进明为彭城太守，河南节度使兼御史大夫，代嗣虢王巨，复用灵昌太守许叔冀为进明都知兵马、兼御史大夫，重其官以挫进明。虢王巨受代之时，尽将部曲而行，所留者拣退羸兵数千人、劣马数百匹，不堪扞贼。叔冀恃部下精锐，又名位等于时明，自谓匹敌，不受进明节制。故南霁云之乞师，进明不敢分兵，惧叔冀见袭。两相观望，坐视危亡，致河南郡邑为墟，由执政之乖经制也。"《张巡传》亦云："叔冀者，进明麾下也，房琯本以牵制进明，亦兼御史大夫，势相埒而兵精。进明惧师出且见袭，又忌巡声威，恐成功，初无出师意。" ㊶延：《尔雅·释诂》："延，进也。"作引进，接待解。《书·顾命》："逆子钊于南门之外，延入翼室。"《韩非子·说林下》："卫将军文子见曾子，曾子不起，而延于坐席。" ㊷慷慨：激昂、悲壮。宋玉《九辩》："憎愠惀之修美兮，好夫人之慷慨。"《文选》司马相如《长门赋》："贯历览其中操兮，意慷慨而自卬。" ㊸睢阳：《旧唐书·地理志一》："河南道宋州，天宝元年改睢阳郡。"《元和郡县图志》卷七：河南道三宋州，治睢阳。"隋于睢阳置宋州，大业三年又改为梁郡。隋乱陷城，武德四年讨平王世充，又为宋州。天宝末，禄山乱，两河郡县多所陷没，唯张巡、许远、姚訚三人坚守睢阳，贼将尹子奇并力攻围，逾年不克。"唐睢阳郡治宋城县，治古睢阳城。汉睢县，隋改宋城，天宝改睢阳，地在今河南商丘市南。 ㊹浮图：梵文译音，亦译为浮屠、佛陀，原指佛教创始人释迦牟尼，亦指佛教徒，此指佛塔，即临淮香积寺塔。《魏书·释老志》："凡宫塔制度，犹依天竺旧状而重构之，从一级至三、五、七、九，世人相承，谓之浮图，或云佛图。"《翻译名义集》卷二十："窣堵波，《西城记》云浮图，此翻方坟，亦翻圆冢，亦翻高显，义翻灵庙。又梵名塔婆。" ㊺贞元：唐德宗李适年号（785—804）。泗州：即临淮郡，治所临淮在古淮河旁，贺兰进明驻军之地。与睢阳隔河相望而地近。故城清初已没入洪泽湖水中。泗州是韩公由宣城经运河西进的必经之地。《清一统志》："安徽泗州：临淮故城在今治东南。"唐河南道泗州治所在临淮县，《元和郡县图志》："开元二十三年，自宿迁县移于今理。" ㊻南八：即南霁云，唐俗称同族兄弟中大排行，南霁云排第八，故称，表示亲切。 ㊼欲将以有为：保全性命，待机报国。此段记作者所闻见，以补霁云事迹。 ㊽于嵩：事迹不详。少年时期就依靠张巡生活。 ㊾起事：指起兵讨伐安禄山。 ㊿大历：唐代宗李豫年号（766—779）。和州乌江县：在今安徽和县东北乌江浦。《旧唐书·地理志三》：淮南道有和州。"隋历阳郡。武德三年，杜伏威归国，改为和州。天宝元年，改为历阳郡。乾元元年，复为和州。"《清一统志》："安徽和州：乌江废城在州东北。" ⑤1须髯（rán）：在颐（下颔）叫须，在颊叫髯。《汉书·高帝记》："美须髯。"颜师古注："在颐曰须，在颊曰髯。" ⑤2《汉书》：东汉班固撰。固父班彪，以《史记》自武帝太初以后，阙而不录，作后传六十五篇。固以其父所续未详，又缀集所闻，整理补充。后因窦宪事被捕，死于狱中，全书未竟。和帝诏固妹昭就东观藏书续成之。全书分十二纪、八表、十志、七十列传共百篇，后人分为一百二十卷。记载自高祖(刘邦)元年至王莽地皇四年二百三十年间主要事迹，为中国第一部纪传体断代史。书多用古字，向称难续。汉以后注者数十家，通行者为唐颜师古注本，一百二十卷。 ㊿因乱抽他帙以试：随便抽取其它一函(种)书试验。帙(zhì)，包书的套，此指书籍。帙，或作秩。 ⑭辄(zhé)：常常、总是。《史记·郦生传》："诸客冠儒冠来者，沛公辄解其冠，溲溺其中。"《新唐书·张巡传》："子琦谓巡曰：闻公督战，大呼辄眦裂血面，嚼齿皆碎，何至是？答曰：吾欲气吞逆贼，顾力屈耳。子琦怒，以刀抉其口，齿存者三四。" ⑮坐：跪。古人席地而坐，双膝跪地，把臀部靠在脚后跟上。而耸身为跪，跪可言坐，坐不可言跪，虽同字而意别，不可混。《礼记·曲礼上》："先生书策琴瑟在前，坐而迁之，戒勿越。"疏："坐，跪也。"且：而且，表示递进。 ⑯起旋：站起来小便。⑰阳阳：坦然沉着的样子。《诗·王风·君子阳阳》："君子阳阳，左执簧，右招我由房。"毛传："阳阳，无所用其心也。"阳阳，扬扬的假借字，即洋洋，快乐得意的样子。故常译作："舞师得意喜洋洋。"高步瀛《唐宋文举要》甲编卷二："吴曰：著此一段，与前记巡死时相照应，古人文字皆双双对照也。特加以参差变化，令人不觉耳。" ⑱长者：《新唐书·许远传》："远与巡同年生而长，故巡呼为兄。"与韩愈此文异。貌如其心，外貌和他的为人一样，宽厚老成。公文谓远宽厚长者，当指此，也指为官兵，百姓等对许远的印象。 ⑲亳、宋：《旧唐书·地理志一》："河南道亳州，望，隋谯郡。武德四年，平王世充，改为亳州。""天宝元年，改为谯郡。乾元元年，复为亳州也。"唐亳州治所在谯县，今安徽亳县。《清一统志》:“安徽颍州府:谯县故城,今亳州治。”宋,宋城。 ⑥⓪诣州讼理:到亳州衙诉讼。讼:诉讼。理:法。末段以张籍言补出巡等轶事,首尾相接,真如响环,环环相扣而节节有声。

## 【品评】

韩愈于贞元十九年(803)贬官阳山,永贞元年(805)遇赦官东陵,元和元年(806)六月调京任国子博士。初回长安他情绪很高,大力作诗,作风奇变。王朝表现出重振纪纲的气象:制裁藩镇,惩治赃官,选拔人才,奖励进谏。曾作《元和圣德诗》大事铺张歌颂。但官场纠纷不久又使他急于离开长安。这篇文章是他元和二年夏末由长安去到东都前写的。

这是一篇“后叙”,只是对原作作一些议论和事实上的补充、发扬。首段叙述写作由来,对李翰文有肯定,有批评。二段对李文加以补充和发扬。主要是为许远辩护:畏死与城陷。由此发议论,转为许、张死守睢阳辩护,申张李文的议论,强调他们死守睢阳的战略意义。这是文章的前半部分。后半部分叙南霁云事为第三段,据自己得之于老人传说,突出其“勇且壮”的片段。第四段叙张巡逸事,是据张籍所谈,与首段呼应,目的是写他文武全才,从容就义的英雄气概,兼及许远为人;同时对于嵩、张籍也有所交待。作者以饱满的热情,明确的态度,完全肯定和歌颂了安史之乱初期的英雄人物:张巡、许远及其部将南霁云、雷万春等。表现了韩愈主张统一,支持唐宪宗开始制裁藩镇、统一中央集权的做法,这在当时是完全正确的。就历史发展讲,也有进步意义。此文是韩愈古文的代表作之一,也是他倡导古文运动的重要收获。这是一篇以历史题材而写的"杂文",学习司马迁传记文而表现出自己的面目。文章写得错综复杂,英雄形象鲜明,人物个性突出。全文结构自然而又富于变化,语言明晰、熟练、流畅、有气势。

## 送董邵南序①

燕赵古称多感慨悲歌之士。②董生举进士,③连不得志于有司,④怀抱利器,⑤郁郁适兹土,⑥吾知其必有合也。⑦董生勉乎哉!夫以子之不遇时,苟慕义强仁者,⑧皆爱惜焉,矧燕赵之士出乎其性者哉!⑨

然吾尝闻风俗与化移易,⑩吾恶知其今不异于古所云邪!⑪聊以吾子之行卜之也。董生勉乎哉?⑫

吾因子有所感矣,为我吊望诸君之墓,⑬而观于其市复有昔时屠狗者乎?⑭为我谢⑮曰:"明天子在上,⑯可以出而仕矣!⑰"

**【注释】**

①董邵南:寿州安丰(今安徽寿县西南)人,韩愈在徐州时已与董有交往,并写了《嗟哉董生行》诗。 ②"燕赵"句:燕、赵皆古诸侯国名。燕地在今河北省北部、辽宁省西部。赵地在今陕西东北、内蒙古河套、山西北中部及河北南部,先建都晋阳,后迁邯郸。

古称：古时号称，感慨悲歌之士：指乐毅、高渐离、荆轲等。《史记·刺客列传》："荆轲者，卫人也。其先乃齐人，徙于卫，卫人谓之庆卿。而之燕，燕人谓之荆卿。荆轲既至燕，爱燕之狗屠及善击筑者高渐离。荆轲嗜酒，日与狗屠及高渐离饮于燕市，酒酣以往，高渐离击筑，荆轲和而歌于市，相乐也，已而相泣，旁若无人者。荆轲虽游于酒人乎，然其为人沉深好书；其所游诸侯，尽与其贤豪长者相结；其之燕，燕之处士田光先生亦善待之，知其非庸人也。" ③举进士：由乡里贡举，赴京参加进士考试。 ④连不得志于有司：连续多次参加进士考试都未被录取。有司：古时官员分职专司，故称官员为有司，此指主管考试的官员。 ⑤利器：本指锋利的兵器，此处比喻杰出的学识才干。《后汉书·虞诩传》："不遇盘根错节，何以别利器乎?"《三国志·魏志·曹植传》："植常自怨愤，抱利器而无所施。" ⑥郁郁适兹土：怀着郁闷的心情往燕、赵去。郁郁：忧愁苦闷，怀才不遇的样子。《史记·淮阴侯列传》："吾亦欲东耳，安能郁郁久居此乎!" ⑦合：遇合、投合。指受到河北藩镇的优待重用。 ⑧慕义强仁：仰慕道义，勉励仁德。邹阳《于狱中上书自明》："行合于志，慕无穷也。"《礼记·表记》："畏罪者强仁。"《孟子·尽心上》："强恕而行，求仁莫近焉。"《史记·田儋列传赞》："田横之高节，宾客慕义而从横死，岂非至贤。" ⑨"矧燕赵"句：况且燕赵之士慕义强仁的忠义性格是出自本性的。矧(shěn)：况且。《诗·小雅·表木》："矧伊人矣。"毛《传》："矧，况也。"出乎其性：出自他们的本性。心否词唯，最为深曲。⑩吾尝闻：即我曾经听说。风俗与化移易：一个地方的风俗随着政治教化的变化而变化。仲长统《昌言·损益》："时政凋敝，风俗移易。” ⑪恶知：如何知道。恶：疑问代词，当如何讲。韩公此语暗指如今河北地方在强藩割据下风气已与古代不同。《新唐书·藩镇传序》：“安史之乱天下，至肃宗，大难略平，君臣皆常安，故瓜分河北地付授叛将，护养蘖萌，以成货根。乱人乘之，遂擅署吏，以赋税自私，不朝献于廷。效战国肱髀相依，以土地传子孙，胁百姓，加锯其颈，利怵逆污。遂使其人自视有羌狄然。一寇死，一贼生，讫唐亡百余年，卒不为王土。” ⑫聊：姑且。吾子：对男子的亲切称呼，指董邵南。卜：占卜。句意是姑且以您这次燕赵之行的结果加以验证吧！此语跌宕有态有势。以上言古今不同，仍然必其有合。 ⑬望诸君：乐毅，战国时燕人，燕昭王用为上将军，破齐国七十余城，余二城未破，昭王卒，惠王即位，中齐国反间计，不用乐毅，乐毅奔赵，赵王封为望诸君，死后葬于赵都邯郸西南。《史记·乐毅传》：“赵封乐毅于观津，号曰望诸君。”《元和郡县图志》卷一五《河东道四》：“磁州邯郸县：乐毅墓，在县西南十八里。” ⑭屠狗者：杀狗的屠夫，指高渐离，他在燕都市肆以屠狗为业，与荆轲同为有名义士，一见如故，常在市肆饮酒悲歌。 ⑮谢：奉告、致意。 ⑯明天子在上：英明的天子（指唐宪宗）居于皇帝高位。 ⑰可以出而仕：可以出来到长安做官，效力朝廷，建功立业。此句语义双关。《古文观止》注云：“送董生，却劝燕赵之士来仕。则董生之不当往，已在言外。”

**【品评】**

据序中云董邵南要往河北投靠藩镇的形势看，序当作于元和年间，至少当在元和二年后作。韩愈继承儒家“大一统”的思想，力倡统一，反对藩镇割据。董邵南又是“入厨具甘旨，上堂问起居。父母不戚戚，妻子不咨咨。嗟哉董生孝且慈”（《嗟哉董生行》诗）的孝义之人，然因仕途不得意而忧愁苦闷，欲投河北藩镇幕府。韩愈并不支持这种行为，所以说：“吾恶知其今不异于古所云邪！聊以吾子之行卜之也。”含蓄委婉地告诫董邵南，并连用“董生勉乎哉！”略示微词，以嘱董邵南警惕。既然董生要到河北三镇，韩愈则希望他能为唐王朝做点工作，以招燕赵之士归唐，为中国的“大一统”服务。由于这种思想和面对这样的朋友，这篇序在写法上便与韩愈其他文章有了不同的风神。正如刘大櫆所说：“退之以雄奇胜，独此篇及送王含序，深微屈曲，读之，觉高情远韵，可望不可及。”道出了序文含蓄婉转的特点，可算是“妙在转折，意在言外”了。值得注意的是结尾“明天子在上，可以出而仕矣！”既然天子圣明，才艺之人可以出而仕，那邵南又何必投河北藩镇呢？其实这是反话正说，是对天子不明，当权弃才的揭露与讽刺！

## 送穷文[1]

元和六年正月乙丑晦，主人使奴星[2]结柳作车，[3]缚草为船，[4]载糗与粻，[5]牛系轭下，[6]引帆上樯。[7]三揖穷鬼而告之曰：“闻子行有日矣，鄙人不敢问所途，[8]窃具船与车，备载糗粻，日吉时良，利行四方，[9]子饭一盂，子啜一觞，[10]携朋挈俦，去故就新，[11]驾尘彍风，[12]与电争先，子无底滞之尤，[13]我有资送之恩，子等有意于行乎？”[14]

屏息潜听，[15]如闻音声，若啸若啼，砉欻嘎嘤，[16]毛发尽竖，竦肩缩颈，疑有而无，久乃可明。[17]若有言者曰：“吾与子居，四十年余，子在孩提，吾不子愚，子学子耕，求官与名，惟子是从，不变于初。门神户灵，[18]我叱我呵，包羞诡随，[19]志不在他。子迁南荒，热烁湿蒸，我非其乡，百鬼欺陵。[20]太学四年，朝齑暮盐，[21]惟我保汝，人皆汝嫌。[22]自初及终，未始背汝，心无异谋，口绝行语，[23]于呵听闻，云我当去？是必夫子信谗，有间于予也。[24]我鬼非人，安用车船，鼻齅臭香，糗粻可捐。[25]单独一身，谁为朋俦？子苟备知，可数已不？[26]子能尽言，可谓圣智，[27]情状即露，敢不回避。”[28]

主人应之曰：“子以吾为真不知邪？子之朋俦，非六非四，在十去五，满七除二，各有主张，私立名字，捩手覆羹，[29]转喉触讳。[30]凡可以使吾面目可憎、语言无味者，皆子之志也。[31]其名曰智穷：[32]矫矫亢亢，[33]恶圆喜方，羞为奸欺，不忍害伤；其次名曰学穷：傲数与名，[34]摘抉杳微，[35]高挹群言，[36]执神之机；[37]又其次曰文穷：不专一能，怪怪奇奇，不可时施，[38]只以自嬉；[39]又其次曰命穷：影与形殊，面丑心妍，[40]利居众后，责在人先；又其次曰交穷：磨肌戛骨，[41]吐出心肝，企足以待，[42]寘我仇冤。[43]凡此五鬼，为吾五患，饥我寒我，兴讹造讪，[44]能使我迷，人莫能间，[45]朝悔其行，暮已复然，蝇营狗苟，[46]驱去复还。”

言未毕，五鬼相与张眼吐舌，跳踉偃仆，[47]抵掌顿脚，[48]

失笑相顾。徐谓主人曰:"子知我名,凡我所为,驱我令去,小黠大痴。[49]人生一世,其久几何,吾立子名,百世不磨。小人君子,其心不同,惟乖于时,[50]乃与天通。携持琬琰,易一羊皮,饫于肥甘,慕彼糠糜。[51]天下知子谁过于予;虽遭斥逐,不忍子疏,谓予不信,请质《诗》《书》。[52]"主人于是垂头丧气,上手称谢,[53]烧车与船,延之上座。[54]

【注释】

①送穷:相传高辛氏(一说高阳氏)有一子,喜欢穿破衣服,吃差的食物,宫中号称穷子,死于正月晦日(月末之日)。后世人们在这一天把破衣剩饭拿来祭他,叫送穷,即把穷鬼送出去。②乙丑:以干支表日期。晦:农历每月的最后一天,六年正月晦日为三十日。《史记·文帝本纪》:"十一月晦,日有食之。" ③结柳作车:把柳条编结起来做成车子。 ④缚草为船:把草扎起来做成船。 ⑤载糗(qiǔ)与粻(zhāng):即用柳车与草船载干粮供穷鬼食用。按语法,上文车船为此句载糗粻的主语。糗,干粮;粻,食米,合称干粮。 ⑥牛系轭(è)下:车已套好。轭:牛马拉车时架在脖子上的器具。 ⑦引帆上樯:把风帆拉到桅杆上。即帆已挂好,准备开船。 ⑧有日:确定了出行的日子,此指历来俗定的正月晦日。所途:所要走的道路,或陆或水路。 ⑨日吉时良,利行四方:选择好日子、好时辰,有利出行。屈原《九歌·东皇太一》:"吉日兮良辰,穆将愉兮上皇。" ⑩子饭一盂:请你吃一碗饭。子啜(chuò)一觞:请你饮一杯酒。啜,饮。此二句本《墨子·节用中》:"饭于土熘,啜于土形。" ⑪携朋挈俦:携着朋友,带着

伙伴。挈：带领。俦：同伴。去故就新：离开旧主人到新主人那里去。《楚辞》宋玉《九辩》："怆怳懭悢兮，去故而就新。" ⑫驾尘彍(kuò)风：牛车扬尘，船帆张风。指车船行的快。彍：拉满弓。《孙子·势篇》："势如彍弩。"势与势通，为势本字。义即船帆张满风，像拉满的弓一样。 ⑬底滞之尤：留滞不去的过失。底滞：停止。 ⑭资送之恩：以财物相送的恩德。以上言送穷。 ⑮屏息潜听：抑制住呼吸悄悄偷听穷鬼的声息。 ⑯砉(xū)欻(xū)：形容声音细小。嚘(yoū)嘤(yīng)：形容如虫叫的细小声音。⑰竦肩：耸肩膀。竦通耸。缩颈：缩脖子。 ⑱门神户灵：指保护门户的神灵。 ⑲我叱我呵：我大声呵叱。此谓由我呵叱管束。包羞诡随：虽然认为是耻辱的事，也得屈从。 ⑳子迁南荒：贞元十九年(803)十二月，韩愈因《上天旱人饥状》而触怒权贵，由监察御史贬连州阳山令。热烁湿蒸：被炎热所伤，为湿气熏蒸。烁：销熔。陵：侵犯、欺侮。 ㉑太学四年：元和元年六月，韩愈应召回京认国子博士，二年夏分司东都，四年六月十日，制以韩愈行尚书都官员外郎分司东都，合共整四年。朝齑(jī)暮盐：指他生活艰苦，早晚只能以咸菜和盐水下饭。齑：细切的咸菜。屈原《九章·惜诵》："惩于羹者而吹齑兮。"指切碎的菜末。 ㉒汝嫌：此语倒装，为被动式，即汝(穷鬼)被主人嫌弃。此为动宾词组，宾语提在动词前。意谓嫌汝，嫌弃你。 ㉓心无异谋：心里没有别的打算。口绝行语：嘴里没有离开他去的话。 ㉔有间(jiàn)：有隔阂。㉕鼻齅(xiù)臭香：意谓鬼接受祭享时仅享用馨香的气味。齅：以鼻闻味。糗粻可捐：不接受所准备的干粮。捐，弃也。 ㉖可数已不(fǒu)：可以数一数吗？ ㉗圣智：超凡的智慧。《书·洪范》:“聪作谋,睿作智。”孔传:“于事无不通谓之圣。”《国语·晋语七》:“知张老之智而不诈也,使为元侯。”又《周语下》:“言智必及事。”注:“能处事物为智。” ㉘回避:躲开。设为鬼语,自叙平生遭遇。 ㉙捩(liè)手覆羹:说穷鬼动不动就惹祸。捩:扭转。覆羹:把盛羹汤的碗弄翻。 ㉚转喉触讳:受穷鬼支使,一讲话就犯忌讳。转喉:咽喉一转,就是说话。 ㉛以下一节叙五穷。穷,含义有二:一为贫穷;二为仕途困顿。韩愈谓五穷,明取前者之义,则暗指后者之义,似贬而实褒。 ㉜智穷:明说智慧贫乏,实为智慧所困。下四穷同。 ㉝矫矫亢亢:刚强正直。矫:刚强的样子。《礼记·中庸》:“故君子和而不流,强则矫!中立而不倚,强则矫!国有道,不变塞焉,强则矫!国无道,至死不变,强则矫!”亢:高。《庄子·人间世》:“故解之以牛之白颡者,与豚之亢鼻者,……不可以适河。”也作刚直解。《三国志·魏书·杜恕传》:“议论亢直。” ㉞此句意谓:轻视一般术数与玩弄概念的学问。数:术数、技艺。 ㉟此句意谓:揭示发掘幽邃微妙的道理。摘抉:揭示、发掘。杳微:深邃奥妙。 ㊱此句意谓:喜欢居高临下地汲纳百家之言论。挹(yì):舀,酌取。 ㊲此句意谓:把握所读经史百家书中的机要。神机:神妙的机关。 ㊳不专一能:公问意指不专习一种技艺。此指时下流行的骈四俪六的文字技巧。不可时施:不能为当时所用,此指他所好的古文。 ㊴只以自嬉:适于供给自己嬉戏取乐。语出《扬子》:“只其所以为乐也欤!”只:仅仅。㊵影与形殊:影子与形体不同,本文指外形与实质不同。面丑心妍(yán):貌丑心美。 ㊶磨肌戛(jiá)骨:以磨掉肌肉,刮去骨头那样袒露剖白自己对待朋友的态度。戛:轻轻敲打。 ㊷此句意谓：提起脚根、翘首企盼朋友，表示殷切等待的意思。《汉书·高帝纪》："日夜企而望归。" ㊸寘（zhì）我仇冤：把我置于仇人的地步。寘，同置。《诗·周南·卷耳》："嗟我怀人，寘彼周行。"《左传》隐公元年："遂寘姜氏于城颍而誓之曰：'不及皇泉，无相见也。'"曾国藩云："我企足以待彼，而彼置我于冤仇。" ㊹此句意谓：造成错误，招引诽谤。讪：诽谤诋毁。《盐铁论·地广》："文学能言而不能行，居下而讪上。" ㊺此句意谓：没有人能离间我们。《论语·先进》："人不间于其父母昆弟之言。"间（jiàn）：隔阂、疏远。引申为离间。《左传》哀公二十七年："君臣多间。"《史记·廉蔺列传》："赵王信秦之间。" ㊻蝇营狗苟：像苍蝇一样飞来飞去，像狗那样苟且偷生。比喻不顾廉耻，到处钻营。后"蝇营狗苟"为成语。此段设为答鬼之语，叙己五穷。 ㊼跳踉（liáng）偃仆：跳跃仆跌。《晋书·诸葛长民传》："眠中惊起，跳踉，如与人相打。" ㊽抵（zhǐ）掌：谓击掌，侧身拍击。 ㊾小黠（xiá）大痴：看来是一点小聪明，实际上是个大傻瓜。黠：机敏、聪明。《抱朴子·道意》："凡人多以小黠而大愚。"以上四句错综成文，实际意思是：子知我名，驱我令去；凡我所为，小黠大痴。 ㊿惟乖于时：与时俗不合。 (51)这几句意谓：我不愿拿着玉去换羊皮；吃饱了肥美的食物，去羡慕糠皮稀粥。琬琰：皆美玉。肥甘：肥美香甜的食物。韩愈用美玉、美食比喻他的道和他的名誉：吾立子名，百世不磨。用粗劣的用品和食物比喻世俗的显官富贵。 (52)此语意谓：如果不信我讲的话，请去问《诗》《书》。以上诸语，语语惊人。 (53)上手：拱手作揖谢罪。 (54)以上叙事表明利禄显贵不足羡慕，穷鬼乃自己真正的知己，故拱手谢罪，请为上座。

【品评】

此文写于元和六年正月，韩愈任河南令时。主意在《论语》“君子固穷”，而法扬雄《逐穷赋》。扬雄云：“人皆文绣，余褐不完；人皆稻粱，我独藜飧。贫无宝玩，何以接欢，宗室之燕，为乐不槃。”然语近平淡。而韩愈历数智穷、学穷、文穷、命穷、交穷等五穷，言衣食燕乐处寡，叙愤世嫉俗处多，风格雄肆，颇似《离骚》。《逐穷赋》结语：“长与汝居，终无厌极，贫遂不去，与我游息。”是安贫。韩愈“上手称谢，烧车与船，延之上座。”是激愤。名为送穷，实则延穷；名曰斥穷，实则以谴自誉；名曰讥己，实则愤俗。总之，借送穷鬼，把自己的性格、形象和盘托出给世人看，把满肚子的牢骚话说与世人听。这种借彼寓此，意在言外的写法，正是韩愈杂文写法的特点。怪怪奇奇则内含韩愈以奇生新的意识上的特点。

## 答刘正夫书[①]

愈白进士刘君足下：辱笺教以所不及，[②]既荷厚赐，且愧其诚然，[③]幸甚，幸甚！

凡举进士者，于先进之门，[④]何所不往，先进之于后辈，苟见其至，宁可以不答其意邪？来者则接之，举城士大夫莫不皆然，而愈不幸独有接后辈名，名之所存，谤之所归也。[⑤]

有来问者，不敢不以诚答。或问：“为文宜何师？”必谨对曰[⑥]：“宜师古圣贤人。”曰“古圣贤人所为书具存，辞皆不同，宜何师？”必谨对曰：“师其意，不师其辞。”又问曰：“文宜易宜难？[7]”必谨对曰：“无难易，惟其是尔。”如是而已。[8]非固开其为此，而禁其为彼也。[9]

夫百物朝夕所见者，人皆不注视也；及睹其异者，则共观而言之。夫文岂异于是乎？汉朝人莫不能为文，独司马相如、太史公，刘向、扬雄为之最。[10]然则用功深者，其收名也远；若皆与世沈浮，[11]不自树立，[12]虽不为当时所怪，亦必无后世之传也。足下家中百物皆赖而用也，然其所珍爱者，必非常物。夫君子之于文，岂异于是乎？今后进之为文，能深探而力取之以古圣贤人为法者，虽未必皆是；要若有司马相如、太史公、刘向、扬雄之徒出，必自于此，不自于循常之徒也。若圣人之道不用文则已，用则必尚其能者；能者非他，能自树立，不因循者是也。[13]有文字来，谁不为文，然其存于今者，必其能者也。顾常以此为说耳。[14]

愈于足下忝同道而先进者，[15]又常从游于贤尊给事，[16]既辱厚赐，又安得不进其所有以为答也。足下以为何如？[17]愈白。

**【注释】**

①答书：复信。 ②进士刘君：此称尚未中进士正在从举业的举子。辱笺：指刘正夫来书，通信时的客气话。 ③诚然：实在如此，真是这样。 ④先进之门：先中进士，即先入进士之门。⑤以上一段言韩愈因接引后辈常遭人诽谤，亦见唐时世风之弊：

以收招后学，提挈后进为师者为人笑骂；后进者以从师为耻。⑥必谨对曰：一定郑重其事地答复。 ⑦文宜易宜难：写文章应该浅显易懂，还是应该艰深难懂？易：指作文道理明白，文字浅显。难：文意深奥，字句生僻。 ⑧无难易，惟其是尔：写文章无所谓难，无所谓易，只要写得适宜合理就行。是：正确，恰切。⑨开、禁：发扬与禁止，即不要扬此抑彼。这是针对时论所发作文的精辟文论。 ⑩司马相如(前179—前117)：西汉著名辞赋家，字长卿，成都人。太史公：司马迁，西汉伟大的历史学家，字子长，夏阳人。刘向(约前77—前6)：西汉经学家、目录学家、文学家，本名更生，字子布，沛县人，著有《新序》、《说苑》。扬雄(前53—后18)：西汉著名哲学家、辞赋家、语言学家，字子云，成都人。⑪与世沈浮：随着时代的盛衰而长消。 ⑫不自树立：不能以新创有所建树。树立：建立、建树。 ⑬因循：恪守旧的章法。此语谓：作古文必须在学习掌握圣人之道的基础上创新。韩愈所说"能"，即不因循，自树立。 ⑭顾常：想来应当这样。这一段是韩愈的作文主张。 ⑮忝同道而先进者：列于进士的前辈。忝：兼词，表示辱没同类，自己有愧。同道：指同事进士考试。刘正夫应进士时韩愈早已中了进士，所以说是同道的先进者。 ⑯贤尊给事：指刘伯刍。给事：给事中的简称。属门下省，设给事中四员，正五品上，位次于门下侍郎。掌陪侍左右，分判省事。凡百司奏抄，侍中审定，则先读而署之，以驳正违失。 ⑰此为结语。虽都是书信常式，然亦见二人关系非一般，对正夫亦客气。

【品评】

这篇答书写于元和七年。通过与刘正夫论文，发表了他“师古圣贤人”，“师其意，不师其辞”，即非圣人之志不敢存的文以明道的思想，这是讲文章的内容。于文词，要去掉陈言，有创造性。文“无难易，惟其是尔”，指写文章关键在于论述正确，合乎事理。“能自树立，不因循”。观察事物，要选取“睹其异者”即非常之物作材料，才能写出有独到见解、独立风格、自成一家的好文章。这四点看去平常，实很精到。文章像谈话一样，语言朴实恬淡，然道理却表述得非常透辟。这是韩愈散文的又一特点。

## 进学解[1]

国子先生晨入太学，[2]招诸生立馆下，[3]诲之曰：[4]“业精于勤荒于嬉，[5]行成于思毁于随。[6]方今圣贤相逢，[7]治具毕张，[8]拔去凶邪，[9]登崇畯良。[10]占小善者率以录，[11]名一艺者无不庸，[12]爬罗剔抉，[13]刮垢磨光。[14]盖有幸而获选，孰云多而不扬！[15]诸生业患不能精，无患有司之不明；[16]行患不能成，无患有司之不公。[17]”

言未既，有笑于列者曰：“先生欺余哉！弟子事先生于兹有年矣。[18]先生口不绝吟于六艺之文，[19]手不停披于百家之编；[20]记事者必提其要，[21]纂言者必钩其玄；[22]贪多务得，[23]细大不捐。[24]焚膏油以继晷，[25]恒兀兀以穷年：先生之业可谓勤矣。[26]觝排异端，[27]攘斥佛老，[28]补苴罅漏，[29]张皇幽眇；[30]寻坠绪之茫茫，独旁搜而远绍；[31]停百川而东之，回狂澜于既倒；先生之于儒，可谓有劳矣。[32]沉浸醲郁，[33]含英咀华，[34]作为文章，其书满家。上规姚姒，[35]浑浑无涯，《周诰》《殷盘》，[36]佶屈聱牙；[37]《春秋》谨严，[38]《左氏》浮夸，[39]《易》奇而法，[40]《诗》正而葩；[41]下逮《庄》《骚》，[42]太史所录，[43]子云相如，[44]同工异曲。[45]先生之于文可谓闳其中而肆其外矣。[46]少始知学，勇于敢为；长通于方，左右具宜。[47]先生之于为人，可谓成矣。然而公不见信于人，私不见助于友。跋前踕后，动辄得咎。[48]暂为御史，遂窜南夷。[49]三为博士，冗不见治。[50]命与仇谋，取败几时。[51]冬暖而儿号寒，年丰而妻啼饥。头童齿豁，[52]竟死何裨？[53]不知虑此，而反教人为？"

先生曰："吁！子来前！夫大木为杗，[54]细木为桷，[55]欂栌侏儒，[56]椳闑扂楔，[57]各得其宜，施以成室者，匠氏之工也；玉札丹砂，[58]赤箭青芝，[59]牛溲马勃，[60]败鼓之皮，[61]俱收并蓄，待用无遗者，医师之良也；[62]登明选公，[63]杂进巧拙，[64]纡余为妍，[65]卓荦为杰，[66]校短量长，[67]惟器是适者，宰相之方也。[68]昔者孟轲好辨，孔道以明，[69]辙环天下，卒老于行；[70]荀卿守正，大论是弘，逃谗于楚，废死兰陵。[71]是二儒者，吐辞为经，[72]举足为法，[73]绝类离伦，[74]优入圣域，[75]其遇于世何如也？"[76]今先生学虽勤而不繇其统，[77]言虽多而不要其中，[78]文虽奇而不济于用，[79]行虽修而不显于众。[80]犹且月费俸钱，岁靡廪粟；[81]子不知耕，妇不知织，乘马从徒，[82]安坐而食；踵常途之役役，窥陈编以盗窃。[83]然而圣主不加诛，宰臣不见斥：兹非其幸欤？[84]动而得谤，名亦随之，[85]投闲置散，乃分之宜。[86]若夫商财贿之有亡，[87]计班资之崇庳，[88]忘己量之所称，[89]指前人之瑕疵；[90]是所谓诘匠氏之不以杙为楹，[91]而訾医师以昌阳引年，欲进豨苓也。[92]"

【注释】

①进学解：学生提出质疑，先生解答，借以向学生训话勉励，故题名《进学解》。这种写法本于东方朔《答客难》和扬雄的《解嘲》。　②国子先生：韩愈以国子博士身分称先生。唐代主管国家教育政令的官署是国子监，下属国子、太学、广文、四门、律、书、算七学（世有称六学者），各置博士。国子学设博士五人，正五品上。唐时国子、太学分设，然古时相当，故韩愈把国子学称太学。③馆：国子学舍，学生三百人。国公子孙、文武官三品以上子孙、二品以上曾孙方能入学。　④诲之：训教生徒。《论语·为政》："子曰：'由！诲女知之乎！知之为知之，不知为不知，是知也。'"⑤业精于勤荒于嬉：学业的精进在于勤奋，荒疏的原因是贪玩。⑥行成于思毁于随：事业成功在于认真思考，败坏在于因循守旧，不动脑子。　⑦圣贤相逢：圣君、贤臣遇到一块了。　⑧治具毕张：治令完备，具能实行。治具：法令。　⑨拔去凶邪：除掉凶险邪恶的人。　⑩登崇畯良：提拔有才能的人。畯：同俊。　⑪占小善者率以录：有点特长的人都被录用。　⑫名一艺者无不庸：有一技之长的人没有不被起用的。　⑬爬罗剔抉：搜罗选拔人才，培育人才。爬：梳理。　⑭刮垢磨光：刮去污垢，磨砺出光泽。与上

句都是讲的选拔人才，培育人才。 ⑮“盖有幸”二句，意谓品学修养差一点的人都侥幸被选用了，谁说品学兼优的人不被选用呢？多：当品学兼优讲。扬：选拔。 ⑯有司：官府或官吏。古代设官分职，事各有专司，故称有司。 ⑰以上一段设为诲诸生之言以发端。 ⑱事先生：学生跟先生学习。事，从事。 ⑲六艺：诗、书、礼、乐、易、春秋等，也称六经。 ⑳披于百家之编：读百子之书。披：翻阅。百家：诸子百家。编：著作。 ㉑提其要：提其要点，明其主旨，即举纲挈领。 ㉒纂言者必钩其玄：把深刻的含义提取出来，即极深钻研。纂：集也。纂言者谓撰写的书或文章。钩，本作名词，指勾物的器具，此作动词用，作提取讲。玄：深邃。此二句讲读书之法。 ㉓贪多务得：无满足地追求收获。 ㉔细大不捐：小的大的都不愿舍弃。 ㉕焚膏油以继晷：夜以继日。膏：油脂。 ㉖恒兀兀以穷年：一年到头辛苦勤劳。恒：经常。穷年：终年。 ㉗觝(dǐ)排异端：抵制排斥儒家以外的学说。觝：同抵。 ㉘攘斥佛老：反对佛家道家。攘：排斥，实则攘、斥意同，此处二字合用作复合词，乃合骈文语式。 ㉙补苴(jū)罅(xià)漏：补充儒家学说的不足之处。 ㉚张皇幽眇：把深奥的道理开发出来。 ㉛“寻坠绪”二句，承补苴张皇之说，寻求早已失传的儒家之道，只有先生(指韩愈)能把儒家的学说继承下来传之久远。坠：失掉。绪：儒家学说。 ㉜回狂澜于既倒：承上觝排、攘斥之说，意谓把已经泄到堤外的狂涛挽转回来，使其平流入海。劳：功绩。 ㉝沉浸：本意是沉没水中，此指深入钻研。酞郁：用芳草酿成的美酒，此指道理深奥的儒家经典。 ㉞含英咀华：细细体味儒家经典的深刻道理。 ㉟上规姚姒：向上取法古圣贤舜、禹的经典。规:取法。姚:帝舜之姓。姒:帝禹之姓。 ㊱《周诰》:指《尚书·周书》中周公、召公所作的《大诰》、《康诰》、《酒诰》、《召诰》、《洛诰》等篇。《殷盘》:即《尚书·商书》中的《盘庚》上中下三篇。 ㊲佶屈聱牙:指《周诰》、《殷盘》的文字艰涩难懂。 ㊳《春秋》谨严:《春秋》文章简炼严密。《春秋》是孔子根据鲁国历史编写的我国第一部编年史,起自鲁隐公元年(前722),至自鲁哀公十四年(前481)。 ㊴《左氏》浮夸:相传为左丘明给孔子《春秋》作的传,世称《左传》,俗称左氏。起自鲁隐公元年(前772),止于鲁哀公二十七年(前468)。浮夸:文章华丽夸饰。 ㊵《易》:《易经》,古代占卜算卦之书。奇:原为八卦,八卦两两相重,变成六十四卦,每卦六爻,指其变化多而奇妙。法:法则。意谓《易经》变化虽多但有一定法则。 ㊶《诗》正而葩:《诗经》的内容纯正,文辞优美。 ㊷逮:及、到。《庄》:《庄子》。《汉书·艺文志》著录《庄子》五十二篇,今存者三十三篇。计《内篇》七篇,《外篇》十五篇,《杂篇》十一篇。相传《内篇》为庄周撰,《外篇》等为其弟子及后来道家所作。《骚》:《离骚》,《楚辞》篇名。战国时,楚屈原仕楚怀王为左徒,得王信用。后靳尚谮之,王疏之而流放。因作《离骚》以明志。 ㊸太史所录:指太史公司马迁的《史记》。《史记》一百三十篇,原名《太史公书》。自《隋书·经籍志》标立史部,以《史记》居首,遂成定名。记事起自黄帝,止于汉武,首尾共三千年,采用本纪、表、书、世家、列传体裁,是中国第一部记传体通史。 ㊹子云:扬雄的字。公元前53—公元18年在世。西汉蜀郡成都人,字子云,少好学,长于辞赋,多仿司马相如。成帝时献《甘泉》、《河东》、《羽猎》、《长杨》四赋,拜为郎。王莽时为大夫,校书天禄阁。

以事株连，投阁自杀，几死。扬雄博通群籍，多识古文奇字。仿《易》作《太玄》，仿《论语》作《法言》。又编字书《训纂篇》、《方言》。《汉书》有传。相如：司马相如（前179—前118），汉成都人，字长卿。武帝时，因献赋被任命为郎。曾通使邛、筰有功。著有《子虚》、《上林》、《大人》等赋，以讽喻为名，铺张皇帝打猎和观赏歌舞的享乐生活，以及游仙故事，文字华丽雕琢，成为汉魏及以后文人赋体的模仿对象。《史记》、《汉书》皆有传。 ㊺同工异曲：以上诸作虽写法相同，但特点不同，风采各异。 ㊻闳其中而肆其外：文章内容深邃，文辞奔放博大。 ㊼"少始"四句：少年时开始知道学习，就勇于实践；长大后通达了做人的道理，对各种礼法都能适应。 ㊽跋前疐（zhì）后，动辄得咎：进退困难，一动就获罪。㊾暂为御史，遂窜南夷：指贞元十九年（803）刚为监察御史，不久竟贬为连州阳山县令事。 ㊿三为博士，冗不见治：做了三次博士，因职位闲散，也没表现出治绩与才干。 (51)命与仇谋，取败几时：命运注定老是与仇敌相伴，不时遭受挫折。 (52)头童齿豁：头上发脱如未生毛发而光光的婴儿头一样，牙齿也松动残缺了。(53)竟死何裨：一直到死有什么补益。 (54)大木为宊（mǎng）：高大的大材做栋。宊：栋，屋之正梁。 (55)细木为桷（jué）：小的木材做椽子。桷：方木椽子。 (56)欂栌：柱顶上承梁的垫木，也叫斗拱。侏儒：短小的木柱子，叫侏儒柱。 (57)椳（wēi）闑（niè）：门臼、房枢。 (58)玉札：中药名，地榆；一云为玉泉，又名琼浆。丹砂：朱砂，入药。 (59)赤箭：中药名，天麻。青芝：中药名、灵芝、龙芝。 (60)牛溲：牛尿，入药，治水肿腹胀。马勃：马屁勃，菌类能治恶疮。 (61)败鼓之皮：破鼓皮，入药，治蛊（gǔ）毒。 (62)俱收并蓄：兼收并蓄，成语。后来称不拘一格、包罗多方面的人或物为兼收并蓄。 ㊳登明选公：提拔人材看得明白，选用人材公平合理。登明：原为从辰名。旧时星命家六壬术，有十二月将神名，正月日月会于亥，神名登明。 ㊴杂进巧拙：好的差的都能量材使用。㊵纡余为妍：为人屈曲周全、和顺美好的样子。 ㊶卓荦（luò）：出类拔萃。 ㊷校（jiào）短量长：比较长短优劣。 ㊸惟器是适：量材使用。 ㊹孟轲好辩，孔道以明：孟子好与人争辩，孔子的学说才得以彰明。 ㊺辙环天下，卒老于行：此指孟轲走遍天下，在周游中过了一辈子。 ㊻"荀卿"四句：荀况恪守孔子的学说，发表了伟大的言论。荀况是赵国人，游学于齐，为齐稷下学官祭酒，齐国有人说他坏话，而到楚国。楚国的春申君让他做兰陵（今山东枣庄）令。春申君死后，荀被罢官住在兰陵讲学著书，终死在兰陵。 ㊼吐辞为经：发表出来的言论都成了经典。 ㊽举足为法：举止行为都成为后世的楷模。 ㊾绝类离伦：超出一般儒者。㊿优入圣域：此指孟、荀二人进入圣人的领域，绰绰有余。 ⑯其遇于世何如也：他们在当世的遭遇怎么样呢？这是为孟、荀抱不平的话；也为自己解嘲。 ⑰不繇（yóu）其统：不曾做过系统地研究。繇：古书里同由。 ⑱不要（yāo）其中：虽然发表了很多言论，但没有讲到事理的要害处。要：求。中：事理的关键。 ⑲文虽奇而不济于用：文章虽然奇特卓绝，然而不能作为济世之用。⑳行虽修而不显于众：品行虽然美好，然而在众人之中却显示不出来。统、中、用、众为韵。此四句掌握分寸，解前四段意，再转。㉑"犹且"二句：尚且月月耗费国家俸禄，年年耗费国家的粮米。㉒从徒：即放纵从徒，与上诱乘马皆为动宾词组，作纵解，为纵之借字为是。 ⑧窥陈编以盗窃:东拼西抄在古籍里讨生活没有自己的创见。窥:偷看。陈编:古籍。以:而,转折连词。盗窃:剽窃抄袭。 ⑧诛:责备,惩罚。斥:斥逐。 ⑧动而得谤:一举一动都会受到别人的恶意攻击。名亦随之:名声也跟着遭到损害。⑧"投闲"二句:被安置在闲散的地方,在情分上是合适的。⑧"若夫商财贿之有亡"以下一节:如果只是计较俸禄的有无,职位的高低,而忘记自己的能力与此相称不相称,而指责前人的毛病,就是人们所谓的责问木匠为什么不拿小木桩代替殿前的大柱子,指责医生用昌蒲这种药使人延年益寿,希望用与昌蒲药性正相反的豨苓代替昌蒲。商:商谈,计较。财贿:此指俸禄钱。⑧班资:官位资格,即官职。崇庳:高下。庳:低下,如堕高堙庳,同卑。 ⑧称:相称、称职、适合。 ⑨瑕疵:缺点或过失。 ⑨杙:小木桩。楹:大柱子。 ⑨訾:非议。昌阳:昌蒲,中药名,可以延年益寿。引年:延年。

【品评】

此文写于元和八年春,韩愈由国子博士授比部郎中、史馆修撰之前。这篇文章以反语为讽刺,以自嘲为自夸,发抒他的郁郁不平之气,这也是韩愈为自己鸣不平的一种形式。文章开头一段叙他对学与行的见解,颇能发人深省。从"方今圣贤相逢"一句以下用反语,暗示学业、道德修养和仕途进取艰难的矛盾,引出学生的讥笑、发问。借别人的口自道其多年为学勤苦、攘斥佛老异端、张扬儒学、读书作文取法古代典籍的体会,以及他为人好学、敢作敢为和通达事理的品格。文章还以他仕途艰难曲折和家庭贫苦的情况，证明唐王朝政治腐败、社会黑暗。一个博学正直、对唐代思想文化做出卓越贡献的人，反而为当政、社会所不容。“先生曰”是他对学生质疑的解答，自嘲自解，曲折婉转地指斥宰臣，虽然也发泄了胸中的郁勃之气，起到讽刺当政的作用，又不使当政者反感。这就是煞费苦心，借人为文的高超处。行文骈散兼用，句式整齐而富于变化，奇句、偶句、排句、对仗并用，又多处用韵，煞似汉赋，但决没有死板呆滞的弊病。善于熔古铸今，议论简约精辟，使文章气势弘博。以幽默的反语，形象的比衬，造成文章强烈的感染力。造语精粹，创造了不少至今犹被运用的成语。总之，这是一篇说理透僻，气势磅礴的好文章，正如唐孙樵《与王霖秀才书》里讲的：“韩吏部《进学解》拔地倚天，句句欲活，读之如赤手捕长蛇，不施鞚勒骑生马，急不得暇，莫可捉搦。”

## 贞曜先生墓志铭

唐元和九年，岁在甲午八月己亥，贞曜先生孟氏卒。无子，其配郑氏以告。愈走位哭，且招张籍会哭。[①]明日使以钱如东都供葬事，诸常与往来者咸来哭吊韩氏，[②]遂以书告兴元尹故相余庆。[③]闰月，[④]樊宗师使来吊，[⑤]告葬期，征铭。愈哭曰：“呜呼，吾尚忍铭吾友也夫！”兴元人以币如孟氏赙，且来商家事；樊子使来速铭，曰：“不则无以掩诸幽。[⑥]”乃序而铭之。[⑦]

先生讳郊。字东野。父庭玢，娶裴氏女，而选为昆山尉，生先生及二季酆、郢而卒。先生生六七年，端序则见，长而愈骞，涵而揉之，[8]内外完好，色夷气清，[9]可畏而亲。及其为诗，刿目鉥心，刃迎缕解，钩章棘句，[10]掐擢胃肾，神施鬼设，间见层出。唯其大玩于词而与世抹摋，人皆劫劫，我独有余。有以后时开先生者；曰："吾既挤而与之矣，其犹足存邪！"[11]

年几五十，始以尊大人之命来集京师，从进士试，既得，即去。间四年，又以命来选，为溧阳尉，迎侍溧上。去尉二年，而故相郑公尹河南，奏为水陆运从事。试协律郎。亲拜其母于门内。母卒五年，而郑公以节领兴元军，奏为其军参谋，试大理平事。[12]

挈其妻行，次于乡，[13]暴疾卒，年六十四。买棺以敛，以二人舆归。酆、郢皆在江南，十月庚申，樊子合凡赠赙而葬之洛阳东其先人墓左，[14]以余财附其家而供祀。将葬，张籍曰："先生揭德振华，于古有光，贤者故事有易名，况士哉？如曰：'贞曜先生'，则姓名字行有载，不待讲说而明。[15]"皆曰："然"。遂用之。

初，先生所与俱学同姓简，于世次为叔父，[16]由给事中观察浙东，[17]曰："生吾不能举，死吾知恤其家。[18]"铭曰：

于戏贞曜！维执不猗，维出不訾；维卒不施，以昌其诗。

【注释】

①张籍，字文昌，和州乌江人；曾居苏州，亦有称苏州人者。贞元十四年(798)中进士，长于乐府诗，与王建合称“张王”，为中唐新乐府运动之先导。韩愈门人，终身为友。官历太常寺太祝、秘书郎、国子博士、水部员外郎，主客郎中，终国子司业。有《张司业集》。 ②韩愈为好友孟郊在长安韩家设祭，孟郊好友在长安者，都来韩家祭吊。 ③《旧唐书·德宗纪》：“贞元十四年(798)七月壬申(二十五日)，以工部侍郎郑余庆为中书侍郎、同平章事。十六年(800)九月庚戌(十五日)，贬中书侍郎、同中书门下平章事郑余庆为郴州司马。”《宪宗纪》：“永贞元年(805)八月癸亥(二十七日)，以朝请大夫守尚书左丞、轻车都尉、赐紫金鱼袋郑余庆同中书门下平章事。元和元年(806)五月庚辰(十九日)，左丞、平章事郑余庆为太子宾客，罢执政事(为国子祭酒)。十一月庚戌(二十日)，以国子祭酒郑余庆为河南尹。元和三年六月甲戌(二十三日)，以河南尹郑余庆为东都留守。元和九年三月辛酉(十三日)，以太子少傅郑余庆检校右仆射、兴元尹、山南西道节度使，代赵宗儒为御史大夫。”唐兴元为山南西道节度使理所，在南郑县，即今陕西汉中市。 ④元和九年闰八月。 ⑤樊宗师，字绍述，南阳人。 ⑥不，同否。墓志随葬入圹，故谓“以掩诸幽”。幽：深密，此指墓圹。 ⑦以上叙吊赙杂事及为铭。 ⑧涵：涵泳于学，即深入体会学问。此引申为力学修身。 ⑨夷：平和、泰然。《诗·召南·草虫》：“我心则夷。”《晋书·谢安传》：“安夷然无惧色。” ⑩此谓为诗文的艰苦，亦作文辞艰涩解。 ⑪以上叙人与诗。就昌其诗串出维执不猗，以引其卒不施。 ⑫以上写科第历官。马

其昶《韩昌黎文集校注》:“方苞曰:于当官无一语赞美,位卑职散,不足言也。” ⑬唐河南道虢州乡县,在今河南灵宝。 ⑭樊子,韩愈对友樊宗师的尊称。在其诸友中,只对宗师称子。 ⑮不待:意谓不需要讲说就明白了。 ⑯孟简:字几道,郡望平昌,武后时同州刺史诜之孙。祖籍河南汝州梁县,寓居吴中。贞元七年(791)中进士,又登博学宏辞科。元和四年(809)超拜谏议大夫、知轨事。后历浙东观察使、户部侍郎、山南东道节度使。穆宗即位,贬吉州司马。卒终太子宾客,分司东都。 ⑰《旧唐书·宪宗纪下》:“元和九年(814)九月戊戌(二十五日),以给事中孟简为越州刺史、浙东观察使。” ⑱补叙孟简,或谓特载此语,所以固孟简之志;或谓意颇讥刺孟简,而反用其语出之,斯为微妙。以上叙卒葬、谥及孟简事。

**【品评】**

此铭为元和九年闰八月樊宗师告知孟郊葬期后所写。铭文抓住孟郊的为人和诗歌创作成就展开,饱含感情,从中见到韩愈与孟郊非同一般的友谊。

## 论佛骨表[1]

臣某言:伏以佛者,夷狄之一法耳。[2]自后汉时流入中国,[3]上古未尝有也。昔者黄帝在位百年,年百一十岁;[4]少昊在位八十年,年百岁;[5]颛顼在位七十九年,年九十八岁；[6]帝喾在位七十年，年百五岁；[7]帝尧在位九十八年，年百一十八岁；[8]帝舜及禹，年皆百岁。[9]此时天下太平，百姓安乐寿考，然而中国未有佛也。[10]其后殷汤亦年百岁；[11]汤孙太戊，在位七十五年，武丁在位五十九年，史书不言其年寿所极，推其年数，盖亦俱不减百岁；[12]周文王年九十七岁，[13]武王年九十三岁，[14]穆王在百年，[15]此时佛法亦未入中国，非因事佛而致然也。[16]汉明帝时，始有佛法，明帝在位才十八年耳。其后乱亡相继，运祚不长。[17]宋、齐、梁、陈、元魏已下，[18]事佛渐谨，年代尤促。[19]惟梁武帝在位四十八年，[20]前后三度舍身施佛，[21]宗庙之祭，不用牲牢，[22]昼日一食，止于菜果，[23]其后竟为侯景所逼，饿死台城，[24]国亦寻灭：事佛求福，乃更得祸。由此观之，佛不足事，亦可知矣。[25]

高祖始受隋禅，则议除之。[26]当时群臣材识不远，[27]不能深知先王之道，古今之宜，推阐圣明，以救斯弊，其事虽止，臣常恨焉！

伏惟睿圣文武皇帝陛下，神圣英武，数千百年已来，未有伦比。[28]即位之初，即不许度人为僧尼道士，又不许创立寺观。臣常以为高祖之志，必行于陛下之手。今纵未能即行，岂可恣之转令盛也？[29]

今闻陛下令群臣迎佛骨于凤翔，[30]御楼以观，[31]舁入大内，[32]又令诸寺递迎供养。[33]臣虽至愚，必知陛下不惑于佛，作此崇奉，以祈福祥也。[34]直以年丰人乐，徇人之心，[35]为京都士庶，[36]设诡异之观，戏玩之具耳。安有圣明若此，而肯信此等事哉！然百姓愚冥，易惑难晓，[37]苟见陛下若此，将谓真心事佛。皆云："天子大圣，犹一心敬信；百姓何人，岂合更惜身命？"焚顶烧指，[38]百十为群；解衣散钱，[39]自朝至暮；转相仿效，惟恐后时；[40]老少奔波，弃其业次。若不即加禁遏，更历诸寺，必有断臂脔身以为供养者。[41]伤风败俗，传笑四方，非细事也。[42]

夫佛本夷狄之人，与中国言语不通，衣服殊制，[43]口不言先王之法言，身不服先王之法服，不知君臣之义，父子之情。[44]假如其身至今尚在，奉其国命，来朝京师，[45]陛下容而接之，不过宣政一见，礼宾一设，赐衣一袭，[46]卫而出之于境，不令惑众也。[47]况其身死已久，枯朽之骨，凶秽之余，[48]岂宜令入宫禁！[49]

孔子曰："敬鬼神而远之。"[50]古之诸侯，行吊于其国，尚令巫祝先以桃茢祓除不祥，然后进吊。[51]今无故取朽秽之物，亲临观之，巫祝不先，桃茢不用，群臣不言其非，御史不举其失，臣实耻之。[52]乞以此骨付之有司，投诸水火，[53]永绝根本，断天下之疑，绝后代之惑。使天下之人知大圣人之所作为，出于寻常万万也。[54]岂不盛哉！岂不快哉！[55]佛如有灵，能作祸祟，[56]凡有殃咎，[57]宜加臣身，上天鉴临，臣不怨悔。[58]无任感激恳悃之至，[59]谨奉表以闻。臣某诚惶诚恐。[60]

【注释】

①李翱《李文公集》卷十一《韩公行状》:“公迁刑部侍郎。岁余,佛骨自凤翔至,传京师诸寺,时百姓有烧指与顶以祈福者。公奏疏言:自伏羲至周文、武时,皆未有佛,而年多至百岁有过之者。自佛法入中国,帝王事之,寿不能长。梁武帝事之最谨,而国大乱。请烧弃佛骨。疏入,贬潮州刺史。” ②伏以,臣下向上表示自己意见的谦词,即俯首陈述。与伏维、伏念、伏思义同。佛者:佛教。释迦文佛是天竺寺(印度)迦毗罗卫城净饭王的儿子,二十九岁出家,三十五岁成道(一说十九岁出家,三十岁成道),便带着弟子到处说法,至七十九岁,在拘尸那城跋河边婆罗双树下趺坐而死,时在公元前四百八十七年,是为佛祖。夷、狄:原是对边地少数民族的称呼,此称外国,即异的意思。因佛教是从印度传入的,故云。法:法术,此谓学说。 ③佛教自东汉传入中国。明帝刘庄派蔡愔到天竺去求法,得四十二章佛经与佛像,与僧人摄摩腾、竺法兰同回。蔡以白马驮经,因于洛阳建寺藏经,故名白马寺。韩文以正史为据。 ④史称黄帝为少典之子,姓公孙,居轩辕之丘,故号轩辕氏。又居姬水,改姓姬。建国于有熊,又称有熊氏。生而神灵,弱而能言,幼而徇齐,长而敦敏,成而聪明。时神农氏衰,诸侯相互侵伐暴虐百姓。轩辕习干戈,代征伐,败炎帝于阪泉,胜蚩尤于涿鹿,统一天下,代神农为天子。因其有土德之瑞,土色黄,故号黄帝。以风后为相,以力牧为将,命大桡作甲子,容成造历,羲和占日,常仪占月,臾区占星气,伶伦造律吕,隶首作算数。传说蚕、桑、医药、舟车、宫室等之制,皆始于皇帝时。⑤少昊:一作少皞,名挚,字青阳,黄帝子,己姓,古代部族首领。

以金德王，称金天氏；邑穷桑，都曲阜，号穷桑帝。参阅皇甫谧《帝王世纪》、旧题晋王嘉《拾遗记》一《少昊》、清梁玉绳《汉书人考表》一。⑥颛顼，上古五帝之一，号高阳氏。生十年而佐少皞，十二岁而冠，二十而登帝位。《史记·五帝本纪》："帝颛顼高阳者，黄帝之孙而昌意之子也。静渊而有谋，疏通而知事，养材以任地，载时以象天，依鬼神以制义，治气以教化，絜诚以祭祀。北至幽陵，南至于交阯，西至于流沙，东至于蟠木。动静之物，小大之神，日月所照，莫不砥属。" ⑦帝喾(kù)：古帝王，古史称为黄帝曾孙，尧父，号高辛氏。《史记·五帝纪》："帝喾高辛者，黄帝之曾孙也。高辛父曰蟜极，蟜极父曰玄嚣，玄嚣父曰黄帝。自玄嚣与蟜极皆不得在位，至高辛即帝位。高辛于颛顼为族子。" ⑧《史记·五帝纪》："帝喾娶陈锋氏女，生放勋。帝尧者放勋，其仁如天，其知如神。就之如日，往之如云。富而不骄，贵而不舒。能明顺德，以亲九族。九族既睦，便章百姓。百姓昭明，合和万国。岁三百六十六日，以闰月正四时。信饬百官，众功皆兴。尧立七十年得舜，二十年而老，令舜摄行天子之政，荐之于天。尧辟位二十八年而崩。" ⑨《史记·五帝纪》："舜者，年六十一代尧践帝位。践帝位三十九年，南巡狩，崩于苍梧之野。"禹：夏朝开国之君。《御览》卷八十二引《帝王世纪》云："禹年二十始用，三十二而洪水平，年百岁崩于会稽。"禹原居阳城(今河南登封)，后迁阳翟(今河南禹州)。 ⑩寿考：年老。 ⑪殷汤：姓子，相传为帝喾后裔契的十四代孙，原居西亳(在今河南偃师)，伐夏代暴君桀胜，自立，号武王，国号殷，称殷汤。至盘庚，迁都于殷(在今河南安阳)。 ⑫太戊，乃汤的玄孙，太庚子，在位时朝政衰败，任用尹陟、巫咸等辅佐，得以中兴，庙号中宗。所极：所至。 ⑬周文王：姓姬名昌，帝喾后裔弃的子孙，居丰（今陕西户县），春秋时周王朝的开国之主。《礼记·文王世子》："文王九十七岁乃终。" ⑭武王：姬姓，名发，文王第二子，联合诸侯伐灭暴君纣王，统一中国。《礼记·文王世子》："武王九十三岁乃终。" ⑮穆王：名满，文王五世孙，昭王瑕子。西击犬戎，东征徐戎，相传他到过昆仑山，见过西王母。公元前947—928年在位，有国十九年。在位百年者，乃据《尚书·吕刑》之说："（穆）王享国百年。" ⑯事佛：信奉佛教。致然：达到这样。然：指代上文所述之事。以上一段征引上古自黄帝至姬周，中国无佛法，不事佛，君主长寿，百姓安定。何以事佛求长生呢？⑰后汉明帝刘庄公元58—75年在位，号永年，共十八年。其后乱亡相继，运祚不长：后汉明帝死至汉献帝让位曹丕合共一百四十五年，章帝刘炟在位十三年，殇帝刘隆、冲帝刘炳短命，质帝刘缵被杀，都不到一年。少帝刘辩被董卓所废，在位亦不到一年。献帝刘协为曹氏所挟。此间宦官、外戚、强臣擅权，互相残杀，社会动乱，民不聊生。运：国家命运。祚（zuò）：福禄。 ⑱此指晋后南北朝时期。南朝：刘宋有国五十九年，八帝四人被杀。萧齐有国二十四年，七帝三人被杀。萧梁有国五十四年，四帝一人饿死三人被杀。陈朝陈氏有国三十三年，五帝一人被废。北朝元魏，即北魏，拓拔氏（改姓元）有国一百零六年，历经十七帝八人被杀。⑲谨：敬重。渐谨：谓信奉佛教愈来愈用心。尤促：尤为短暂。⑳梁武帝：梁朝开国之君，姓萧名衍字叔达，南兰陵（今江苏武进县）人。公元502年—549年在位。 ㉑三度舍身施佛：指大同元年、中大通元年、太清元年三次到同泰寺出家为佛徒，都由他的儿子与大臣出金赎回。加上中大同元年(546)为四次。舍身为佛奴是佛教修行施舍的一个项目，方法是加苦行以至施舍性命（肉体）。 ㉒牲：牲畜。牢：盛供品的器具，亦解作祭品用的牛、羊、猪。《礼记·王制》："天子社稷皆太牢（大的叫太牢。太牢盛三牲，故也把祭祀用的牛、羊、猪三牲叫太牢）；诸侯社稷皆少牢（只用羊、猪称少牢）。" ㉓佛教戒律：过午不食，故萧衍每天午前只吃一顿饭，不用荤腥，只吃菜蔬、水果。《南史·梁武帝纪》："天监十六年冬十月，宗庙荐羞，始用蔬果。"又云："溺信佛道，日止一食，膳无鲜腴，惟豆羹粝饭而已。" ㉔侯景：原是魏将，后降梁，因梁与魏讲和，侯怕对己不利，起兵叛梁，围武帝萧衍于台城，使衍困饿而死于台城。台城：在南京玄武湖畔。 ㉕以一正一反之史例，说明事佛与否和人寿国祚无关，猛醒宪宗。 ㉖唐高祖李渊仕隋，为太原守，隋末举兵反隋，逼使隋恭帝禅让称帝，故称"受隋禅"。年号武德，为唐朝的开国之君。武德九年(626)四月，太史令傅奕上疏反佛，九年四月辛巳（二十三日），"废浮屠、老子法。"诏曰："朕欲使玉石区分，薰莸有辨，长存妙道，饗固福田，正本澄源，宜从沙汰。……所司明为条式，务以法教，违制之事，悉宜停断。京城留寺三所，观二所。其余天下诸州，各留一所。余悉罢之。"然并未推行。《法琳别传》卷上亦云："散除形象，废毁僧尼。" ㉗谓群臣无远见，未能理解高祖深意。 ㉘睿圣文武皇帝：指唐宪宗李纯。元和三年(803)正月癸巳（十一日），群臣给宪宗上的尊号：称颂宪宗贤圣明智，能文能武。伦比：同类、比并。《礼记·曲礼下》："儗人必于其伦。"注："儗，犹比也；伦，犹类也。" ㉙纵：即使。恣之：放纵、助长。此段两节：先举唐开国之主高祖抑佛；

再举宪宗本身亦不信佛，为下段直指迎佛骨事之大谬，乃欲抑先扬之法。 ㉚"今闻"句：指元和十四年宪宗命中使杜英奇押宫人三十人，持香花赴临皋驿迎佛骨这件事。凤翔：时为府，即今陕西凤翔县。 ㉛御楼：登楼。御，古时把皇帝的一切行为都称为御。㉜舁(yú)入大内：抬进皇宫。 ㉝递迎供养：谓交替迎接而供养。佛教徒把香花、明灯、食物等献给佛、法、僧"三宝"，叫供养。《观无量寿经》曰："恭敬三宝，奉事师长。"一切之佛陀，佛宝也；佛陀所说之教法，法宝也；随其教法而修业者，僧宝也。故谓奉事三宝叫供养。 ㉞福祥：福佑吉祥。 ㉟此句谓：顺从人们的传说"三十年一开塔，开则年丰人乐"的心愿。徇：顺从。《左传》文公十一年："国人弗徇。"孙昌武《韩愈选集》作"徇人之志"，解作"曲从众人的意志。"引《史记·项羽本纪》："今不恤士卒而徇其私。"㊱士庶：读书人与一般百姓。《管子·大匡》："君有过，大夫不谏；士庶人有善而大夫不进；可伐也。" ㊲愚冥：愚昧不明事理。冥：昏暗。易惑难晓：容易受迷惑，难以明白事理。 ㊳焚顶：以香火烧头顶。这在《法华经·药王菩萨本事品》中有明确记载。烧指：佛教苦行之事，自烧其指，以表示其信佛之诚。 ㊴解衣散钱：此乃代佛施舍，即拿自己的衣物金钱替佛施舍给人。 ㊵转相仿效：相互仿效。后时：时间落在别人的后边。 ㊶此乃从焚顶烧指句生来。脔(luán)身：指割身上的肉。断臂脔身，也是事佛供养的一种方式。 ㊷细事：小事。非细事，指上述佞佛伤风败俗的事。此段指出宪宗佞佛的不良影响。 ㊸佛教的创始人释迦牟尼被尊称为佛陀，简作佛。他出生于古印度北部迦毗罗卫国，因此被称为夷狄。夷狄：对中国而言，泛指外国，故言与中国语言不通。衣服殊制：衣服式样与中国不同。《汉书·叔孙通传》："通儒服，汉王憎之，乃变其服，服短衣，楚制。"颜注："制为裁衣制形制。" ㊹此谓浮屠见了皇帝不知行君臣礼，尽忠于君；离家事佛不奉养父母。 ㊺京师：唐朝京都长安。一般称国都为京师。《诗·大雅·公刘》："京师之野，于时处处。"京师之称始此。《公羊传》桓公九年："京师者何？天子居也。京者何？大也；师者何？众也。天子之居，必以众大之辞言之。" ㊻袭：整套衣物。㊼卫而出之于境，不令惑众也：即保护他们出境：一为安全；二为阻其传播。 ㊽凶秽：俗称死人尸骨为凶秽。之余：指仅存的一节指骨。 ㊾宫禁：皇宫。古制皇宫禁卫森严，臣下不得任意出入，故称宫禁。先言"不宜舁入大内"，此又谓"岂宜令入宫禁"，前后照应，坐实文意。此段讲对待佛的办法：亦以礼待之。 ㊿语出《论语·雍也》："子曰：'务民之义，敬鬼神而远之，可谓知矣。'"孔子认为鬼神是不可知的东西；不可以亲近。寓有不信鬼神的意思。 (51)行吊于其国：在自己国家吊祭。巫祝：通鬼神的巫师。以桃茢(liè)祓除不祥：茢，苕帚。古人以为鬼神畏桃木，因以桃枝编成笤帚扫除不祥。祓：除去凶秽。《左传》僖公六年："武王亲释其缚，受其璧而祓之。"杜注："祓，除凶之礼。"《礼记·檀弓下》："君临臣丧，以巫祝桃茢执戈，恶之也，所以异于生也。"而今民间于人死后行吊时仍传其俗。 (52)巫祝不先：谓巫祝不先行祓除凶秽。臣实耻：臣我实在以此为耻辱，指御史不举其失。语本《论语·公冶长》："左丘明耻之，丘亦耻之。"御史：唐设御史台，置侍御史、殿中侍御史、监察御史，管谏议朝廷及百官过失。专管谏察的言官而不察不谏，使非言官的韩公不得不谏，岂不令人以此为耻！　⑬有司：主管的官署。　⑭出于寻常万万：谓超出一般人很远很远。寻常：唐时口语，今仍常用，作普通、一般解。万万：表极多之数。　⑮此二语正表现韩愈挥洒至淋漓处的心绪。读此二语，作者的激切之态，呼之欲出矣！　⑯祸祟：二字义同，都当灾祸解，或谓专指鬼神造成的祸患。　⑰殃咎：灾殃、祸患。《左传》庄公二十一年："哀乐失时，殃咎必至。"　⑱鉴临：指上天明察。鉴：镜子。意谓：如明镜在上，照察明析。　⑲谓自己以无限感激诚恳的心情上表陈述。恳悃（kǔn）：真心实意。　⑳此为上表的套语，也表达了韩愈此刻惶恐不安的心情。此情有二：一谓见佛事对国计民生造成的灾害；二谓恐上此表招致祸事。以上总束：指责谏官不言其非，自己既言其非，又提出合理的处置意见。

## 【品评】

唐时凤翔法门寺护国真身塔内藏释迦文佛指骨一节，三十年一开塔，相传开则岁稔人泰。元和十四年正月是开塔之期，宪宗派中使杜英奇及宫人三十捧香持花迎佛骨于宫内，恭奉三日。此时王公士庶奔走施舍，竟有废业破产、烧顶灼臂而求供养者。时韩愈任刑部侍郎，按理不当言事，然他看到佛事之害，为除弊事，上表急谏。宪宗大怒，下令处死。幸有裴度、崔群及国戚诸贵等营救，韩愈被贬潮州刺史。正当宪宗李纯狂热信佛，求佛赐福，保佑他多做几年太平皇帝时，韩愈以"佛如有灵，能作祸祟，凡有殃咎，宜加臣身，上天鉴临，臣不怨悔"的胆气，上表谏诤。历举史实，反复说明"佛不足事"，要求把"朽秽之物"的佛骨"投诸水火，永绝根本，断天下之疑，绝后代之惑"。进而指出"事佛求福，乃更得祸”，尖锐地指责“群臣不言其非，御史不举其失”的朝政弊端。因此触怒了李纯，说“愈人臣，狂妄敢尔，故不可赦！”韩愈的目的是维护“先王之道”，是为唐代“治国平天下”的。这虽然也是为了维护封建统治，但对拯救皇帝、官宦、士庶于愚昧，促进社会发展，人民生活安定是有好处的。所以他具有深刻的现实意义。这篇文章既得理又得势，把自己的感情熔铸于行文之中，使文章情感激越，文势奔放，说理透辟，明白酣畅。讲圣贤事理，抒直臣正气，为天下之至文。文从国计民生的政治上着眼，而非纠缠于佛理的学术之争。有学者以此指摘韩愈不懂佛理，文意浅薄，那是未深究韩愈写此《表》的本意，也未与当时的社会现实对号。如果真是那样，韩公也不过是一介腐儒，或落入一个僧徒。

## 柳子厚墓志铭

子厚讳宗元。[①]七世祖庆为拓跋魏侍中，封济阴公。曾伯祖奭，为唐宰相，与褚遂良、韩瑗俱得罪武后，死高宗朝。皇考讳镇，以事母弃太常博士，求为县令江南，其后以不能媚权贵失御史；权贵人死，乃复拜侍御史。号为刚直，所与游，皆当世名人。[②]

子厚少精敏，无不通达。逮其父时，虽少年已自成人，能取进士第，崭然见头角；众谓柳氏有子矣。其后以博学宏辞授集贤殿正字，蓝田尉。俊杰廉悍，议论证据今古，[③]出入经史百子，踔厉风发，[④]率常屈其座人；名声大振，一时皆慕之与交，诸公要人争欲出我门下，交口荐誉之。[5]

贞元十九年，由蓝田尉拜监察御史。顺宗即位，拜礼部员外郎。遇用事者得罪，例出为刺史；未至，又例贬州司马。[6]居闲益自刻苦，务记览，为辞章泛滥停蓄，为深博无涯涘，[7]而自肆于山水间。元和中，尝例召至京师，[8]又偕出为刺史，而子厚得柳州。[9]既至叹曰："是岂不足为政邪！"寅其土俗，为设教禁，州人顺赖。[10]其俗以男女质钱，[11]约不时赎，子本相侔，则没为奴婢。[12]子厚与羽设方计，悉令赎归；其尤贫力不能者，令书其佣，[13]足相当，则使归其质。[14]观察使下其法于他州，[15]比一岁，免而归者且千人。[16]衡湘以南为进士者，皆以子厚为师，其经承子厚口讲指画为文词者，悉有法度可观。[17]

其召至京师而复为刺史也，[18]中山刘梦得禹锡亦在遣中，当诣播州。[19]子厚泣曰："播州非人所居，而梦得老亲在堂，吾不忍梦得之穷，无辞以白其大人；且万无母子俱往理。"请于朝，将拜疏，愿以柳易播，虽重得罪，死不恨。[20]遇有以梦得事白上者，梦得于是改刺连州。[21]呜呼！士穷乃见节义。今夫平居里巷相慕悦，酒食游戏相征逐，诩诩强笑语以相取下，[22]握手出肺肝相示，指天日涕泣，誓生死不相背负，真若可信；一旦临小利害，仅如毛发比，反眼若不相识；落陷阱，不一引手救，反挤之又下石焉者，[23]皆是也。此宜禽兽夷狄所不忍为，而其人自视以为得计，闻子厚之风，亦可以少愧矣！[24]

子厚前时少年，勇于为人，不自贵重顾藉，谓功业可立就，故坐废退；[25]既退，又无相知有气力得位者推挽，[26]故屈死于穷裔，[27]材不为世用，道不行于时也。使子厚在台省时，自持其身，[28]已能如司马刺史时，亦不自斥；[29]斥时有人能力举之，且必复用不穷。然子厚斥不久，穷不极，虽有出于人，其文学辞章，[30]必不能自力，以致必传于后如今无疑也。虽使子厚得所愿，为将相于一时；以彼易此，孰得孰失，必有能辨之者。[31]

子厚以元和十四年十一月八日卒，年四十七，以十五年七月十日，归葬万年先人墓侧。[32]子厚有子男二人；长曰周六，始四岁；季曰周七，子厚卒乃生。女子二人，皆幼。其得归葬也，费皆出观察使河东裴君行立。[33]行立有节概，立然诺，与子厚结交，子厚亦为之尽，竟赖其力。葬子厚于万年县之墓者，舅弟卢遵。遵，涿人，性谨慎，学问不厌。[34]自子厚之斥，遵从而家焉，逮其死不去；既往葬子厚，又将经纪其家，[35]庶几有始终者。[36]铭曰：

是惟子厚之室，既固既安，[37]以利其嗣人。[38]

**【注释】**

①起笔不出姓，于众谓柳氏有子见之；墓志中又是一格，且知韩愈推重子厚，引为知己。　②以上叙其先世。　③俊杰：才能出众的人，《孟子・公孙丑上》："尊贤使能，俊杰在位。"公语出此。《史记・张耳陈余传赞》："其宾客厮役，莫非天下俊杰。"廉悍：峻

峭猛烈。又元柳贯《柳待制集》二《龙门》诗："它山或澍雨，湍涨辄廉悍。"此指水势猛烈。何焯《义门读书记》："俊杰廉悍，此是雅健。后云'泛滥停蓄'，则更雄深也。合此八字，略尽柳氏一家诗笔之长矣。" ④踔厉风发：议论高迈，如风之续至，层出不穷。⑤交口：众口一词，如交口称誉。以上叙科第、文学、名誉。⑥《旧唐书·宪宗纪上》："永贞元年(805)八月丁酉朔，(宪宗)受内禅。九月己卯(十三日)，京西行营节度行军司马韩泰贬抚州刺史，司封郎中韩晔贬池州刺史，礼部员外郎柳宗元贬邵州刺史，屯田员外郎刘禹锡贬连州刺史，坐交叔文也。十一月壬申(七日)，贬正议大夫、中书侍郎、平章事韦执谊为崖州司马，以交王叔文也。己卯(十四日)，再贬抚州刺史韩泰为虔州司马，河中少尹陈谏台州司马，邵州刺史柳宗元为永州司马，连州刺史刘禹锡朗州司马，池州刺史韩晔饶州司马，和州刺史凌准连州司马，岳州刺史程异郴州司马，皆坐交王叔文。初贬刺史，物议罪之，故再加贬窜。"永州，今湖南零陵县治。 ⑦《新唐书·柳宗元传》："宗元既窜斥，地又荒疠，因自放山泽间，其堙厄感郁，一寓诸文，仿《离骚》数十篇，读者咸悲恻。"泛滥停蓄：水漫溢横流蓄积，形容学问博深。涯，际也；涘，岸也。此乃后所谓斥久穷极，自立于文学辞章者也。⑧例出：乃韩公为子厚回护之曲笔，谓子厚无罪，例贬、偕出者，乃被连累也。下面"偕出"等语同。 ⑨《旧唐书·宪宗纪》："元和十年三月乙酉(十四日)，以虔州司马韩泰为漳州刺史，以永州司马柳宗元为柳州刺史，饶州司马韩晔为汀州刺史，朗州司马刘禹锡为播州刺史，台州司马陈谏为封州刺史。御史中丞裴度以禹锡母老，请移近处，乃改连州刺史。" ⑩何焯《义门读书记》："简括。

志所重在文章必传于后，区区下州之理，特余事也。故只用三句虚括。” ⑪质：以物抵押。《说文·贝部》：“质，以物相赘。”《梁书·庾诜传》：“邻人有被诬为盗者，被治劾，妄款。诜矜之，乃以书质钱二万，令门生诈为之亲，代之酬备。” ⑫侔：相等。⑬佣：此指佣金。 ⑭谓典当质钱的男女。 ⑮观察使，即桂管经略观察使裴行立。桂管观察使管州十二，柳州其一也。柳宗元《桂州裴中丞作訾家亭记》：“元和十二年，御史中丞裴公来莅此邦。都督二十七州事(《元和郡县图志》作十二州)，盗遁奸革，德惠敷施，期年政成，而富且庶。” ⑯子厚刺柳政绩多多，此文重在子厚文学，故于其政绩择大者一二如赎人子女书之，以见其大要，它见《庙碑》。此《史记》笔法也。 ⑰以上叙贬后学问与政绩。⑱时在元和十年(815)。 ⑲《旧唐书·刘禹锡传》曰：“禹锡，彭城人。贞元末，王叔文于东宫用事，禹锡尤为叔文所知奖。顺宗即位，叔文引禹锡入禁中，与之图谋，言无不从。转屯田员外郎，判度支盐铁案，兼崇陵使判官。叔文败，坐贬连州刺史，在道贬朗州司马。元和十年召还，宰相欲置之郎署。时禹锡作《游玄都观咏看花君子诗》，语涉讥刺，执政不悦，复出为播州刺史。”亦在遣中：也在放逐之中。遣：逐也。播州，唐属江南道黔州，治遵义县，今贵州遵义。 ⑳柳：指宗元受任刺史之地柳州。播：指播州。拜疏：上疏，对皇帝的尊称。重得罪：再次受惩罚。死不恨：至死无遗憾。 ㉑此指裴度上疏请改遣刘禹锡事。《旧唐书·刘禹锡传》：“御史中丞裴度奏曰：‘刘禹锡有母，年八十余。今播州西南极远，猿狖所居，人迹罕至。禹锡诚合得罪，然其老母必去不得，则与此子为死别。臣恐伤陛下孝理之风，伏请屈法稍移近处。’宪宗曰:‘夫为人子,每事尤须谨慎,常恐贻亲之忧。今禹锡所坐,更合重于他人,卿岂可以此论之?’度无以对。良久,帝改容而言曰:‘朕所言是责人子之事,然终不欲伤其所亲之心。’乃改授连州刺史。” ㉒平居:平日、平素。《战国策·齐五》:“此夫差平居而谋王,强大而喜天下之祸也。”杜甫《杜工部草堂诗笺》三二《秋兴》之四:“鱼龙寂寞秋江冷,故国平居有所思。”注:“言故国平时之事。”相征逐者:互相招呼追随。诩诩(xǔ):媚好貌。 ㉓此句意谓:那些人不但不伸手救助,反而落井下石,挤对他。 ㉔子厚之风:柳宗元的风范。少愧:稍有愧疚。有讽意。以上叙宗元之交友:有褒有讽。 ㉕勇于为人:勇于助人。不自贵重顾藉:不贵重自己而顾惜别人。可立就:能速成。与韩愈自谓“躁进”意同。废退:贬谪废置。 ㉖推挽:推荐提拔。挽,牵引也。 ㉗穷裔:边远穷困之地。 ㉘台省:御史台和尚书省,泛指朝廷。柳宗元任监察御史里行属御史台,尚书礼部员外郎属尚书省。自持其身:约束自己,即谨慎行事。 ㉙司马、刺史时:指柳宗元任永州司马和柳州刺史。不斥:不被斥逐。 ㉚辞章:诗文的总称。《后汉书·蔡邕传》:“好辞章、数术、天文,妙操音律。”南朝梁刘勰《文心雕龙·通变》:“晋之辞章,瞻望魏采。” ㉛以上感慨宗元斥久穷极,乃能自力于文学辞章必传于后世,慰藉死者。 ㉜归葬:指宗元灵柩自柳州运回万年祖茔安葬。万年:京兆府属县,在长安西部。《柳宗元集·先侍御史府君神道表》:“葬于万年县栖凤原。”又《先太夫人河东县君归祔志》:“安祔于京兆万年栖凤原先侍御府君之墓。” ㉝裴行立:绛州(属河东郡,治正平县,今山西新绛县)人,曾为安南经略使、桂管观察使。 ㉞性谨慎:性情谨慎和顺。学问不厌：求学请问，总不满足。 ㉟经纪：料理。《三国志·魏·朱建平传》："初颍川荀攸、钟繇相与亲善，攸早亡，子幼，繇经纪其门户。" ㊱庶几有始终者：算得上有始有终的人。《庄子·大宗师》："善始善终。"《晋书·刘聪载记》："小人有始无终。"以上叙宗元卒葬及子女、亲属。 ㊲室：墓室。《诗·唐风·葛生》："百岁之后，归于其室。" ㊳嗣人：后嗣，子孙。此为铭文。

【品评】

宪宗李纯元和十四年(819)十一月八日，子厚卒于柳州，年四十七。韩愈闻噩耗而写《祭柳子厚文》哀悼。十五年七月十日，子厚之榇归葬京兆万年先茔，韩愈又作《柳子厚墓志铭》，时在七月前，于袁州。刘禹锡《唐故尚书礼部员外郎柳君集纪》云："凡子厚名氏与仕与年暨行己之大方，有退之之志若祭文在。"即指以上两文。此文借叙子厚被谪远僻穷荒十四年，而终死贬所的遭遇和他为人尚义的行为，斥责那个社会的不平，世俗官场的丑恶行径。为子厚鸣不平。韩、柳的政治观虽不完全一致，然文学观近是，且私交甚厚，所以他对子厚的文学成就倍极称许，断言子厚之文必传诸后世。在谈到子厚于官于文孰得孰失时，指出"然子厚斥不久，穷不极，虽有出于人，其文学辞章，必不能自力，以致必传于后如今无疑也"。子厚在柳州的政绩与文学上的成就，不是谪贬下层，接近百姓，了解百姓的疾苦，是做不出来的，这就是文学与生活的关系。文章在写法上采取史传文笔，生动真实地揭示了子厚的性格。表现了韩文的独特风格，也是他改革文体的一个方面。志文虽述子厚一生，但并非事无巨细一一叙说，而是精心剪裁，突出重点，拣那些最能代表子厚特点的典型事迹来写，既精练准确，又生动感人，使后世能全面了解子厚的为人。文章还采用了熔叙事、议论、抒情于一炉的写法，文情并茂，自然和谐，动人心脾。是一篇别具一格的好文章，墓志文中第一也。

## 南阳樊绍述墓志铭[①]

樊绍述既卒，且葬，愈将铭之，从其家求书，[②]得书号《魁纪公》者三十卷，曰《樊子》者又三十卷，《春秋集传》十五卷，表笺状策书序传记纪志说论今文赞铭凡二百九十一篇，道路所遇及器物门里杂铭二百二十，赋十，诗七百一十九。曰：多矣哉！古未尝有也。然而必出于己，不袭蹈前人一言一句，又何其难也！[③]必出入仁义，[④]其富若生蓄，[⑤]万物必具，[⑥]海涵地负，[⑦]放恣横纵，无所统纪；[⑧]然而不烦于绳削而自合也。呜呼！绍述于斯术，其可谓至于斯极者矣！[⑨]

生而其家贵富，长而不有其藏一钱，[⑩]妻子告不足，顾而笑曰："我道盖是也。"皆应曰：然。无不意满。[⑪]尝以金部郎中告哀南方，[⑫]还言某帅不治，罢之，以此出为绵州刺史。[⑬]一年，征拜左司郎中，[⑭]又出刺绛州。[⑮]绵、绛之人至今皆曰："于我有德。"以为谏议大夫，[⑯]命且下，遂病以卒。[⑰]年若干。

绍述讳宗师。父讳泽，尝帅襄阳、江陵，官至右仆射，赠某官。[18]祖某官，讳泳。[19]自祖及绍述三世，皆以军谋堪将帅策上以进。[20]

绍述无所不学，于辞于声，[21]天得也，在众若无能者。尝与观乐，问曰："何如？"曰："后当然。"已而果然。[22]铭曰：

惟古于词必己出，降而不能乃剽贼，后皆指前公相袭，[23]从汉迄今用一律。寥寥久哉莫觉属，神徂圣伏道绝塞。[24]既极乃通发绍述，[25]文从字顺名识职。[26]有欲求之此其躅。

**【注释】**

①樊宗师，字绍述，南阳人（新旧《唐书·樊泽传》皆云"河中人"）。约生于永泰元年（765），卒于长庆三年（823）。贞元八年（792）后来游京师，当获有官职。十四年（798）丁父忧，十六年（800）服除后再来京师，为从七品下的国子主簿。元和三年（808），中军谋宏远堪任将帅科，授从五品上的著作左郎，累任朝议郎、太子舍人（均正六品上阶），时在其好友孟郊去世的九年前。后不久入山南西道郑余庆幕，"摄山南西道节度副使、朝议郎"。"检校水部员外郎兼殿中侍御史赐绯鱼袋"，亦在这段时间。元和末，任从五品上的金部郎中；元和十五年正月，宪宗崩，宗师以金部郎中的身份，出使南方告哀。归京因弹劾某帅不治，罢金部，出为绵州刺史，正四品上阶。又为绛州刺史，有治绩，绵、绛之人皆曰："于我有德。"在绛州一年，征拜从五品的左司郎中。约在长庆二年，再出为绛州刺史，征拜谏议大夫，未到任而卒。为中唐古文大家。　②因人设体，韩愈墓志又一写法也。　③是时陈言之为

祸极深，所以去陈言之难。 ④此赞宗师。韩愈推行仁义，对人的要求标准也是仁义。故在《答李翊书》里说他“行之乎仁义之途，游之乎诗书之间，无迷其途，无绝其源，终吾身而已矣”。又说：“仁义之人，其言蔼如也。” ⑤韩愈的精神境界由此可见：如他所说的富有，是仁义之积蓄。蓄：《说文·艸部》：“蓄，积也。”仲长统《常言·损益》：“蓄积诚多，则兵寇水旱之灾不足苦也。”《新五代史·刘鄩传》：“将军蓄米，将疗饥乎？将破敌乎？” ⑥谓一切皆有。必：一定、必然。具：全部。 ⑦海涵地负：比喻肚量宽大。《艺文类聚》四六梁王僧孺《为临川王让太尉表》：“陛下海涵春育，日镜云伸。”则韩愈“海含地负”，就成为后世习用的成语。含、涵二字作包涵、容纳解，音意俱同。 ⑧无所统纪：不受拘束。《史记·太史公自序》：“猎儒墨之遗文，明礼义之统纪。”统，以丝之头绪，喻纪纲、准则。《荀子·臣道》：“忠信以为质，端悫以为统。”纪，以丝缕头绪喻法度、准则。《书·伊训》：“先王肇修人纪，从谏弗咈。”《吕氏春秋·孟春》：“无变天之道，无绝地之理，无乱人之纪。” ⑨斯术：为文技艺。极，达到高峰。韩公论文，均亲切有味。论宗师著述极合为文之道。 ⑩长而，即长大以后。⑪我道盖是也：我的为人行事大体是这样。道，作名词，当道理解。 ⑫《唐郎官石柱题名》金部郎中下有樊宗师之名。劳格《考》卷一云：“《元和姓纂》(卷四)《二十七元》：‘检校右仆射、襄阳节度使樊泽生宗师。南阳湖阳县人，今止河东。’”《旧唐书·职官二》：“户部其属有四，三曰金部。郎中、员外郎之职，掌判天下库藏钱帛出纳之事，颁其节制，而司其簿领。” ⑬唐剑南道绵州治巴西县，今四川绵阳市。 ⑭《旧唐书·职官二》：“尚书省左右司郎中各一员。并从五品上。隋置，武德初省。贞观初，复置。龙朔二年，改为左右丞务，咸亨复也。左司郎中，副左丞所管诸司事，省署钞目，勘稽失，知省内宿之事。” ⑮《元和郡县图志》卷十二河东道一：“绛州，春秋时属晋。治正平县，本汉临汾县地，属河东郡。隋开皇三年(583)罢郡，改属绛州。十八年(598)改临汾县为正平县，因正平故郡城为名也。”在今山西临汾市。 ⑯《旧唐书·职官二》：“门下省谏议大夫四员，掌侍从赞相，规谏讽谕。凡谏有五：一曰讽谏，二曰顺谏，三曰规谏，四曰致谏，五曰直谏。” ⑰以上叙宗师生平：居家居官。 ⑱《旧唐书·樊泽传》：“泽字安时，河中人也。建中元年，举贤良对策，礼部侍郎于邵厚遇之，为山南东道行军司马，寻代贾耽为襄州刺史，兼御史大夫，山南东道节度观察使。三年，代张伯仪为荆南节度观使，江陵尹，兼御史大夫。三岁，加检校礼部尚书。会襄州节度曹王皋卒于镇，军中剽劫扰乱，以泽威惠素著于襄、汉，复代曹王皋为襄州刺史、山南东道节度使。十二年，加检校右仆射，卒年五十，赠司空。” ⑲《旧唐书·樊泽传》：“父咏，开元中举草泽，大理评事，累赠兵部尚书。” ⑳以上叙绍述家世。 ㉑韩愈《与袁相公书》谓宗师“究经史”，“至于阴阳、军法、声律，悉皆研习原本”。又《荐樊宗师状》亦称他“勤于艺学，多所通解”。 ㉒过了一会儿，果然如他所说。果，表态副词，凡先事豫期，后来事实竟相符应者曰果。是，代词，指上述之事。以上谓绍述知音律，多才艺。曾国藩云：“若叙知声如叙其辞，则冗长不警拔矣。前半叙其文辞，铭亦专赞其文，而此言其于声云云，警绝。” ㉓谓后之文人不能独创，总是抄袭前人的。 ㉔此谓神往圣藏，久而不能连续，故云道绝塞也。 ㉕此谓绍述发起改革文风,是觉属神圣。极:穷。《楚辞·离骚》:"相观民之计极。"王逸注:"极,穷也。"《易·系辞下》:"穷则变,变则通。"此乃辩证道理:物极则变,变则通。此谓文风之变自绍述发起。 ㉖《礼记·乐记》郑注:"从,顺也。"文从字顺,即陆机《文赋》云:"选义按部,考辞就班。"此句为韩公对作文的要求,即作文也要各识其职。这才称得上文从字顺。

## 【品评】

此文写于长庆三年(823)五月十七日后,四年十二月前。是韩愈晚年表述文学主张的最后一篇文章,也是他文学论文中的代表名篇。然而,由于他对绍述文的过誉,引起了后人的不同议论。李肇《国史补》说:"元和已后,为文笔则学奇诡于韩愈,学苦涩于樊宗师。"欧阳修说:"孰云己出不剽袭? 断句欲学《盘庚》书。"(《题绛守居园池》诗)其实,这些议论都未揭出此文真谛。樊宗师是韩愈的好友,崇尚儒术,提倡古文,是韩愈最有力的支持者。韩愈晚年失去这位好支,悲痛不已,极力表彰绍述事迹,人之情也。他主张写文章必"出入仁义",即"文以明道",这是文的根本;还要内容丰赡,能反映各式各样的事物。要有"海涵地负"的博大气势,含蕴天地的力量:此指内容。关于文章的艺术形式,他主张"辞必己出",不剽袭前人一言一语,要"文从字顺各识职",即务去陈言,韩文就有此特点。同样是一种体式,不仅不蹈袭前人,自己的文章也不雷同。虽有他的主体风格,各篇亦都有个性。此文突破志铭先写家世事迹的程式,先写其文学业绩,既符合人物个性,又便于发表自己意见。看似写绍述,实则写自己:发表自己的文学主张。

# 名家精注精评本已出书目

| 书　名 | 主要编选者 |
| --- | --- |
| 李白集 | 郁贤皓(中国李白研究会原会长) |
| 杜甫集 | 张忠纲(中国杜甫研究会原会长) |
| 韩愈集 | 卞孝萱(中国韩愈研究会原会长) |
| 白居易集 | 严　杰(南京大学教授) |
| 王维集 | 董乃斌(上海大学教授、中国唐代文学学会副会长) |
| 李商隐集 | 周建国(中国李商隐研究会理事) |
| 柳宗元集 | 尚永亮(武汉大学教授、博导) |
| 刘禹锡集 | 吴在庆(厦门大学教授、中国唐代文学学会理事) |
| 杜牧集 | 罗时进(中国唐代文学学会副会长) |
| 柳永集 | 王星琦(南京师范大学教授) |
| 欧阳修集 | 刘扬忠(中国宋代文学学会副会长) |
| 苏轼集 | 陶文鹏(中国社科院文学所研究员、博导) |
| 三曹集 | 张可礼(山东大学中文系教授、博导) |
| 陶渊明集 | 陈庆元(福建师大教授、博导) |
| 二李集 | 蒋　方(湖北大学教授) |
| 辛弃疾集 | 刘乃昌(中国李清照辛弃疾学会原会长) |
| 王安石集 | 王兆鹏(武汉大学教授、博导) |
| 陆游集 | 蒋　凡(复旦大学教授、博导) |
| 李清照集 | 王英志(苏州大学教授、博导) |
| 黄庭坚集 | 蒋　方(湖北大学教授) |
| 李贺集 | 吴企明(苏州大学教授) |
| 纳兰性德集 | 施议对(澳门大学教授) |